우상의 눈물

국립중앙도서관 출판시도서목록(CIP)

우상의 눈물 : 오세영 평론집 / 오세영 지음.
— 파주 : 문학동네, 2005
    p. ;   cm (문학동네 평론집)

ISBN 89-8281-986-X 03810 : ₩15000

810.906-KDC4
895.709-DDC21   CIP2005001004

우상의 눈물

우리 문학에 대한 비평과 성찰

오세영 평론집

문학동네

책머리에

몇 년 전인가 교육부의 청탁을 받아 교육개발원이 편찬한 중등학교 새 국어교과서를 심의한 적이 있었다. 마침 실무자는 소설을 수록한 '단원의 길잡이'라는 글 가운데 '소설은 픽션이다'라는 지문을 읽고 있었는데 이 대목에 이르자 같은 심의위원 중의 한 사람인, 어느 대학 교수 한 분이 갑자기 제동을 걸더니 이렇게 힐문하는 것이었다. "아니 아직도 소설을 픽션이라고 하는 사람이 있습니까." 모두가 한순간 침묵하면서 그를 쳐다보고 있노라니 그는 단호히 "소설은 리얼리즘이지요. 이 부분은 그렇게 수정하세요"라고 명령하였다. 나는 학계의 대선배 되시는 분의 이같은 단정적 주문에 대해 대중 앞에서 감히 맞서 논쟁을 벌일 만한 용기도, 그의 견해에 동조할 수도 없어 화장실에 가는 척 슬그머니 빠져나와 다시는 그 모임에 출석하지 않았다. 따라서 결과가 어떻게 되었는지는 아직까지도 모르겠다.

그분이 소설은 픽션이 아니라 리얼리즘이라고 주장했던 것은 아마도 '픽션'이라는 말에 대한 오해에서 빚어진 해프닝이었을 터이다. 그분은 '픽션'은 허구 즉 거짓이므로, 소설이 거짓을 쓴다는 것은 있을 수 없고 따라서 진정한 소설은 리얼리즘 즉 사실을 쓰는 것이라고 생각했던 것 같다. 당시 한국의 평단이 온통 민중문학과 리얼리즘에 경도된 때였으므로 그분의 그와 같은 견해는 그 무렵의 문단 분위기와 무관치 않았던 듯하다. 그럼에도 불구하고 그의 그와 같은 언급이 단적으로 문학에 대한 몰이해에서 비롯했다는 것은 두말할 필요가 없다. 그는 문학이 '사실'이 아니라 '진실'에 대한 이야기이며 진실이란 '거짓'에도 있을 수 있다는 것을 모르고 있었던 것이다. 그러니 그는 또한 진정한 의미의 '픽션'과 '리얼리즘'도 몰랐으리라.

'사실(fact)'은 대상(객관) 그 자체의 실상이며 '진실(truth)'은 대상(객관)과 주체의 상호관계에서 만들어진 의미이다. 그러므로 전자는 어디까지나 객관 그 자체에 국한되지만 후자는 어떤 형식이든 주관을 허용하지 않을 수 없다. 문학의 관심은 대상(객관 혹은 세계)이 우리의 삶에 어떤 의미를 지니며 나아가 그것을 어떻게 질적 혹은 인간적으로 상승시키느냐 하는 데에 있기 때문이다. 그러한 관점에서 과학은 '사실'의 영역을 다루고 문학이 '진실'의 영역을 다룬다. '의미'란 이미 사실의 영역으로부터 벗어나 존재하는 것이다.

진실은—객관 혹은 사실 그 자체가 아니라는 점에서—거짓에도 있다. 아니, 문학적 진실은 과학적 진실과 달리 오히려 거짓에 토대한다. 이 경우 '거짓'이란 물론 '진실'의 반대어가 아니라 '사실'의 반대어이다. 그럼에도 불구하고 우리가 가끔 이 말을 오해하는 것은 한국어 '거짓'이 '사실'의 반대말이기도 하지만 동시에 '진실'의 반대말로 통용되기도 해서, 간혹 사실의 반대말로 쓰는 것을 진실의 반대말로 오해하는 경우가 있기 때문이다. 앞서 소설을 '픽션'이 아닌 '리얼리즘'으로 규정한 분 역시 '픽션'이 뜻하는 바 '거짓'을 진실의 반대말로 오해해 같은 오류를 범했을 것이다. 그러나 '픽션'은 사실의 반대말이지 진실의 반대말은 아니다

문학은 픽션이다. 그것은 사실로부터 자유로운 진실 즉 '거짓의 진실' 이라는 뜻이다. 리얼리즘 또한 예외가 아니다. 리얼리즘의 극단이라고 할 소위 사회주의 리얼리스트들이 그들의 문학에서 핍진한 '사실' 을 추구하면서도 결국 '총체성(totalité)' 이라는 개념에 매달리는 이유가 여기에 있었을 것이다. 만일 액면 그대로 사실을 추구하는 것이 리얼리즘이라면 문학이 과학과 어떻게 다를 것인가. 아리스토텔레스 이후 오늘에 이르기까지 문학이 현실에는 없지만 '있을 수 있는 이야기' 로 정의되어온 이유가 여기에 있다. 그럼에도 불구하고 오늘날 한국의 많은 비평가들이 문학을 '사실' 과 '현실' 과 '체험' 에 본질을 두고 이해하려 하거나 이를 기준으로 작품을 평가하려는 태도는 필자로서는 매우 의아스럽다.

특히 '분단체험' 이니 '노동체험' 이니 혹은 '도시체험' 이니 하는 따위의 유행어에서 볼 수 있듯 '체험' 으로 문학을 이야기하려는 것은 매우 위험스러운 발상이다. 실험 즉 체험에 의해 증명되지 않는 과학이란 있을 수 없다는 사실에서 알 수 있듯 체험은 원래 과학의 영역에 속하기 때문이다. 따라서 문학을 체험으로 이야기하는 것은 곧 문학을 과학으로 이해하려는 것과 다름이 없다. 그러나 문학은 — 체험 역시 불필요하다고 말할 수는 없으나 — 본질적으로 상상력이 그 토대를 이룬다. 과학은 사실과 체험의 영역에 주거하고 문학은 진실과 상상력의 영역에 주거하는 것이다.

물론 과학이라고 해서 — 진실을 제처두고 — 오로지 사실만을 주구하는 것은 아니다. 특히 인문과학이나 사회과학이 그러하다. 그러나 과학이 추구하는 진실과 문학이 추구하는 진실은 근본적으로 다르다. 전자가 이성적·논리적인 것이라면 후자는 감성적·비논리적이기 때문이다. 문학적 진실은 그 깊이가 어떠하든 본질은 모순에 있다. 서로 모순의 관계에 있으면서도 다만 모순으로 끝나지 않고 진실이 될 수 있는 그 오묘한 이치는 아마 이성적 사고로만 굳어 있는 사람은 이해하기 힘든 '진실'일 것이다.

서로 모순되면서도 어떻게 진실이 될 수 있는가. 그것은 한마디로 상상력에 의해서 가능하다. 인간이란 한편으로 이성을, 다른 한편으론 감성을 가졌다는 사실에서 알 수 있듯 본질적으로 모순의 존재이며 상상력이란 이 모순되는 사고를 하나로 통합 혹은 조화시키는 힘을 가리키는 말이기 때문이다. 문학이란 이처럼 바로 인간을 모순의 존재로 인정하는 그 지점에서부터 시작하는 정신활동인 것이다.

1990년부터 2004년까지 발표한 글 가운데 학술논문을 제외한 비평문을 모아 엮었다. 문학이란 무엇인가, 문학적 진실이란 무엇인가를 끊임없이 고민하는 이들에게 유용한 쇄표가 되길 바란다.

2005년 봄
오세영

제 1 부

학문과 그 서열

몇 해 전 서울대학교에서는 엉뚱한 사건이 하나 일어나서 세인들의 화제가 된 적이 있었다. 어찌 보면 웃고 지나칠 일 같기도 하고 어찌 보면 심상치 않은 일 같기도 한 사건이었다. 대학 본부가 그해 새로이 간행한 교직원수첩의 대학별 순서 매김을 인문대, 사회대, 자연대 순으로 해오던 오랜 관행을 버리고 돌연 가나다 순으로 정리해버린 것이다. 그 결과 항상 첫째 순서에 들었던 인문대가 중간으로 들고 중간에 들었던 간호대나 공대가 앞줄에 서게 되었디. 이를 두고 인문대 교수들은 인문학을 경시하는 대학 운영자의 가치관이 그대로 반영되었다 하여 교수수첩을 모두 본부에 반환해버린 해프닝을 벌였고 본부측에서는 단순한 학사 편의주의에서 기인한 변법으로 두번한 의도는 없었던 것이라는 요지의 해명을 내놓은 바 있있다.

한편 이의 보도를 접한 국민들 사이에도 국가가 여러 가지 어려운 국면에 처한 상황에서 최고의 지성인들이라고 자처하는 사람들이 국난극복에 앞장시기기는커녕 어찌 자신들의 권위 다툼에만 급급하느냐고 비판하는 사람들도 있었고 요즘 들어 국가적, 사회적으로 오죽이나 인문학을 천대했으면 그리했겠느냐며 인문대 교수들의 반발에 공감을 표하는 사람들도 있었다. 어떻든 이 사건은 그 자체로서는 하나의 해프닝으로 끝났을지 모르나 최근에 논란이 되고 있는 '인문학의 위기'라는 명제와 맞물려 "인문학이란 무엇인가" "인문학도 현실 사회에 기여할 수 있는 학문인가" 등 인문학의 위치를 새삼 성찰케 해주는 하나의 계기를 마련해준 것만큼은 사실이었다.

인문학이란 문자 그대로 인간에 대한 학문이다. 따라서 인문학의 발생은 결국 인간이란 무엇이냐 하는 명제에서 비롯할 것임이 당연하다. 인간이란 무엇인가. 이 막연하고도 심원한 문제에 대해 완전하면서도 명쾌하게 해답을 내릴 자는 아마 고금을 통틀어 드물 것이다. 그러나 인문학이 성립될 당시의 인간관이 어떠했을까 하는 것은 다음과 같은 신화를 통해 미루어 짐작해볼 수 있다. 고대 로마 신화의 하나이다.

'심려(心慮)'가 어떤 강을 건너가다가 진흙을 보았다. 생각에 잠겨서 그는 진흙 한 조각을 떼어서 형상을 만들기 시작하였다.

그가 스스로 만들어놓은 그 형상을 쳐다보고 있으려니까 주피터가 나타났다. '심려'는 주피터에게 자기가 빚어놓은 그 형상에 혼(魂)을 넣어줄 것을 애원했다. 그러자 주피터는 그의 소원을 아주 달갑게 받아주었다.

그러나 심려가 자기가 만든 그 형상에 자기 이름을 붙여주고자 했을 때 주피터는 맹렬히 대들면서 자기 이름을 쓸 것을 요구했다. 심려와 주피터가 그 이름을 가지고 서로 다투고 있을 때 지신(地神)이 머리를 들고 일어나더니 사실은 그가 자기 몸의 한 조각을 제공한 것이니까 자기의 이름을 써야 한다고 주장했다. 이렇게 서로 다투던 이들은 농신(農神)인 새턴(Saturn)을 심판관으로 찾아내었는데 새턴은 다음과 같은 결정을 내려주었다.

"그대 주피터는 혼을 제공했으니 죽었을 때에는 그 혼을 가져갈 것이고, 그대 대지(大地)는 육신을 제공했으니 그것이 죽을 때는 그 육신을 받게 될 것이다. 그러나 '심려'는 이 형상을 처음으로 빚어놓았으니까 그것이 살고 있는 한 그것을 소유할 수가 있다. 그런데 그 이름에 관해서 논쟁을 한 것이니 그것은 땅(humus)으로부터 만들어졌다고 보아 '사람'(homo)이라고 부르라."[1]

인용된 글은 고대 그리스 로마인들에게 있어 인간이란 무엇인가 하는 명제를 암시해주는 이야기가 아닌가 한다. 한마디로 그것은 그들이 인간의 본질을 심려(心慮) 즉 대상에 대한 호기심(Neugier)에서 찾고 있었다는 사실이다. 인간이란 본질적으로 그 지닌 바 호기심 때문에 자신이 대면한 세계를 무관심하게 지나치지 못하고 이를 규명, 이로써 무엇인가를 하지 않고선 못 견뎌하는 존재라는 것이다.

진흙은 하늘과 땅이 그러한 것처럼 우리가 항상 접할 수 있는 물질이니 특별한 관심이 없는 자라면 무심히 지나쳐버릴 수도 있는 사물이다. 가령 개나 호랑이 같은 동물이라면 아무런 관심을 가지지 않았을 수도 있다. 그러나 강을 건너다가 우연히 부드럽고 따뜻한 진흙을 본 '심려'의 경우는 그렇지 않았다. 그것으로써 무엇인가를 만들지 않고 — 의미를 만들어내지 않고는 직성이 풀리지 않았던 것이다. 그리하여 그는 그의 관심이 지향하는 바에 따라 그것으로 무엇인가를 손수 빚어 하나의 '형상' 즉 사람을 창조해내었다. 이렇듯 위의 신화는 인간이란 바로 '심려＝호기심'이 빚은 사물이며 그런 까닭에 인간 자신 또한 호기심이 그 본질을 이루고 있다는 사실을 암시적으로 이야기해주고 있다.

그러나 '호기심' 그 자체만을 두고 본다면 그것은 꼭 인간만이 지닌 것은 아니다. 인간이 아닌 동물 예컨대 개나 호랑이도 경우에 따라서는 대

---

1) 신태양사 편, 『정신의 방황』 세계사상대계4, 신태양사, 1965, 342쪽.

상에 대한 강한 호기심을 보이기 때문이다. 개를 끌고 거리에 나가본 자는 알 것이다. 그 역시 가는 곳마다 코로 냄새를 맡는 등 대상에 대한 강한 관심을 드러낸다. 배고픈 호랑이는 지나가는 사냥감에 눈독을 들인다.

그러나 동물이 지닌 호기심과 인간이 지닌 호기심은 본질적으로 다르다. 전자는 본능에서 연유하지만 후자는 이를 넘어선 어떤 지적(知的) 욕구로부터 연유하기 때문이다. 우리들은 왜 해는 항상 동쪽에서 뜨는지 궁금해서 해 뜨는 곳을 향해 앉아 사색하는 호랑이, 왜 바닷물은 하루에 두 번씩 밀물과 썰물이 있는지 궁금해서 해변에 앉아 궁리하는 물개를 본 적이 없다. 그들의 관심은 오로지 먹고 자고 종족을 번식하고 생존하는 것만으로 만족한다.

그러나 인간은 특별한 존재이다. 그들은 본능의 충족과 관계없이 다만 모르는 까닭에 그것을 알고자 하는 본질적인 호기심을 지니고 있다. 그들에게 있어 모르는 것이 옆에 있다는 것은 궁금한 일이며, 불안한 일이며, 두려운 일이며 나아가 괴로운 일이다. 그리하여 그들은 왜 태양은 항상 동쪽에서 뜨는지, 왜 바닷물은 하루에 두 번씩 밀물과 썰물을 만드는지를 알기 위해—본능의 충족에서 오는 쾌락과는 정반대로 오히려 고통을 감수하면서까지—사색과 연구와 실험에 몰두한다. 그리고 드디어 그 원인을 알아낸다. 그것은 분명 동물들의 본능충족행위와는 다른 지적 욕구의 실현이라 할 수 있다. 그러므로 우리는 이와 같은 인간의 호기심을 동물이 지닌 본능적 호기심과 구별하여 '지적 호기심'이라고 부른다.

그렇다. 지적 호기심은 오직 인간만이 지닌 고유한 특성이다. 인문학의 비조(鼻祖)라 할 고대 그리스의 아리스토텔레스가 인간을 '지적 호기심을 가진 동물'로 정의했던 이유도 바로 여기에 있었다. 우리는 그저 맛있는 음식을 마음껏 먹고, 예쁜 여자와 즐기는 일로 낙을 삼으며, 강한 힘에 집착하는 것만으로 만족해 사는 사람을 존경하지 않는다. 가난하고 힘없는 자라 할지라도 이 세계란 무엇인지, 왜 사는 것인지, 어떻게 사는 것이 가치 있는지 등과 같은 지적 문제에 고민하면서 이를 해결하기 위해 생애를 바친 사람을 우러르는 것이다. 역사적으로는 아마 예수나 부처, 공자나 소크라테스 같은 분들이 이 부류에 속할 것이다. 가장 인간다운 인간, 가장 고귀한 인간은 바로 '지적 호기심'이 강한 사람인 것이다. 그러므로 평등하다 하지만 모든 인간을 똑같이 고귀하다고 말할 수는 없다. 지적 호기심의 정도에 따라 여러 계층의 인간—동물적 수준의 인간으로부터 인간다운 인간, 나아가 그 자체를 초월한 인간들이 분류될 수 있기 때문이다.

넓은 의미에서 '학문'이란 이와 같은 '지적 호기심'을 충족하는 행위를 일컫는 말이다. 즉 '모르는 것'(대상)을 '아는' 행위이다. 가령 영어에서 '학문(science)'의 어원이 되는 라틴어 'scientia'는 원래 'scio'에서 유래하였고 그 본래의 뜻은 '앎'이다. 독일어에서도 '학문'을 지칭하는 단어 'Wissenschaft'의 'Wissen' 역시 '앎'이다. 모르는 것이 있으므로 알고자 했던 것이다. 이와 같은 지적 호기심은 유일하게 인간만이 지니고 있으므로 이 세상에 존재하는 것들 중 오직 인간만이 학문을 할 수 있다는 것도 너무나 당연하다.

그런데 인간은 단순한 존재가 아니다. 순수한 지적 호기심이 원인이 되어 어떤 지식이 생산되었을 때 그것만으로 충족감을 소진시키기에는 너무도 복잡한 사유의 소유자들이다. 가령 '벼락'이란 무엇인가 하는 의문을 해결해내었다면 그는 다음 차례로 그 결과—전기현상의 발견—를 이용해 불을 밝히거나 동력을 만들어내야만 지성이 풀린다. 그것은 지적 호기심으로부터 얻은 지식을 실제 생활에서 응용하는 단계에 해당하는 것이다.

따라서 학문이란 크게 두 가지 단계로 나누어볼 수 있다. 전자 즉 순수하게 모르는 것을 알고자 하는 행위—지적 호기심의 충족 행위로서 순수과학(기초과학)과 후자 즉 그 결과를 이용하여 실제 생활에 응용시키려는 행위로서 응용과학이 그것이다. 가령 벼락이 무엇인가를 해명하는 행위는 순수과학으로서 자연대학의 물리학에 해당하는 것이지만 벼락의 현상을 이용해 전기를 만들어내는 행위는 응용과학으로서 공과대학의 전자공학에 해당하는 것이다.

그런데 순수과학이라 할 때도 호기심의 대상은 크게 세 가지 영역으로 나누어볼 수 있다. 첫째, 인간 그 자체이다. 지적 호기심의 주체 즉 사유하는 자로서의 자아를 포함하여 이 세계의 주인은 인간이므로 인간이 무엇이냐 하는 의문은 우리에게 너무나 당연하다. 둘째, 인간이 만들어놓은 공동체 즉 사회이다. 인간은 홀로 살 수 없는 존재인 까닭에 인간의 삶이 무엇인가를 알기 위해서는 공동체 역시 의문의 대상이 되지 않을 수 없다. 셋째, 인간이 살고 있는 환경이다. 인간은 근본적으로 환경의 소산이며 환경에서 생존의 자원을 구하고 있어 그가 발을 딛고 사는 자연환경—유기적인 환경이든 무기적인 환경이든 역시 중요한 의문의 대상이 된다. 그것은 이 세계 자체가 그렇게 구성되어 있기 때문이다.

그러므로 순수과학은 지적 호기심의 대상이 되는 이 세 가지 영역에 따라 각기 세 가지 분야로 나누어진다. 첫째, 인간 그 자체를 대상으로 삼는 인문과학, 둘째, 인간 공동체—사회를 대상으로 삼는 사회과학, 그리고 셋째, 인간이 사는 자연환경을 대상으로 삼는 자연과학이 그것이다. 그러므로 이 세 가지 순수과학을 제외한 일체의 학문은 응용과학이라 할 수 있다. 예컨대 의학은 생물학 등 자연과학의 결과를 응용한 학문이며 법학은 인문학이나 사회학을 응용하는 학문이다.

그렇다면 이와 같은 제 학문들 사이에서 만일 서열을 정해야 할 경우가 생긴다면 그 순서는 어떻게 할 것인가. 먼저 순수과학과 응용과학의 관계에서 가치의 우열이나 경중을 논한다는 것은 무의미하리라고 생각된다. 첫째, 그 가치 지향이 서로 달라 비교 개념이 될 수 없으며, 둘째, 이 모두 또한 인간 삶에서 각자 주요한 역할을 담당하고 있기 때문이다. 그러나 만일 그것이 가치의 문제가 아니라 선후(先後)의 문제를 이야기할 경우라면 달라진다. 응용과학이란 문자 그대로 순수과학의 결과를 응용하는 학문이므로 응용과학 없는 순수과학은 가정해볼 수 있으나 순수과학이 없는 응용과학은 성립할 수 없기 때문이다. 즉 먼저 순수과학이 있고 그 다음 응용과학이 있게 된다. 일반적으로 학문의 서열에서 순수과학을 응용과학 앞에 두는 이유가 여기에 있다.

다음으로 순수과학과 응용과학 내에서 각 학문간의 관계를 보자면 전자의 경우 서열이 있으나 후자의 경우는 그렇지 않다. 순수과학을 구성하는 학문들 간에 서열의 성립이 가능한 것은 이 세계의 주인은 인간이며 그외의 다른 모든 것은 일체 인간을 위해 존재한다는 생각 즉 휴머니즘의 세계관 때문이다. 따라서 이에 준하여 순수과학은 인문과학, 사회과학 그리고 자연과학이라는 순서가 정해진다. 물질이 아무리 풍요롭고 가치 있다 해도, 사회가 아무리 제도적으로 완벽하다 해도 종국적으로 그것이 인간을 인간답게 하는 데 도움이 되지 못한다면 아무런 의미가 없기 때문이다. 이 세상 그 어떤 것도 인간에 우선하는 것이란 없다.

가령 물질의 풍요니 산업화가 인간에게 행복을 가져다주는 것이라면 현대인은 분명 백제인보다 더 행복한 사람이어야 한다. 부산에서 서울까지 열흘에 걸쳐 도보로 걸어오는 시대의 사람보다도 한 시간 남짓의 비행으로 간단히 하늘을 날아 도달할 수 있는 시대의 사람이, 무더운 여름을 땀으로 지쳐 보내는 시대의 사람보다도 에어컨 바람 속에 시원히 한 생을 보내는 시대의 사람이 더 행복해야 할 것이기 때문이다. 그러나 사실은 그렇지는 않다. 하나의 예로 자살률이나 정신병 이환율로 본다면 우리 시대의 사람들의 수치가 그 이전 시대의 사람들보다 훨씬 더 많을지도 모른다.

그러므로 이 세상의 주인인 인간이란 과연 어떤 존재인가, 그는 무엇 때문에 살며, 어떻게 살아야 하는 것인가, 삶의 질곡으로부터 해방될 수 있는 길은 무엇인가 등의 명제, 즉 인간 그 자체에 대한 의문과 그 해답을 탐구하는 인문과학이야말로 그 무엇보다 우선하는 학문이라고 말할 수 있다. 인간이 무엇인가를 알고 난 뒤에야 그들이 더불어 구성하는 사회를 해명할 수 있을 것이며, 인간과 사회가 규명되어야만 그들에게 필요한 물적 조건 즉 자연환경도 의미를 지닐 수 있을 것이기 때문이다.

그러나 응용과학의 경우에는 이를 구성하는 제 학문들 간의 경중을 따질 수는 없다. 예컨대 의학이 공학보다 더 중요하다든가 법학이 농학보다 더 저열하다는 근거는 성립되지 않는다. 각 분야는 나름대로 인간 삶의 제 영역에 각기 필요한 역할을 담당하고 있기 때문이다. 그러므로 응용과학을 구성하는 학문들은 순수과학처럼 어떤 가치 기준에 의해 서열을 정할 수는 없고 편의상 학문명의 머리글자에 따라 배열하는 것이 무난하다. 예컨대 서울대의 경우 응용학문의 학과 순서는 학문명의 가나다 순에 의하여 정해져 있다.

그렇다면 순수과학인 인문과학이나 사회과학 그리고 자연과학 내에서의 각 학문 간에 서열은 있는가, 있다면 어떤 기준이나 원리에 따라 정할 것인가. 물론 여기에도 나름의 학문적 서열이 있다. 인문과학의 예를 들자면 그 첫째가 문학이다. 그 이유는 다음과 같다.

앞에서도 살펴보았듯이 인문학이란 간단히 '인간이란 무엇이냐' 하는 명제로 귀결된다. 그런데 인간이라는 존재를 해명하는 데 있어 접근할 수 있는 방법은 사실상 두 가지밖에 없다. 다른 모든 것의 해명에서도 그러하듯 시간적으로 접근하는 방식과 공간적으로 접근하는 방식이 그것이다. 이 세상의 모든 존재는 시간적 질서와 공간적 구조 속에서 그 좌표가 설정되기 때문이다.

가령 '영순' 이라는 소녀가 누구인가를 알고 싶다면 우리는 두 가지 관점에서 접근할 수 있다. 첫째, 그를 시간적인 질서에 따라 살펴보는 일이다. 그는 누구의 딸로서 언제 태어났으며, 어떤 가정환경에서 자라 무슨 교육을 받았고, 그 성장과정은 어떠했는가를 자세히 알아보는 것이다. 즉 그의 출생에서부터 과거, 현재에 이르는 전 과정을 살펴봄으로써 그를 알 수 있게 된다. 둘째, 그를 공간적으로 분석해보는 일이다. 직접 대면하여 용모, 인상, 성격, 희망, 가치관, 윤리적 태도, 취미, 심리상태, 행동방식 등을 면밀히 검토한다. 때에 따라서는 지능검사, 심리검사, 적성검사 등을 행할 수 있다. 이러한 작업을 통해 우리는 또한 그가 어떤 사람인가를 알게 된다.

이와 같은 방법론을 개인이 아닌 보편적 인간에게 적용시킬 때 우리는 전자와 같은 학문적 태도를 '사학(史學)', 후자와 같은 것을 '철학'이라 부른다. 사학 즉 역사는 인간을 시간의 축으로 이해하고자 하는 학문이며 철학은 공간의 축으로 이해하고자 하는 학문이기 때문이다.

철학은 공간적 개념을 지닌 학문이다. 철학의 최종 목적지라 할 '진리'라는 말은 원래 그리스어로 '스스로 드러나는 숨은 존재'($\acute{a}-\lambda\acute{\eta}\theta\epsilon\iota a$, Unverborgenheit)라는 뜻이다. 불어에서 '안다' 혹은 '지식'을 지칭하는 'savoir'라는 말도 '본다'는 뜻이며 영어에서 '나는 본다(I see)'라는 말은 '나는 안다(I know)'라는 말과 같다. '학리(學理)' 혹은 '이론'을 가리키는 'theory'라는 단어 역시 '관점(觀點, 바라봄)'이라는 뜻을 지녔다. '숨어 있는 어떤 것이 밖으로 드러난다'는 것 혹은 '무엇을 본다'는 것 즉 시각(視覺)은 공간적 개념에 해당되는 것이다.

그러나 우리는 여기서 주목해야 할 사실이 하나 더 있다. 인간에 대한 완전한 이해란 역사학이나 철학만으로는 근본적으로 불가능하다는 사실이다. 인간은 시간과 공간의 두 축을 동시적으로 구유(具有)한 존재인데 역사나 철학은 시간의 축이든 공간의 축이든 오직 어느 한편만을 해명할 수 있기 때문이다. 즉 역사나 철학은 아무리 철저하나 해도 인간의 반쪽 이상을 접근할 수는 없는 근본적이고도 본질적인 한계를 지니고 있다.

그렇다고 해서 철학과 역사의 합이 곧 인간 이해의 전부라고 말할 수도 없다. 인간에게 있어서 시간의 축과 공간의 축은 동시적인데 역사와 철학의 합은—설령 그것이 이상적으로 결합된 것이라고 해도—시간의 순차성을 극복할 수 없기 때문이다. 먼저 시간의 축으로 해명하고 (역사) 그뒤 공간의 축으로(철학)—혹은 그 반대의 순서로—해명할 수는 있지만 그 역시 시간축과 공간축을 동시적으로 융합시킬 수는 없다는 점에서 완전한 것이 될 수 없다. 달리 말해 이미 죽어버린 것으로서의 대상에 대한 해명의 수준을 벗어나지 못한다. 여기서 역사와 철학이 아닌 다른 방법 즉 인간이 지닌 시간의 축과 공간의 축을 동시적으로 해명할 수 있는 접근법의 모색이 필요하게 되었고 우리는 그것을 '문학'에서 찾게 되었던 것이다.

그렇다면 어찌해서 문학은 인간을 이해함에 있어 이렇듯 시간의 축과 공간의 축을 통합할 수 있는가. 그것은 문학이 어쩌면 모순의 진실에 토대한 학문인 까닭에 가능한 일일지도 모른다. 시간과 공간의 동시적 결합이란 논리로서는 불가능한 차원이 되기 때문이다. 그러한 관점에서 문학은 설령 역사나 철학이 지닌 논리성에는 미치지 못한다 하더라도 인간을 총체적으로 이해하는 데 있어서는 한 차원 높은 학문이라고 말할 수 있다. 일찍이 아리스토텔레스가 그의 『시학』에서 시는 비록 역사적 기술을 택하고 있기는 하지만 역사보다 더 철학적이라고 말한 이유도 아마 여기에 있었을 것이다.

그렇다면 인문과학을 받드는 세 가지 축으로서 문학과 역사와 철학은 이제 그 순서가 이미 정해진 것이나 다름없게 된다. 우선 인문학의 첫째는 문학이다. 문학은—비록 그것이 가능한 일일지는 모르나—최소한 인간을 총체적이고도 동시적으로 해명하고자 시도하는 학문이라는 점에서 적어도 인간의 반쪽만의 해명에 매달려 있는 역사나 철학보다 더 완전성을 지향하는 학문이기 때문이다. 인문학의 두번째는 역사, 세번째는 철학이다. 역사와 철학은 비록 동등한 위치에 있다 하더라도 그 발생의 순서로 볼 때 역사가 철학에 선행했기 때문이다.

문학 가운데는 물론 여러 민족문학이 있다. 그러나 이 각 민족문학 간의 서열은 상대적 가치관에서 판단할 문제라고 생각한다. 한국에서는 한국문학이, 영국에서는 당연히 영국문학이 우선할 것이기 때문이다. 그러한 관점에서 한국의 경우 첫째 순서에 해당하는 문학은 국문학=한국문학이며 둘째 순서에 해당하는 문학은 한국과 수천 년 동안 상호 교류를 해온 중국문학이며 세째 순서는 우리 근대화에서 가장 큰 영향을 끼친 영문학일 것이다.

비록 가치의 우열이나 경중을 따르는 것이 아니라 해도 모든 학문들은 이상 살펴본 '학문의 철학'에 따라 그 순서가 원칙적으로 정해져 있다. 공식적인 자리에서의 학문의 배열이 순수과학 응용과학, 그리고 순수과학에서는 인문과학, 사회과학, 자연과학, 다시 인문과학에서는 문학, 역사, 철학—문학에서는 한국문학, 중국문학, 영국문학—등의 순서로 자리매김하는 것도 모두 이와 같은 인식에서 비롯하는 것이다. 응용과학에 소속되는 제 학문들의 경우 서열이 없는 까닭에 그 학문명의 머리글자를 따른 순서로 배열한다는 것은 앞에서 지적한 바와 같다.

서울대의 교직원수첩에서 학과별 순서의 배정은 오랫동안 이와 같은 서열을 따르는 것이 관행이었다. 그런데 올해 들어 돌연히 학사 편의주의라는 미명 아래 그 순서를 학문명의 가나다 순으로 획일화하였으니 이를 들어 인문학의 천대라는 비판을 제기해도 당국은 변명할 여지가 없을 듯하다.

(2002)

잘못된 유산과 우리 지식인

1

　세계사에서 오백 년 이상을 지속한 왕조는 아마도 고대 이집트 파라오 왕조와 조선의 이씨 왕조 이외는 없을 것이다. 혹자는 로마를 예로 들기도 하나 로마 역시 제국의 역사는 천 년이 훨씬 넘는다 하더라도 한 왕조가 지배한 기간만큼은 조선보다 길지 않았다. 로마라는 국호 아래 왕정과 공화정이 교차하였고 같은 왕정이라 하더라도 왕조는 자주 바뀌었기 때문이다. 이웃 중국과 같은 강력한 군주국가 또한 비록 천자(天子)라는 미신에 기대어 통치하기는 하였지만 길어도 삼백 년 이상의 왕조를 지키지 못하였다. 일본의 경우 소위 천황(天皇)이 있지만 근세에 이르기까지 실권이 없었으므로 여기서는 논외로 한다.

　그렇다면 조선의 이씨가 이처럼 세계사에서 유례없이 오랜 기간 왕조를 유지할 수 있었던 비결은 무엇일까. 마키아벨리가 만일 당대의 조선을 알고 있었더라면 『군주론』 속편을 썼음직하다. 현대 정치학이라 하더라도 조선왕조의 통치술은 오늘날 북한의 그것과 관련하여 흥미로운 연구 대상이 될 것이다. 그것은 아이러니하게도 조선왕조가 강력한 무력을 지니지 못했다는 데서 더욱 그러하다.

권력이 총구로부터 나온다는 말은 천하(중국)를 통일한 근대의 마오 쩌둥(毛澤東)이 남긴 명언이지만 — 오늘의 민주주의 국가도 아닌 — 봉건왕조에서 무력 없이 행사되는 권력이란 상상하기 힘들다. 아니 불가능하다. 생각해보라. 같은 인간으로서 왜 어떤 자는 지배하는 자가 되고 나머지 대부분은 그에 복속하여 지배당하는 자가 되어야 하는가. 말할 것도 없이 그것은 힘 때문이다. 고대의 신정정치(神政政治, theocracy)에서 보는 미신이나 요순 시절의 전설이 아닌 다음에야 봉건군주의 그 누구도 무력에 의지하지 않고 왕권을 확립한 자는 없다. 다른 부차적인 통치술이 있기는 하겠지만 본질적으로 군주는 힘 즉 무력으로 백성 위에 군림할 수 있는 것이다. 그들은 무력에 의하여 왕조를 창업하고, 무력에 의하여 왕조를 유지하며, 또 무력에 의해 인민을 지배해왔다. 그리고 자신의 권력을 지탱해주던 힘 즉 무력이 쇠잔해지면 새로운 강자에 의해서 타도당하는 것이 역사의 숙명이다.

그런데 우리의 조선왕조는 이렇다 할 무력 없이도 백성들 위에 당당히 군림해왔다. 그것도 짧은 기간이 아니라 세계사에 유례없이 긴 오백 년의 기간을…… 물론 조선도 왕조의 창업에 있어서는 다른 봉건군주와 다르지 않게 무력을 사용하였다. 이성계의 쿠데타 — 위화도 회군이 그러하다. 그러나 왕권과 국기를 일단 튼튼히 다진 초기 이후의 조선 왕들은 무력을 스스로 포기하고 믿지로 백성을 다스려왔다. 그리고 이와 같은 통치방식이 일제의 침략으로 인한 조선의 멸망에 이르기까지 꾸준하게 지속되어왔다는 것은 누구나 아는 바와 같다.

백성을 지배하는 데 있어서 조선왕조가 무력을 포기하였다는 것은 여러 가지 사례를 들어 설명할 수 있다. 예컨대 조선시대의 일반적인 가치관은 숭문정신(崇文精神)이었다. 반상제도에 있어서 무(武)는 항상 문(文)에 복속되어 있었으며 천한 것으로 여겨졌다. 형식상 군대라는 것이 있기는 하였으나 실질에 있어서 조직되고 훈련된 병사들은 거의 없었다. 병적이라는 것 역시 실제의 군인 명부와는 관계없는 것으로 다만 병역세를 거둬들이는 조세장부 이상이 아니었다. 임진왜란과 같은 국난이 일어났을 때 오죽하면 도순변사(都巡邊使)로 임명된 신립(申砬)이 정규군 이백여 명조차 채 끌어모으지 못했을까. 그것은 그후 미구에 닥친 병자, 정묘 양 호란에서도 마찬가지였다. 물론 이순신과 같은 인물이 있기는 하였으나 그의 양병 즉 군사력은 왕조적 차원의 독려에서가 아니라 그의 개인적인 통찰에 의해서 이루어진 것이므로 예외적이다. 그렇지 않다면―우리가 역사에서 보는 바와 같이―어찌 이순신이 당시 당쟁에 몰두하던 문관들에 의해서 그토록 핍박을 받았을 것이랴.

그런 까닭에 군대가 없다시피 한 조선 왕국은 외부의 침략을 당할 경우 항상 속수무책으로 유린당하는 것이 예사였다. 우리는 이를 임진, 정유년의 양 왜란과 병자, 정묘년의 양 호란에서 익히 보았다. 따라서 조선시대에 외부의 침략과 맞서 싸운 사람들은 정규군 혹은 관군이라기보다 민간인들로 구성된 의병과 승려들로 구성된 승병들이 대부분이었다. 군대가 없는 나라에서 적군과 맞서 싸우자니 민간인들이 아니면 누가 나서겠는가.

2

이렇듯 조선왕조는 창업 이후부터―외부로부터의 침략 위험까지도 무릅쓰고―스스로 무력을 포기한 채 오로지 문치주의로 일관하였다. 그렇다면 왜 조선왕조는 인류사의 대부분의 봉건군주들과는 달리 권력

의 모태라 할 무력을 포기하였고, 어떻게 무력 없이도 왕권을 유지할
수 있었던 것일까. 한마디로 나는 그것이 이데올로기에 의한 통치였기
때문에 가능할 수 있었으리라고 생각한다. 조선의 왕들은 칼은 칼에 의
하여 덧없이 망한다는 사실을 잘 알고 있었다. 무력은 힘의 우위를 지
키지 않는 한 항상 새로운 강자에 의해서 타도당하기 때문이다. 그런데
현실적으로 오랜 기간, 그것도 강하게 무력을 유지한다는 것은 불가능
한 일이다. 그것은 아마도 태조 이성계 자신이 고려왕조를 멸망시키면
서 체험적으로 깨달은 진실이었을지 모른다.

그리하여 창업과 즉시 조선왕조는 무력에 의한 권력의 유지보다 더
항구적인 어떤 통치술을 계발하고자 했고 이를 실현시키는 데 성공한
다. 그것은 군왕 스스로 무력을 포기하고 이데올로기로 백성들을 묶어
놓는 방법이다. 자신이 무력을 포기하였으니 상대 역시 무력을 가져야
할 명분이 사라지고 이와 같은 무력의 공백상태에서 백성을 이데올로
기의 노예로 잘 활용한다면 더이상 왕조에 적대할 대내적인 세력은 대
두할 수 없기 때문이다. 역사적으로 우리는 이와 같이 이데올로기에 의
한 통치를 문치주의라 불러왔다.

그렇다면 조선왕조가 백성들의 통치이념으로 내세웠던 이데올로기
란 무엇일까. 두말할 것 없이 유학(성리학)이다. 그리고 그 가운데서도
중요한 것이 정치이념과 결합된 유교의 실천윤리였음은 두말할 필요가
없다. 소위 삼강오륜(三綱五倫) 즉 충(忠)의 윤리를 강조한 군위신강
(君爲臣綱), 효(孝)의 윤리를 강조한 부위자강(父爲子綱), 열(烈)의 윤
리를 강조한 부위부강(夫爲婦綱)이 그것이다. 물론 이들 각각은 언뜻
그 대상을 달리하는 듯 보인다. 그러나 근본에 있어서는 그렇지 않다.
군사부일체(君師父一體)라는 말이 있듯 임금이나 아버지는 동일한 윤
리적 대상이므로 자식의 아버지에 대한 도리는 신하(백성)의 임금에 대
한 도리와 같게 되어 결국 효나 열도 충으로 귀결되기 때문이다. 그러

므로 조선왕조의 유학에서 효나 열을 강조하는 것은 궁극적으로 충을 강조하는 것과 다름이 없게 된다.

조선왕조가 이렇듯 유학을 통치이념으로 채택했던 것은 '충'이라는 이데올로기로 세뇌시켜 백성들을 군주에게 복속시키려는 목적에서 비롯한 것이다. 앞서 언급한 바와 같이 군주 자신을 포함하여 아무도 무력을 가지지 않은 힘의 공백상태에서 모두가 충이라는 이데올로기의 포로가 된다면 그 어떤 자도 왕권에 반역할 수는 없기 때문이다. 그리하여 조선왕조는 지속적으로 그리고 강도 높게 유학의 실천윤리라 할 이 삼강오륜을 강요하고 이로써 백성들을 세뇌시켰다. 그 내용은 다음과 같다.

첫째, 윤리도덕의 최상의 가치로 충·효·열을, 가장 이상적인 인간상으로 충신·효자·열녀를 제시하였다. 반역죄는 삼대를 멸한다든지 ― 삶의 고단에도 불구하고 ― 자손들로 하여금 부모의 삼년상을 치르게 한다든지, 미망인의 재혼을 금한다든지 하는 것 등은 모두 이같은 가치관을 맹목적으로 실천하게 한 예들이었다. 심지어 효의 출발은 신체를 상케 하여 부모에게 근심을 끼치지 않는 데 있다는 공맹의 말씀을 빌려 손톱이나 머리조차도 깎지 않게 하였다. 왕의 죽은 모후를 몇년상으로 지내느냐 하는 문제로 피비린내 나는 당쟁을 일으킨 경우까지도 있었다. 그리하여 온 나라 온 고을에 충효문(忠孝門)과 열녀문(烈女門) 들이 넘쳐나도록 한 것이다.

둘째, 교육을 통해 세뇌시켰다. 조선시대의 삶은 그 자체가 유교윤리의 학습이며 실천의 생활이라 할 수 있다. 조선 사람은 태어나자마자 충·효·열이라는 윤리의 교육 속에서 성장하고 또한 유교윤리 속에서 생활하다가 죽는다. 어릴 때는 가정에서, 성장기에는 서당과 향교에서, 성인이 되어서는 성균관에서 수없는 충·효·열의 학습을 반복 되풀이한다. 아니 조선의 교육 내용은 충·효·열을 중심 덕목으로 한 유교 교육 이외에는 아예 없었다고 말해도 과언이 아니다. 실용적인 과학이나 유교 아닌 여타의 인문, 사회, 자연과학이란 있을 수 없다. 예술 교육 역시 마찬가지이다. 음악이나 미술과 같은 것이 없었던 것은 아니나 이 역시 유교적 세계관의 이해와 이의 실현을 위한 방편에 지나지 않았다. 사정이 이러하니 지식인을 포함한 조선의 성인(成人)들이 유교적 인간형의 틀을 벗어날 기회가 없었던 것은 너무나 당연하다.

셋째, 오직 유교이념에 대한 풍부한 이해와 투철한 신념 그리고 그 확실한 실천만이 지배계급에 편입될 수 있는 사회 및 정치제도의 확립이다. 달리 말해 유교이념을 매개로 하지 않고는 부귀영달과 명예 그리고 권력에 접근할 수 없다. 그것은 역으로 유교이념을 포기하고서는 생의 고달픔으로부터 벗어날 수 없다는 뜻이기도 하다. 사정이 그리하니 그 누군들 감히 유교이념을 거부할 수 있다는 말인가. 조선의 과거제도가 바로 그 대표적인 예이다. 왜냐하면 과거에 합격하지 못하고서 신분 상승이란 이루어질 수 없는데 그 시험의 내용이 바로 유학이기 때문이다. 그러므로 조선조의 교육이란 한마디로 과거시험에 대비한 유학 교육이 전부라고 해도 과언이 아니다.

넷째, 기득권의 철저한 보호이다. 조선왕조는 일단 과거시험을 통해서 지배계급으로 편입된 사람들에게는 ― 유교이념을 배교하지 않는 한 (충과 효에 대한 이념을 버리지 않는 한) ― 그들의 기득권을 확실하게 보장하고 그 자손에게까지도 세습시켜주었다. 따라서 이제 지배계급에 편입된 사람들은 그들이 획득한 기득권을 유지하기 위해서라도 유학에 대한 숭상을 강도 높게 실천할 뿐만 아니라 더 나아가 피지배계층에게 보다 더 가열찬 유교이념을 강요할 수밖에 없었다.

그러나 그 어떤 것도 모범이 없는 교육은 공허하다. 즉 실천을 보여주지 않는 스승의 가르침은 효과가 없다. 이에 착안한 조선조 지배계층과 지식 엘리트가 발견해냈던 것이 바로 중국에 대한 사대주의였다. 사대주의란 조선의 군주가 그 스스로 '충'의 윤리를 백성에게 보인 가장 확실하고도 실천적인 모범이었기 때문이다. '사대(事大)'란 무엇인가. 그것은 '큰 존재'를 섬기는 일이며 여기서 '큰 존재'란 큰 힘을 가진 자—그 명분이야 어떠하든—큰 권력을 가진 자에 다름이 아니다. 조선의 임금들은 중국의 천자에게 사대(충성)함으로써 자신의 백성들에게 충의 필연성과 그 실천적 덕목들을 보여주고자 했던 것이다. 그것은 자신도 자신보다 큰 힘 즉 중국의 천자에게 충성하는 것과 마찬가지로 자신의 백성 역시 자신에게 충성을 바치도록 강요 혹은 훈육하는 행위 이상이 아니었다. 조선의 왕들과 그에 기생한 권력 엘리트들이란 이렇 듯 민족과 국가를 팔아 자신의 왕권과 권력을 유지한 지배집단들이었 다고 말할 수 있다.

이와 같은 과정을 통해 모든 인민을 충이라는 이념에 의해서 세뇌시 켜놓았으므로 어떤 경우에도 조선조에는 왕권에 도전할 수 있는 반역 세력이 대두할 수 없었다. 태어나면서부터 임금에 대한 충성을 인륜의 근본 도리로 맹신했던 조선인들에게 있어 왕조에 대한 반역이란 천륜 에 어긋나는 일 즉 인간으로서 아예 상상조차 할 수 없는 일이었기 때문 이다. 하물며 인민들이 무력이라는 것 자체를 경험적으로 인지할 수 없 었던 당대의 현실에서랴. 그러므로 이성계가 왕조를 창업한 이후 스스 로 무력을 버리고 조선을 성리학의 이념 즉 문치주의로 통치했던 것은 왕권의 항구적인 수호라는 측면에서 매우 현명한 일이었다.

물론 조선왕조도 근대에 들어 결국 망하기는 하였다. 그러나 그것은 내부의 모반에서가 아니라 외세의 침략 때문이었으므로 문제가 다르 다. 충의 이념으로 세뇌된 백성들은 그 고난의 시기에도 왕에게 결코 반역하고자 하는 모험은 생각하지 않았던 것이다. 그 결과 조선왕조는 세계사에서 유례없는 오랜 기간의 왕권을 유지할 수 있었다.

3

조선왕조가 유학이념을 이데올로기화하여 인민을 통치했던 까닭에 장기간 왕권을 유지할 수 있었다는 것은 앞 장에서 밝힌 바이다. 그렇다면 그 역기능으로는 어떤 것들이 있을까.

첫째, 국방면에서 외부의 침략에 취약했다. 외부의 침략에는 무력으로 대응해야 될 터인데 무력 그 자체가 없으니 속수무책일 수밖에 없는 것이다. 외부의 침략이 있을 때마다 항상 조선의 전 국토가 유린당했던 것은 임진, 정유의 양 왜란과 병자, 정묘의 양 호란 그리고 근대에 들어 일제 침략에 의한 국권 상실 등이 잘 말해주고 있다.

둘째, 사상과 학문의 자유가 없다. 조선시대에는 유학 이외 다른 학문이 존재할 수 없었다. 특히 인문·사회과학이 더 그러하였다. 사상과 학문의 자유가 있다는 것은 곧 유학(성리학)에 대한 비판과 새로운 사조의 대두 가능성을 전제하는 것인데 이는 한마디로 왕권에의 도전을 의미하는 일이 되기 때문이다. 그러므로 조선왕조는 충과 효를 기본 원리로 한 성리학 이외의 일체 학문은 금하였다.

물론 조선시대에도 논쟁이 없었던 것은 아니다. 그러나 그 논쟁이란 유학과 다른 학문 사이의 논쟁 혹은 유학 그 자체를 비판하는 논쟁이 아니었다. 다만 유학이라는 테두리 안에서의 논쟁, 말하자면 어떤 것이 보다 더 성리학의 정통인가 혹은 어떤 것이 주자(朱子)의 참다운 가르침인가를 따지는 논쟁이었으므로 이와 같은 논쟁은 그 회가 거듭될수록 유학을 독단화시키는 길로 나아갔지 개선시키는 길로 나아가지는 못하였다. 즉 논쟁이 거듭될수록 학문의 독단성 — 획일주의는 심화될 수밖에 없었다. 그것은 이념 혹은 이데올로기 논쟁이란 그 어떤 것이라도 항상 보수파 혹은 강경파가 진보파 혹은 온건파를 기회주의자로 몰아 제거해버려왔던 역사적 사실에서 벗어나는 예가 아니나. 우리는 그것을 오늘날 공산주의 정권의 사상논쟁이나 우리나라의 지난 7, 80년대 소위 민중이데올로기의 논쟁에서 익히 보아온 터이다.

사정이 이러하므로 조선의 유일한 학문이라 할 유학은 독단성, 획일성, 명분주의로 치닫지 않을 수 없었다. 가령 유학이 아닌 학문 혹은 유학이라 하더라도 정통에서 벗어난 것을 논하는 사람은 사문난적(斯文亂賊)으로 몰려 삼대가 멸함을 당하는 것이 일반적이었다. 따라서 그 누구도 사상과 학문의 자유를 추구하거나 유학의 독단성을 깨뜨릴 수 없었던 것이 지적으로 경직된 조선사회였다고 말할 수 있다. 이 시기 유학의 독단주의를 설명해주는 한 가지 에피소드를 예로 들어본다.

『논어』의 「향당鄕黨」에는 "구분(廐焚), 자퇴조(子退朝), 왈(曰) : '상인호(傷人乎)?' 불문마(不問馬)"라는 구절이 나온다. "마구간에 불이 났다. 공자께서 조정에서 물러나와 말씀하시기를, '사람이 상했는가?' 하시고 말에 대해서는 묻지 않으셨다"로 새긴다. 주자(朱子)는 이에 대해 공자께서 말을 사랑하지 않은 것이 아니나 사람이 상했을까를 염려하는 마음이 많았기 때문에 물어볼 겨를이 없었던 것이라 하고 대개 사람을 귀히 여기고 가축을 천하게 여기는 것은 도리가 마땅히 이와 같다고 하였다. 그러자 왕양명(王陽明)은 이를 "구분(廐焚), 자퇴조(子退朝), 왈(曰) : '상인호부(傷人乎不)?' 문마(問馬)"로 보아 뒷부분을 "사람이 다치지 않았느냐 하시고 말을 물으셨다"고 풀이하였다. 앞에서는 사람만 묻고 말은 묻지 않은 것이었는데 띄어쓰기를 이렇게 하고 보니 사람을 먼저 묻고 나서 말을 나중 물으신 것이 된다. 주자학의 서슬이 푸르던 이조 후기에 백호(白湖) 윤휴(尹鑴)는 왕양명의 설을 채용하여 성인(聖人)이 사람만 사랑하고 말을 사랑치 않을 까닭이 없으나 사람과 짐승의 구분이 있는지라 사람을 먼저 말하고 짐승을 나중 물으신 것으로 보아야 한다고 주자의 풀이에 이의를 제기하였다. 경전에 대한 주자의 여러 해석에 줄곧 의문을 제기하던 그는 마침내 사문난적의 낙인이 찍혀 죄를 입어 죽임을 당했다. 이른바 띄어쓰기가 사람을 잡은 이야기이다. 이 시기 이데올로기화한 주자학은 이미 해석의 융통성조차 인정할 수 없는 맹목적 권위로 중무장했던 것이다.[2]

이와 같은 사상의 독단주의, 학문의 획일주의는 ― 우리가 조선왕조에서 보았듯이 ― 적어도 외세의 침략이나 외부 사조의 유입이 없는 한, 그 끊임없는 이데올로기의 세뇌를 통해 내국인의 세계관을 묶어둠으로써 장구한 세월을 버티어갈 수 있다. 그러나 자의든 타의든 외부에 문을 열어 새로운 사상, 학문의 다원주의를 접할 경우 그 또한 덧없이 무너지리라는 것은 쉽게 짐작될 수 있는 일이다. 내부의 모순과 허위가 하루아침에 드러나기 때문이다. 이를 잘 알고 있었던 까닭에 조선왕조는 19세기에 들어 서구의 새로운 사조가 물밀듯이 밀려들자 이에 끝까지 대항, 쇄국의 문을 닫아걸었던 것이다. 그럼에도 불구하고 조선이 외세의 강압에 못 이겨 문호를 개방할 수밖에 없었을 때 그 즉시 패망의 길로 치달았다는 것은 우리가 역사에서 보던 그대로가 아닌가. 이는 오늘의 북한에서도 되풀이되고 있는 현상이다.

셋째, 조선왕조 시대의 모든 학문은 한마디로 정치에 집중되었다. 달리 말하면 순수하고 독립된 인문 혹은 사회학이란 거의 존재하지 않았으며 유일한 학문이라 할 성리학은 이데올로기로 변질되어 정치의 시녀로 전락해버렸다. 따라서 이 시기에는 학문의 목적, 학문의 내용, 학문의 가치가 모두 정치에 있었다. 우선 태어나서 받는 가정교육, 커서 받는 서당 교육, 성인으로서의 향교 교육은 그 내용이 획일적으로 유학인데 그것은 넓은 의미에서 정치와 관련된 윤리 교육이요 좁은 의미로

---

2) 정민, 『한시미학산책』, 솔, 1996, 109쪽.

는 봉건왕조를 유지시키고자 하는 정치 세뇌 교육이었다. 그리고 이와 같은 교육의 목적은—신분제 등으로 인해서 일찍이 모든 것을 포기하고 생업에 몰두한 중인이나 상민계급을 제외하고—모두 과거에 급제하여 관직에 나아가는 것에 있었다. 왜냐하면 지금도 우리 한국인의 의식에 뿌리 깊이 남아 있는 관존민비(官尊民卑) 사상에서 보듯 높은 관직—벼슬이야말로 최상의 가치로 여겨졌기 때문이다. 입신양명(立身揚名)이라는 것은 모든 조선인들이 추구했던 효의 최고 경지인데 곧 관직에 나아가 부모에게 부귀영달을 누리도록 하는 것과 다름이 아닌 것이다.

조선왕조에서 '정치'가 최상의 가치가 될 수 있었던 것은 두 가지 이유 때문이다.

첫째, 역대 왕들이 왕권을 비호하는 권력집단에게 무한한 특권을 부여함으로써 모든 백성들로 하여금 관직을 동경하게 만들었다는 점이다. 부귀영달을 누리자면 관직에 올라 정치에 참여하지 않고는 그 어떤 것도 불가능했다.

둘째, 조선왕조의 통치이념인 유학이—또한 그렇기 때문에 조선의 지배 엘리트가 유학을 통치이념으로 삼았겠지만—본질적으로 정치의 이상을 실현코자 하는 철학 혹은 윤리학이라는 점이다. 공자(孔子) 자신도 생전에 자신의 이상을 정치로 실현하기 위하여 여러 제후국들을 유랑하지 않았던가. 원래 유가에서는 때를 얻으면 관직에 나가 정치로서 뜻을 실현하고 여의치 못하면 물러나 자연과 더불어 사는 것을 최상의 덕목으로 삼았다. 소위 출사(出仕), 치사(致仕)가 그것이다.

셋째, 조선왕조시대의 정치주의는 비단 학문에 국한되는 문제만은 아니었다. 예술은 모두 충효를 노래하거나 그 형이상학적 이념으로 해석되었으며 정치와 상관없는 산업기술이나 과학은 매도되었고 유일한 학문이었던 유학은 아예 독자성과 다원성을 포기한 채 정치의 시녀로 전락해버리고 말았다. 이렇듯 정치가 최상의 가치가 되고 충효의 윤리가 모든 덕목들을 평가한 기준이 된 까닭에 결국 정치와 관련되지 않은 문화, 학문, 예술, 과학, 산업은 그 존재 가치를 상실해버리게 된 것이다. 그러한 와중에서 유학을 통해 관직에 나아간 권력집단들은 끝없는 충성과 이념 경쟁으로 자신의 기득권을 유지 확장하는 데 영일이 없었으니 비단 부분적인 예외가 없지는 않았다 하더라도—아직 유학이 경직된 정치 이데올로기로 정착되지 않았던 초창기를 제외하고—큰 틀에서 볼 때 어찌 조선이 민족 발전을 이루어낼 수 있었겠는가.

4

그렇다면 이상 살펴본 바 조선사회는 그 구조적인 특성으로 인해 대체 어떤 성격의 지식인 유형을 만들어낸 것일까.

첫째, 이념 지향적 인간형이다. 그들이 추구했던 학문이라는 것이 실제 생활과 관련 없는 추상적 우주 원리나 공리공론이었고 사리 판단이나 진위 판단이 모두 이데올로기에 의해서 재단되었기 때문이다. 더욱이 현실적 삶이야 어떻든, 세계의 실재성(reality)이야 어떻든 오로지 이념만을 맹목적으로 추수해야만 권력의 상층부에 편입, 부귀영달이 가능했던 사회임에랴.

둘째, 정치 지향적 인간형이다. 학문의 목적이 출사로 합리화되 관직의 획득에 있었고 학문 그 자체나 사회를 지배하는 최상의 가치 또한 정치 즉 치세의 도에 있었으며 정치에 참여하지 않고는 누구도 소위 입신양명을 기할 수 없었으니 조선사회에선 지식인은 고사하고 그 어떤 사람이든 정치를 지향하지 않을 수 없었다. 이 말은 바꾸어 조선사회가 정치 이외 삶의 다른 분야에는 별 가치를 두지 않았나는 뜻이 된다. 그러므로 정치가 아닌 다른 분야의 경우도 자연스럽게 정치이념이 아니고서는 가치가 평가될 수 없었다. 가령 조선시대 사대부가 쓴 거의 모든 문학작품들 — 민중문학이라 할 『춘향전』이나 『홍길동전』 같은 것은 예외이나 『홍길동전』의 작자 역시 이와 같은 예외성으로 인해 처형을 당하는 운명을 맞게 된다 — 은 충이나 효를 선전하는 정치 도구의 문학에서 벗어나지를 못했다. 따라서 순수한 문인이란 있을 수 없으며, 있다 해도 그의 의식은 항상 정치에 있었으므로 문인으로서의 평가 역시 정치이념에 의해서 결정될 수밖에 없었다.

셋째, 감정적 신념의 인간형이다. 원래 이념이란 관념적 이상태를 지칭한다는 점에서 실재(reality)는 아니다. 이념이란 문자 그대로 현실에서 벗어나 있는 까닭에 이념인 것이다. 가령 마르크시즘의 경우도 이데올로기로서의 그것은 — 그 실현을 위하여 세계의 도처에서 수많은 비극적 사건이 일어났음에도 불구하고 — 현실적으로 이 지상 그 어디에도 실현된 적이 없고 미래에도 실현되기는 힘든 사상이다. 따라서 이념을 추구하는 행위 자체는 신념 즉 믿음일 수밖에 없다. 왜냐하면 증명되지 않는 사실이 옳다는 생각은 믿음 이외는 없기 때문이다. 그런데 이성과 논리로 그 실재성을 증명할 수 없는 대상을, 그럼에도 불구하고 옳다고 믿는 행위는 그 자체가 감정이라 할 수 있다. 즉 '믿음=신념'은 감정의 영역에 속해 있는 것이다. 따라서 언뜻 보기엔 조선의 지식 엘리트들은 매우 합리적인 것 같아 보이고 또 그 자신 합리성을 강조하였지만 실은 이념에 대한 감정적 신념이 투철한 사람들에 지나지 않았다. 일반적으로 조선의 유학자들이 완고하게 보이는 이유도 이와 같은 정신적 편향성에서 유래하는 것이라 할 수 있다.

넷째, 명분을 중시하는 인간형이다. 조선의 지식인들은 항상 실질보다도 명분을 숭상한다. 설령 실질과 명분이 괴리된다 하더라도 그들이 선택한 것은 실질이 아니고 명분 쪽이다. 그것은 이념이 지배하는 사회는 항상 실질보다 명분에 의하여 통치되는 정치구조를 지니고 있기 때문이다. 예컨대 앞에서 이미 언급한 바와 같이 세계의 어디에서나 봉건 사회의 정치권력이란 힘 즉 무력에서 비롯한다. 그것이 바로 실질이다. 그런데 조선의 경우는 이념이 이를 대체했던 것이다. 현실정치에 있어서도 조선의 정치인들은 인민의 실제 삶—가령 경제나 산업과 같은 분야보다는 인륜 도덕과 같은 형이상적 분야에 보다 관심을 가졌다. 그러므로 정치를 지향하는 조선의 지식 엘리트 역시 명분을 중시하는 인간형이 될 수밖에 없었다.

다섯째, 흑백 논리에 추수하는 인간형이다. 조선의 지식 엘리트들은 다양한 사고를 결핍하고 타협과 절충을 혐오한 사람들이다. 그것은 그들이 오로지 한 가지 이념—유학만을 절대적으로 추구한 데서 굳어진 사고방식이다. 이 한 가지 이념으로부터 벗어나는 생각, 이 한 가지 이념에 대한 비판적 성찰이나 다른 이념의 수용은—설혹 그것이 발전적인 의미라 하더라도—왕권의 수호라는 보다 중요한 정치적 이유로 인해 곧 사문난적이 되기 때문이다. 그것은 우리가 앞의 인용된 예에서 보았듯 성리학의 정통성을 추수하여 입신양명하는 길과 그로부터 벗어나 죽음에 이르는 길의 양자 중 하나를 택하는 행위라 할 수 있다. 그러므로 조선의 지식 엘리트들은 상호 다른 의견을 지니게 될 때 사실이야 어떻든 각자 자신의 이념만이 정통성을 계승했다고 주장해야 하는 상황에 빠진다. 이 경우 상대의 입장은 물론 사문난적이 될 수밖에 없다.

여섯째, 차이성 혹은 창조적 능력이 거세된 인간형이다. 조선의 지식 엘리트들은 창조적인 사고가 결여되어 있었다. 아니 독창적인 사고를 시도할 의도도, 독창적인 사고를 해야 할 필요성도 가지고 있지 않았다. 독창적 사고를 하게 되면 정통성을 비판한다는 오해를 받게 되어 오히려 그 자신 위험에 직면하기 때문에 자신의 독창성뿐만 아니라 타인의 독창성에도 동조하거나 인정해서는 결코 안 되는 것이 처세의 한 요체라 할 수 있다. 그리하여 조선사회의 지식 엘리트가 할 수 있는 가장 현명한 처신은 이미 공인된 논리를 충실히 따르고 다른 많은 사람들이 추수한 이념의 길을 추종해서 걷는 것뿐이었다. 이와 같은 현상은 말할 것도 없이 사상과 학문의 자유가 허락되지 않은 조선의 이념정치에서 기인한다. 독창성이란 기존의 가치 판단과 논리에서 벗어나는 일에서 가능한데 조선사회의 경우 이는 곧 사문난적이 되기 때문이다. 그 공인되고 허락된 이념의 정점에 바로 공자와 맹자 같은 성인이 존재하는 것이다.

이처럼 조선사회는 주체적 사고가 허락되지 않았다. 설령 그러한 사고를 가졌다 하더라도 외적 표현이 금지되어 있었으므로 지식인의 주체적 행동이 불가능했다. 주체적 사고가 결여된 사람은 바로 그러한 이유에서, 주체적 사고를 가진 사람은 그럼에도 불구하고 가진 자의 일원으로 남기 위하여(권력집단의 탄압을 피하고 부귀영화를 누리기 위하여) 조선사회가 요구하는 이념에 따라 행동하지 않을 수 없었기 때문이다.

한편 조선의 지식 엘리트가 추구하는 최상의 목적은 관직에 나아가 정치를 하는 것이었고 정치를 하자면 정적들과의 싸움 또한 불가피했다. 그리하여 그들은 또한 자연스럽게 스스로 정통이라 믿는 이념에 따라 파당을 만들게 된다. 그들의 힘은 세계의 다른 봉건사회에서 보는 바, 무력에서 나오는 것이 아니라 이념에서 나오기 때문이다. 그런데 파당의 구심점이 되는 이 이념은 정치권력을 획득하기 위한 명분 이상이 될 수 없었으므로 조선사회는 또한 대부분 당파적이며 부화뇌동하는 지식인을 양산해내는 제도적 틀에서 존립해왔다고 말할 수 있다. 그리하여 조선사회는 이념을 명분 삼아 당파를 만들고 이에 부화뇌동하는 지식인의 유형을 끝없이 생산해내게 된다.

　필자가 지금까지 이같이 장황한 이야기를 늘어놓은 이유는 다른 데 있는 것이 아니다. 그것은 이상에서 살펴본 조선 지식 엘리트들의 부정적인 특성이 21세기 한국 지식인에게도 고스란히 유산으로 남아 민족 발전의 장해가 되고 있다는 사실을 지적하기 위함 때문이다. 한국의 지식인들은—심지어 외국 유학을 경험한 사람들까지도—비록 습득한 지식의 내용은 서구적인 것일지 몰라도 그것을 실천하는 태도 혹은 행동에서만큼은 조선시대 지식 엘리트의 그것과 크게 다르지 않다는 것이 필자의 생각이다. 그것은 특히 문단, 그중에서도 평단에서 더욱 심하나. 아마도 그것은 지난날 조선시대의 선비—지식인들에 가장 근접한 현대의 지식계급이 문인이기 때문일지도 모른다.

　물론 모든 평론가들이 그런 것은 아니지만 오늘의 한국 비평가들의 행동양식은 조선조 지식 엘리트의 그것과 유사한 측면이 적지 않다.

　첫째, 대부분 이념 지향적이다. 그것은 신문학 성립 이후부터 보편화되어왔던 특성이지만 오늘의 상황에서도 크게 달라진 것은 없는 것 같다. 그것은 세 가지로 설명될 수 있을 것이다. 하나는 비평의 대상이 작품에 담겨진 이념—넓은 의미에서 내용—에 국한되고 실제 작품 분석은 항상 뒷전으로 넘긴다는 점이다. 물론 필자도 문학작품에 있어서 이념이 중요하지 않다고 말하지는 않는다. 그러나 이념이 문학작품의 우열을 결정하는 것은 물론 아니다. 가령 괴테나 셰익스피어 작품들이, 또는 보들레르의 시나 도스토예프스키의 소설들이 그 이념 때문에 걸작으로 공인되지는 않았다. 오히려 그 우열은 상상력이나, 형상화의 방식, 치밀한 구조, 언어의식, 독창성 등 복합적 요소들에 의하여 결정되는 것이다. 그러므로 진정한 비평은 이념을 이야기하기에 앞서 작품 자제를 분석, 이와 같은 세 요소들이 어떻게 하나의 작품으로 통합될 수 있는지를 밝혀내야 할 것이다.

다른 하나는—비평의 관심이 그러하니—자연스럽게 작품 평가의 기준을 어떤 특정한 이념에서 찾는다는 점이다. 실제 작품이 좋든 좋지 않든 그 안에 어떤 특정한 이념이 강하게 드러나면 곧 평가의 대상이 된다. 우리 비평사에서 그 대표적인 예는 아마도 식민지 치하의 프롤레타리아 문학, 오늘날의 민중문학에 대한 비평일 것이다. 주지하다시피 식민지 치하의 우리 비평계를 주도했던 것은 프롤레타리아 비평이었다. 비평이 그러하니 이 시기의 모든 한국문학이—시든 소설이든—마르크시즘을 반영하지 않고서 훌륭한 것으로 평가되기 어려웠고 그래서 너나할것없이 프롤레타리아 문학작품의 창작에 열을 올렸다는 것은 누구나 아는 사실이다. 그러나 한 시대가 지난 오늘에 와서 볼 때 식민지 치하 프롤레타리아 문학작품 가운데서 작품다운 작품이란—특히 시의 경우—단 하나도 건질 수 없다는 것이 일반적인 견해가 아닌가.

또다른 하나는 대체로 이념이란 정치 이데올로기에 관련된다는 점에서 대부분의 비평이 사회적인 문제에만 관심을 갖고 다른 분야에 대해서는 거의 눈을 감는다는 점이다. 물론 삶의 반영이라 할 문학에 그 어떤 것도 사회성이 배제될 수는 없다. 그러나 여기에는 복합적 문제들이 따른다. 간접적인 반영과 직접적인 반영, 소재적 반영과 구조적 반영, 이념적 반영과 미학적 반영 그리고 그외에 장르적인 특성 등이 고려되어야 하기 때문이다. 심지어는 자연의 시라 할 김소월의 「산유화」나 존재의 시라 할 유치환의 「깃발」에도 사회성은 반영되어 있다. 그럼에도 불구하고 한국의 비평가들은 대부분 직접적으로 사회적인 문제에 관련되지 않은 문학작품은 아예 비평의 대상으로 올려놓지 않는다.

둘째, 실제의 작품과 동떨어진 비평이다. 이는 아마도 명분을 지향하는 조선 유학 엘리트의 한 유산일지도 모른다. 한 작품을 훌륭하다고 말하기 위해서는 없는 이념도 마치 있는 것처럼 합리화하거나 조작하는 식의 비평도 그러한 예 가운데 하나일 것이다. 특정한 이념은 없지만 문학적으로 훌륭하다거나 이용 가치가 있어 보이는 작품들을 대상으로 한 비평들이 대개 이 경우에 해당되는데 이들의 입장에서는 아무리 좋은 작품이라 하더라도 특정한 이념이 없으면 좋은 작품이 될 수 없는 까닭이다. 그리하여 우리 비평에서는 프롤레타리아 문학이 아닌 프롤레타리아 문학, 민중문학이 아닌 민중문학, 저항시가 아닌 저항시가 수두룩하다. 김광섭의 「성북동 비둘기」나 김수영의 「풀」과 같은 작품이 그 대표적인 예가 될 것이다.

다음은 실제 작품 창작과는 무관한, 나아가서 아무 도움이 되지도 않고 도움이 될 가능성노 없는 이야기늘을 공소하게 주장하는 경우이다. 이는 구체적 창작 방법이 없고 또한 실사구시와 동떨어신다는 섬에서 명분을 위한 비평에 해당된다고 말할 수 있다. 예컨대 '통일문학작품'을 창작하자, '프롤레타리아 혁명의 기수가 되자'와 같은 논설식 평론이다. 그러나 어떤 의미에서는 우리의 언어를 아름답게 지키고 한국인의 정서를 순화시키는 것이 민족의 영속성을 지키는 일이므로 김소월의 「진달래꽃」이나 김영랑의 「오매 단풍 들것네」가 오히려 훌륭한 통일문학이 되지 않겠는가.

문학이라는 것은 원래 장르의 구분이 있고 그 각각우 본질적 속성이 다른 까닭에 현실에 참여하는 방법 또한 같을 수 없다. 참여의 뜻이 구체적으로 무엇인가도 문제이지만 가령 프롤레타리아 문학과 같은 정치 수단의 목적문학이라면 바로 그런 까닭에 그러한 무하우 무하저 서취를 이루어내기 어려운 것이 또한 사실이다. 그러니 설령 이와 같은 주장이 명분상으로 옳다 하더라도 현실적으로 그 구체적인 실천은 어떻게 하자는 말인가. 참으로 한국의 문학비평은 참다운 비평은 없고 신문사설식의 문학논설이 이를 대신할 뿐이라고 필자는 생각한다. 비평가는 없고 문힉논열가가 판을 치는 오늘의 우리 평난인 섯이다.

　문학의 장르적 특성을 고려하지 않는 비평도 이 경우에 속한다. 예컨대 기본적으로 시와 소설(산문)은 다르다. 가령 시는 존재의 언어 혹은 사물의 언어이지만 산문(소설)은 도구의 언어 혹은 전달의 언어이다. 그러므로 그 언어의 특성상 소설이 갖는 기능과 시가 갖는 기능은 애초부터 같을 리 없다. 그럼에도 불구하고 소설에서나 할 수 있는 기능을 시에서 강요한다면 이는 실질과 다른—마치 탁상공론과 같은—명분을 이야기하는 것이 아닐까. 오늘날 우리 비평이 지닌 문제의 하나는 이렇듯 많은 부분이 소설에서 제기해야 될 문제들을 시에 대하여 이야기하고 있다는 점이다.

　셋째, 당파적 비평이다. 한국의 비평가들은 대부분 그룹—당파를 형성하고 있다. 한국의 문학권력은 대체로 문학매체를 소유하고 언론을 장악하고 있는 까닭에 비평가들은 구조적으로 이와 같은 집단에 소속되지 않으면 비평활동을 하기도 힘들고 설령 비평활동을 한다 하더라도 소외당하기 십상이기 때문이다. 이러한 문학집단은 이념을 매개로 하는 경우도 있고 이해관계—문학권력이나, 경제적인 문제나, 문단활동의 필요성 등—로 얽힌 경우도 있다.

　물론 어떤 경향성을 추구하는 데서 오는 자연스러운 결집이라면 이 같은 집단화가 꼭 나쁜 것은 아니다. 문제는 이들 비평가 그룹이 당대의 문학을 객관적으로 보지 않고 자신들의 문학권력을 확장, 유지하는 편향성으로 나아가고 있다는 점이다. 그리하여 비평가들은 자신의 눈으로써가 아니라—그런 능력이 없어 그럴 경우도 많겠지만—자신이 소속된 집단의 눈으로 작품을 바라보고 평가한다. 우리 문단에서는 아무리 좋은 작품이라 하더라도—어떤 이유에서건 한번 비평가 집단의 눈 밖에 나면 평가의 대상이 되기 힘들다. 실로 한국 문학비평의 큰 문제점 가운데 하나는 비평가들 자신의 주체적 평가가 없거나 설령 있다 하더라도 그것을 용기 있게 발표할 수 없는 당파적 인맥에 있다. 그리하여 그 인맥은 일대를 거쳐 이대, 삼대, 사대로 계승되기까지 하는 것이 우리 문단의 현 실정이다.

넷째, 부화뇌동하는 비평이다. 앞서 지적한 바와 같이 '부화뇌동'이란 조선조 유학 엘리트들이 그 자신 사문난적으로 몰리지 않고 생존을 도모하기 위해 취한 당리당략적 처신의 하나이다. 그런데 이 나쁜 유산이 지금의 한국 지식인에게도 그대로 답습되지 않았나 하는 것이 필자의 의구심이다. 예컨대 우리 비평가들이 대체로 시류나 대세에 민감하여 누구보다도 민첩하게 이에 편승 뒷북치기를 좋아하는 것, 시류나 대세에 벗어나는 작가 혹은 경향에 대해서는—마치 조선의 이념 논쟁이 그러했던 것처럼—항상 타도의 대상으로 바라보는 것 등이 그것이다. 그러므로 우리 비평가들은 그 자신 높게 평가한 작품이나 경향이 설령 있다 하더라도 그가 소속된 집단의 입장과 다를 경우 공개적인 발언에서는 이를 접거나 자신의 뜻과는 반대로 그 집단의 목소리를 획일적으로 내는 것이 일반화되어 있다. 대세에 묻혀 살아야만—조선의 지식인이 그랬던 것처럼—신명을 보존할 수 있기 때문이다.

그리하여 문학권력의 정상에 있는 비평가 집단이 한번 옳다고 단정을 내리면 대다수의 비평가들은 뒤에서 북을 치고 그 다음 세대는 대를 이어 칭송하는 것이 관례가 되었다. 한 문학 사조 혹은 조류가 유행하면 모든 시인들이 그 틀 안에서 국화빵을 찍어내듯 획일적인 작품들을 찍어내고 또 그래야만 인정되는 문단 풍토가 일반화되었다. 비평가 집단의 눈에 들기만 하면 어떤 시인이나 시가 흐를수록—마치 경사진 눈밭을 굴러가는 눈송이처럼—우상화의 대상이 되고 그를 획일적으로 모방한 작품들이 시대를 대표하는 것과 같은 현상이 문단을 지배하게 되었다.

다섯째, 정치를 지향하는 문학이다. 한국의 문학비평은 정치에 참여하는 작가의 작품을 맹목적으로 높이 평가하는 경향이 있다. 물론 이들 가리켜 전혀 일리 없다고 말할 수는 없다. 보편적 인간의 삶이라는 관점에서 볼 때 불의와 맞서 투쟁하는 일보다 더 의롭고 가치 있는 일이란 있을 수 없기 때문이다. 그러나 그것은 문인만이 아니라 가치를 추구하는 모든 자연인들의 공통된 소명인 까닭에 그것만이 문학을 평가하는 기준의 충분조건이라고 주장하는 것은 옳지 않다. 그가 실제의 생활에서 불의와 맞서 싸웠기로 기왕에 썼던 그의 문학작품이 갑자기 훌륭해지는 것도, 더 훌륭한 작품이 씌어지는 것도 아니다. 작가와 작품, 혹은 행동과 작품은 별개이며 문학작품은—작가가 정치에 참여를 했든 아니 하였든—작품 그 자체가 지닌 자율적 원리에 따라 가치가 부여되는 인공물(artefact)일 뿐이기 때문이다. 그럼에도 불구하고 우리 비평에서는 가열차게 정치투쟁을 한 문인, 감옥에 갔다 온 문인의 작품은 일단 훌륭한 것으로 치부된다. 그리하여 심지어는 훌륭한 작품은 저항문학이 아니면 안 된다는 도식까지 만들어져 저항시가 아닌 것도 저항시가 되어버린 희극까지 빚어지게 된 것이다.

오늘의 한국문학이 해야 할 일은 많다. 그러나 이중에서도 우리 비평이 안고 있는 문제를 해결하는 것은 무엇보다 시급하다. 문학창작에 끼치는 비평의 영향이 지대하기 때문이다. 그러한 관점에서 필자는 우선 우리 비평가들에게 남겨진 조선조 유학 엘리트들의 나쁜 유산을 무엇보다 빨리 청산하는 일이 중요하다고 생각한다.

(1999)

포스트모더니즘의 한국적 수용

1

우리가 살고 있는 당대란 서력(西曆)으로 보면 새로운 천 년을 맞이하는 전환기요, 자본주의 발전의 단계로 보면 소위 다국적 자본주의 시대요, 산업 발전 단계로 보면 정보화 시대요, 과학기술 발전의 단계로 보면 하이테크 시대라 한다.

그러나 각기 다른 측면에서 규정한 이같은 호칭들은 물론 서로 무관한 것이 아니다. 한 몸체, 즉 15세기 르네상스에서 비롯한 서구의 물질문명사가 지닌 여러 유기적 특징들을 보는 관점에 따라 각기 다르게 명명한 것일 뿐이다. 오랜 역사에 걸쳐 독자적으로 일구어왔던 한국 — 동양의 문명사 역시 19세기 후반 이후부터 서구의 그것과 크게 다르지 않다는 것은 새삼스럽게 여기서 다시 지적할 필요가 없다. 그러므로 하이테크 시대의 문학을 이해하기 위해서 우리는 우선 오늘의 서구문명사를 이끌어온 원리 혹은 문명사적 토대가 어떤 것인지를 살펴보는 일이 필요하다.

현재도 마찬가지이지만 역사적으로 이 세계에는 여러 문명들이 있어왔다. 가령 이집트 문명, 메소포타미아 문명, 힌두 문명, 동아시아 문명 등이 그것인데 그중 서구문명사는 기원을 그리스에 두고 오늘에 이르기까지 대체로 사천 년간 지속되어왔다는 것이 정설이다. 보편적인 견해를 따르자면 이는 그리스 문명사 이천 년, 그리스의 쇠망 이후 등장한 기독교 문명사 이천 년의 합산이다. 일반적으로 역사가들은 이를 전기 이천 년, 후기 이천 년이라고 부른다. 이렇게 오늘의 서구의 문명사가 그리스 문명사를 대체하게 된 것은 일반적으로 문명사란 그 문명을 이끄는 이념이 쇠퇴하면 새로운 문명이 이를 대신할 수밖에 없는 역사의 필연 때문이다. 그리하여 오늘의 서구문명사는 쇠퇴한 그리스 문명을 대신하여 오늘에 이르기까지 근 이천 년을 버티어왔다.

그렇다면 오늘의 서구문명사를 이끌어온 이념은 무엇인가. 한마디로 기독교이다. 정확히 말하자면 15세기 르네상스를 기점으로 그 이전의 약 천이백 년 동안(밀라노 칙령 이후의 후기 로마와 소위 중세)은 기독교 이념을 맹목적으로 추종하던 시대요 그 이후 오늘에 이르기까지 오백 년은 기독교 이념으로부터 서서히 일탈해온 시대라 할 수 있다. 그러한 관점에서 후기 오백 년은 기독교 이념과 배리되는 방향으로 나아가고 있었음도 사실이다. 그러나 이 역시 기독교를 전제하지 않고서는 성립될 수 없는 까닭에 넓은 의미로 기독교 문명사의 일부임이 물론이다. 우리가 물질문명이라고 일컫는 오늘의 서구문명은 바로 르네상스에서 비롯된 이 오백 년, 다시 말하여 기독교 이념으로부터 일탈을 추구해온 오백 년의 문명사가 일구어낸 결과라 말할 수 있다.

그렇다면 르네상스 이후 이 오백 년의 서구문명사가 추구해온 이념은 무엇인가. 그것은 간단히 말해 두 가지 즉 계몽주의(Enlightenment)와 휴머니즘이지만 그럼에도 불구하고 이 양자는 다르지 않다. 계몽주의란 기본적으로 이 세계는 이성이 지배하고 있다는 세계관이요, 휴머니즘이란 인간을 이성적 존재로 인식하는 가치관이라는 점에서 이 모두 이성(reason)에 그 본질을 두고 있기 때문이다. 휴머니즘이 이 세계의 가치를 인간이라는 척도에 둔다고 할 때의 그 인간은 바로 '이성적 인간' 즉 호모 사피엔스(Homo Sapiens)인 것이다. 그러므로 휴머니즘이란 결국 이성주의를 가리키는 것과 다른 말이 아니다. 우리는 이렇듯 이 세계와 인간의 본질을 '이성'으로 파악하고자 하는 이념을 '이성중심 세계관(logo-centrism)'이라 부른다.

르네상스 이후 오백 년의 서구 물질문명사는 한마디로 이 이성중심 세계관에 토대해 있다. 따라서 계몽주의란 이성중심 세계관의 철학적 명칭, 휴머니즘이란 그 윤리적 명칭에 지나지 않는다. 논리성, 객관성, 합리성에 자리한 근대과학 또한 바로 이와 같은 이성중심 세계관의 산물이라는 것은 두말할 필요가 없다. 이는 이성이 무정되고 신에 대한 맹목적 신앙이 강요된 르네상스 이전의 천오백 년, 달리 말해 신중심 세계관이 지배했던 중세에 과학이 전혀 발전할 수 없었다는 역사적 사실에 의해서도 실증되는 바이다.

어떻든 르네상스 이후 오백 년의 서구문명사는 이성중심 세계관이라는 이념에 의하여 주도되어왔다. 그 결과 이 시기의 자연과학은 인류사의 그 어디에서도 유례를 찾아볼 수 없는 발전을 이룩하였고 이에 발판을 마련한 물질문명 또한 그 어디에 비견할 수 없이 현란하게 꽃을 피웠다는 것은 우리가 익히 목도하고 있는 바와 같다. 그러나 한편으로 우리는 이렇게 물을 수 있다. 그렇다면 이에 비례해서 인간의 삶도 또한 그만큼 행복해졌는가. 여기에는 행복이란 무엇인가 하는 명제가 우선 해명되어야 하겠으나 상식적인 차원에서 말하자면 그 해답은 정녕코 '아니다'라는 것이다. 오히려 현대인의 삶은 그 이전보다 더 불행해졌다고 말하는 것이 솔직한 답인지 모른다.

많은 철학적, 사회학적 탐색이 겪기가 그렇지만 오늘의 인간 삶은

'비인간화(de-humanization)' 되었다고 한다. 인간이 그 인간성을 상실하여 인간이 아닌 것과 같은 존재가 되어버렸다는 뜻이다. 그뿐 아니다. 일반적으로 문명사가들이 현대인의 삶을 소외(alienation), 물화(物化, reification), 물신숭배(物神崇拜, fetishism) 등으로 특징지은 것 역시 마찬가지이다. 이성적 인간에 대한 지나친 경도가 이제 오히려 인간그 자체를 한낱 물질과 같은 존재로 만들어버렸다는 것이다. 그리하여오늘날의 인간은 오직 물질 즉 자본의 가치 이외에는 그 어떤 것도 인정치 않아 결과적으로 인간성과 생명성을 상실한 채 그 자신의 물질을 신으로 섬기는 지경에까지 이르게 되었다고 한다.

그러나 문제는 인간성의 타락으로 끝나는 것만은 아니다. 현대 물질문명은 환경과 생태계를 파괴시켜 인간을 생물학적으로도 파멸로 몰아가고 있다. 여러 가지 형태의 공해, 대량학살무기, 인구의 폭발적 증가, 식량의 결핍 등도 인류의 앞날을 어둡게 하고 있다. 이와 같은 현대의상황은 일찍이 르네상스 이전의 신중심 세계관에서조차 찾아볼 수 없는 비극적인 것들이라 하겠다.

그렇다면 현대인들의 이 비극적인 상황은 무엇으로부터 연유하는 것일까. 직접적으로는 물론 극단으로 치닫는 자본주의와 물질문명, 달리말해 맹목적인 산업화에서 찾을 수 있다. 그러나 이를 배태시킨 그 근본 원인이 서구의 이성중심 세계관에 있다는 것은 누구나 동의하는 바가 아닌가 한다. 서구의 물질문명과 자본주의 산업화란 이성중심 세계관과 이 축을 움직이는 두 바퀴 즉 계몽주의와 휴머니즘에 의해서 가동된 것이기 때문이다. 그러므로 그 불행한 삶을 치유하고, 상실된 인간성을 복원하며, 인간이 인간답게 사는 사회를 실현시키기 위해서는 오늘의 물질문명의 토대가 된 서구의 이성중심 세계관을 비판적으로 성찰하지 않으면 안 될 것이다.

원래 서구인들이 르네상스 정신에 토대해서 이성중심 세계관을 정립하고 이를 계승 발전시켜왔던 것은 물론 그 이전의 천오백 년 신중심 세계관의 지배에 따른 삶의 모순을 벗어나기 위함이었다. 그런데 이 신중심 세계관이란 이 세계의 주인은 신이요 인간은 그의 노예라는 생각이 중심되는 세계관이다. 여기에는 오직 믿음과 신념과 감성이 요구될 뿐 이성이나 합리성 그리고 논리적인 사유가 개재할 틈이 없었다. 인간을 인간 그 자체로 이해하거나 세계를 과학적으로 탐구할 관점도 허락되지 않았다. 그 결과 중세가 소위 암흑의 시대로 불릴 만큼 정체되었다는 것은 우리가 서양사를 통해 익히 알고 있는 바이다.

그러므로 이에 반동한 르네상스 시기의 서구인들이 이성을 최고의 가치로 내세워 계몽주의와 휴머니즘을 추구했던 것은 당연한 결과였다. 이성의 회복이 신의 노예상태 아래 놓인 인간을 해방시키는 첫걸음이었기 때문이다. 따라서 그들은 이로부터 오늘에 이르기까지의 오백여 년에 걸쳐 이성중심 세계관을 확고하게 다져왔고 19세기, 20세기에 이르러서는 이제 이성으로 이해될 수 없는 것은 결코 진리가 아니라는 확신에까지 이르게 되었다. 그 결과 근대과학과 물질문명은 급속하게 발전하여 이제는 예전에 섬겼던 신 이상으로 물질을 숭배하는 시대 — 자본주의 물신화가 만연한 시대 — 가 도래하게 되었다. 신중심 세계관으로부터 인간을 해방시키고자 선택한 이성중심 세계관이 역설적으로 인간을 비인간화시킨 결과가 된 셈이다.

서구인들에게 이성중심 세계관이 극단화되기 시작한 것은 19세기이다. 이 시기에 이르러 그들은 마침내 신 — 그들이 이천여 년 동안 신봉해오던 기독교 신 — 은 죽었다고 선언해버린다. 인간의 이성으로 판단하건내 신이란 존재할 수 없었던 것이나. 신은 이성석인 손재도, 논리나 합리성으로 파악할 수 있는 자도, 과학적 규명의 대상도 아니기 때문이다. 그리하여 서구의 문명사에서 19세기는 신을 죽인 시대로 기록되었다. 그것은 이 시기를 선도하면서 다가오는 20세기의 정신사를 열었던 몇 사람의 사상가들을 살펴보면 쉽게 이해되는 사실들이다.

우리는 흔히 20세기를 연 19세기의 대표적인 사상가로 니체, 마르크스, 찰스 다윈 등을 거론한다. 그런데 이들에게는 공통된 한 가지 관점이 있다. 모두 신의 존재를 부정하는 세계관에서부터 자신들의 사상체계를 확립시켰다는 점이다. 신이 죽었다고 선언한 니체의 『비극의 탄생』이 씌어진 것은 1872년이요, 진화론을 주장함으로써 신의 존재를 간접적으로 부인한 다윈의 『종의 기원』이 씌어진 것은 1859년이요, 무신론에 토대해서 유물변증법적 역사관을 서술한 마르크스의 『자본론』이 씌어진 것은 1867년이다. 모두 19세기 후반에 씌어진 저작들이다.

그러나 신의 죽음은 단지 신의 죽음으로 끝나는 것만은 아니다. 그것은 또한 인간의 죽음을 의미하는 것이기도 하다. 인간이 인간다운 것, 인간이 이 지상의 다른 생명체와 구분될 수 있는 것, 인간이 또한 이들보다 더 고귀하고 존엄한 자로 보증받을 수 있는 근거는 바로 신에게서 비롯하기 때문이다. 인간이란 신이 인간을 고귀한 것으로 창조했고 또 이 세계의 주인으로 인정했던 까닭에 존엄하다. 그렇지 않다면 인간 역시 다른 생명체와 별로 다를 것이 없다. 인간도 다른 생물과 똑같이 먹어야 살며, 짝짓기를 하며, 또 새끼를 길러서 자손을 번식시키기 때문이다. 여기에는 물론 다른 견해가 전혀 없다고 말할 수는 없다. 가령 오직 인간만이 도구와 언어를 사용할 줄 알기 때문에 여타의 동물과 구분된다는 등의 주장이다. 그러나 그 역시 정도의 차이가 있을 뿐, 인간만이 지닌 유일한 속성이라고 말할 수는 없다.

그럼에도 불구하고 굳이 찾자면 물론 한 가지 특성을 지적해낼 수는 있다. 윤리적 동물이라는 바로 그 사실이다. 인간은 다른 생명체에게는 없는 선악의 관념, 죄에 대한 의식을 지니고 있기 때문이다. 가령 동물들에게는 도둑질이라든가 살상의 개념이 없다. 근친상간이 금기시되어 있는 것도 아니다. 그러나 이 역시 기본적으로 신의 존재를 가정한 데서 비롯하는 정서라는 점에서 인간 고유의 것이라 하기는 어렵다. 즉 어떤 것이 선하고 악하다고 말하는 것은 본질적으로 인간의 이성적 판단에서 비롯하는 것이 아니라 신의 성스러운 소명에서 비롯한다. 선이란 신이 선한 것이라고 규정한 까닭에 선한 것이며, 악이란 신이 악한 것이라고 규정한 까닭에 악한 것이다. 물론 이때 '신(神)' 혹은 '신적(神的)인 것'은 실재자일 수도 있고(종교인의 경우), 성스러움(sacred, 무신론자의 경우)일 수도 있다. 어떻든 인간이 윤리적 존재로서 동물과 구분될 수 있는 것은 인간에게 성스러움 혹은 신의 개념이 존재하는 데서 가능한 것이다.

그런데 19세기 서구의 사상가들은 '신은 죽었다'고 선언하여 인간과 동물을 구분시켜주는 존재로서의 신 혹은 성스러움에 대한 신념을 그들 스스로 붕괴시켜버렸다. 그리고 그 결과는 참담하게 인간 그 자신도 죽여버린 상황으로 전개되었다. 이는 19세기가 신을 죽인 시대인 것과 마찬가지로 20세기는 이제 인간을 죽인 시대가 된 것을 의미한다. 앞에서 지적한 것처럼 현대 산업사회의 인간 삶이 비인간화, 소외, 물화, 물신숭배 등으로 치닫고 있는 이유도 근본적으로 여기서 찾을 수 있다. 그렇다면 우리는 이같은 비극적 상황을 어떻게 극복해야 할 것인가. 대답은 자명해진다. 결국 오늘의 물질문명을 이룩한 서구의 근대 이념 즉 이성중심의 세계관을 어떻게 극복하느냐 하는 문제로 귀결될 수밖에 없기 때문이다. 따라서 서구의 현대 사상은 두 가지 방향에서 해결의 실마리를 찾을 수밖에 없다.

하나는 새로운 이성의 시대를 열어야 한다는 것이다. 그래도 인간이 동물과 구분될 수밖에 없는 기준, 그리고 인간을 인간답게 하는 최고의 가치는 이성밖에 없다고 판단하기 때문이다. 그리하여 그들은 오늘의 산업사회가 이처럼 비극적인 상황에 빠진 것은 이성중심 세계관 그 자체가 아니라 '잘못된' 이성중심 세계관에서 비롯하는 것이라고 생각한다. 그러므로 이 '잘못된 이성중심 세계관'을 버리고 '진정한 이성중심 세계관'으로 돌아간다면 현대인의 삶은 다시 인간다운 삶을 회복할 수 있을 것이라고 믿는 것이다.

그들이 지적한 바 잘못된 이성중심 세계관이란 타락한 이성이 중심이 된 세계관을 뜻하는 말이다. 즉 르네상스 시대에 발현된 '이성'은 원래 건강하였으나 문명사의 전개과정에서 병이 들어, 즉 근대 자본주의의 대두에 따라 본래성을 상실하고 물질적 도구로 전락해버려 오늘의 이같은 결과를 초래하게 되었다는 것이다. 그리하여 이제 그것은 은행에서 이자를 계산하고, 상품의 가치를 규정하고, 기계와 물질의 반복질서를 의미하는 메커니즘의 원리 이상일 수 없게 되었다. 그리하여 그들이 현대문명에 재앙을 가져온 이 타락한 이성, 소위 '도구적 이성(in-strumental reason)'을 버리고 참다운 이성 즉 인간적 이성(비판적 이성)으로 새로운 문명사를 실현코자 하는 이유가 여기에 있다. 헤겔과 마르크스 철학을 계승한 오늘날의 좌파 사상가들 특히 하버마스나 아도르노와 같은 프랑크푸르트학파가 이 경향에 속한다.

다른 하나는 아예 이성 그 자체에 회의를 갖는 태도이다. 오늘날 인간을 파멸로 몰아넣은 장본인이 이성이라면 이성중심 세계관은 더이상 존립해야 할 당위성을 상실했다고 보기 때문이다. 그와 같은 견해는 인간의 필요 혹은 불필요성에 의해서가 아니라 근본적으로 이 세계는 이성적인 것이 아니며 또한 이성으로 파악될 수도 없다는 인식에서 비롯한다. 세계란 이성적 의미의 실재가 깨져버렸다는 것이다. 따라서 그들은, 이 세계는 이성이나 주체 그리고 의미구조가 없는 허무 혹은 현상 그 자체라고 생각한다. 니체의 철학에 계보를 두고 후설 하이데거의 현상학을 계승한 오늘의 해체주의자가 그들이다.

3

나는 앞에서 간단히 오늘날 서구의 지성들이, 파멸에 직면한 그들의 물질문명을 극복하기 위하여 나름대로 새로운 방향을 모색하고 있는 두 가지 사상적 계보를 살펴보았다. 그렇다면 오늘의 서구문학은 어떠한가. 이 역시 이 두 가지 사상적 흐름과 무관치 않다는 것이 나의 생각이다. 어느 시대나 문학예술은 그 당대의 삶과 이념을 반영해왔기 때문이다. 그러한 관점에서 오늘의 서구문학이란 그 명칭이 어떠하든 그게 다음과 같은 두 가지 경향을 추구한다고 말할 수 있다.

그 하나는 프랑크푸르트학파의 사상적 흐름을 반영한 문학적 경향으로 '모더니즘'이라 부르는 사조이다. 그것은 영미 모더니즘과 유사하나 유럽의 아방가르드 혹은 오늘의 포스트모더니즘과는 전혀 다른 문학적 지향점을 지니고 있다. 따라서 굳이 말하자면 19세기의 역사적 리얼리즘에 그 계보를 두고 이 세계의 실재성과 의미에 확신을 갖는 예술 사조를 철학적으로 부르는 명칭이라 할 수 있다. 그들의 문학은 비판적 이성으로 이 세계를 수용하여 인간성의 복원, 인간다운 삶의 확립에 목적을 두고자 한다. 가령 토마스 만, 브레히트, 페테르 바이스 같은 작가들이 추구하는 경향이다.

다른 하나는 이성을 거부하고 의미를 부정하며 삶을 실체 없는 우연의 연속으로 보고자 하는 경향이다. '중심이 없는 허무'라는 관점에서 그들은 또한 이 세계를 해체된 현상 그 자체로 규정하기도 한다. 일컬어 포스트모더니즘이라 불리는 영미의 최근 문예사조를 그 대표로 들수 있다. 이는 물론 후기 자본주의 사회 — 프레드릭 세임슨의 용어를 빌리면 다국적 자본주의 사회—의 비인간화된 삶을 반영한 것이지만 그들 스스로가 자신들의 문학적 경향을 서구의 해체주의 철학을 빌려 합리화하고 있음은 다 아는 바와 같다.

그러나 물론 이 양자는 다르다. 포스트모더니즘은 문학이 현실을 반영한다는 명제 아래 현대 물질문명에 의하여 파괴된 세계의 양상들과 이에서 빚어진 삶의 태도를 미학적으로 표현하는 데 반해 해체주의는 현대문명사를 극복하기 위한 하나의 이념으로서 반이성주의를 추구하고 있기 때문이다. 따라서 전자의 경우 의미 자체를 부정하지만 후자의 경우는 그렇지 않다. 해체주의는 이 세계는 이성에 기반을 둔 실체가 해체되었다는 것이지, 세계 그 자체가 무의미하다고 보지는 않는다. 그들이 해체주의를 'destruction'이라 하지 않고 굳이 'deconstruction'이라 명명한 것도 이 때문이다.

포스트모더니즘 또는 포스트모던한 경향은 분명 이 시대를 대표하는 문예사조의 하나이다. 그래서 그런지 오늘의 우리 문단에도 그 끼치는 바 영향이 적지 않다. 점차 서구문명사에 편입되어가고 있는 오늘의 한국적 상황에서 오히려 그 추종자는 맹목적으로 늘어가고 있는 것이 사실이다. 그러나 이와 같은 서구 추수의 문학적 편향성은 과연 바람직한 것일까. 이 의문을 풀기 위하여 우리는 우선 포스트모더니즘의 본질을 잠깐 살펴보기로 한다. 필자가 어떤 지면(졸저, 『문학과 그 이해』, 국학자료원, 2003)에서 논한 내용을 간단히 요약하면 다음과 같다.

1) 주체는 해체 혹은 소멸되었다고 본다.

2) 주체가 소멸되고 중심이 붕괴된 세계는 의미 그 자체가 사라진다. 따라서 이 세계는 무의미하며 허무하다.

3) 의미가 해체되고 주체가 소멸된 것으로서의 사고는 기본적으로 정신분열적이고 편집광적이다.

4) 의미가 소멸되고 사유주체가 분열된 언어는 더이상 논리나 의미적 통합을 이룰 수 없다. 따라서 포스트모더니즘의 담론은 자의적인 시니피앙의 유희에 머물며 기호체계는 해체되어버린다. 즉 언어와 문학의 장르 및 형식이 해체된다.

5) 꿈, 비전, 황홀경과 같은 환상적인 세계를 추구한다. 그것은 의미가 사라진 이 세계의 질곡으로부터 해방되어 자유스러워지고 싶기 때문이다. 그리하여 그들은 환각제, 공상과학소설, 포르노, 전자음악, 폭력, 프리섹스, 동성애와 같은 것들을 추구하는 것이다.

6) 미학적 대중주의에 토대하여 예술을 하나의 게임 혹은 유희로 본다. 패러디, 혼성모방(pastiche) 같은 기법이 널리 사용되는 것도 이 때문이다.

7) 전통을 거부하고 우연이나 새로움의 미학을 추구한다. 그들이 키치나 캠프, 기성품 예술(ready made)과 같은 기법을 즐겨 사용하는 것도 이 때문이다.

8) 대상에 대한 의미 부여를 포기한 까닭에 자기 반영(self-reflexion)의 창작 태도를 취한다.

9) 간접적으로 다국적 자본주의 문화침략에 기여하고 있으나 공식적으로는 탈역사 혹은 탈정치주의를 지향한다.

10) 기법상 특별한 것이 패러디와 혼성모방이다. 그것은 주체 혹은 세계의 분열로 인해 예술 혹은 문학에 있어서 기준이 사라진 형식이나 문체, 정체성이 상실된 자본주의 체제하의 물화된 인간의 사고 그리고 다국적 자본주의에서 소멸되어버렸거나 무용화된 민족언어 등에서 그 원인을 찾을 수 있다.

4

이와 같은 미국의 포스트모던한 경향은 이미 우리 문단—특히 시단에 널리 유행하고 있다. 그렇다면 이제 우리는 이와 같은 경향에 어떻게 대처해야 할 것인가. 그것은 무엇보다도 포스트모더니즘이 지닌 문제점을 살펴보는 데서 그 해답을 찾아야 할 것이다. 그것은 다음과 같다.

첫째, 포스트모더니즘은 주체가 소멸되고 세계는 해체되었다고 주장하면서 해체주의 철학을 들어 이를 합리화하고자 한다. 그러나 이 명제에 대하여 포스트모더니즘과 해체주의는 근본적으로 다르다. 해체주의는 서구문명을 주도해온 '이성중심 세계관'에서 그 '이성'에 회의하는 철학이다. 그리하여 그들은 이 세계의 본질을 이성만으로 파악하는 기존의 계몽주의 사상을 부정하고 이에 대신해서 감성이나 직관, 광기와 같은 것에 가치를 부여하였다. 그러한 관점에서 해체주의가 이 세계가 해체되었다고 하는 것은 이성적인 의미의 관점에서 그렇다는 것이지 이 세계 자체가 그렇다는 것은 아니다. 그리하여 그들은 감성과 직관의 도움을 받는 새로운 세계의 의미 형성을 기대하고 있다.

이에 반해서 포스트모더니즘이 '주체가 소멸되고 세계가 해체되었다'고 하는 것은 현대에 들어 이룩된 후기 산업사회에서 인간의 삶이 비인간화되고 물화된 것을 가리키는 말이다. 즉 물화되고 비인간화된 까닭에 인간에겐 이성도 상실되고 주체도 소멸되어 마치 정신분열증 환자와 같은 처지에 빠져버렸다는 것이다. 이는 분명 주체의 소멸이며 세계의 해체이다. 그리하여 그들은 이와 같은 산업사회의 삶을 소박하게 반영하고 그것을 미학화시키고자 한다.

그러나 여기에는 두 가지 오류가 있다. 하나는, 그들의 주장과 달리 주체란 본래 없는 것이 아니며 세계 또한 해체된 것도 아니라는 점이다. 다만 오늘의 산업사회가 인간을 그렇게 만들었을 뿐이다. 그러므로 우리가 해야 할 일은 새로운 주체를 확립하는 길을 모색하여 인간의 삶을 보다 인간다운 것으로 복원하는 데 있는 것이지 무의미 혹은 허무 속에 침몰하는 데 있는 것은 아니다. 그러한 관점에서 해체주의는 하나의 가능성을 제시해주고 있으나 포스트모더니즘은 현상에 안주하면서 이를 미학적으로 유희하는 수준에서 벗어나지 못한다고 할 수 있다.

다른 하나는 포스트모더니즘이 주체가 소멸되고 세계는 해체되었으므로 그것을 반영하는 문학 또한 소멸된 자아와 해체된 세계를 보여주어야 한다고 주장한다는 점이다. 물론 소박한 반영론이라는 측면에서는 그럴 수 있을지도 모른다. 그러나 그렇지 않다. 인간의 모든 고귀한 정신활동이 그러한 것처럼 문학 역시 궁극적으로 인간을 인간답게 하려는 목적, 인간의 삶을 가치 있게 상승시키려는 목적이 아니라면 존재해야 할 필요가 없고 만일 소멸된 주체, 해체된 세계의 묘사를 문학의 본질로 삼는다면 그 자체가 또한 병적이라 할 수밖에 없기 때문이다. 설령 세계의 실체가 그런 까닭에 그럴 수밖에 없다고 변명한다 하더라도 결과는 마찬가지이다. 문학은 '있는 세계'도 그리지만 '마땅히 있어야 할 세계'도 제시해주는 데 그 당위성이 있기 때문이다.

둘째, 포스트모더니즘은 의미란 소멸되었으므로 시는 무의미한 것들의 유희라고 주장한다. 그러나 해체된 것으로서든 허상으로 남아 있는 것으로서든 우리의 의식에 세계가 존재한다면 언어 역시 존재하는 것이고 언어가 존재한다면 의미 또한 존재하지 않을 수 없다. 언어는 존재하는 것의 이름이자 그 의미이기 때문이다. 의미란 사물(referent, 지시 대상) 그 자체에 있는 것이 아니라 사물과 주체와의 관계에서 오거나 혹은 시니피앙의 분절(articulation), 요즘 유행하는 용어로는 소위 '차연(differance)'에서 오는 까닭에 '무의미' 역시 마찬가지이다. 가령 인천에서 볼 때 서울이 동쪽에 있다고 해서 원래 서울에 '동(東)'이라는 의미가 있는 것은 아니다. 강릉에서 보넌 서울은 서쪽에 있으므로 서울이 동 혹은 서라는 의미를 갖는 것은 그것을 어느 지점에서 분절해 보느냐 하는 데서 생성되는 것이다. '무의미' 역시 마찬가지라 할 수 있다. 그것은 마치 동과 서, 낮과 밤을 분절하듯 의미와 무의미의 분절을 통해 얻어진 개념이므로 그 역시 의미의 일부일 수밖에 없는 것이다. 이 분절의 기준이 주체 혹은 주관에 있음은 두말할 필요가 없다.

물론 여기에는 그 의미가 정당한가를 물을 수 있다. 이에 대한 포스트모더니즘의 논리는 다음과 같다. 일반적으로 언어는 기표(signifiant)와 기의(signifié)의 결합으로 되어 있는데 이 기표와 기의가 서로 맞지 않고 어긋나기 때문에 언어 혹은 의미는 사라진다는 것이다. 그들은 그것을 '기표와 기의의 미끄러짐'이라고 하면서 그 결과 우리들의 삶은 본질적으로 허상에 지나지 않는다고 한다. 언어철학이나 인식론적 관점에서 보면 이러한 주장은 옳다. 그러나 우리는 이 대목에서 빠뜨린 것이 하나 있다. 그것은 일상적인 언어가 그렇다는 것이지 시의 언어가 그렇다는 것은 아니라는 것이다. 시는 바로 일상어의 이러한 한계성을 극복하려는 데서 이루어진 언어행위이기 때문이다. 그리하여 우리는 시의 언어를 존재의 언어 혹은 발생의 언어라 부른다. 달리 말해 시는 일상어에서는 서로 미끄러져 있는 기표와 기의를 똑바로 묶는 작업이다.

뿐만 아니다. 세계를 부정하는 행위, 세계가 없다거나 해체되었다는 의식 그 자체는 본질적으로 '생각하는' 행위이다. 그런데—일찍이 데카르트가 지적한 바와 같이—이 세계는 '생각하는 까닭에 존재'하므로 이 '세계가 해체되었다'는 의식은 역설적으로 이 세계가 실재하는 것이라는 주장의 반증이 된다. 시작행위에 있어서도 그것은 마찬가지일 터이다. 시작행위란 누가 무엇이라 하든—정신병적 행위가 아닌 한에 있어서—정당한 사유의 한 형식이기 때문이다.

셋째, 포스트모더니즘 담론에서 예술—시란 하나의 유희이며 게임이라고 한다. 그것은 앞서 살펴보았듯이 이 세계는 허상이며 주체는 해체되어버렸으므로 모든 의미가 사라졌기 때문이라는 것이다. 그리하여 그들은 꿈이나 환상 그리고 황홀경과 같은 정신병적 몽환세계에 몰두하여 마약, 알코올 중독, 동성애, 공상과학소설, 포르노 등에 심취하고자 한다. 그러나 앞에서 살펴보았듯이 이 세계는 의미가 없는 것도 해체된 것도 아니다. 설령 현재 해체된 상태에 있다 하더라도 원래 이 세계의 본질이 그런 것이 아니라 자본주의—후기 산업사회의 삶이 그렇게 만든 것일 뿐이다. 그러므로 시는 이 해체된 상태를 극복하여 원래의 삶으로 복원시키는 데 그 당위성이 있게 된다.

넷째, 미국의 포스트모더니즘은 근본적으로 기독교 이념에 토대를 둔 서구 물질문명의 소산이다. 그러므로 출발에서부터 그것은 우리 전통과 뿌리를 달리해왔다. 한마디로 포스트모던한 경향은 이천 년의 서구 기독교 문명사와 이에서 배태된 물질문명과 산업사회의 종말의식(eschatology)이 문화예술로 표현된 것이다. 그들에겐 그들이 추구했던 문명사의 의미가 소멸되었다는 의식에서 주체는 사라지고 세계는 해체되었다는 주장이 가능할 수 있으나 우리 경우는 다르다.

물론 오늘의 관점에서 한국이나 아시아 제 문명 역시 서구 물질문명을 폭넓게 수용하고 있는 것은 사실이다. 삶의 양식 또한 급속히 서구화되고 있다. 그러나 우리는 아직 서양의 그것과는 다른 고유한 우리의 전통문화와 문명사적 예지를 잃지 않고 있다. 그런 까닭에 또한 우리에겐 서구문명이나 사조—포스트모더니즘을 접할 때 이를 맹목적으로 수용하기보다는 그 좋은 점과 나쁜 점을 가려 우리들이 삶에 기여하는 방향으로 '우리의 것'화해야 할 뿐이다.

그중에서도 우리가 주목할 것은 동양 사상이다. 불교라든가 노장 사상, 주역 사상 등은 그 대표적인 예들의 하나라 할 수 있다. 그것은 오늘날 서구의 지성들이 동양 사상에서 새로운 문명사 이념의 한 출구를 모색하고 있는 것에서도 반증되고 있는 바이다. 그들은 이성중심 세계관에서 비롯된 오늘의 파국의 출구를 동양의 선 사상(禪思想)이나 자연 사상에서 구하려 노력하고 있기 때문이다.

　가령 포스트모더니즘이 말끝마다 노래를 부르는 '의미사슬의 와해'나 '중심의 해체' 라는 것도 불교적 세계관으로 보자면 기실 '무(無)' 혹은 '일체개공(一切皆空)'의 범주를 벗어나지 못한다. 생태문제만 하더라도 오늘의 서구 물질문명이 이처럼 환경 파괴로 치닫게 된 것은 기독교적 세계관에 토대한 자연 정복과정의 결과라 할 수 있지만 오랜 동양의 가르침은 항상 인간과 자연의 조화에 있었다. 가령 불교에서는 삼라만상(森羅萬象) 실유불성(悉有佛性)이라 하여 일체의 생명현상을 존중해왔다. 그리하여 서구의 작가들 상당수가 오늘날 동양 사상에 탐닉하는 한 흐름을 형성하고 있는 것은 우리가 익히 목도하고 있는 바와 같다. 옥타비오 파스, 보르헤스, 네루다 같은 시인들을 들 수 있을 것이다.

　그러한 의미에서 참다운 포스트모더니즘이란 파국에 처한 서구문명사를 단순히 예술적으로 반영하는 일에 그치기보다 어떻게 그것을 재생시키느냐 하는 데 목적을 두어야 한다. 그럴 경우 그 해답의 하나는 분명 동양 사상에 있다. 우리의 시인들은—그 참다운 지향점을 간과한 채—포스트모더니즘을 다만 시류적으로 모방하기에 앞서 이를 뛰어넘어 인간의 삶을 본래적인 것으로 되돌리기 위한 노력을 진지하게 기울이지 않으면 안 될 것이다. 우리의 문학이 의미 있는 시, 건강한 시, 우리의 전통과 사상에 접맥되는 시를 써야 할 소이연이 바로 여기에 있다.

(2001)

국어 교육과 문학[*]

1

나는 문학 교육 전공자가 아닙니다. 따라서 특별한 이론이나 대안을 가지고 있지도 못합니다. 다만 문학을 전공하고 또 창작을 병행하는 까닭에 다른 분들보다 조금 더 이에 관심을 가진 사람이라 할 수 있습니다. 그럼에도 불구하고 이런 자리에 서게 된 것은 때로는 전문가들이 놓칠 수 있는 문제를 국외자가 간파할 수도 있다는 상식적 판단 때문이었습니다. 그러므로 여러분들께서는 제 발표에 큰 기대를 갖지 마시고 평소에 혹시 간과해버린 문제들은 없었는가 하는 자기 성찰의 차원에서 경청해주시기 바랍니다. 그러한 전제를 두고 이제 국어 교육과 문학에 대한, 소박한 저의 견해를 밝힐까 합니다.

먼저 '국어'의 개념 규정과 '국어교과서'의 제작 문제는 구분해서 생각해야 할 듯싶습니다. 전자부터 말씀드리도록 하겠습니다. 우선 나는

* 이 글은 2001년 3월 30일 한국문학교육학회가 서울대에서 개최한 '문학 생활회의 반성과 전망'이라는 학술내외에서 발표한 것이다.

국어의 본질이 언어 교육에 있으며 문학이나 문법 교육은 부차적이라고 생각합니다. 국어시간에 문학작품을 가르친다 하더라도 그 일차적 목적은 언어를 교육하는 데 있는 것이지 문학이론이나 문학창작 나아가서 좁은 의미의 문학감상을 가르치는 데 있는 것은 아닙니다(이 후자는 불필요한 것이 아니라 부차적이라는 뜻입니다). 고등학교 학생들을 모두 시인, 소설가, 평론가나 문학교수 혹은 문학작품 감식가로 기를 필요가 없기 때문이지요. 그러나 대한민국의 평균적인 교양인을 양성한다는 점에서, 민족문화의 창달을 위해 위대한 작가를 배출시켜야 한다는 점에서 이 후자의 교육 역시 불필요한 것이 아니라는 사실만큼은 전제해두고 싶습니다. 다만 앞에서 언급했던 것처럼 국어 교육의 주된 목적이 아니라는 것뿐입니다.

이렇게 국어 교육의 일차적 목적이 '언어 교육'에 있는 것이라면 우리는 바로 이 '언어'가 무엇이냐 하는 문제에 부딪히게 됩니다. 실로 오늘날 국어에서 문학을 배제하려는 발상은—나의 좁은 식견으로 판단하건대—언어의 개념에 대한 오해에서 비롯하는 것이 아닌가 합니다. 소박한 차원에서 정의하자면 언어란 '사상과 감정을 전달하는 음성적 혹은 시각적 기호(도구)'입니다. 언어를 이렇듯 상식적으로 정의할 경우 그 사상과 감정을 올바르게 혹은 정확하게 전달하기 위해서라면 이를 구성하는 제 영역 즉 말하기, 듣기, 쓰기, 읽기의 교육이 그 무엇보다도 중요하겠지요. 이러한 연유로 교육계에서는 중등학교 우리 국어의 영역을 말하기, 듣기, 읽기, 쓰기로 나누는 것이 아닌가 합니다. 그러나 언어를 단지 '사상과 감정을 전달하는 도구'로 정의한다는 것은 대학에서 인문 교육을 받은 사람의 수준에서 볼 때 초등학생 차원의 발상이 아니겠습니까? 이와 같은 언어의 정의는 소위 기능적인 측면에서의 정의입니다. 우리는 이와 같은 기능적인 측면의 언어를 일상적인 언어라고 말합니다.

　그러나 언어의 보다 중요한 측면은 발생론적인 데 있습니다. 타인에게 사상과 감정을 전달하기 위해서는 먼저 언어가 있어야 하기 때문입니다. 예컨대 A가 B에게 '장미꽃은 아름답다'고 자신의 느낌을 전달하기 위해서는 '장미꽃' '아름답다'(물론 언어적 차원에서 볼 때 단어보다 문장이 먼저 발생했다고 합니다만 편의적으로 말하는 것입니다)와 같은 언어가 만들어져야 합니다. 그런데 이 언어를 만드는 행위는 자아와 대상(사물)의 대면이며, 세계의 인식이며, 의미의 창조이며, 존재의 드러냄입니다. 성경에서 '태초에 하느님께서 말씀으로 천지를 창조하셨다'고 했던 바로 그것입니다.

　예컨대 '장미꽃'이라는 이름이 없다면 이 세상에는 그것이 그저 혼돈(chaos)의 상태에 있는 것과 다름이 없겠지요. 그러나 '장미꽃'이라는 이름을 일을 때 그것은 비로소 하나의 존재로 드러나게 됩니다. 그러한 관점에서 언어란 존재 바로 그 자체입니다. 많은 의미론자, 존재론자 특히 하이데거와 같은 철학자들이 이야기한 바가 그것이지요. 그러므로 발생론의 관점에서 볼 때 언어란 세계인식, 의미 창조, 사고나 의식 그 자체가 됩니다. 우리는 이와 같은 발생론적인 언어를 존재의 언어라고 합니다. 기능적인 언어가 도구의 언어라면 발생론적인 언어는 존재의 언어인 것입니다.

　기능적인 측면에서 볼 때 사유 혹은 사고는 언어에 선행합니다. 즉 사고가 먼저 있고 그 다음 언어가 그것을 전달합니다. 그러나 발생론적인 측면에서 볼 때는 전혀 반대입니다. 언어가 사고에 선행합니다. 아니 언어는 사고 혹은 사고의 틀 바로 그 자체입니다. 그러므로 발생론적인 언어의 습득 없이 인간은 사고할 수 없습니다. 사고력의 향상, 상상력의 계발, 세계의 인식, 비판의식의 함양은 이렇듯 모두 기능적인 측면의 언어(도구적 혹은 일상적인 언어)에서가 아니라 발생론적인 측면의 언어(존재론적인 언어)에서 기능한 것이지요.

그런데 주목해야 될 것은 바로 이 발생론적인 언어가 문학의 언어―특히 시의 언어라는 사실입니다. 고등학교 국어 교육에서 문학작품의 교육이 중요한 것, 문학 교육이 언어 교육인 것, 아니 국어 교육이란 문학작품의 교육 바로 그 자체인 이유가 바로 여기 있습니다. 왜냐하면 일상적인 언어 즉 기능적인 언어의 말하기, 듣기, 쓰기, 읽기 따위의 교육보다는 창의력, 사고력, 상상력, 비판적 지성, 세계인식, 미적 감수성 등의 함양이 보다 중요하기 때문입니다. 그렇다고 해서 전자(말하기, 듣기, 쓰기, 읽기)의 교육이 불필요하다는 것은 물론 아닙니다. 이 역시 중요하기는 합니다. 그러나 고등교육의 차원에 있어서(초등교육이 아닌) 만큼은 전자가 후자보다 더 본질적이라고 말할 수는 없습니다. 더더군다나 문학작품의 교육이 직접적으로 말하기, 듣기, 읽기, 쓰기와 무관한 것이 아니기 때문에 더욱 그렇습니다.

나는 '말하기' '듣기' '쓰기' '읽기'에 얼마나 심오한 이론이 있는지 잘 모릅니다. 그러나 그 '심오한 이론'으로 내가 앞에서 강조한 사고력, 상상력, 세계인식, 미적 감성 등을 기를 수 있는 까닭에 굳이 '국어'에서 문학을 가르칠 필요가 없다고 주장한다면 이는 전혀 이해할 수 없습니다. 왜냐하면 이 세상의 언어행위 가운데서 말하기, 듣기, 쓰기, 읽기를 가르치는 데 문학작품보다 더 우월한 소재는 없기 때문입니다.

예컨대 '언어란 무엇인가' 혹은 '문학이란 무엇인가'와 같은 따위의 논설문보다는 한 편의 소설이 말하기나 듣기, 쓰기의 교육에서 더 중요한 역할을 한다는 것입니다. 그것은 문학작품이야말로 그 어떤 유형의 글보다 여러 다양한 기능적 차원의 언어를 포함하고 있으며 나아가 그것을 하나의 완결된 담론체계로 만들기 때문이지요. 물론 이 경우 문학작품이란 앞서 언급했듯이 예술감상이 아니라 언어 교육 소재로서의 담론을 가리키는 말입니다. 따라서 국어 교육론자들은 국어의 본질이 말하기, 듣기, 읽기, 쓰기에 있는 까닭에 국어시간이나 국어교과서에서 문학을 배제해야 한다는 논리를 펼치기에 앞서 문학을 통해 언어를—
말하기, 듣기, 쓰기, 읽기를—교육하는 교수 모델을 계발해야 할 것입
니다. 그것은 교수 방법에 관한 것이지 국어시간이나 국어교과서에서
문학을 축출하는 것과는 아무 상관이 없는 문제입니다.

　지금까지 말씀드린 것을 요약하면 다음과 같습니다. 언어란 단순히
의사를 표현하거나 사상과 감정을 전달하는 도구만이 아니라 존재 혹
은 사고 그 자체라는 것, 그런데 이 후자의 언어가 바로 문학의 언어인
까닭에 문학작품의 교육은 본질적인 언어(발생론적, 존재론적)의 교육
이 된다는 것, 뿐만 아니라 문학작품은 부차적으로 말하기, 듣기, 읽기,
쓰기의 교육이라는 기능적인 측면에 있어서도 다른 어떤 글보다도 우
월한 가치를 지니고 있다는 것 등입니다. 국어과목에서 문학 교육이 바
로 국어 교육이 되는 논리가 여기서 성립합니다. 따라서 국어란 문학의
다른 말 즉 문학의 동의어에 지나지 않게 됩니다. 실제로 미국의 중고
등학교 과정에서 '영어'(국어)과목이란 영문학작품을 가르치는 것을
일컫는 말이며 영어(국어)교과서는 영소설과 시의 모음집(시화집)에
지나지 않습니다.

2

　나는 지금 국어의 본질은 언어 교육에 있다는 대전제 아래 최수한 발
생론적 언어를 교육한다는 차원에 있어서는 문학의 교육이 그 무엇보
디 필연적이고 효율적이라는 논리를 장황하게 전개하였습니다. 그렇다
면 기능적인 측면의 언어 교육은 어떠할까요. 이 역시 문학작품의 교육
은 언어 교육과 무관하지 않습니다. 아니 필연적입니다. 나는 그 이유
를 앞에서 잠깐 말씀드린 적이 있습니다. 즉 문학작품은 여러 다양한

차원의 기능적인 언어를 포함하고 있어서 말하기, 듣기, 읽기, 쓰기의 교육에서 이보다 더 바람직한 소재는 있을 수 없다는 것이었지요. 그러나 이를 확실히 하기 위해 현대 언어학이론을 빌릴 수도 있을 것입니다.

다 알다시피 로만 야콥슨은 그의 소위 정보전달이론에서 언어의 기능을 시적 기능(poetic function), 지시적 기능(referential function), 정서적 기능(emotive function), 능동적 기능(cognitive function), 상황적 기능(phatic function), 메타 언어적 기능(metalingual function) 등으로 나누지 않았습니까. 필립 윌라이트 역시 언어의 기능을 상황적 기능, 지시적 기능, 환기적 기능(edjaculative function), 시적 기능 따위로 나누었습니다.

위의 분류에서 보듯 언어의 기능에는 시적 기능이 대단히 중요한 일부를 이루고 있으며 우리의 일상 언어생활에도 그것은 매우 유용하게 사용된다는 것이 언어학자들의 일반적인 지적입니다. 그러니까 문학작품의 교육은—언어 교육이라는 측면에서만 두고 본다 하더라도—다만 발생론적인 언어 즉 존재론적인 언어의 교육에만 국한되는 것이 아니라 일상의 언어 즉 기능적인 언어의 교육에 있어서도 대단히 중요한 역할을 담당한다는 논리가 가능해집니다. 따라서 결론은 다음과 같습니다. 국어를 언어 교육이라고 정의할 때 문학의 교육은 발생론적, 존재론적인 언어 교육에서뿐만 아니라 기능적, 일상적인 언어 교육에 있어서도 국어 교육의 본질이 되는 것이며 국어와 문학은 별개가 아니고 기실 이음동의어라는 사실입니다.

실로 우리 국어 교육계 안에서 문학이 국어가 아니라고 주장하는 발상은 문학의 교육은 언어 교육과 무관한 것으로 미술이나 음악과 같은 예술 교육의 하나라는 생각에서 빚어진 오류입니다. 그러나 문학은 미술이나 음악과 같은 차원의 예술은 아닙니다. 그것은 헤겔 이후 현대 미학의 한 근간을 이루어온 견해이기도 합니다. 그러한 관점에서 상당수의 미학자들이 문학을 예술의 범주에서 배제하려는 것은 그럴 만한 이유가 있었지요. 어떻든 내가 강조하고 싶은 것은 문학은 음악이나 미술과 같은 의미의 예술은 아니라는 사실입니다. 그러나 그렇다고 해서 문학이 예술이 아니라는 것은 아닙니다. 헤겔의 말을 빌리면 문학은 '관념 예술'인 까닭에 단지 '물질 예술'이 아닐 뿐 문학 역시 예술의 하나라는 것입니다.

물론 문학 교육은 언어 교육과 별개인 문학이론의 습득, 창작지도, 작품감상, 미의식의 개발 등을 목적 삼을 수 있습니다. 가령 우리나라 국어교과영역에서 '문학'을 '국어'와는 별개의 학과목으로 설정하였다면 이 '문학' 과목의 본질을 이루는 교육목표가 바로 이와 관련된 것이겠지요. 그러므로 문학작품은 국어교과목의 영역에서 크게 두 가지로 나뉜다고 말할 수 있습니다. 하나는 '국어' 과목으로서의 문학이며 다른 하나는 '문학' 과목으로서의 문학입니다.

전자의 문학은 언어 교육에 목표를 두고 후자의 문학은 문학이론의 습득, 창작지도, 작품의 감상, 미의식 등의 교육에 목표를 둡니다. 그것은 마치 언어 교육에 있어서도 기능적인 언어 교육의 이론을 담당하기 위하여 '국어'와 별도로 '문법' 과목을 두는 것과 같은 이치이지요. 다 아시다시피 문장 이하 단위의 언어 연구가 언어학—문법이라면 문장 이상 담론의 연구는 문학이기 때문입니다. 그런데 언어 교육이란 문장 (문학작품이란 이 문장 단위의 언어 교육에서도 적절한 소재가 된다는 것은 앞에서 말씀드렸습니다만) 이하의 차원을 포함해서 총체적인 담론 전체를 대상으로 해야 하는 까닭에 국어에서 문학은 국어 교육이 전체를 이룹니다. 이는 형식상으로 '국어'와 '문학'을 구분한 것이든 혹은 과거처럼 '문학'을 독립시키지 않은 경우든 마찬가지입니다. 후자의 경우에는 국어교과서에 실린 문학작품을 통해서 이 양자의 교육을 모두 실천했을 따름입니다.

　그러나 문학이 국어 바로 그것이어야 하는 또하나의 이유는 국어가 지닌 다른 목적 때문입니다. 그것은 국어가 한 민족의 정체성을 확립시키고 각개 구성원에게 민족혼을 공유시키는 임무를 지니고 있다는 데 있습니다. 초중등학교와 같은 교육과정에서 이러한 임무를 수행할 수 있는 교과목은 국어나 국사 이외에는 없습니다. 물론 글로벌 시대인 오늘, 우리는 민족이나 국가를—과거 헤겔의 시대처럼—성스럽게까지 생각할 수 없을지는 모릅니다. 그러나 최소한 민족적 정체성을 확립하지 않고서 어떻게 주권을 가진 국민으로서 인간다운 삶을 영위할 수 있겠습니까. 그런데 국어가 수행해야 할 이같은 민족의 정체성 확립이란 ‘말하기, 듣기, 쓰기’ 따위와 같은 언어 교육으로는 이루어질 수 없습니다. 그것은 말하기, 듣기, 쓰기의 교육 그 이상이어야 하고 문학이 바로 이러한 임무를 맡고 있는 것입니다. 그러므로 나는 문학이 국어의 일부라고 생각하지 않습니다. 문학이 바로 국어인 것입니다.

　‘국어’ 란 엄밀히 말하면 ‘한국어’ 입니다. 미국이나 유럽에서는—가령 영국에서는 학과목에 ‘국어’ 라는 용어가 없습니다. 객관적으로 ‘English’ 일 따름이지요. 이때 잉글리시란 세계의 여러 언어 중 어느 하나를 지칭하는 용어에 지나지 않습니다. 그런데 그 잉글리시는 무엇을 통해 습득합니까. 유아는 어머니를 통해서 배웁니다. 어린이는 사회생활을 통해서 배웁니다. 그러나 최소한 중고등학교 학생 이상은 다른 것이 아니라 바로 ‘문학작품’ 을 통해 습득하지요. 우리나라 역시 마찬가지입니다. 그러므로—물론 여러 다양한 실현이 있을 수 있겠으나—가장 보편적이고도 핵심적인 국면에 있어서 ‘국어’ 란 구체적으로 문학을 통해서만 비로소 우리 의식에 개념화할 수 있는 어떤 관념적 실체입니다. 말하자면 ‘국어’ 란 문학에 내면화된 일종의 이념태이자 관념태를 지칭하는 용어에 지나지 않는 것이지요. 달리 말한다면 추상적 개념의 국어를 하나의 구체성으로 우리 앞에 현존시킨 것이 바로 문학입니다.

그러니 문학이 바로 국어가 아니고 무엇이겠습니까.

그러한 관점에서 국어교육학자들이 '문학교육학회'를 만들었다는 소식을 들었을 때 그 학회가 문학작품의 교육을 통해서 언어 교육을 하자는 것인지 혹은 언어 교육과는 별개로 문학작품의 감상, 창작지도, 문학이론 습득과 같은 것을 교육하자는 것인지 혼란이 왔습니다. 만일 후자의 경우라면 이 학회의 당위성은 충분히 있습니다. 그런데 만일 전자라면 국어교육학회와 다를 것이 없으므로 새삼스럽게 다시 별도의 학회를 만들 필요가 있겠는가 하는 것이 나의 생각입니다. 문학이 즉 국어이기 때문에 그렇습니다. 그럼에도 불구하고 굳이 국어교육학회와 독립하여 문학교육학회를 만들었다면 스스로 문학은 국어가 아니라는―최소한 문학은 국어의 일부에 지나지 않는다는 사실을 시인하는 행위가 되는 셈입니다.

국어는 문학입니다. 문학을 통해서 언어를 가르치고 문학 그 자체를 가르치는 과목입니다. 물론 국어는 문학이 아닌 것에 의해서도 가르칠 수는 있습니다. 예컨대 '언어란 무엇인가' 혹은 '문학과 사회'와 같은 논설문 따위입니다. 그러나 이와 같은 것을 통해서 설령 말하기, 듣기, 쓰기 따위를 가르칠 수 있다 하더라도 그것은 문학에 비하여 극히 부분적이며 파편적인 한계성을 넘어설 수 없습니다. 따라서 그와 같은 글은 국어 교육의 예외적 소재이지 국어 그 자체의 소재가 될 수는 없습니다.

3

이제는 국어교과서에 관한 나의 의견을 말씀드리고자 합니다. 나는 전문가가 아니므로 국어교과서를 어떻게 편찬해야 되는지는 잘 모르겠습니다. 그러나 내 생각으로 교과서는 두 가지 내용을 충족시켜야 하리라고 믿습니다.

하나는 그것이 말하기, 듣기, 읽기, 쓰기의 향상이든 혹은 그에 덧붙여 사고력이나 상상력, 세계인식, 민족의 정체성 등의 함양이든 그러한 교육목적에 가장 적절한 소재를 수록해야 한다는 것입니다. 우리는 첫째, 교과서에 실린 글을 통해서, 그리고 둘째, 그 글을 모범으로 하여 언어 교육을 하기 때문입니다. 그러므로 이러한 관점에서 교과서에 수록해야 할 글들은 첫째, 언어 교육에 가장 적절한 소재가 되어야 하고, 둘째, 피교육자들이 모범으로 따를 수 있는 담론이어야 할 것입니다.

다른 하나는 내용상으로 언어(발생론적이든, 기능적이든)를 효과적으로 습득할 수 있는 이론이 제시되어야 한다는 것입니다. 그러나 이 경우는 교사를 위한 것과 학생을 위한 것의 두 가지가 있을 것이므로 전자는 교과서에 수록할 필요가 없겠지요. 그렇다면 결국 국어교과서의 내용이란 본질적으로 크게 1) 언어 교육의 가장 적절한 소재 2) 모범적인 언어 3) 학생들의 언어습득을 위한 이론과 문학이론 등이 포함된 글들일 것입니다.

그런데 여기서 3) '학생들의 언어습득을 위한 이론'과 '문학이론'에 관한 내용은 각각 우리의 교과과정상 '문법' 과목과 '문학' 과목으로 이미 독립해 있습니다(구미의 경우 국어로부터 독립한 과목은 문법뿐입니다. 그것은 국어가 곧 문학이며 국어교과서가 문학작품 모음집이므로 '문학'을 독립시킬 필요가 없기 때문이지요. 그러므로 구미에서 국어교과서 역시 곧 문학작품 모음집과 문법책밖에 없습니다). 문법이란 문장 이하의 언어를 대상으로 하여 기능적인 측면의 언어이론을 가르치는 학과목이고 문학이란 단락 이상 즉 텍스트의 전체담론을 대상으로 하여 언어이론을 가르치는 학과목이지요(이 후자의 언어이론을 우리는 물론 넓은 의미에서 문학이론이라고도 합니다).

그러니까 이 문법과 문학을 배제한 우리의 국어교과서란 곧 언어 교육의 가장 적절한 소재와 모범적인 언어 이외에는 없게 됩니다. 그렇다면 결론은 분명해지는 것이지요. 앞서 누누이 말씀드린 바와 같이 국어 교과에서 그와 같은 조건을 충족시킬 수 있는 소재는 문학작품 모음집일 수밖에 없다는 사실입니다. 즉 우리는 국어교과서에 수록된 문학작품을 통해 말하기, 듣기, 읽기, 쓰기 등을 가르치고 더불어 사고력, 상상력을 개발시키며 민족의 정체성을 확립할 수밖에 없습니다. 그러므로 우리나라의 경우처럼 국어와 문학을 나눌 경우, 국어교과서에 실리는 문학작품은 언어 교육에, 문학교과서에 실리는 문학작품은 문학이론 및 작품 감상 분석에 필요하게 됩니다.

그러나 이 두 가지 과목을 나누어 교육하는 것이 번거롭다면 이를 굳이 양립시킬 이유가 없습니다. 아니 오히려 국어교과서에 수록된 문학작품으로 통합시키는 것이 더 효율적일 것입니다. 구미의 국어가 문학을 별도로 독립시키지 않고 국어(문학)와 문법의 두 가지 과목으로 되어 있는 것도 이 때문입니다. 즉 국어가 문학을 통한 언어 교육과 문학과 문학이론 및 문학감상의 교육 두 가지를 겸하는 것이지요. 미국의 경우를 들자면 앞에서도 말씀드린 바와 같이 '영어'(국어)는 영문학작품집을 교과서로 하여 여기 수록된 작품을 읽고 토론하는 과정이며(물론 이 과정에 소위 말하기, 듣기, 읽기, 쓰기가 포함되어 있습니다. 무슨 특별한 방법이 있을 리 없지요) 문법은 별도의 문법교과서로 언어이론을 가르쳐 문학작품을 통해 이를 적용, 습득시키는 과정입니다.

그런데 우리의 국어교과서에서는 정작 주가 되어야 할, 아니 그 자체만으로 되어야 할 문학작품이 거의 배제되다시피 하고 한때는 완전히 없애버리려고까지 했으니 그것이 바로 문제라는 것입니다. 여기서 한 가지 더 말씀드릴 것이 있습니다. 제6차 고등학교 국어교과서를 보니 말하기, 듣기, 읽기, 쓰기라는 영역 이외에 별도로 문학과 언어를 첨가시켜놓았더군요. 그런데 여기서 나는 말하기, 듣기, 읽기, 쓰기가 문학,

언어와 어떻게 같은 영역의 등가 개념으로 나뉘는지 아무래도 이해할 수가 없었습니다.

예컨대 이러한 분류는 사람을 어린이, 청소년, 어른, 노인, 남자, 여자 등으로 나누는 논리와 같은 것이지요. 어린이나 청소년, 어른, 노인은 남자나 여자 둘 중의 한 범주에 포함될 것이므로 남자, 여자는 어린이 청소년 등과 등가 개념이 될 수 없는 것은 너무나 당연한 이치가 아닙니까. 따라서 이와 같은 분류는 어린이, 청소년, 어른, 노인의 네 가지로 나누든지 남자, 여자 두 가지로 나누어야 합니다. 우리의 국어교과서 영역 역시 마찬가지입니다. 나는 우선 이러한 관점에서 우리 국어교과서 영역은 말하기, 듣기, 읽기, 쓰기의 네 가지로 나누든지 언어, 문학의 두 가지로 나누든지 해야 한다고 생각합니다.

먼저 '문학'부터 검토해보고자 합니다. 첫째, 국어교과서의 영역에서 '문학'이 만일 문학이론이나 작품감상 따위의 교육을 가리키는 것이라면 그것은 당연히 국어교과서가 아니라 문학교과서로 이관되어야 할 것입니다. 둘째, 국어교과서의 영역에서 '문학'이 만일 기능적인 언어교육—말하기, 듣기, 읽기, 쓰기의 소재를 가리키는 말이라면 국어교과서의 영역을 말하기, 듣기, 읽기, 쓰기의 네 가지로 분류하든지, 아니면 문학과 언어로 분류하든지 둘 중의 하나로 정리해야 할 것이라고 생각합니다. 전자의 경우는 문학작품을 통해 말하기, 듣기, 읽기, 쓰기를 교육할 수 있으므로—아니 오히려 더 효과적이므로 별도의 학과목으로 독립시킬 하등의 이유가 없기 때문이며, 후자의 경우는 그 구분의 기준이 교과서에 수록된 소재를 분류하는 데 그치기 때문입니다.

국어교과서의 영역을 소재적 차원에서 '문학'과 '언어'의 두 가지로 나눈다는 것은 다른 말로 언어 교육을 '문학적인 언어'로서의 소재와 '비문학적인 언어'(일상어)로서의 소재로 나누어서 실시한다는 뜻과 같습니다. 그러므로 이 경우 '문학'은 문학적인 언어를, '언어'는 비문학적 언어를 지칭하는 것과 다름이 없지요. 물론 나는 '문학작품' 하나만을 가지고도 모든 언어 교육이 가능하고 국어교과서는 곧 문학작품집이어야 한다는 견해를 가지고 있으므로 소재적 차원에서의 '언어'(일상어 혹은 비문학적인 언어)를 문학과 동등하게 포함하는 것에 동의하지 않습니다.

다음은 '언어'라는 영역에 대한 것입니다. 첫째, 이 역시 만일 '언어'가 말하기, 듣기, 읽기, 쓰기 등 기타 기능적인 언어의 이론에 관한 것이라면 국어교과서에서 삭제되어야 합니다. 별도로 문법과목이 있기 때문이지요. 둘째, 만일 국어의 소재적 차원에서 교과서에 수록한 비문학어의 예문을 가리키는 것이라면 — 앞에서 말씀드린 바와 같이 이를 포함해야 한다고 주장하는 사람들의 견해를 존중할 때 — 교과영역의 일부로 남아 있을 수도 있을 것입니다. 문제는 이와 같은 비문학어가 문학어에 비견될 만큼 언어 교육의 적절한 소재가 될 수 있는가 하는 점입니다.

4

차제에 나는 지금까지 우리 국어교과서가 부당하게 언어이론을 강조해온 관습을 지적하고자 합니다. 사실 우리의 국어교과서에는 '언어'에 관한 글들이 지나치게 많이 수록되어 있습니다. 예컨대 '언어란 무엇인가' '언어와 생활' '언어의 기능' 따위와 같은 글들입니다. 무슨 목적 때문입니까. 그것은 아마도 두 가지로 나누어 살펴볼 수 있을 것입니다. 하나는 그 글의 내용 즉 언어 지식을 가르치자는 것입니다. 다른 하나는 말하기, 듣기, 읽기, 쓰기를 교육하는, 좋은 소재로 이용하자는 것입니다. 그런데 만일 전자의 경우라면 문법교과서에 수록하는 것이 더 적합하므로 국어교과서에서는 의당 배제되어야 마땅하겠지요. 후자의 경우라면 일상어의 한 예로서 물론 국어교과서에 수록할 수 있을 것입니다. 그러나 말하기, 듣기, 쓰기, 읽기를 가르치는 데 과연 그러한 글들이 얼마나 실효성을 거둘지는 의문입니다. 앞에서 지적한 바와 같이 최소한 문학작품에 비해서는 효율성이 떨어지는 것이 사실이기 때문입니다.

이는 가령 '문학이란 무엇인가' '문학과 사회'와 같은 글의 경우도 마찬가지이지요(이 역시 '문학'이 독립 교과목으로 개설되어 있을 경우 국어교과서가 아니라 '문학' 교과서에 수록되어야 할 글들입니다). 그럼에도 불구하고 언어 교육에 별 실효성이 없는 이와 같은 글들을 싣기 위하여 오히려 마땅히 실어야 할 문학작품을 교과서에서 배제한다는 것은 주객이 전도되는 아이러니가 아니겠습니까.

실제로 우리의 문법교과서는 지나치게 전문화되어 있습니다. 내용 역시 일상 언어생활과 유리되어 있습니다. 이렇게 건조한 내용을 학생들에게 가르치자니 호응을 얻기가 어려운 것이지요. 그러므로 우리의 문법책은 언어에 대한 포괄적인 내용, 실제 삶과 관련된 내용을 보다 많이 수록해서 일상 언어생활에 유용한 방향으로 개선해야 마땅할 것입니다. 예컨대―앞에서 지적한 바와 같이―국어교과서의 언어이론에 관한 글들은 문법교과서의 앞부분에 '총론'의 형식으로 묶는 것이 바람직합니다.

이같은 관점을 확장한다면 다른 내용에 관한 글들, 예컨대 철학에 관한 글, 사회에 관한 글, 역사에 관한 글, 자연에 관한 글들도 마찬가지입니다. 그 내용을 가르치기 위함이라면 원칙적으로 국어교과서가 아니라 사회과목이나 역사 혹은 자연과목에서 다루어야 할 글들이기 때문입니다. 만일 교과서 편재상 그 글들을 다른 교과서에 수록하기가 여의치 않다면 그 과목들의 과제나 독서지도로 읽혀야 바람직하지 잡동사

니로 국어교과서에 수록하는 것을 자연스럽다고 말할 수는 없습니다.

이렇듯 우리의 고등학교 국어교과서는 그 나누고 있는 여섯 가지 영역 가운데 '문학' 영역은 문학교과목으로, '언어' 영역은 문법교과목으로 이관시키고 그 구분의 기준을 말하기, 듣기, 읽기, 쓰기의 네 가지로 분류하든지, 아니면 — 만일 문학작품이 수록되어 있다면 — 교과서에 수록된 글의 소재적 차원에서 '문학'(문학언어)과 '언어'(비문학언어 혹은 일상언어)로 나누든지 해야 논리에 부합합니다. 그럼에도 불구하고 현행 국어교과목에서 말하기, 듣기, 읽기, 쓰기 외에 '문학'과 '언어'를 포함시키는 이유가 무엇이겠습니까. '언어'를 포함시킨 것은 국어는 언어이니까 언어 교육은 강화되어야 한다는 막연한 고정관념 때문 — 문법교과서가 있음에도 불구하고   이 아니겠습니까. '문학'을 포함시킨 이유 역시 비슷할 터입니다. 즉 언어 교육은 말하기, 듣기, 쓰기, 읽기만으로는 안 되고 그외에 무엇인가가 더 있어야 할 것이라는 막연한 상실감입니다. 그리하여 그 '무엇'을 '문학'이라는 말로 두루뭉술 표현했을 것입니다.

그러나 솔직히 말하자면 그것은 그들이 국어 교육에 있어서 사고력이나 상상력과 같은 언어의 철학적인 요소들을 배제시킨 것이 잘못이라는 사실을 내심으로는 어느 정도 인정한 뒤 다소나마 보완해보고자 하는 심리적 방위기제가 아니겠습니까. 즉 상상력이나 사고력의 창달, 민족 정체성의 확립과 같은 국어의 본질적인 문제들을 말하기, 듣기, 읽기, 쓰기 따위로 함양시킬 수 없으니 말하기, 듣기, 읽기, 쓰기 따위의 분류에다 슬그머니 '문학'이라는 항목을 들이민 것이지요. 그러나 이때 '문학'이라는 말은 정확한 용어도, 말하기, 듣기, 읽기, 쓰기 따위와 등가를 이룬 개념도 아닙니다.

따라서 만일 이와 같은 발상으로 '문학'이라는 영역을 '국어' 교과목에 삽입시키려 했다면 우리는 그 분류의 체계를 진반직으로 수성하지 않으면 안 될 것입니다. 하나의 시안이지만 내 소견으로는 아마도 이렇게 하는 것이 어떨까 합니다. 물론 '언어 교육'이라는 대전제를 두고서 하는 이야기이지만 국어의 영역을 크게 '사유' '표현' '이해'의 세 가지로 나누고 '사유'를 다시 '사고력'과 '상상력'으로, 표현을 다시 '말하기'와 '쓰기'로, '이해'를 '듣기'와 '읽기'로 나누는 방식입니다. 그렇다면 '사유'의 영역이 바로 발생론적 언어에 관한 분야 즉 현행 교과서에서 '문학' 교과목과 다른 의미로 국어교과서에서 자리매김한 '문학'의 영역이 될 것입니다.

이상 국어교과서에 대하여 말씀드린 것을 정리하면 다음과 같습니다.

1) 국어, 문법, 문학으로 분류되어 있는 현행 국어교과목의 국어에서 말하기, 읽기, 쓰기, 듣기, 문학, 언어의 여섯 영역 중 '문학'은—현재처럼 '국어'와 '문학'이 독립되어 있을 경우—'문학' 교과목으로, '언어'는 '문법' 교과목으로 이관되어야 한다(교과서에서 문학작품을 배제한다는 뜻이 아니라 교수 영역이 그렇다는 것이다. 따라서 국어교과서에 수록된 문학작품은 문학작품의 감상이나 이론을 위해서가 아니라 언어 교육을 위한 소재로서 기능을 갖는다).

2) 문법교과목은 보다 실제 생활에 맞도록 유연하게 개편되어야 하고 언어에 관한 일반 상식과 이론은 문법교과목에서 다루어야 한다.

3) '문학'과 '언어'를 각각 문학교과목과 문법교과목으로 이관시킨 뒤 국어교과영역은 문자 그대로 말하기, 듣기, 읽기, 쓰기로 나누든지 국어 교육의 소재적 차원에서 굳이 분류를 고집한다면 '문학'(문학의 언어)과 '언어'(비문학어, 일상의 언어)로 나누든지 둘 중의 어느 하나를 선택해야 한다.

4) 국어교과목을 언어 교육의 영역이라는 측면에서 말하기, 듣기, 쓰기, 읽기만으로 나누는 것이 미흡하다고 느꼈다면(사실이 그런 것이지

만) 사유(사고력, 상상력), 표현(말하기, 쓰기), 이해(듣기, 읽기) 등으로 나누는 것도 시도해봄직하다.

5) 국어교과서는 한국문학작품의 모음집이어야 한다. 교사는 문학작품을 통해 학생들에게 말하기, 읽기, 쓰기, 듣기를 가장 효과적으로 가르치고 사고력과 상상력을 계발시킬 수 있기 때문이다. 그러므로 국어의 영역은 문학작품 모음집(국어교과서)을 통해 가르치는 '국어'와 문법교과서를 통해 가르치는 '언어이론' 두 가지로 통합하는 것이 바람직하다.

6) '국어'란 한 민족의 언어를 가리키는 말, 즉 한국어에 지나지 않는 것이므로 그 교육은 그 현실태라 할 한국문학작품을 통해 이루어지는 것이 정두이다.

(2001)

제
2
부

현대시론에 끼친 불교의 영향

1. 머리말

불교가 문학, 그중에서도 현대시에 끼친 영향은 단지 선시(禪詩) 창작에만 국한되어 있는 것은 아니다. 그것은 일반 시에서도 알게 모르게 반영되어 있다. 그것은 대략 세 가지 차원에서 설명이 가능하다. 첫째, 인식론적 측면, 둘째, 언어의식, 셋째, 구조적 특성이다.

특별히 산문적 주장을 펼치는 경우를 제외하고 모두 시는 대체로 인식론적 산물이다. 따라서 대상을 전제하지 않고 씌어지는 시란 없다. 대상 없는 인식은 있을 수 없기 때문이다. 이는 대상 없이 쓴다고 말해지는 소위 '비대상'의 시, 예컨대 오늘날 아방가르드 시나 포스트모더니즘 시도 예외는 아니다.[1] 소위 '비대상의 시'라 다만 대상을 객관에

---

1) Malcolm Bradbury and James McFarlane, "The Name and Nature of Modernism", *Modernism*, Ed. Malcolm Bradbury and James McFarlane, Harmondsworth, Penguin Books, p. 27, "모더니즘(아방가르드 ― 인용자)은 모든 실재(all reality)를 주관적 허구(subjective fiction)로 돌린다."(47쪽) "모더니즘이란 수체를 대상화(self-object)한다는

서 찾는 '대상의 시'와 달리 그것을 주관에서 찾는 시를 일컫는 명칭일 뿐이다. 따라서 현대 아방가르드 시의 한 특징이라 할 '비대상의 시'는 그 명칭에서 야기되는 오해에도 불구하고 이렇듯 문자 그대로 대상 없이 쓰는 시가 아니라 주관을 대상으로 쓰는 시를 편의적으로 가리키는 용어에 지나지 않는다.[2] 그러므로 시는, 그 대상을 객관에서 구하는 소위 대상의 시든, 주관에서 구하는 소위 비대상의 시든, 모두 대상에 대한 인식론적 의미를 내용으로 담을 수밖에 없는 것이다.

그렇다면 그 인식론적 내용이란 무엇일까. 그것은 크게 두 가지 태도에 의해서 달라진다. 하나는 그 실재성(reality)을 인정하는 리얼리즘적 입장이요. 다른 하나는 실재성을 부정하고 오직 현상(phenomenon)만을 인정하는 현상학적 입장이다. 전자의 경우를 따를 때 그 인식론적 내용은 대상이 지닌 실재의 의미가 된다. 그러나 후자의 경우는 존재 의미라 할 수 있다. 따라서 현대의 시론 역시 이 두 가지 인식론적 태도

점에서 일차적으로 낭만주의에 맥이 닿아 있다."(48쪽) "주관을 대상화하여(objectify the subjective) 내심의 들을 수 없는 대화를 듣게 하거나 지각하게 하는 것."(Robert Short, "Dada and Surrealism") 쉬르레알리슴이란 우연에의 유용성에 의해 특징을 지니고 무의식적이거나 내적인 충동에 자극을 받는, 그리고 자생적으로 일어난 것들을 수용하는 자로서의 예술가들의 새로운 이미지에 자리하고 있다.

2) 만일 진정하게 대상이 없는 인식이라면 엄밀한 의미로 무의식의 자동기술밖에 없을 터인데, 다 아는 바와 같이 '자동기술'이라는 것 역시 문학적 담론이 되려면 문자의 기록행위를 거칠 수밖에 없다. 그런데 그 어떤 기록행위도 의식 없이는 불가능하므로 —예컨대 본인 자신이 후에 무의식상태를 떠올려 기록하는 형식을 취하든, 제삼자가 기록하는 형식을 취하든— 무의식의 기술이라는 것, 즉 자동기술이라는 것도 실은 대상을 전제할 수밖에 없게 된다. 모든 인식 혹은 의식이란 '……에 대한 의식'이기 때문이다. 즉 대상에 대한 지향성(intentionalité)을 지니지 않은 의식은 있을 수 없다. 따라서 쉬르레알리슴이 비록 '자동기술'이라는 기법을 강조하고 있음에도 불구하고 예술행위에 있어서 엄밀한 의미의 자동기술이란 있을 수 없다는 것이 쉬르레알리스트 자신들의 입장이기도 하다. 설령 의식이 없는 무의식 혹은 본능상태의 어떤 행위가 가능하다 하더라도 이를 예술이라 부를 수 없는 것은 본능의 표현을 예술이라 할 수 없기 때문이다. 우리가 장미꽃이나 정교한 팔각형의 벌집을 '예술'이라 하지 않고 '자연'이라 부르는 이유가 여기에 있다.

에 따라 원칙적으로 실재론적인 접근과 현상학적인 접근의 두 유형으로 나누어질 수 있다. 필자는 이 두 가지 유형 중 전자는 필립 윌라이트의 시론을, 후자는 마르틴 하이데거의 시론을 예로 들어 살펴보도록 하겠다.

2. 실재론적 시론과 불교

윌라이트에게 시란 간단히 대상이 지닌 실재(reality)의 의미이다. 이는 물론 시가 아닌 일상의 진술 혹은 산문의 경우 언어란 일상의 언어로는 불가능하므로 항상 실재와 어긋나게 된다는 인식을 전제한 말이다. 그럼에도 불구하고 '대상이 지닌 실재의 기술'은 싫든 좋든 언어에 의존하지 않고는 불가능하다는 점에서 문제가 발생한다.

윌라이트에 의하면 언어란 본질적으로 주관(subject, 주체), 객관(object, 대상)과 더불어 실재를 구성하는 3요소 가운데 하나이다. 이는 주체나 언어 그리고 객관은 대상의 실재를 형성함에 있어 상호적으로 각각 자신의 몫을 담당한다고 보기 때문이다. 데카르트가 인식작용을 주, 객관의 이원구조로 이해했던 것과 달리 현대 철학은 이처럼 삼원구조로 파악하고 있는 것이 보편적이다. 그런데 다시 윌라이트에 의하면 일상의 언어는 여러 가지 이유에서 대상이 지닌 실재성을 드러내지 못한다. 그것을 가능케 하는 것은 오직 시어뿐이다. 그리하여 그는 시의 언어를 일상어와 구분하여 '긴장의 언어(tensive language)' 혹은 '표현의 언어(expressive language)' '열린 언어(open language)' 따위의 용어로 불렀다.

그렇다면 시의 언어 즉 긴장의 언어란 무엇인가. 그의 여러 가지 논의에도 불구하고 이 글이 주제와 맞는 부분만을 언급하자면 그것은 대상이 지닌 실재를 드러내는 언어이다. 그에 의하면 시인은 깨어 있고 감응력 있는 정신의 소유자이다. 따라서 어떤 유의 언어를 통해서 존재 세계에 대해 집요한 관심을 갖게 되면 어느 순간 실재와 만나게 된다고 한다. 긴장언어의 대상은 바로 이와 같은 실재라는 것이다. 그런데 실재는 일상적 의미의 명증성이나 획일성과는 다르게 1) 예각성(豫覺性, presential)과 긴장성(tensive), 2) 통합성(coalescent)과 상통성(inter-penetrative), 3) 투시성(perspectival)과 잠재성(latent)을 지니고 있어 다만 모호성과 상징적 우회성을 통해서만 그 자체를 드러내 보인다고 한다.[3]

이중에서도 우리가 관심을 갖는 부분은 '예각성'(육감으로만 느낄 수 있는 어떤 진실)이다. 윌라이트가 이를 불교 언어와 관련시키고 있기 때문이다. 그렇다면 예각성이란 무엇인가 그것은 타자를 물재성(物在性, 물질성)이나 용재성(用在性, 도구성)으로 보지 않고 하나의 실존으로 대할 때 인식할 수 있는 진실, 즉 청정하고 무욕한 마음으로 타자에게 귀를 열어 그의 말을 들어주거나 타아(他我)의 실존 속에 그 자신이 스스로 타자가 되어줄 때 대상이 드러내는 진실이다. 윌라이트는 그러한 예로서 선문답의 하나를 들고 있다.

선불교도 한 사람이 일본인 선사[4]에게 "불타가 수세기 전 생존했던 싯다르타 고타마보다 높으시다면 불타의 본성은 어떤 것인지 제발 가르쳐 주시기 바랍니다"고 간청했다. 스승의 답은 다음과 같다.

꽃 피는 살구나무 가지니라.

---

3) 필립 윌라이트, 『은유와 실재Metaphor and Reality』, 김태옥 옮김, 문학과지성사, 1982, 153~154쪽.
4) 필자가 조사한 바에 의하면 이 일본 선사는 택암화상(澤庵和尙)이다.

제자는 스승이 미처 자기 물음을 못 들었을 것이라 생각되어 되물었다. "저의 물음은 스승님이시여 불타는 누구시냐는 것입니다." 스승은 대답했다.

푸른 바다에 유유히 떠다니는 황금 지느러미를 한 분홍빛 물고기니라.

제자가 더욱 당황해서 "존경하올 분이시여, 불타가 누구신지 제게 말씀 안 해주시겠습니까?" 하고 다시 묻자 스승은 다음과 같이 대답했다.

어둠의 초원을 은빛으로 물들이는 밤하늘의 싸늘하고 조용한 반월이니라.[5]

한마디로 시작(詩作)에 있어서 대상이 지닌 '실재'의 파악은 선불교의 언어의식과 같지 않고서는 불가능하다는 결론이다. 이로써 우리는 불교와 아무 관련이 없어 보이는 서구의 시도 그 중요한 본질에 있어서는 불교 인식론과 맞닿아 있으며 서구의 현대시론 역시 불교로부터 입은 영향이 크다는 사실을 알 수 있다.

3. 현상학적 시론과 불교

하이데거에 있어서 시란 "존재하고 있는 것들을 처음으로 현존토록 하는 행위이다".[6] 그런데 존재는 현존재(Dasein)를 통해서 숨겨진 자

---

5) 필립 윌라이트, 같은 책, 155쪽.
6) 마르틴 하이데거, 『예술작품의 근원』, 오병남·민형원 편역, 경문사, 1979, 16쪽.

신을 드러낸다. 즉 후설(Husserl)은 일상적 의식을 선험적인 것으로 환원(reduction)시킴으로써 이 세계를 순수한 현상으로 드러내게 할 수 있다고 믿었고 하이데거는 더 나아가 의식조차도 버리고 의식의 그 안쪽 즉 '근거의 근거(Grund des Grundes)'로 거슬러올라가 존재를 바닥 없는 '공(空, Abgrund)' 혹은 하나의 '무(無, néant)'로 되돌릴 때 비로소 가능하다고 믿었다.

이 바닥 없는 공 혹은 무에서 존재가 자신을 열어 보이는 것을 우리는 이렇게 고쳐 말할 수 있을 것이다. 인간(존재자)이 근거를 드러내는 대신 존재가 스스로 자신을 열어 드러내고 이제 그 순간 '열림의 지대(ein Umkreis von Offenbarkeit)'인 현존재는 인간을 향한 존재의 열림을 표상하게 된다. 이것을 하이데거는 그 자신의 용어로 '사건의 도래(Ereignung)'라고 지칭한 바 있다.[7]

무 혹은 공의 상태에서 사물이 스스로 자신의 실재성을 열어 들려주는 언어는 존재의 언어이다. 그리고 존재는 이와 같은 존재의 언어를 통해 드디어 우리 앞에 현존하게 된다. 하이데거가 시를 존재의 언어로 정의하고 "존재는 언어를 통해 개시되며 따라서 존재 이해의 방법론적 통로는 언어 이외에는 없다"고 말한 이유가 여기에 있다. 그런데 이와 같은 과정에서 의식은 두 가지 도움을 받아야 한다. 하나는 환원(Reduktion)이며 다른 하나는 본질적 직관(Wesensschau)이다. 환원이란 모든 편견, 선입관, 인상, 무의식, 기억, 지식 등을 폐기시켜 의식을 가장 순수한 상태 즉 '선험적 이성'으로 되돌리는 행위이며 본질적 직관이란 그 환원된 순수 의식이 주·객관의 구분이나 이성적 사유에서 벗어나 직접적, 순간적, 전체적으로 존재와 대면하는 행위이다.

따라서 이상 살펴본바 하이데거 시론의 핵심을 이루는 이같은 과

---

7) 피에르 테브나즈, 『현상학이란 무엇인가?What is Phenomenology?』, 심민화 옮김, 문학과지성사, 1982.

정 — '존재하고 있는 것들을 처음으로 현존토록 하는' — 에서 가장 중요하다고 생각되는 것은 세 가지로 요약될 수 있다. 의식의 환원, 본질적 직관, 무 혹은 공으로서의 존재라는 개념이 그것이다. 그런데 여기서 우리가 주목할 것은 이 세 가지가 모두 불교의 선적 사유와 유사하거나 거의 일치하고 있다는 사실이다.

첫째, 의식의 환원이란 선에 있어서 소위 점수(漸修)의 수행법과 매우 가깝다. 점수는『육조단경六祖壇經』에 기술되어 있듯 오조(五祖) 홍인(弘忍)이 그 깨친 바를 살펴보려고 제자들에게 시를 짓게 했을 때 상좌의 자리에 있던 신수(神秀)가 지은 다음과 같은 시에서 가르친 수행법이다.

몸은 보리수요
마음은 명경대로다
항상 힘써 닦아
티끌이 묻지 않도록 하리라.

身是菩提樹 心如明鏡臺 時時勤拂拭 勿使惹塵埃

이에 대해서 하인리히 두몰린(Heinrich Dumoulin)과 스즈키 다이세쓰(鈴木大拙)는 이렇게 해석하고 있다.

신수의 노래는 거울과 같은 마음을 어떤 수동적인 것으로 그리고 있다. 마음은 세워놓고 한 티끌의 먼지도 묻지 않도록 계속해서 닦아내야 한다. 먼지는 무명(無明)과 인간 정신의 탐욕과 심상(心像)과 사고들에 의해 야기되는 번뇌(kleśa)를 상징하고 있다. 그렇기 때문에 명상자는 완전한 정신(靜心)을 이룩하기 위하여 자기의 정신활동을 신성시키도록

힘써야 한다. 이런 명상 방법은 흠 없는 거울처럼 원래부터 청정한 마음
이 무명과 이 세상의 번뇌로 더럽혀졌기 때문에 명상 수행을 통해서 원
래의 청정성을 회복시켜야 한다는 견해에서 나오고 있다.[8]

선 수행에서 가르치는 무념무상(無念無想)은 깨달음의 경험을 예비하
기 위해 에고의 의식활동을 진정시킬 것을 요구한다. 이런 선 수행은 에
고를 침묵상태로 만들어 본질이 들어설 자리를 마련한다. 그래서 나타나
는 현상은 에고의 존중, 나르시시즘, 자아의 중심성과는 다른 것이다.[9]

선의 특성은 체험을 위한 준비 작업이 자기를 버리고(sich lassen) '생
각을 비움'과 같은 성격을 지닌다는 데 있다.[10]

위의 인용문을 통해 '점수'란 무명과 탐욕과 심상과 사고들에 의하여
더럽혀진 마음을 원래의 거울과 같은 청정성으로 회복시켜주는 행위
즉 무념무상의 정심에 들어 에고의 의식활동을 중지시키는 행위를 가
리키는 말임을 알 수 있다. 여기서 무념이란 물론 기존의 관념이나 판
단에 집착하지 않고 사물을 있는 그대로 본다는 뜻이다.[11] 이는 현상학
적 환원이 "이런 저런 지식분야의 사실이나 또는 그런 분야들에서 '참
인 것'을 넘어서서 세계, 자연적 태도 속에서 우리가 세계에 대해 내리
게 되는 경험적, 이성적, 나아가 과학적인 모든 판단을 폐기시키는"[12]

---

8) 하인리히 두몰린, 『선과 깨달음』, 박희준 옮김, 고려원, 1988, 72쪽.

9) 같은 책, 39쪽.

10) 스즈키 다이세쓰(鈴木大拙), 『아홉 마당으로 풀어쓴 선』, 심재룡 옮김, 현암사, 1986,
23쪽.

11) 오경웅(吳經熊), 『선의 황금시대』, 류시화 옮김, 경서원, 1986, 75쪽. "무념(無念)은 단
순히 어떤 기존 관념이나 판단에 집착하거나 물들지 않고 사물을 있는 그대로 본다는 뜻이
다. 마음을 어떤 것에도 고정시켜놓지 않고 자유롭게, 걸림 없이 쓰는 걸 뜻한다."

행위임과 동일하다.

둘째, 본질적 직관이 선의 돈오법(頓悟法)과 유사하다는 점이다. 돈오법이란 앞서 인용한 신수의 시를 반박하여 결국 그의 스승 홍인으로부터 법의 계승자가 된 혜능(慧能)의 다음과 같은 가르침에서 비롯하는 수행법이다.

> 보리엔 원래 나무가 없고
> 명경 또한 대(臺)가 아니다.
> 본래 한 물건도 없는데
> 어디에 티끌 묻을 수 있으랴

菩提本無樹 明鏡亦非臺 本來無一色 何處惹塵埃

혜능의 경우 이 세계란 본래 무이다. 신수가 노래한 보리수도 명경대도 없다. 아무것도 없으니 또한 그것을 오염시킬 '티끌 즉 무명(無明)과 인간 정신의 탐욕과 심상과 사고들에 의해 야기되는 번뇌'인들 있을 리 없다. 따라서 그에게 깨달음이란 어떤 수행이나 청정심의 회복에서가 아니라 순간적인 직관의 돌파로 이루어진다. 이에 대해서 하인리히 두몰린은 다음과 같이 해석하였다.

혜능은 신수와 같은 거울의 비유를 들고 있으나 철두철미한 부정이 모든 범주를 뒤엎어버린다. 본래부터 아무것도 있지 않았다(本來無色), 이 말이 해탈과 초월을 가리킨다. 혜능의 무는 『반야심경』의 공과 나가르주나(龍樹)의 철학과 마찬가지로 니힐리즘을 의미하는 것이 아니라 모든

---

12) 피에르 데비아즈, 같은 책, 26쪽.

범주와 개념의 너머에 있는 궁극적 실재에 대한 최상의 긍정을 의미하고
있다. 혜능의 시 속에 암시되어 있는 깨달음은 오직 합리적 이분법적 사
고를 돌파함으로써만 이루어질 수 있는 것이다.[13]

그리하여 다음과 같은 언급이 가능하다.

　순선(純禪)은 마음의 역동적이고 내재적인 힘에 의해 심처(深處)로의
돌파를 달성하는 것이다.[14]

　선도(禪道)의 중국적 원형은 무엇보다 돈오(頓悟, 홀연히 깨닫기)와
공안참구를 강조하여 불사(佛寺)를 이상적으로 재구축했다는 데에 특징
이 있다. 정확하게 말해 의식적, 합리적인 마음의 층의 초객관적인 존재
로의 돌파인 선에서의 깨달음은 그 자체가 실재에 관한 참된 체험이 된
다.[15]

선에 있어서 이와 같은 돈오는 하이데거의 존재론이나 후설 현상학
의 '존재의 근거'에 대한 탐색 방법과 유사하다. 그들 역시 어떤 사고나
판단보다도 직관에 의존했기 때문이다.

　현상이란 의식 속에 직접적으로 나타나는 것을 말한다. 그러면 우리는
그것이 어떤 사고나 판단보다도 먼저 직관에 의해 포착됨을 알고 있
다.[16]

---

13) 하인리히 두몰린, 같은 책, 73쪽.
14) 같은 책, 53쪽.
15) 같은 책, 36쪽.
16) 피에르 테브나즈, 같은 책, 23쪽.

셋째, 앞서 살펴본 바와 같이 하이데거의 존재론에서 존재가 그 근거를 드러내 보여주는 순간은 존재에 대한 질문이 선험적 의식의 저 안쪽—'근거의 근거'로까지 거슬러올라가 현존재의 상태에서 그 중첩되는 반복과 철저성의 결과 우리를 일종의 '바닥 없는 공'으로, 무로, 어떤 존재 혹은 존재자보다도 근본적인 무로 이끌어갔을 때이다.[17] 이렇게 되면 이제 이를 통해 무엇으로 열린다. 그리고 이 '틈입' 또는 '열림의 개전(開展)'에서 인간은 마침내 그들 존재의 의미를 만들어내는 것 속에 그 자신 포함되고 언어가 존재—인간관계의 새로운 중심이 된다.[18] 존재가 스스로를 열고, 외현하고, 스스로를 표현하는 까닭이다. 말하는 자 그는 인간이 아니라 이제 존재인 것이다. 그가 사막 속으로 하나의 목소리를 던진다.[19]

선의 경우에도 궁극적으로 도달하는 세계는 무 혹은 공이라는 점에서 이와 유사하다. 스즈키 다이세쓰는 한 비평가의 견해를 인용해서 이를 다음과 같이 설명하였다.

선에 의하여 정신은 일종의 망아(忘我)상태에 이르게 된다. 이것이 실현되었을 때 거기에 불교도가 언제나 강조하는 공(空, sunyata)이 체험된다. 이때 주관은 그것이 어떤 상태인지 모르겠지만 하여튼 막막한 공, 무 속에 몰입하게 되어 객관세계는 물론 자기 자신도 의식하지 못하게 된다.[20]

---

17) 같은 책, 42쪽.
18) 같은 책, 43쪽.
19) 같은 책, 48쪽.
20) 스즈키 다이세쓰, 같은 책, 60쪽.

물론 불교 존재론이나 선에 있어서 무 혹은 공이라는 개념은 하이데거의 존재론과 같은 것에서 말하는 그것과는 물론 다르다. 불교의 경우 무는 유의 대립 개념으로서의 무를 의미하는 것이 아니라 그 '무' 조차도 없는 무, 그러니까 ― 모든 존재하는 것들은 이름(언어)이 있는 까닭에 ― '무' 라는 말조차 있을 수 없는 어떤 '절대의 무' 인 까닭이다.『금강반야경』에서 이를 '필경공(畢竟空)' 이라 부르는 것은 다 아는 바와 같다. 따라서 불교의 '무' 혹은 '공' 은 '무' 를 넘어선 무, 혹은 '공' 을 넘어선 공이라 할 수도 있다.[21] 앞서 선의 궁극이 '공' 혹은 '무' 의 경지에 있다고 했던 스즈키 다이세쓰가 다시 말을 바꾸어 다음과 같이 언급하는 이유가 여기에 있을 것이다.

이 해석(앞의 인용문 ― 인용자) 역시 선을 바로 이해하는 데 실패하고 있다. 확실히 이런 해석으로 이끄는 표현이 선에 상당히 있는 것도 사실이다. 그러나 선을 바로 이해하기 위해서 우리는 여기서 한 단계를 뛰어넘을 필요가 있다. '광막한 무의 바다(Vast Emptiness)' 를 뛰어넘어야 하는 것이다.[22]

이와 같은 본질적 차이가 있음에도 불구하고 존재의 언어를 발생시키는 하이데거의 '무' 와 선의 '무' 는 최소한 방법적인 차원에서만큼은 동일하다. 그것은 특히 세 가지 측면에서 그러하다. 그 하나는 이 양자 모두 '무' 의 경지에 들어섬으로써 자아 혹은 존재가 열림을 통해 무한한 해방을 경험한다는 사실이다. 하이데거의 경우 이 '바닥 없는 공' 의

---

21) 같은 책, 77쪽. "'무' 나 '절대' 에 대해 이야기하고 있는 한 그는 선으로부터 멀리 있는 사람이다. 아니, 점점 멀어져가고 있다는 편이 옳다. '공이라는 발판' 마저 차버려야 한다. 구원에의 유일한 길은 자신을 바닥 없는 깊은 심연으로 던져넣는 일이다."
22) 같은 책, 60쪽.

경지에서는 인간(존재자)이 존재를 드러내는 대신 존재가 스스로 자신을 열어 드러내며 그 순간 열림의 지대인 현존재는 인간을 향한 존재 열림을 표상하게 된다. 이것을 그는 그 자신의 용어로 '사건의 도래(Ereignung)'라고 지칭했던 것이다.[23] 이는 선의 경우에도 동일하다.

이 낯선 개념은 바로 깨달음(さとり)이라 불리는 것인데 서구어로는 '열림' 또는 눈뜸(Enlightenment)으로 번역된다.[24]

몸과 마음을 벗어던진다는 것(心身脫落)은 깨달음 속에서 에고를 초월하고 에고로부터 해방되는 것을 의미한다.[25]

다른 하나는 불교의 선이니 하이데거의 존재론이나 양자 모두 이 무 혹은 '바닥 없는 공'의 상태에서 존재의 언어를 발생시킨다는 점이다. 하이데거의 경우 그것은 시이며 선의 경우 그것은 구체적으로 '게송(偈頌)' 혹은 '오도송(悟道頌)'이라 할 수 있다. 오도송 역시 시의 한 유형에 포괄시킬 수 있으니 이 양자의 무 모두가 시를 산출하는 원천이 된다는 것은 두말할 필요가 없다.

마지막으로 한 가지 더 지적할 것이 있다. 하이데거의 존재론이나 불교의 선에 있어서 존재 근거의 해명 혹은 깨달음은 주체 혹은 주관 그 자체가 아니라 존재 혹은 무 스스로가 자신을 열어 드러내 보여줌에서 비롯한다는 점이다. 따라서 주체는 오직 기다리기만 하면 된다.

알려지지 않은 숨은 힘과 같은 것으로 이해된 존재가 스스로를 드리내

---

23) 피에르 테브나즈, 같은 책, 46쪽 ; 오세영, 『문학과 그 이해』, 국학자료원, 2003, 440쪽.
24) 스즈키 다이세쓰, 같은 책, 8쪽.
25) 하인리히 두몰린, 같은 책, 38쪽.

는 데 동의하고 자기의 입구를 스스로 지적해주며 그리하여 마치 일종의
은총처럼 인간에게 자기를 맡기는 것을, 자신으로부터 나오는 것을, 자
신을 밖으로 표현하는 것을, 의미가 되는 것을 쾌히 승낙한다는 것이
다.[26]

이제 구성하는(constituant) 의식이란 없으며 인간은 그의 생각으로
존재를 조립하지 않는다. 정확히 말하자면 존재를 생각하는 것이 인간이
기조차 하지 않은 것이다.[27]

즉 인간이 사고하는 것이 아니라 존재가 사고하며 존재의 사고가 인
간을 통해 나타날 뿐이다. 따라서 시 역시 시인이 쓰는 것이 아니라 존
재가 스스로를 열고 부르는 음성을 다만 시인이 받아쓰는 것이라고 말
할 수 있다. 시인은 보는 자이며 듣는 자일 따름이다.
선의 경우도 마찬가지이다.

몸과 마음을 벗어던진다는 것(心身脫落)은 깨달음 속에서 에고를 초
월하고 에고로부터 해방되는 것을 의미한다. 그러나 이 경험은 에고에
의해 강제될 수 없는 것이다. 에고가 할 수 있는 일은 만법의 실재가 제
발로 찾아올 때까지 그저 소망하고 깨달음에 대해 개방적이 되는 것 이
외에는 없다.[28]

---

26) 피에르 테브나즈, 같은 책, 47쪽.
27) 같은 책, 53쪽.
28) 하인리히 두몰린, 같은 책, 38쪽.

4. 현대시의 언어의식과 불교

시는 언어의 예술이다. 그러므로 시의 본질은 일차적으로 언어의 문제에서 해명되어야 한다. 그렇다면 언어행위라는 관점에서 시란 무엇일까. 한마디로 그것은 언어의 한계성을 극복하려는 행위이다. 이와 같은 정의에는 적어도 두 가지 명제가 전제되어 있다. 하나는 인간의 언어란 불완전하다는 것이요, 다른 하나는, 그런 까닭에, 시의 언어는 일반적인 언어 즉 우리가 소위 일상의 언어라고 부르는 것과는 근본적으로 다르다는 점이다. 시의 언어란―그것을 어떻게 규정하든―본질적으로 이처럼 일상의 언어를 극복한 언어, 비록 현실적으로 실현되지는 못한다 하더라도 완전성을 지향하는 언어라고 말할 수 있다.

언어는 매우 유연하고 정교한 표현의 매체이지만 우리가 때때로 느끼고 있듯 한계성을 지니고 있다. (……) 비록 일상적인 체험이라 하더라도 언어로 표현되기에는 너무 복잡하다. 언어의 한계성은 우리가 감정(emotion)과 지각(sensation)을 전달하고자 할 때 명백히 드러난다. 가령 한 번도 오렌지의 맛을 체험해보지 못한 사람에게 오렌지의 맛이 어떤가를 어떻게 설명할 수 있을 것인가―그들에게 전달을 시도하는 데 있어 인간은 매우 표현적인 언어(expressive word)를 탐색하고자 하나 결국 그는 항상 언어를 넘어서 비유나 감탄이나 음성적 자질(intonation) 등을 빌리고자 한다. 시의 본질적인 내용(natural subject matter)은 일상적인 언어로는 전달이 불가능한 체험의 일종에 있다. 시는 인식의 한계성에 처하면서도 표현 불가능한 것을 표현코자 탐색하는 것이다.[29]

---

29) Jacob Korg, *An Introduction to Poetry*, N.Y., Holt Rinehart and Winston, 1965, pp. 1~2.

이렇듯 우리는, 일상의 언어로는 이 세계의 실재를 표현할 수 없는 까닭에, 다른 특수한 언어 즉 이 세계의 실재를 표현할 수 있으리라 믿어지는 언어를 창조하여 이를 시의 언어라고 부른다. 앞 장에서 언급한 윌라이트와 하이데거의 언어관 역시 이에서 다르지 않다.

윌라이트는 언어를 고착언어(steno-language)와 긴장언어(혹은 열린 언어, 표현의 언어)로 나누었다. 일상어인 전자는 실재의 표현과 전달에 있어 절대적으로 한계성을 지닌 언어이다.

고착언어는 말이 생명력을 잃고 굳어진 언어라는 점에서 닫힌 언어라 할 수 있는데 이는 습관과 약정에 의해서 생겨난다. 상상력이 죽을 때 언어는 습관에 의해 고착되거나 의미를 가두게 된다. 그리하여 고착언어에서 말들은 완전한 것으로의 지향이나 새로운 시도 없이 그저 관습적으로 반복될 뿐이다.[30]

이에 반해서 시의 언어인 후자 즉 긴장언어는 단순한 상태를 벗어나 여러 복합적이고 새롭고 예기치 않은 자질의 획득으로 풍부한 의미론적 성취를 이루어낸 언어이다.[31] 이미 필자는 앞 장에서 그의 소위 긴장언어가 어떻게 대상의 실재를 표현할 수 있는지 한 가지 가능성에 대하여 이야기한 바 있다.

하이데거에 있어서도 일상인(Das Man)이 사용하는 일상의 언어는 일상인이 그러한 것과 같이 도구적, 물재적(物在的)인 특성을 지닌 언어이다. 한마디로 그것은 평균성과 공중성(公衆性)으로 획일지어져 존

---

30) Philip Wheelwright, *Metaphor and Reality*, Bloomington, Indiana Univ. Press, 1968, p. 37.

31) Philip Wheelwright, *The Burning Fountain*, Bloomington, Indiana Univ. Press, 1968, p. 17.

재의 근거와 같은 문제를 해명하는 데는 아무 쓸모가 없다. 그리하여 그는 의식의 저 '바닥 없는 공'에서 울려오는 존재의 언어 즉 시의 언어에 귀를 기울였던 것이다.

이와 같은 현대시의 언어관은 불교의 그것과 동일하다. 불교에서도 언어로 진리를 설하거나 표현하는 것은 절대 불가능하다고 보기 때문이다. 아니 진리는 언어에 의해서 왜곡되거나 미망에 빠지므로 차라리 언어를 버리는 것이 현명하다. 불경을 읽을 때 종종 접하는 어법으로 다음과 같은 것이 있다. 세존께서 설법—그것도 매우 긴 시간의—하고 난 뒤에 "수부티여(須菩提), 네 뜻은 어이 하냐, 여래는 설한 바가 있느냐" 하고 묻고 이에 대해서 제자들이 한결같이 "세존이시여, 당신은 설하신 바가 없나이다"라고 일거에 부정해버리는 식이다. 이는 무엇을 힘축한 것일까. 그것은 언어는 진리를 전달할 수 없으므로 언어에 집착하지 말라는 뜻일 것이다. 즉 언어를 버리고 오직 직관을 통해 심인(心印)으로써 깨달음에 이르러야 한다는 가르침이다. 이와 같은 불교의 언어관은 초전법륜(初轉法輪)의 소위 염화시중(拈華示衆)[32]에서 비롯하는 것이지만 그후 불경 곳곳에서 자주 언급되고 있음은 우리가 쉽게 발견할 수 있는 바이다.

수부티여, 여래는 진리를 설하는 자가 있다면 그는 거짓을 설한 것이 된다. 수부티여, 그는 진실이 아닌 것에 집착하여 부처를 비방하는 것이 된다.[33]

말은 사물을 퍼지 못하며

---

32) 실법으로서는 불가능했던 가섭의 깨달음이 세존이 꺾어 보여준 연꽃을 통해 비로소 이루어진 사건.

33) 『금강반야경 金剛般若經』. 須菩提白佛言 世尊! 如來無所說".

말은 기미를 살리지 못한다.

말을 받는 자는 잃고

구절에 얽매이는 자는 미혹한다[34]

왜냐하면 문자는 그가 표현하고자 하는 것과 떨어져 있기 때문입니다.
문자가 있지 아니한 것이야말로 해탈입니다.[35]

『유마경 維摩經』에는 다음과 같은 언급이 있다.

저희 생각으로는 말(언어)이 없고 설함도 없으며(無所說) 가리키는
일도 인지(識)하는 일도 없으며 모든 질문과 대답을 떠나는 것이 절대
평등한 경지에 드는 것입니다.[36]

어떻게 하면 절대 평등한 경지 즉 평등상에 들 수 있느냐는 질문에 대
한 유마힐(維摩詰)과 문수사리(文殊師利)의 답변이다. 언어를 벗어난
경지야말로 곧 해탈 혹은 평등상이라는 것이다. 이와 같은 불교의 언어
관 즉 무소설(無所說)[37]은 선종에 의해서 극단화되어 마침내 불경까지
도 버리게 된다. 언어도단(言語道斷) 불립문자(不立文字) 교외별전(教
外別傳) 직지인심(直指人心) 견성성불(見性成佛)[38]과 같은 교의가 그

---

34) 「황룡무문혜개 黃龍無門慧開」, 『무문관 無門關』. 조주(趙州)의 공안 '정전백수(庭前栢
樹)'에 대한 게송에서. "言無展事 語不投機 承言者喪 滯句者迷".

35) 『유마경 維摩經』, 제3장.

36) 위의 책, 제9장.

37) 『금강반야바라밀경 金剛般若波羅蜜經』. "그 까닭이 무엇이뇨? 수부티야! 부처가 설한
반야바라밀은 곧 반야바라밀이 아니기 때문이다. 수부티야! 네 뜻이 어떠하뇨? 여래가 설
한 법이 과연 있다고 생각하느냐?" 수부티는 부처님께 사뢰어 말하였다. "세존이시여! 여
래께서는 말씀하신 바가 아무것도 없습니다."(所以者何? 須菩提! 佛說般若波羅蜜 則非般若
波羅蜜 須菩提! 於意云何? 如來有所說法不? 須菩諸白佛言 "世尊! 如來無所說)

것이다. 선가에서는 오로지 선을 통하여 적막한 침묵으로 심신을 탈락(脫落)하고 자유 경지를 추구하여 "부처를 만나면 부처를 죽이고 조사를 만나면 조사를 죽이는……"[39] 역설적인 무의 경지로까지 침잠해버리는 것이다. 그 방편들이 바로 화두와 공안으로 유명한 구지(俱胝)의 수지(竪指)라든가 달마(達磨)의 정전백수자(庭前柏樹子)[40]는 그러한 예들 가운데 하나이다.

불교의 언어관과 현대시의 언어의식이 지닌 유사성을 이야기함에 있어 한 가지 더 지적해야 할 것은 포스트모더니즘이 강조하고 있는 소위 '의미의 해체'라는 명제이다. 그 본질은 다르지만 포스트모더니즘의 '의미 해체'가 그 방법상 불교의 무소설 즉 부의 언어를 지향하고 있다는 것만큼은 사실이기 때문이다. 이는 포스트모더니즘이 이성에 중심을 둔 서구문명사의 극복을 동양 사상 특히 불교 세계관에서 찾고 있다는 것과 무관치 않을 것이다.

---

38) 「회선사전록懷禪師前錄」, '조경(祖卿)', 『조정사원 祖庭事苑』 5. "법을 전한 여러 조사들이 처음에는 삼장의 교승을 겸행하였으나 뒤에 달마조사는 심인(心印) 하나만을 전하여 집착을 깨뜨리고 종지(宗旨)를 나타내니 이른바 불립문자 교외별전 직지인심 견성성불이라는 것이다."(傳法諸祖 初以三藏敎乘兼行 後達摩祖師單傳心印 破執顯宗 所謂 不文立字 敎外別傳 直旨人心 見性成佛)

39) 「살불살조殺佛殺祖」, 『임제록 臨濟錄』, 야나기다 세이잔 해설, 일지(一指) 옮김, 고려원, 1988, 173쪽. "함께 도를 닦는 여러 벗들이여, 그대들이 참다운 견해를 얻고자 할진대 오직 단 한 가지 세상의 속임수에 걸리는 미혹을 입지 않아야 한다. 안으로나 밖으로나 만나는 것은 바로 죽여버려라. 부처를 만나면 부처를 죽이고 조사를 만나면 조사를 죽이며 나한을 만나면 나한을 죽이고 부모를 만나면 부모를 죽이고 친처권수를 만나면 친척권속을 죽여야만 비로소 해탈하여 어떠한 경계에서도 투탈자재하여 얽매이지 않고 인혹(因惑)과 물혹(物惑)을 꿰뚫어 자유자재하게 된다."(道流 稱欲得如法見解 但莫受人惑 向裏向外 逢著便殺 逢佛殺佛 逢祖殺祖 逢羅漢殺羅漢 逢父母殺父母 逢親眷殺親眷 始得解脫 不與物拘 透脫自在)

40) 「설두중현雪竇重顯」(『벽암록 碧巖錄』)에 보면 중국 선가 구지대사(俱胝大師)는 설법 대신에 손가락을 하나 세운(竪指) 것으로 진리를 설했고, 중국에 선을 전한 양(梁)나라 때 달마(達磨)는 조주(趙州)라는 스님이 진리를 묻는 데 대한 대답으로 정원의 측백나무(庭前柏樹子)를 가리켰다 한다.

포스트모더니즘론에서는 이 세계는 주체가 소멸되고 중심이 붕괴된 것으로 본다. 따라서 그들의 주장에 의하면 논리 즉 이성의 표현이라 할 의미는 해체되지 않을 수 없다. 즉 이 세계에서 의미는 사라지고 없다는 것이다. 손태그(Susan Sontag)는 그와 같은 세계를 '그저 그렇게 단순히 있는 것'이라 하여 진리란 바로 무의미 그 자체라고 하였고,[41] 힐리스 밀러(Hillis Miller)는 허무주의라 명명하였다.[42] 이하브 하산 (Ihab Hassan)은 신은 죽었다고 선언한 니체의 철학과 오늘의 유럽 해체주의에서 이를 해명하고자 하였다.[43]

해체주의에서는 소쉬르(F. Saussure)가 언어 구성의 원리로 보았던 시니피앙과 시니피에의 필연적 연관성을 부정한다. 의미는 다만 시니피앙의 차별성에 의해 형성된다는 것이다. 이는 시니피에와 무관한 시니피앙의 자율성을 지적한 것으로[44] 의미는 존재 혹은 지시 대상과 무관한 것이 되어 결국 세계는 허무나 우연 그 자체일 수밖에 없다는 주장이 가능해졌다. 그라프(G. Graff)가 모든 의미는 자의적이며 우리가 언어로 표현하고자 하는 것 역시 실은 하나의 허구라고 말한 것도 바로 이때문이다.[45]

이와 같은 포스트모더니즘의 '의미 해체론'은 그 의미의 소멸이 이성

---

41) Susan Sontag, *Against Interpretation*, N.Y., Delta Book, 1967, p. 7.

42) J. Hillis Miller, "The Critic as Host in Harold Bloom, et al.", *Deconstruction and Criticism*, N.Y., Continuum International Publishing Group, 1979, p. 228 ; 이하브 하산 (Ihab Hassan), 「의미를 생성하기」, 신정현 옮김, 『포스트모더니즘론』, 정정호·강내희 편, 터, 1992.

43) 안드레아스 후이센(Andreas Huyssen), 「포스트모더니즘의 위상 정립을 위해」, 정정호 옮김, 『포스트모더니즘론』. 그밖에 후이센도 포스트모더니즘과 포스트스트럭추얼리즘의 연관성을 지적하였다.

44) F. Jameson, *Postmodernism*, Duraham, Duke Univ. Press, 1991, p. 26. 제임슨은 이를 라캉의 용어를 빌려 '의미 사슬의 와해(breakdown of signifying chain)'라고 불렀다.

45) 제럴드 그라프(Gerald Graff), 「포스트모더니즘은 과연 획기적인 변화인가」, 이소영 옮김, 『포스트모더니즘론』.

의 붕괴에서 기인한다는 점에서, 근본적으로 이 세계 자체가 무를 넘어선 무 혹은 필경공인 까닭에 의미가 부재한다는 불교의 무소설—무의 언어관과는 근본적으로 다르다. 그러나 첫째, 최소한 논리나 이성이 지배하는 일상적 공간의 실재란 허위에 지나지 않는다는 인식과, 둘째, 그것을 극복하는 방법이 일차적으로 의미를 부정하는 데서 출발한다는 점에서 이 양자는 공통된다고 말할 수도 있다. 본질적으로 언어(차별상)와 그것이 지시하는 대상(평등상)이 서로 일치하지 않음을 가리키는, 『대승기신론大乘起信論』의 이언설상(離言說相)의 경지와 포스트모더니즘이 주장하고 있는바 시니피앙과 시니피에의 분리(미끄러짐)현상이 상호 대응되기 때문이다.

일체의 모든 법은 오직 망념(거짓된 생각)에 따라 차별이 생기나니 만일 그 마음으로부터 떠나면 모든 경계를 이루는 차별상은 사라진다. 그러므로 모든 법이 이에 따라 말로 설하는 상을 버리고, 글로 새기는 상을 버리고, 연을 일으키는 마음의 상을 버리면 필경 평등하여 변함의 있음도 없고 파괴도 불가능한 오직 한 가지 마음에 이르나니 그러므로 이 곧 부처의 참다운 진리이다.[46)]

그러한 관점에서 오늘날 포스트모더니즘의 의미 해체론은 불교의 언어관에 깊이 빚을 지고 있다고 해야 할 것이다.

---

46) 마명보살(馬鳴菩薩), 『대승기신론大乘起信論』, 진역삼장(眞譯三臟) 옮김. "一切諸法 唯依妄念而有差別 若離心念 則無一切境界之相 是故一切法 從本已來 離言說相 離名字相 離心緣相 畢竟平等 無有變易 不可破壞唯是一心 故名眞如."

5. 시의 구조와 불교 존재론

현대시의 원리를 설명하는 대표적인 것 중 하나는 '모순 혹은 대립되는 것들의 조화 혹은 통일'이라는 개념이다. 시란 그 구조에서든 진술에서든 혹은 상상력에서든 서로 대립 혹은 모순되는 가치, 즉 이미지나 정서나 의미지향들이 서로 갈등을 이루다가 결국은 하나로 조화 혹은 통합을 이룬다는 주장이다. 이는 일찍이 아리스토텔레스가 그의 『시학』에서 시(비극)의 본질을 '아이러니'와 '반전(peripetia)'에서 찾은 이래 현대에 들어 그 어떤 유형의 비평론이든 원칙적으로 수용하고 있는 이론임은 누구나 아는 바와 같다. 가령 영미 신비평의 아이러니, 패러독스, 텐션, 형이상학적 시, 형식주의나 구조주의의 이원적 대립(binary opposition), 양극의 대립(polar opposition), 병렬(parallelism), 전환(conversion) 등과 같은 개념이 다 그러하다.

가령 오늘날 영미 비평의 대부라 할 수 있는 리처즈는 시의 본질을 아이러니에서 해명하여 그것이 두 가지의 모순되는 가치, 즉 그의 표현대로 하자면 우호적인 충동(impulse to approach)과 배타적인 충동(impulse to retreat)의 조화(ballance 혹은 reconcilliation)에 있다고 보았다. 그것은 상상력이든 정서나 감정이든 마찬가지이다. 예컨대 정서의 경우 그는 그것을 아리스토텔레스가 그의 시학에서 지적한 소위 '공포'와 '연민'이라는 두 감정의 대립과 카타르시스에서 찾았다.

오늘날 리파테르(Michael Riffaterre) 역시 시의 본질을 이원적 대립으로 설명하고 있다.

진술에 그 시적인 생명력을 부여하는 것은 '환기창(soupilrail)'(이 글에 앞서 인용된 예문의 중심 단어—인용자)을 표면적으로 드러내 실현시키는(현동화시키는, actualization) 하이포그램(hypogram)이다. 이

하이포그램—그 진술을 묘사해주는 체계—은 양극의 대립들로 특징지어진 문법과 단어들의 배열에 의해 일어난다. 필자는 영원히 시적인 언어의 하이포그램들 속에는 언제나 양극화가 현재한다고 믿는다. 나아가 필자는 이 양극화가 그 시적 본질에 있어서는 필연적이며 그 언어적 전형을 위해서는 당연한 것이라고 믿는다. 양극화는 현저한 대조를 야기시킨다. 그것의 해소(대립되는 양극 사이의 등가적 진술에 의한)는 역설, 모순어법 그리고 기상(寄想)을 생성한다. 양극의 대립(polar opposition) 속에서 행해지는 어떤 진술도 그것의 유사성이나 동의어성의 패러다임을 배양해내는 쪽으로 나아가도록 하는 역할을 맡게 된다. 즉 그들의 의미론적 영역은 참된 양극의 기하학이 된다.[47]

현대시가 제 가치의 이원적 내립에 본실을 두고 있는 것은 그 담고자 하는 세계 혹은 인간의 삶 자체가 모순의 총체성으로 존재하는 데서 비롯한다. 그것은 무엇보다 이 최초 개념이라 할 아리스토텔레스의 소위 '비극적 아이러니'와, 기회원인론적(機會原因論的, Occassionalism) 세계관에 토대를 둔, 근대 낭만주의자들의 '낭만적 아이러니'가 잘 설명해주고 있다. 이 모두는 세계를 모순 혹은 역설로 파악하여 이를 문학적으로 반영한 데서 형성된 개념들이기 때문이다. 아이러니에 대한 인식은 이후 현대 철학과 문학에 지대한 영향을 주어 특히 철학에서 실존주의, 문학에서 신비평의 초석을 이루게 된 것은 다 아는 바와 같다.

현대시의 본질이 이와 같은 이원적 대립에 있는 것과 똑같이 불교 존재론에서도 이 세계는 상호 대립과 그 초극으로 이루어졌다고 설명한다. 그것은 문학이 바로 이 세계를 반영하는 언어의 한 양식인 까닭에 또한 현대시의 구조가 불교 존재론과 만나는 지점이기도 하다. 석가모

---

47) Michael Riffaterre, *Semiotics of Poetry*, Bloomington, Indiana Univ. Press, 1978, pp. 43~44.

니가 보리수 아래에서 정각(正覺)한 내용은 일체유정(一切有情)의 삶이 역설임을 전제로 하고 있다. 중생은 그 자신 본성 속에 이미 불성(如來藏心, Tathāgatagarbha)을 구유하고 있으면서도 동시에 끝없는 업의 연기 속에서 생사번뇌의 윤회를 되풀이하고 연기 또한 그 자체가 불일불이(不一不二)의 법으로 이루어지는 것이라 할 수 있기 때문이다. 삶이 있으므로 죽음이 있고 죽음이 있으므로 삶이 있다는 것이다. 따라서 불교 인식론의 경우 양자는 개별적(차별상)인 존재(不一)이지만 궁극적으로는 동일한 존재(不二)라는 역설을 성립시킨다.[48]

대승(大乘)의 교조(敎祖)라 불리우는 나가르주나(龍樹, Nagarjuna)의 소위 이제설(二諦說)[49] 역시 이와 다르지 않다. 이제설(二諦說)이란 속제(俗諦)와 제일의제(第一義諦)를 가리키는 말로 전자는 현상계에 입각하여 제법을 관찰할 때 우주 만물은 하나도 부정할 것 없이 실상 그대로 존재한다는 인식이요 후자는 본체계(本體界)에 입각하여 볼 때 모든 만유(萬有)는 무자성(無自性)한 것으로 결국 공(空)하지 않은 것은 하나도 없다는 인식이다. 따라서 불교가 바라보는 세계는 아이러니 즉 이원적으로 대립된 세계라 할 수 있다. 속제는 '유(有)'에, 제일의제는 '공(空)'에 해당하지만 이제는 궁극에 있어 하나이므로 일제 즉 불이(不二)의 관계에 있기 때문이다.

화엄종(華嚴宗)이 제시한 소위 법계연기설 역시 마찬가지다. 법계연기설(法界緣起說)에서는 현상계의 모든 사물은 인연에 의하여 생멸하며 인연의 상호작용은 육의(六義)로서 이루어진다고 한다.[50] 그런데 육

---

48)『불전 佛典』, 세계사상대전집 1, 대양서적, 1971, 60쪽.

49) 김동화, 『불교학개론』, 문조사, 1974, 344~348쪽.

50) 같은 책, 254~256쪽. '법계연기설'은 불교의 근본적 진리관인 연기(緣起)를『화엄경』에 의하여 설명하는 것으로 우주 만물의 근본 실체인 심(心)이 그 자체가 스스로 연기한다고 하는 이론. 이는 무명(無明)을 빌려 연기한다는 여타의 종파와 구별된다. 사법계(事法界, 현상으로 나타난 세계), 이법계(理法界, 우주 만물의 만유본성(萬有本性))가 있으며 이

의의 근본 작용인 인(因)은 그 자체가 '유', 또는 '공'의 모순 개념을 내포함으로 그 자체가 상호 모순된다고 할 수 있다. 이러한 관점에서는 법계연기설을 공간적 관계에서 설명한 동체이체설(同體異體說)이나 상즉상입설(相卽相入說) 또한 같다. 연기를 일으키는 일체제법(一切諸法)은 어떤 일법(一法)을 주로 하여 볼 때에는 그 일법자체(一法自體)의 인(因) 가운데 이미 연(緣)이 스스로 존재하는 까닭에 모든 제법(諸法)과 더불어 동체(同體)를 이루지만 실제에 있어서는 타의 존재를 인정하며 타자의 연에 따라 연기가 이루어진다는 점에서 또한 각각 이체(異體)로 남기 때문이다. 그러므로 불교 세계관에서는 자타, 주객이 분리되어 있는 것이 아니라 동일자로서 존재하며 상호 동화 혹은 치환된다. 모든 사물에 불성이 있다든가(悉有佛性) 모든 존재는 궁극적으로 공하다든가 하는 견해는 이러한 인식의 다른 표현이다.

연기론은 자연(自緣)과 타연(他緣) 사이에 자(自)가 즉 타(他)가 되는 상즉(相卽)의 원리를, 그 작용상으로 볼 때 자(自)의 작용하는 힘으로 타(他)를, 타의 작용하는 힘으로 자를 내포한다는 뜻에서 상입(相入)의 원리를 지니고 있다.[51] 이 상즉상입설(相卽相入說)을 청량(淸凉)

<hr>

들 두 세계가 융통무애(融通無礙)하는 이사무애법계(理事無礙法界), 또 현상계의 사사물물(事事物物)이 상호융통(相互融通)하는 사사무애법계(事事無礙法界)가 있다. 법계연기설을 육의(六義)로 설명하면 다음 도식과 같다.

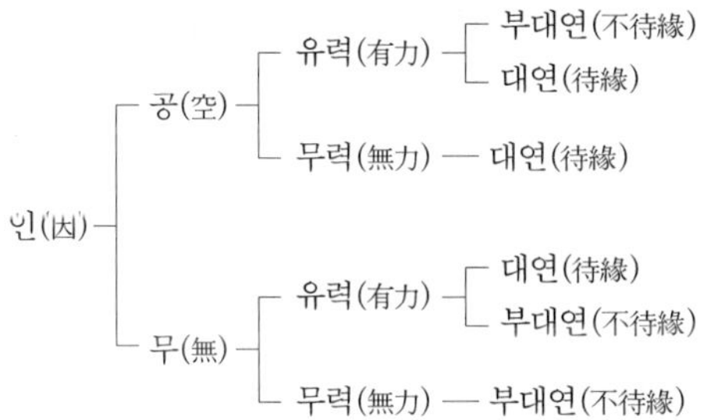

51) 같은 책, 260쪽.

은 그의 『현담玄談』에서 "相入則如二鏡互照, 相卽則如波水相攝"[52]이라
고 설명한 바 있는데 이것은 현대시론의 원리인 소위 상호참여성(law
of participation)과 크게 다를 바 없는 것이다.[53]

『반야심경』의 유명한 "색즉시공공즉시색(色(속제)卽時空(제일의제)
空卽是色)"이란 말씀도 실은 이같은 역설적 의미를 지니고 있다. 그러
나 불교 존재론에서 모순의 관계에 있는 이제(二諦)는 단지 모순으로
끝나지 않는다. "약불의속제 부득제일의 부득제일의측 부득열반(若不
依俗諦, 不得第一義 不得第一義則 不得涅槃)"[54] 하기 때문이다. 그리하
여 이 모순이 초월되는 곳에 만유제법(萬有諸法)이 '무(無)' 또는 '필
경공(畢竟空)'의 경지에 다다르게 됨은 다 아는 바와 같다. 그것을 루돌
프 오토(Rudolf Otto)는 "'둘이 아님(不二, Not-twoness, Nichtzwei-
heit)' '하나로서 똑같음(Oneness)' 그리고 '모순의 통일(Coincidentia
Oppositorium)'로 표현되는 신비적 직관"이라는 말로 설명하였는데[55]
그것은 현대시가 지향하는 두 가지 모순 혹은 대립되는 가치들의 조화
혹은 통일이라는 개념과 크게 다를 바 없다.

이렇게 이 세계의 진리—특히 존재론적 진리가 비논리적이며 이성
의 체계로 해명할 수 없는 어떤 것이라면 결국 언어는 진리를 표현함에
있어 무용한 것이 되고 만다. 즉 어떤 궁극적 진실—초월적, 존재론적
진실을 추구하는 데 일상적인 언어는 한계성을 지닐 수밖에 없다. 인간
의 삶과 세계를 지배하는 원리는 모순으로 되어 있지만 이에 반해 언어
란 사실과 논리에 토대해서 이루어진 기호체계인 까닭이다.

---

52) 같은 책, 255쪽. 제 법(法)은 체(體)의 공(空), 유(有)(이상(理象), 실체(實體))에서는
상즉(相卽)하며 작용(力)의 유무(有無)에서는 상입(相入)한다.

53) Philip Wheelwright, *Metaphor and Reality*, p. 165.

54) 김동화, 같은 책, 347쪽.

55) 스즈키 다이세쓰, 같은 책, 11쪽.

그러나 범인에게 있어서 가르침은 기본적으로 언어를 떠나 달리 방법이 있을 수 없다. 부처께서 일상의 논리적 차원을 벗어난 어떤 '특별한 언어'—역설을 차용한 이유가 여기에 있다. 이제 부처는 오직 역설을 통해서만 그 자신의 진실을 드러낼 수 있었던 것이다. "불자(佛者)들이여, 이 보살은 열 가지 항목을 익혀야 합니다. 즉 일(一)은 다(多)이며, 다는 일이며, 가르침에 따라서 의미를 알고, 의미에 대하여 가르침을 알고, 비존재는 존재이며, 존재는 비존재이며, 모습을 갖지 않은 것이 모습이며……"[56] "(법이란) 부처를 만나면 부처를 죽이고 조사를 만나면 조사를 죽이는 것이다" "불도(佛道)를 배우려고 하는 것은 자기를 배우는 것이다. 자기를 배운다고 하는 것은 자기를 잊어버리는 것이다"[57] 등등의 가르침이 그러하다.

우리는 이 지점에서 새삼 현대시의 언어와 불교 언어의 동일성, 더 나아가 현대시에 끼친 불교의 영향을 성찰해볼 수 있을 것이다. 다 아는 바, 현대시론에서 시의 언어는 아이러니 혹은 역설의 언어로 인식되어 있기 때문이다.

6. 결어

문명사가들에 의하면 오늘날 서구문명사는 위기에 처해 있다. 그리하여 그들은 그들의 문명사적 종말을 새로운 이념의 확립으로 극복하고자 하며 그 가장 가능성 있는 대안의 하나로 동양의 예지, 그중에서도 불교나 노장 사상을 탐색한다. 그러므로 이 과정에서 서구의 현대시론이 불교 세계관이나 선 사상으로부터 많은 자양을 섭취하고자 하는

---

56) 「보살십주품菩薩十住品」, 『화엄경』.
57) 주 40) 참죠.

것은 당연한 귀결이라고 할 수 있다.

　필자는 이와 같은 관점에서 불교 세계관이 현대시 및 현대시론에 끼친 영향을 몇 가지 관점에서 살펴보았다. 첫째는 그 내용적인 측면에서 우리가 선시라 부르는 시의 한 장르이며, 둘째는 내용상 불교와 아무 관련이 없어 보이는 현대시에 잠재적으로 반영된 불교 영향이다. 후자의 경우 그것은 시의 실재 인식과 존재론적 언어, 시의 구조, 표현 등으로 나누어 살펴볼 수 있다. 이 모두는 표면상 불교와 아무 관련 없는 듯이 보이지만 그 심층에 있어서는 불교의 영향을 깊이 받았든지 아니면 최소한 불교적 세계관과 유사한 특성을 보여준다.

　이제 르네상스에서 비롯된 계몽주의적 세계관과 이에 토대한 서구의 물질문명은 종말에 다다랐다는 의식이 보편화되고 있다. 그러한 관점에서 오랫동안 동양문화를 떠받친 기둥의 하나였던 한국의 역할은 그 의미가 자못 크다고 생각된다. 한국의 문학 혹은 문학이론 역시 이제는 일방적인 서구 추수에서 벗어나 오히려 서구의 요청에 부응하는 독자적이고도 고유한 자신의 영역을 구축해야 할 시점에 와 있는 것이다. 현대시에 끼친 불교의 영향 혹은 상호 공통성의 확인이 중요한 이유가 여기에 있다.

(2004)

선시(禪詩)란 무엇인가

1

'선시(禪詩)'라는 말이 어느 때 등장했는지는 알 수 없다. 불교와 관계되는 시들을 어떤 특별한 개념 규정 없이 대개 심정적, 편의적으로 호칭해왔던 용어가 아닌가 한다. 따라서 그 의미는 매우 포괄적이며 또한 모호한 것이 사실이다. 그것은 이 용어가 불교사전[1]이나 문학사전, 그리고 국어사전(예컨대 최근에 펴낸 우리말 어휘가 가장 많이 수록되어 있다는 『표준한국어사전』[2]) 등 그 어느 사전에도 등재되어 있지 않은 것으로도 미루어 알 수 있다.

다른 어떤 종교보다도 불교는 문학과 관계가 깊다. 특히 시가 그러하다. 원래 불가(佛家)에서는 일찍부터 세존의 가르침이나 선사들의 깨달음을 노래한 응송(應頌), 게송(偈頌), 오도송(悟道頌), 증도가(證道歌), 열반송(涅槃頌), 임종게(臨終偈), 전법게(傳法偈)와 같은 운문 형식들

---

1) 예컨대 『한국불교대사전』, 불교사전편찬위원회 편, 보문각, 1962.
2) 『표준한국어사전』, 국어연구원 편, 두산동아, 1999.

이 있어왔는데 이 모두는 넓은 의미에서 시의 범주에 속하는 것들로 물론 사문(沙門) 즉 승려들의 소작이다.

응송은 12부경(경의 성격과 형식에 따라 일체의 불경을 12개 유형으로 나눈 것)의 하나인 범어의 기야(祇夜, Geya)를 번역한 것인데 앞 장에서 개진한 설법 내용을 한번 더 되풀이해서 운문화한 것이다. 즉 산문으로 된 경을 다시 운문체로 바꾸어놓은 형식이다. 긴 산문의 경전에 응하여 그 뜻을 운문으로 편다는 의미에서 응송이라 부른다.

가령 『법화경法華經』 「방편품方便品」 제2에 보면 석가모니불의 설법을 듣던 사리불(舍利佛)이 "세존이시여, 어떤 인연으로 간곡히 부처님들의 제1방편[3]을 찬탄하셨나이까…… 원컨대 세존이시여, 이를 설명해주시옵소서. 세존께서는 무슨 까닭으로 매우 심원하고 미묘하며 이해하기 어려운 가르침을 찬탄하셨나이까" 하고 여쭙자 세존께서는 "그만두라, 그만두라. 설법해 무엇 하랴. 만약 이를 설한다면 일체 세간(世間)의 천인이나 인간들은 다 놀라고 의심할 것임에 틀림없는 까닭이다"라고 설하신 뒤에 다시 다음과 같은 노래를 지어 부르셨다.

> 그만두라, 그만두라
> 나의 법은 어렵고도 미묘하여서
> 오만한 자 이 법을 익히 들으면
> 반드시 믿지 않고 공경 않으리

게송 역시 12부경의 하나이다. 응송이 산문의 경전을 다시 운문으로 고쳐쓴 것임에 반해 게송은 전제되는 경전 없이 창의적으로 부처님의 공덕과 교리를 노래나 글귀로 찬미한다는 점에서 다르다. 3자 내지 8자

---

3) '방편'이란 불교에서 진실한 교법(敎法)에 끌어넣기 위하여 가설(假設)한 법문(法門)을 말한다.

를 1구(句)로 하고 4구를 1게(偈)로 하는 형식을 취한다. 원래 게(偈)는 범어 '게타(偈陀, Gatha)'의 첫 음절을 음으로 빌린 것이고 송(頌)은 그 뜻을 빌린 것이므로 게송은 범어와 한자의 합성어라 할 수 있다. 『법구경法句經』은 특별히 모두 게송으로 되어 있는 경전이다.

일반 경전에서도 세존의 설법을 들은 대중이 이에 감응하여 그 가르침이나 깨달음의 기쁨을 노래로 찬미하는 경우가 적지 않게 등장한다. 가령 『법화경』「묘장엄왕본사품 妙莊嚴王本事品」 제27에는 다음과 같은 이야기가 있다. 부처께서 묘장엄이라는 왕에게 설법을 하였는데 그 자리에 왕비 정덕(淨德)과 두 아들 정장(淨莊), 정안(淨眼)도 참배하였다. 설법을 들은 두 왕자는 크게 느낀 바 있어 부처를 따라 출가하고자 하지만 어머니가 허락지 않았다. 이에 두 아들이 다음과 같은 게송을 지어 어머니의 허락을 구하고 있다.

원컨대 어머님은 저희들이 출가하여
사문으로 수도토록 허락하여주옵소서
부처님 만나뵙기 심히 어렵나니
저희들이 찾아가서 따라 배우리다

오랜 겁에 한 번 피는 우담발화(優曇鉢花)보다
부처님의 세상 출현 그 더욱 어려우니
여러 가지 많은 환난 해탈키도 어렵나니
원컨대 저희들의 출가 허락하옵소서

부처의 공덕을 칭송하는 내용의 게송들도 많다. 『법화경』은 원래 세존이 왕사성(王舍城)의 기사굴산(耆崛山)에서 비구의 무리 만이천 명과 한께 머물며 하신 설법이다. 그중 「수학무학인기품 授學無學人記

品」제9에 다음과 같은 내용이 전해진다. 세존께서 학습에 열성인 제자들 즉 아난(阿難)과 나후라(羅睺羅)를 칭찬하시며 그들이 마침내 성불하게 될 것을 예언하시자 학습을 완료한 이천의 제자들이 기뻐 날뛰며 다음과 같은 게송을 지어 불렀다.

> 지혜의 밝은 등불 거룩하신 세존께서
> 우리에게 주시는 수기의 음성 듣고
> 마음 크게 환희함이 온몸에 가득하니
> 감로의 단비를 퍼부은 것 같나이다

『능가경 稜伽經』 앞머리에 실린 다음과 같은 장편 게송은 세존께 설법을 구하는 사문의 간절한 해탈에의 염원이 피력되어 있다.

> 어떻게 그 마음을 청정히 하며
> 어떻게 그 마음을 증장(增長)합니까
> 어떻게 치혹(癡惑)을 깨닫고
> 어떻게 그 번뇌는 커지는 것입니까
> (……)
> 무슨 까닭에 불자(佛子)라고 이름하며
> 해탈이란 어느 곳에 이르는 것입니까
> 누가 묶고 누가 해탈하는 것입니까
> 무엇이 선(禪)의 경계입니까
> 왜 삼승(三乘)이 있습니까
> 바라옵건대 해설하여주옵소서

이렇듯 게송이란 원래 경전의 일부를 구성한 시가의 한 형식으로 혹은 부처님을 찬미하며, 혹은 사문의 도리를 다짐하며, 혹은 깨우침의 환희를 노래하며, 혹은 부처에게 설법을 구하는 내용으로 오랫동안 전래된 것이었다. 그런데 후세에 특히 선가(禪家)에서는 이의 전통을 수용, 시 혹은 노래를 통해 부처의 가르침을 전달하고자 하는 관례가 보편화되었다. 즉 선림(禪林)에서 선승(禪僧)이나 운수(雲水)[4]가 선문답이나 기타 선생활에 관계되는 많은 노래를 지어 부름으로써 오늘날 ‘선시’라 할 수 있는 게송의 한 독특한 장르를 만들어낸 것이다. 이 후자의 게송은 내용에 따라 여러 유형으로 세분될 수 있다.

첫째, 선문답을 시로 읊은 공안시(公案詩)라 부르는 유형이다. 대표적인 것으로 『벽암록碧巖錄』과 『종용록從容錄』에 수록된 게송들을 들 수 있다. 이중에서 『벽암록』은 설두선사(雪竇禪師)가 신 사상사(禪思想史)에서 중요한 고칙공안(古則公案) 백 칙(則)을 가려뽑아 해설한 책으로 그 구성은 수시(垂示), 본칙(本則), 송(頌), 착어(着語), 평창(評唱) 등 다섯 개의 강목(綱目)으로 나누어진다. 본칙은 역대 선덕(先德)과 선사(禪師)들의 공안 백 칙 그 자체이며, 송은 이 본칙을 노래로 읊은 것이며, 수시는 이 본칙 앞에 후인들을 위해 이 본칙이 지닌 중요한 요점을 적은 것이며, 착어는 본칙이나 송의 각 구절을 주해한 것이며, 평창은 총평에 해당하는 것이다. 본칙과 송은 저자인 설두 자신이 뽑아 노래한 것이나 그외 수시, 착어, 평창 등은 후에 그의 제자인 환오(圜悟)가 붙였다. 이중에서 ‘송’이 바로 선가에 보편적으로 전래되어온 게송의 한 전형이 되었다.

가령 『벽암록』 제9칙은 ‘조주사문(趙州四門)’이다.[5] 어느 날 한 유수가 조주화상을 찾아와 물었다. “조주 조주 하는데 그 조주란 본래 어떤

---

4) 행운유수(行雲流水), 즉 행각승(行脚僧).
5) 여기서 조주란 당나라 대종(代宗) 때 태어나 소종(昭宗) 때 입적한 선사로 산동성(山東省)의 조주(曺州)에 있는 관음 원에 살았던 종심선사(從諗禪師)를 가리킨다.

것입니까?" 그러자 조주는 "조주에는 동문(東門)도 있고 서문(西門)도 있고 남문(南門)도 있고 북문(北門)도 있지" 하고 대답하였다. 이에 소위 '조주사문'은 선림의 중요한 공안의 하나가 된다. 설두는 이 본칙에 다음과 같은 게송을 붙였다.

> 말 속의 뜻을 담아 다그쳐보았으나
> 금강(金剛)의 눈은 티 없이 맑기만 하구나
> 동서남북에 문이 마주 보고 서 있으니
> 철퇴를 마구 휘둘러도 열리지 않네

> 句裏呈機劈面來 爍迦羅眼絶纖埃
> 東西南北門相對 無限輪鎚擊不開

—조오현 옮김

둘째, 개오시(開悟詩)라 부를 수 있는 유형이 있다. '개오'란 『부법장전付法藏傳 5』의 '동시개오(同時開悟)'라는 말에서 나온 것으로 지혜를 열어 진리를 깨닫는다는 뜻이다. 대덕 고승이 깨우침을 얻어 인생관이나 우주관과 같은 큰 진리를 알게 되었을 때의 환희를 시로 쓴 것이다. 소동파(蘇東坡)의 「오도송悟道頌」과 당나라 때의 영가(永嘉)대사 현각(玄覺)이 지은 「증도가證道歌」가 특히 유명하여 그런 까닭에 이러한 유형의 시를 별칭 '오도송' 혹은 '증도가'라 부르기도 한다.

> 문득 콧구멍이 없다는 말을 들으매
> 온 우주가 나 자신임을 깨달았네
> 유월 연암산 아래 길,
> 할 일 없는 들 사람이 태평가를 부르네

忽聞人語無鼻孔 頓覺三千是我家

六月鷲巖山下路 野人無事太平歌

— 경허성우(鏡虛惺牛), 석지현 옮김

셋째, 시적시(示寂詩)라 부를 수 있는 유형이 있다. 고승 대덕이 열반에 임하여 우주만상의 깨우침을 시로 쓴 것이다. 고승이 입적할 때 도를 완전히 이루어 일체의 중생고(衆生苦)와 번뇌를 끊고 불생불멸(不生不滅)의 법성(法性)을 증험(證驗)한 시, 달리 말해 해탈의 경지를 쓴 시이다. 원래 범어로 '열반(Nirvana)'이란 멸(滅)을 의미하며 '원적(圓寂)'으로 번역되는데 멸이란 생사와 인과의 멸, 멸도는 그 멸을 통해 고(苦)의 폭류(瀑流)를 건넌다는 의미이다. 그리고 한자의 '원'은 덕이 모두 갖추어진 것, '적'은 장(障)이 모두 진한 상태, '시적(示寂)'의 '적'은 적멸을 가리킨다. 따라서 시적은 '적멸(열반)을 시현(示現)한다'는 뜻으로 곧 부처나 보살 대덕의 죽음을 지칭하는 말이다. 그러한 관점에서 시적시는 '임종게(臨終偈)' 혹은 '열반송(涅槃頌)'이라고도 한다.

인간의 목숨이란 물거품이니

팔십여 년이 봄 꿈속에 지나갔네

가죽 주머니(육체)를 버리고 돌아가니

한 덩어리 붉은 해는 서산에 지고 있네

人生命若水泡空 八十餘年春夢中

臨終如今放皮垈 一輪紅日下西峰

— 태고보우(太古普愚), 석지현 옮김

넷째, 선리시(禪理詩)라 불려질 수 있는 유형이다. 선의 이치와 본질을 제시하는 내용으로 되어 있다. 선종의 제3조(三祖)인 승찬(僧璨)의 「신심명信心銘」, 당나라 때 석두(石頭) 희천(希遷)이 지은 「참동계參同契」 등이 그 대표작이다. 「신심명」은 선지(禪旨)의 대요를 철학적으로 설파한 노래이며, 「참동계」 역시 부처가 가르친 불일불이(不一不二)의 법을 5언, 44구 도합 220자로 쓴 장편 고시이다. 「참동계」는 선림(禪林) 특히 조동종(曹洞宗)이 중히 여겨 아침마다 불전에서 낭송해왔다. 그 내용은 현상계가 즉 본체계이며 본체계가 즉 현상계이니 그것은 하나도 아니요 그렇다고 둘도 아니라는 사상이다. '참'은 만법차별(萬法差別)의 현상을, '동'은 만법평등(萬法平等)의 본체를, '계'는 평등이 곧 차별이요 차별이 곧 평등임을 뜻하는 말이다. 우주는 불일불이하다는 세계관이다.

> 밝음 속에 나아가 어둠이 있나니
> 어둠으로서 서로 만나지 말라
> 어둠 속에서 나아가 밝음 있나니
> 밝음으로서 서로 보는 일 없게 하라
> 밝음과 어둠이 각기 서로 상대하니
> 그것은 마치 앞발과 뒷발의 걸음과 같다

> 當明中有暗 勿以暗相遇
> 當暗中有明 勿以明相覩
> 明暗各相對 比如前後步

—『참동계』 8, 동봉(東峰) 옮김

여기서 밝음과 어둠은 각각 현상계와 본체계를 의미한다.

다섯째, 전법게(傳法偈)이다. 선림에서 스승이 제자에게 선법(禪法)
을 전하는 내용의 시이다. 다음의 시는 서산대사(西山大師) 휴정(休靜)
이 제자 완허당(玩虛堂)에게 법을 물려주면서 지어준 노래이다.

> 법이여, 법이여 본래 법은 없는 것이니
>
> 법이 없는 이 법 또한 법이 없네
>
> 지금 '법이 없는 법'을 그대에게 전해주노니
>
> 이 법을 길이 멸하지 않게 하라
>
>
> 法法本無法　無法法亦法
>
> 今付無法法　令法永不滅
>
> — 청허휴정(淸虛休靜), 석지현 옮김

그러므로 엄밀한 의미의 선시란 지금까지 살펴본 것과 같은 내용의
불교시를 지칭하는 용어 이상이 아니다. 그것은 다음과 같이 정리된다.
첫째, 경전에 수록된 시들이다. 응송과 경전의 게송이 이에 포함된다.
둘째, 선림의 게송들이다. 여기에는 선문답에서 사용되는 게송 즉 공안
시, 오도송이나 증도가와 같이 깨달음을 읊은 시 즉 개오시, 열반송이
나 임종게와 같이 고승대덕이 입적할 때 읊은 시 즉 시적시, 「신심명」이
나, 「참동계」와 같이 선의 이치나 본질을 가르치는 시 즉 선리시, 스승
이 제자에게 법을 전하는 시 즉 전법게 등이 있다. 물론 이 모두는 경전
에 수록되어 있거나 혹은 선림에서 선을 목적으로 지은 시들이다. 간단
히 말하면 '선의 시'이다. 이야말로 좁은 의미의 선시라 할 수 있다.

2

필자는 엄밀한 의미에서의 '선시'를 앞 장에서 설명한 바 있다. 그러나 우리들이 일상적으로 사용하는 의미는 꼭 그렇지만은 않은 것 같다. 예컨대 앞 장에서의 분류 그 어느 유형에도 소속될 수 없는 시들, 예를 들어 선승이 쓴 자연시나 생활시들도 실제로는 '선시'의 부류에 포함시키는 것이 관례이기 때문이다. 가령 석지현의 『선시감상사전禪詩鑑賞事典』(민족사, 1997)에는, 불가의 실천 교리나 선 수행과는 무관한 운수들의 시 즉 자연의 정취를 읊거나 이별의 정한을 토로한 시 혹은 옛날의 감회를 피력한 시들도 당당히 선시의 범주에 포함되어 있음을 본다.

돌 위에는 개울 소리 어지럽고
연못가엔 푸른 풀이 자라고 있네
빈 산에는 비바람 많아
꽃잎 져도 뜰을 쓰는 사람이 없네

石上亂溪聲 池邊生綠草
空山風雨多 花落無人掃

—청허휴정, 「초옥草屋」, 석지현 옮김

인용 시는 석지현의 『선시감상사전』에 수록된 것들 중 하나이지만 그 내용 자체만으로 볼 경우 불가의 가르침이나 선적인 깨우침과 아무런 관계가 없다. 봄의 정취를 그저 서정적으로 읊은 데서 끝났기 때문이다. 이는 또한 이와 같은 유형의 시들이 불가와 아무 관련 없는 유가나 도가의 시인들 역시도 두루 쓰고 있다는 사실에 의해서도 입증된다. 실제로 작자가 불가인지 유가인지 혹은 도가인지, 그 작품이 중국의 한 시인지 한국의 한시인지를 구분할 필요 없이 전통적인 한시는 이와 같이 자연의 정취를 서경적(敍景的)으로 읊은 것들이 대부분이다.

굳이 합리화하자면 이 시에 반영된 삶의 무상감을 불가적인 세계관에서 오는 것이라고 주장할 수 있을지는 모른다. 그러나 그렇지 않다. 삶의 무상이라는 명제는 꼭 불교에만 국한되어 있는 것이 아니며 위 시의 경우는 더욱 그러하다고 생각되기 때문이다. 위 시에 묘사된 무상감은 불교이든 유교이든 도교이든 혹은 기독교이든 관계없이 명상하는 자로서의 인간이 세계에 대해 지닌 근원적이면서도 보편적인 감성 이상을 벗어나지 않는다.

간반에 부던 바람에 만정도화(滿庭桃花)이 다 지거나
아희는 비를 들고 쓰르려 하는고야
낙화(落花)인들 꽃이 아니랴 쓰지 만들 어떠리

시들어가는 꽃은 참으로 박명하여
지난밤에 바람에 다 떨어졌네
아이야 아까운 줄 알거든
뜰에 가득 붉은 꽃을 쓸지 말아라

殘花眞薄命 零落夜來風
家僮如解惜 不掃滿庭紅

　　　　　— 강지재당(姜只在堂), 「늦봄 暮春」, 김달진 옮김

청허당의 시 「초옥」과 비교해보기 위하여 널리 알려진 시조 한 편과 조선조 말(고종 때) 여류의 한시 한 편을 각각 인용해보았다. 시조는 유가의 작품이고 한시 「늦봄」은 기생의 작품이니 작자로 보면 모두 불가와 아무 관련이 없는 사람들의 소작이다. 그러나 이 모두는 똑같이 인생의 무상감을 봄에 떨어지는 꽃잎을 통해 읊고 있다는 점에서 공통된다. 그리고 이같은 소재와 내용으로 씌어진 한시나 시조가 우리 국문학사상 무수히 많다는 것은 두말할 필요가 없다. 그러므로 만일 우리가 앞의 청허당 휴정의 한시를 선시라 한다면 뒤의 인용된 시들도 같은 관점에서 역시 선시라 해야 할 것이다. 그러나 실제 그 누구도 이들 시를 선시라 하지 않는다. 이유는 무엇일까.

답은 하나, 전자는 선사의 작품이요 후자는 불교와 관계없는 일반인의 작품이라는 것. 즉 앞의 「초옥」은 그 작자가 선사(승려)인 까닭에 선시의 범주에 들고 뒤의 시조나 한시 「늦봄」은 일반인의 소작인 까닭에 제외된 것뿐이다. 그러므로 우리는 여기서 선사들의 작품은 그 내용을 논하기 전에 무엇이든 일단 선시의 범주에 든다는 것을 알 수 있다. 넓은 의미의 선시란 앞 장에서 논한 좁은 의미의 선시 — '선의 시' 이외에 이와 같은 선사들의 시, 즉 '선가 혹은 선림의 시'까지도 포함하는 개념인 것이다.

석지현이 휴정의 「초옥」을 선시로 분류했던 이유도 여기에 있다.

그리하여 석지현은 불교적 세계관과 아무 관계 없는 것이라 할지라도 선사들이 쓴 작품, 예컨대 산중의 서정을 읊은 시는 '산정시(山情詩)', 지난 일을 회상하거나 폐허가 된 옛 절을 읊은 시는 '회고시(懷古詩)', 벗 또는 제자와의 이별을 읊은 시는 '이별시(離別詩)', 선자들의 정처 없는 방랑생활을 읊은 시는 '운수시(雲水詩)'라 하여 모두 선시의 하위 항목으로 다루었다.

이별의 때에 아픈 심정 다 말할 수 없나니
눈시울 적시고 서로 보며 자꾸 머뭇거리네
먼 숲, 안개는 옷감 짜듯 길게 드리웠는데

학의 그림자 바람같이 홀로 가는가

臨別匆匆說不盡 索然相顧更遲遲
平林漠漠烟如織 鶴影飄飄獨往時

— 청허 휴정,「이별(別小師)」

휴정이 제자와 이별하면서 쓴 것으로 이 역시『선시감상사전』에 수록된 작품이다. 석지현에 의하면 '이별시'의 부류에 드는 선시라 한다. 그러나 꼼꼼히 읽어보면 그 어떤 구석에서도 불교적이라 할 만한 것이 없다. 아니 오히려 반불교적(反佛敎的)이기도 하다. 이 시의 화자는 사랑에 대한 집착으로 고통을 빚고 있는네 세존의 가르침 속 사제(四諦), '고(苦)' '집(集)' '멸(滅)' '도(道)'를 따르자면 그같은 집착을 버리는 것이야말로 구법(求法)의 첫째 수행이기 때문이다. 따라서 이 시가 선시의 범주에 드는 것 역시 앞에서도 지적했듯 다만 그 작자가 선자(禪者)라는 것 이외에 다른 이유는 없다.

이렇듯 넓은 의미에서 선시는 '선의 시' 이외에 선자들이 쓴 시 즉 '선림의 시' 혹은 '선가 혹은 선문의 시'를 포함한다. 이때 '선가' 혹은 '선림'이란 '참선하는 중 혹은 그 집', 선문이란 '불가에 들어간 남자'를 뜻하는 말이다.

그러나 여기에는 또다른 문제가 따른다. 지금까지의 관례를 보면 사문이 아닌 일반 속인들의 작품 중에도 어떤 것은 선시로 다루어지기 때문이다. 당송 시대의 문인들을 예로 들 수 있다. 가령 소동파이「오도송」과 같은 작품이 대표적인 '개오시'의 하나라는 것은 누구나 알고 있는 사실이지만 소철(蘇轍, 소동파의 동생)의「신종파초新種芭蕉」, 왕유(王維)의「동만대설억호거사가冬晩對雪憶胡居士家」「신이오辛夷塢」「조명간鳥鳴磵」, 이백(李白)의「사건自遣」「성야사静野思」, 두보(杜

甫)의「유용문봉선사遊龍門奉先寺」「유수각사遊修覺寺」「추일기부영
회秋日夔府咏懷」등도 예부터 선시로 취급되어왔다. 이와 같은 전통이
수천 년 그대로 전승되어오다가 특별히 20세기라는 문명사적 상황과
맞물려 오늘의 우리 속가 시단에 큰 영향을 끼치고 있음은 쉽게 목도하
고 있는 바이다.

> 새로 심은 파초 어느새 자라서
> 보기 좋게 줄기가 주위를 덮고 있네
> 필경 공심(空心), 무엇이 있다고 하리
> 이내 시들어 떨어지는 대엽(大葉)은 싱싱하지 않고……
> 당상(堂上)의 유인(幽人)
> 환(幻)을 관(觀)한 지 이미 오래
> 내 만나는 사람마다 이 몸의 덧없음을 말해주리

> 芭蕉移種未多時　濯濯芳莖已數圍
> 畢竟空心何所有　敧傾大葉不勝肥
> 堂上幽人觀幻久　逢人指示此身非
> 　　　　　　　　—소철(蘇轍),「신종파초新種芭蕉」, 일지(一指) 옮김

　인용 시가 불교 세계관과 관련될 수 있는 것은 세 가지 이유 때문이
다. 첫째는 제행무상(諸行無常)이라는 이 시의 주제이다. 예컨대 일체
존재란 하나의 환영(幻)이며 삶이란 덧없다("환을 관한 지 이미 오래/
내 만나는 사람마다 이 몸의 덧없음을 말해주리")는 인식이 그것이다. 불
교의 근본 교리에서 '제행무상'이 소위 삼법인(三法印)의 하나로 불교
인식론의 근간이 되고 있다는 것은 굳이 설명할 필요가 없다. 둘째는
'필경공(畢竟空)'에 대한 깨달음이다. 불교에서 말하는 해탈이란 절대

무(無)의 경지 즉 '무'를 '무'라고도 말할 수 없는 '필경공'의 경지에 들어섬을 의미하기 때문이다. 그것은 색즉시공(色卽是空)의 색과 공을 동시에 구유하면서도 그것을 초월한 어떤 절대의 평등상을 의미한다. 반야심경의 요체가 바로 이 필경공에 대한 가르침에 있다는 것은 잘 알려진 사실이다. 셋째는 이 시의 중심 상징이라 할 수 있는 '파초'의 의미. 불경에서는 인간의 덧없는 삶을 자주 '파초'로 비유하곤 하는데 이 시에 제시된 파초가 바로 그같은 의미를 지니고 있는 것이다.

　마땅히 이 몸을 관찰하라. 마치 파초와 같고 뜨겁게 타버리는 불길과 같고 물거품과 같은 몸이라고……
　當觀是身 猶如芭蕉 熱時之焰 水沫幻化[6]

　이 몸의 견고하지 못함이 마치 파초수와 같다……
　喩身不堅 如芭蕉樹[7]

　마치 파초가 안에 실질이 없는 것처럼 일체중생의 몸도 이와 같다.
　亦如芭蕉 內無堅實 一切衆生身亦如是[8]

　이 육신은 번뇌와 애욕으로 이루어진 것이며 마음의 도착(倒錯)에서 생겨난 허망한 것이다. 마치 실질이 없는 파초의 줄기 같다.[9]

　출가보살은 자신을 관하고 이와 같이 명상해야 한다. "지금 나의 이 몸

---

6)「수명품 壽命品」,『열반경』.
7)「여래성품 如來性品」,『열반경』.
8)「사자후보살품 獅子吼菩薩品」,『열반경』.
9)「방편품 方便品」,『유마힐경 維摩詰經』권2.

은 머리에서 발끝까지 피부와 살, 뼈, 골수가 서로 화합하여 이 몸을 이
루고 있음이 마치 파초와 같아서 실질이 없는 것이다"라고……[10]

인적은 끊기고 계수나무 꽃잎이 지고 있다
밤은 깊어 봄날의 산은 고요하다
떠오르는 달을 보고 놀랐음인가
이따금 봄날의 산골 개울가에서 새 우는 소리

人閒桂花落　夜靜春山空
月出驚山鳥　時鳴春澗中

　　　　　　　　　— 왕유, 「조명간鳥鳴磵」, 일지 옮김

「조명간」은 왕유의 대표적인 자연시의 하나로 『대반열반경大般涅槃
經』의 다음과 같은 말씀을 연상시킨다. 왕유가 신회(神會)에게서 바로
이 경전의 이론을 배웠다는 사실을 상기한다면 이는 결코 우연이 아닐
것이다.

　　비유컨대 마치 산간의 개울에서 들려오는 소리를 어린아이는 실성(實
　　性)으로 듣지만 지인(智人)은 정실(定實)이 없음을 안다.
　　譬如山澗因聲有响 小兒聞之 謂是實聲 有智之人 解無定實

이에 대해 진윤길(陳允吉)은 다음과 같이 이야기하고 있다.

　　왕유의 대표적인 자연시에 묘사되고 있는 동(動)과 정(靜)은 사람들

---

10) 「염신품(厭身品)」, 『대승본생심지관경(大乘本生心地觀經)』 권6.

의 시각에 보여지는 모든 변화현상은 가상일 뿐만 아니라 청각에 들려지
는 모든 변화현상도 가상이라는 것을 표현한다 (……) 생멸현상의 공허
함을 묘사하고 있을 뿐만 아니라 (……) 자연계의 음향이 모두 허환부실
(虛幻不實)한 것임을 표현하고 있다.[11]

> 몸을 쌍봉사에 두고
> 칠조(七祖)의 선문을 두드렸네
> 돛을 내리고 옛 생각 더듬으며
> 거친 베옷 입고 선(禪)의 세계 구하네

> 身許雙峯寺 門求七祖禪
> 落帆追宿昔 衣褐向眞詮
> —— 두보, 「추일기부영회秋日夔府咏懷」, 일지 옮김

만년에 두보가 기주(夔州)에 거하면서 쓴 작품이다. 내용 그대로 선
정(禪定)의 세계를 갈구하는 시심이 직접적으로 드러나 있다. 이는 또
한 두보가 「야청허십일송시이유작夜聽許十一誦時而有作」에서 "나 또
한 지난날 승찬(僧璨)과 혜가(慧可)의 선을 배웠건만 이 몸은 아직도
선적(禪寂)의 꿈을 꾸고 있네(余亦師璨可 身猶縛禪寂)"라고 읊은 것을
통해서도 확인된다.

이렇듯 선시는 속가의 시인들의 작품도 선의 세계를 지향하거나 불
교의 교리를 형상화한 것이면 그 안에 포함시키는 것이 관례였다. 대체
로 이러한 유형의 시는 첫째, 선가의 '개오시'와 같이 선적 깨달음을 읊
은 것, 둘째, 불교적인 세계를 형상화하거나 그 교리를 탐구한 것, 셋

---

11) 진유김(陳允吉), 『중국문학과 선』, 일지 옮김, 민족사, 1992, 77쪽.

째, 선의 세계를 동경하거나 선적 취향을 내비친 것 등으로 나뉜다. 가령 소동파의 「오도송」은 첫째 유형에, 「신종파초」나 「조명간」은 둘째 유형에, 「추일기부영회」는 셋째 유형에 들 수 있을 것이다.

그러나 이중—비록 소동파의 「오도송」 같은 작품이 있기는 하나—첫째 유형의 시는 지극히 예외적이다. 속가의 시인이 개오시와 같은 선시를 쓴다는 것 자체가 지극히 어렵고 그들의 시작(詩作) 목적이 그같은 깨달음에 있는 것도 아니기 때문이다. 따라서 일반적으로 속가의 시인들은 둘째나 셋째 유형의 경지에서 만족할 수밖에 없다. 나는 그러한 경지의 시를 여기서 '선미(禪味)의 시'라 부르고자 하는 것이다.

'선미'란 "선의 취미 즉 풍진(風塵)—속세를 떠난 취미"[12] 즉 몸은 속세에 있어도 마음은 선의 경지를 동경하거나 그 세계에 심취한다는 뜻이다.

따라서 이상 논의한 바에 따라 선시의 범주를 한정하면 다음과 같다. 첫째, 앞 장에서 논한 '선의 시', 둘째, 본 장에서 논한 '선림의 시'와 속가 시인들이 쓰는 '선미의 시' 등이다. 물론 이중에서 엄밀한 의미의 선시란 '선의 시'를 가리킨다. 그러나 관용적으로 쓰이는 넓은 의미의 선시란 '선의 시'에 '선림의 시'와 '선미의 시'를 포함하는 것이라고 말할 수 있다.

3

예외적으로 향찰이나 이두를 빌려쓴 통일신라시대나 고려조의 시가를 예외로 둔다면 소재 혹은 내용적인 차원에서의 한글 선시는 근대에

---

12) 장삼식 편, 『대한한사전大漢韓辭典』, 성문사.

이르기까지 전혀 씌어지지 않았다. 전통적으로 선림의 모든 불교언어는 한자에 의존하였고 이 시기 국자(國字, 한글)를 사용했던 일반 문인들 역시 대부분 유학 엘리트여서 선시와는 거리가 먼 문학활동을 했기 때문이다. 그것은 조선의 시가 장르를 대표하는 '시조'에 선시라 부를 만한 작품이 단 한 편 없는 것을 보아서도 알 수 있다. 그러던 것이 20세기 초에 들어 우리 문학의 근대성이 확립되자 명실공히 한글 선시도 쓰이게 되었다. 아마도 그 선구자는 만해 한용운일 것이다.

꼭 그의 영향이라고 말할 수는 없지만 만해 이후 우리 시단에는 차츰 선시에 관심을 지닌 시인들이 등장하기 시작하였다. 예컨대 오상순, 김달진, 서정주, 조지훈, 김구용, 장호, 이원섭, 조종현, 이형기, 박희진, 고은, 황동규, 정현종, 오세영, 박제천, 홍신선 등은 많든 적든 불교의 영향을 받았거나 몇 편 이상의 선시 창작을 시도했던 시인들이다. 이와 같은 선학들의 노고에 힘입었음인지 70년대 이후에 등단한 시인들 가운데서도 상당수가 선시나 이에 준하는 작품들을 쓰고 있음은 쉽게 눈에 뜨인다. 그 대표적 시인으로 이성선, 송수권, 최동호, 이문재, 황지우, 최승호, 고재종, 조오현 등이다.

실로 만해 한용운은 그 자신이 선사라는 점에서도 그러하거니와 그의 작품 자체가 선시이다. 즉 '선림의 시'와 '선의 시' 그리고 '선미의 시'를 겸했다는 의미로서의 선시이다. 그러므로 가령 송욱이 『님의 침묵』을 가리켜 다음과 같이 평한 것은 적절하다고 하겠다.

대선사(大禪師)인 만해가 몸소 겪은 오도(悟道)의 경지를 드러낸 증도가(證道歌)인 시집 『님의 침묵』은 비록 그 형식은 '사랑의 시'로 되어 있으나 선과 떼어놓을 수 없다.[13]

---

13) 송욱, 『님의 침묵 전편 해설』, 과학사, 1974, 374쪽.

『님의 침묵』 전체에 걸쳐서 표현된 것이 대승선(大乘禪)의 경지이며 아법이공(我法二空)의 묘리(妙理)이다[14]

만해의 처녀작「심心」은 비록 그 문학적 형상화에 있어서는 성공을 거두었다고 말할 수는 없으나 불교의 유심관적(唯心觀的) 세계관이 분명하게 드러난 작품이다.

심(心)은 심이니라
심만이 심이 아니라 비심(非心)도 심이니 심 이외는 하물(何物)도 무(無)하니라
생(生)도 심이오 사(死)도 심이니라
무궁화도 심이오 장미화도 심이니라
호한(好漢)도 심이오 적장부(賊丈夫)도 심이니라
신루(蜃樓)도 심이오 무형계(無形界)도 심이니라
(……)
심은 절대이며 자유며 만능이니라.

　　　　　　　　　　　　　　　　　　　　—한용운,「심」중에서

불교 특히 화엄종이나 천태종에서는 우주의 종극적 실재(實在)는 마음뿐이라 하여 외계의 사물은 마음이 만들어내는 현상으로 본다. 즉 참다운 마음(眞如心)에는 수연(隨緣)과 불변(不變)의 두 가지가 있어 그것이 불변으로 작용하면 나지도, 멸하지도 않지만 수연으로 작용하면 여러 가지 연을 따라 가지가지의 차별현상이 나타난다는 것이다. 그러

---

14) 같은 책, 407쪽.

므로 만상은 오직 마음이 현현된 것에 지나지 않는다. 『화엄경』에서도 "삼계[15]란 마음이 만들어낸 것으로 만법은 오직 마음에 있다고 한다. 삼계는 모두 허망한 것이며 마음의 작용일 뿐이다(三界唯心所作 萬法唯識 三界虛妄但是一心作)"라는 가르침이 바로 그것이다.

마음과 부처와 중생과는 서로 차별이 없으며 서로 다하는 일이 없습니다. 마음이 모든 세간을 짓는 줄을 아는 이가 있다면 이 사람 부처를 보아 부처의 참성품을 알게 되며 마음이 몸에 있지 않고 몸도 마음에 있지 않지만 모든 불사(佛事)를 능히 지어 자재함이 미증유합니다. 만일 어떤 사람이 삼세의 일체 부처님을 알려면 마땅히 법계(法界)의 성품, 이 모든 것이 마음으로 된 줄을 보아야 합니다. 만약 이같이 깨달을 수 있으면 이 사람은 참다운 부처를 볼 수가 있을 것입니다.[16]

따라서 이와 같은 『화엄경』의 가르침을 고스란히 반영한 한용운의 「심」이 선시임은 두말할 필요가 없다.

그의 또다른 작품 「님의 침묵」은 문학적 차원에서도 높은 성취를 이루었다고 평가되고 또 한용운의 유일한 시집 『님의 침묵』을 대표하는 작품이기도 하다. 이 역시 많은 논자들이 선시의 하나임을 지적한 바 있다.

님은 갔습니다. 아아 사랑하는 나의 님은 갔습니다.

푸른 산빛을 깨치고 단풍나무숲을 향하여 난 작은 길을 걸어서 차마 떨치고 갔습니다.

황금의 꽃같이 굳고 빛나던 옛 맹서는 차디찬 티끌이 되어서 한숨의

---

15) 중생이 윤회하는 세 가지 세계 즉 욕계(欲界) 색계(色界), 무색계(無色界).
16) 「제16 야마천궁보살설게품 夜摩天宮菩薩說偈品」, 『화엄경』.

미풍에 날아갔습니다.

날카로운 첫 키스의 추억은 나의 운명의 지침을 돌려놓고 뒷걸음쳐서 사라졌습니다.

나는 향기로운 님의 말소리에 귀먹고 꽃다운 님의 얼굴에 눈멀었습니다.

사랑도 사람의 일이라 만날 때에 미리 떠날 것을 염려하고 경계하지 아니한 것은 아니지만 이별은 뜻밖의 일이 되고 놀란 가슴은 새로운 슬픔에 터집니다.

그러나 이별을 쓸데없는 눈물의 원천을 만들고 마는 것은 스스로 사랑을 깨치는 것인 줄 아는 까닭에 걷잡을 수 없는 슬픔의 힘을 옮겨서 새 희망의 정수박이에 들어부었습니다.

우리는 만날 때에 떠날 것을 염려하는 것과 같이 떠날 때에 다시 만날 것을 믿습니다.

아아, 님은 갔지마는 나는 님을 보내지 아니하였습니다.

제 곡조를 못 이기는 사랑의 노래는 님의 침묵을 휩싸고 돕니다.

— 한용운, 「님의 침묵」 전문

이 시에는 두 사람이 등장한다. 하나는 화자로서 버림을 당하는 자이며 다른 하나는 화자를 버리고 떠나가는 연인이다. 문학작품인 까닭으로 만해는 그가 설파하고자 하는 바 불교 존재론을 두 연인 사이의 사랑과 이별의 시나리오로 작품화하였지만 사실 이 시에서 화자는 '가아(假我, Atman)'를, 님은 '무아(無我, Anātman)'를 상징하는 것으로 보아야 할 것이다. 이 시가 무아의 체득을 통해 평등상에 이르는 길, 즉 증도(證道)의 세계를 이야기하고 있다는 것을 나는 다른 지면에서 이렇게 이야기한 바 있다.

　　석가는 삼라만상 모든 중생의 마음에는 불성(佛性)이 구유되어 있어 그가 참답게 그 불성을 보게 되면 스스로 부처가 될 수 있다(森羅萬象 悉有佛性 見性成佛)고 가르쳤다. 그럼에도 불구하고 중생이 자신의 마음에 구유된 불성을 보지 못하는 것은 무명 속에서 미혹에 빠져 망상과 집착을 벗어나지 못하기 때문이다. 그런데 중생이 이처럼 망상과 집착을 벗어나지 못하는 것은 마음이 가아의 상태에 머물러 진아(眞我), 다시 말해 '무아'에 도달하지 못한 데 있으므로 존재가 평등상에 이르는 길 다시 말해 본성에 구유된 '불성'을 발견하여 스스로 부처가 되는 길은 한마디로 '무아'의 확립에 있다고 할 것이다.

　　그러므로 「님의 침묵」에서 시인이 화자를 해탈 혹은 평등상의 경지로 초월시킬 진정한 존재를 '님'으로 형상화시켰다면 그는 결국 '무아'가 될 수밖에 없다. 이렇듯 「님의 침묵」은 그 형상화적인 측면에서는 화자인 자아와 타자인 님이 사랑을 완성시키고자 하는 내용으로 되어 있지만 그 함축된 의미에 있어서는 존재가 자신의 마음에 구유된 참다운 자아, 즉 무아를 발견하여 평등상에 이르는 구도의 과정을 설한 증도가라 할 것이다.[17]

서정주 역시 그의 시의 많은 부분을 불교적 세계관에서 얻고 있다. 다음과 같은 시는 그가 쓴 선시의 대표작 가운데 하나일 것이다.

　　언제던가 나는 한 송이의 모란꽃으로 피어 있었다.
　　한 예쁜 처녀가 옆에서 나와 마주 보고 살았다.

　　그뒤 어느 날

---

17) 오세영, 『한국현대시 분석적 읽기』, 고려대출판부, 1998, 91쪽.

모란 꽃잎은 떨어져 누워

메말라서 재가 되었다가

곧 흙하고 한 세상이 되었다.

그게 이내 처녀도 죽어서

그 언저리의 흙 속에 묻혔다.

그것이 또 억수의 비가 와서

모란꽃이 사위어 된 흙 위의 재들을

강물로 쓸고 내려가던 때

땅 속에 괴어 있던 처녀의 피도 따라서

강으로 흘렀다.

— 서정주, 「인연설화조」 중에서

길이가 길어서 앞부분만을 인용하였지만 내용은 이렇게 진전된다. 예전에 '나'는 모란꽃이었고 '그녀'는 나를 바라고 있던 처녀였다. 그런데 어느 날 나인 모란꽃은 시든 재로 물에 흘러 물고기가 되고 그녀인 처녀는 물고기가 헤엄치는 강물의 물살이 된다. 다시 나인 물고기는 하늘을 나는 새가 되고 그녀인 처녀는 구름이 되며 나인 새는 땅에 떨어져 어떤 부부의 딸로 태어나고 그녀인 구름은 소나기로 흙에 떨어져 모란꽃으로 환생하게 된다는 것이다. 그리하여 이 시는 "그래 이 마당에/현생의 모란꽃이 제일 좋게 핀 날,/처녀와 모란꽃은 또 한번 마주 보고 있다만/허나 벌써 처녀는 모란꽃 속에 있고/전날의 모란꽃이 내가 되어 보고 있는 것이다."로 끝나고 있다. 이를 도식으로 정리하면 다음과 같다.

나 → 모란꽃 → 물고기 → 새 → 처녀

그녀 → 처녀 → 강물 → 구름 → 모란꽃

이 시가 그리고 있는 생의 유전은 문자 그대로 불교의 윤회 사상을 드러내 보여준다. 불교에서 윤회(輪廻, samsara)란 이 세상의 모든 것들은 정신이나 물질이나 아주 없어져버리는 것은 없고 오직 인과 혹은 연기의 법칙에 따라 흩어지고 모이면서 수레바퀴 돌듯이 변한다는 세계관이다. 이러한 윤회전생으로부터 벗어나는 것이 바로 열반이다. 인용시에서 두 존재는 흩어지고 종합하면서 전생과 현세를 상호 윤회한다. 시의 첫머리에 등장한, 내가 모란꽃이었고 그녀가 처녀였던 그 '언제'는 물론 전생이며 시의 끝머리에 나오는, 내가 처녀가 되고 그녀가 모란꽃이 된 '현생'은 문자 그대로 현생인데 그사이 나는 모란꽃에서 물고기로, 물고기에서 새로, 새에서 다시 처녀가 되고 그녀는 처녀에서 물살로, 물살에서 구름으로 구름에서 다시 모란꽃으로 환생을 되풀이하기 때문이다. 이 곧 윤회전생이라 하지 않을 수 없다.

뿐만 아니라 이 시는 인연의 법을 그대로 보여주고 있다. 불교적 세계관에서 모든 존재는 인연의 법에 따라 윤회전생한다고 한다. 예컨대 한 송이 꽃이 피었다면 그 인(因)은 '종자', 그 종자를 키우는 비와 이슬 그리고 농부는 연(緣)이라 할 수 있다. 즉 꽃은 이 인과 연의 작용으로 존재하는 것이다. 위 시에서도 모란꽃과 처녀, 물고기와 강물, 새와 구름은 상호 인과 연의 관계를 지니고 있다.

고은은 아예 선시집이라 명명한 『뭐냐』를 출간할 정도로 이 시대를 대표하는 선시인 가운데 하나이다.

이로부터 중생을 물어라.
부처가 뭐냐고 묻는 멍청이들이여
중생을 물어라
배고프면

밥을 물어라

달빛에 길을 물어

유자꽃 피는 항구 찾아가거라.

항구의 술집을 물어라.

묻다가 묻다가 물어볼 것 없어!

— 고은, 「길을 물어」 전문

부처가 따로 없으며 깨닫는 자에겐 만상이 모두 부처라는 불교의 유
심관(唯心觀)이 잘 드러나 있다. 앞에서 언급했던 것처럼 삼계의 일체
존재를 마음이 만들어내고 삼라만상에 모두 불성이 있다면 누구나 참
다운 마음을 깨우친 자, 곧 부처가 될 것이기 때문이다. 그리하여 옛 선
사는 다음과 같이 말하였다.

함께 도를 닦는 여러 벗들이여! 그대들이 참다운 견해를 얻고자 할진
대 오직 단 한 가지 세상의 속임수에 걸리는 미혹함을 입지 않아야 한다.
안으로나 밖으로나 만나는 것은 바로 죽여버려라. 부처를 만나면 부처를
죽이고 조사를 만나면 조사를 죽이며, 나한을 만나면 나한을 죽이고 부
모를 만나면 부모를 죽이고 친척권속을 만나면 친척권속을 죽여야만 비
로소 해탈하여 어떠한 경계에서도 투탈자재(透脫自在)하여 얽매이지 않
고 인혹(人惑)과 물혹(物惑)을 꿰뚫어서 자유자재하게 된다.

道流 你欲得如法見解 但莫受人惑 向裏向外 逢著便殺 逢佛殺佛 逢祖殺祖

逢羅漢殺羅漢 逢父母殺父母 逢親眷殺親眷 始得解脫 不與物拘 透脫自在[18]

---

18) 『임제록臨濟錄』, 일지 옮김.

위 시의 1연은 이와 같은 『임제록』의 한 대목을 연상시킨다. 부처를 버리고 한낱 보잘것없는 삼라만상 즉 중생이나 유자꽃이나, 술집이나 밥에게 도를 물으라고 이야기한 그것이다. 그리하여 이 시는 제2연에서 "묻다가 묻다가 물어볼 것 없어!"라고 마치 '조주사문(趙州四門)'의 공안과 같은 뜻으로 결말을 맺는다. 조주사문의 본칙은 1장에서 인용한 바 있으나 "조주(趙州) 즉 법(法)이 바로 동문, 서문, 남문, 북문이라"는 것은 깨달음에 이르는 길은 별도로 있는 것이 아닌, 우주만상 그 자체인데도 우매한 자가 그 참다운 마음을 보지 못해 헤매고 있다는 가르침일 것이다. 현명한 자는 (도에 이르는) 길을 (남(부처)에게) 물어볼 필요가 없다는 것이다. 시인이 "(부처에게 그 길을) 물어볼 것이 없어!"라고 힐(喝)하는 이유가 여기에 있다.

바람이 분다.
하늬바람이 불어온다.
백양나무 흰 물결이 쏠려가고
단풍 물이랑도 어느덧 잦느니
가을산은
썰물이 진 갯벌.
드러낸 암초의 앙상한 해초들 속에서
낙과(落果)를 줍는
나는 조개잡이였구나.

바람이 분다.
마파람이 불어온다.
마른 잔디엔 벙벙히 초록물 들고

봄산은

밀물이 든 바다.

크고 작은 능선의 푸른 파도를 타고

산을 오르는

나는 뱃사람이었구나.

산이 물이요 물이 산인데

산을 어찌 산이라 이르겠는가.

물이 산이듯 산이 물이듯

산문(山門)에 기대어 바라보는

먼 하늘.

― 오세영, 「먼 하늘」 전문

오세영의 「먼 하늘」 전문이다. 언뜻 보기엔 불교적 세계관과 아무 상관 없어 보이지만 그렇지 않다. 불교 존재론의 근간이 되고 있는 『유마경維摩經』의 소위 불일불이설(不一不二說)을 물과 불의 상상력으로 형상화시키고 있기 때문이다. 우리의 현상계는 차별상인 까닭에 그 어떤 것도 하나됨은 없다 그러므로 그것은 불일(不一, aneka-artha)의 법이 지배한다. 그러나 그 본체계 즉 평등상에 있어서는 본질적으로 무자성공(無自性空) 평등함으로 피차의 분별이 사라져 모든 것이 하나가 되는(不二) 것이다. 즉 "일실(一實)의 이(理)는 묘적리상(妙寂離相)의 여여평등(如如平等)이 피차가 없으므로 불이(不二)이다". 『십이문론소상十二門論疏上』에는 "유일한 도(道)란 청정한 것으로 두 가지라 할 수 없다(一道淸淨 故稱不二)"라는 말도 있다.[19)]

한편 『화엄경』에서는 이를 동체이체설(同體異體說)로 설명한다. "여

심불역이 여불중생연(如心佛亦爾, 如佛衆生然)"이라든가, "삼라만상즉
법신, 시고아일체일체진(森羅萬象卽法身, 是故我一體一切塵)" 등의 말
씀은 심(心), 불(佛), 중생(衆生), 삼라만상(森羅萬象)이 모두 동화(同
化) 교환될 수 있음을 말한 것이다.『금강반야경』의 "색즉시공 공즉시
색(色卽是空 空卽是色)"이라는 가르침 역시 동일하다.

옛 선사는 "물은 물이요 산은 산이라"는 법어를 남긴 적이 있다. 그러
나 앞에서 살핀 바 불교 존재론에선 물과 산의 구분은 오직 현상계 즉
차별상에만 있는 일이다. 그것은 다 마음의 산물로 가변적 사물에 지나
지 않기 때문이다. 우리가 진실로 깨달음을 얻어 평등상에 이른다면 삼
라만상은 사사물물이 원융무애(圓融無碍)한 일원상으로 있을 뿐이다.
그러니 진정한 의미에서 어찌 산을 산이라 이를 수 있겠는가. 색이 즉
공이요 공이 즉 색인 것처럼, 죽음이 즉 삶이요 삶이 즉 죽음인 것(팔불
중도, 八不中道)을…… 산이 물이요 물이 곧 산인 것이다. 그리하여 시
인은 "산이 물이요 물이 산인데 / 산을 어찌 산이라 이르겠는가. / 물이
산이듯 산이 물이듯 / 산문(山門)에 기대어 바라보는 // 먼 하늘"이라고
말했던 것이다.

해 지기 전에 아주 잠깐
담벼락에 기대섰다 떠나간 나무 그림자처럼

출가(出家)한 사람을
어디서
만나볼 수 있을까

---

19) 한국불교시집편찬위원회 편,『한국불교내사선』, 보련각, 1982.

풀더미 속에 앉아 풀더미가 되어버린 집
문짝이 떨어지고 지붕에 별 비가 새고

텅 빈 집, 바람만 와서 자고 가는

섬광 같은, 달빛같이 사는

—이성선, 「출가」 전문

　인용 시에서 화자가 만나고자 하는 사람은 제2연에서 밝힌 어떤 '출가한 사람'이다. 그렇다면 그는 누구일까. 일반적으로 '출가'란 불가에서 속인이 불법을 깨우치기 위하여 속세를 버리는 일, 즉 중이 되는 일이다. 그것은 비유적으로 '깨우침' 혹은 '불법(佛法)'의 알레고리라 할 수 있다. 따라서 이 시의 화자가 '출가한 사람'을 간절히 만나고자 하는 것은 삶의 미망에서 벗어나 완전한 진리의 세계에 이르고자 하는 소망을 시적으로 표현한 것이 된다. 즉 불교적 깨달음에 대한 이야기인 것이다. 그것을 그렇게 해석할 수 있는 논거는 이 시의 서두와 결말이 또한 불교적 세계관을 피력했다고 보이기 때문이다.

　시인은 제1연에서 이 생의 삶(출가하기 이전의 삶)을 "해 지기 전에 아주 잠깐/담벼락에 기대섰다 떠나간 나무 그림자"로 묘사하고 있는데 이는 불교적 세계관으로 볼 때 현상계의 덧없고 허무한 존재, 달리 말해 제행무상(諸行無常)의 존재임을 지적한 것이라 할 수 있다. 한편 결말에서 "텅 빈 집, 바람만 와서 자고 가는//섬광 같은, 달빛 같이"라고 말한 것은 그 깨달음의 실체가 사실은 텅 비어 있음 그 자체, 즉 불교에서 말하는 바 '공(空)'의 경지임을 의미한다. 그러므로 인용 시는 삶의 미망으로부터 벗어나는 길은 속세에 대한 집착을 과감하게 끊고 공의 경지에 이르는 것임을 가르치는 것이라 할 수 있다.

목어(木魚)가 울 때마다 물고기들의 싱싱한 비늘이 떨어지고
운판(雲版)이 자지러질 때마다 날짐승들마저 숨죽이며 날았다.
어떤 침묵 하나가 이 세상을 여행 와서 더 큰 침묵 하나를
데리고 그림자처럼 지난다.
문득 희나리의 불꽃더미 속에서 조실(祖室)스님의 흰 팔뚝
하나가 불쑥 떠올라왔다. 그 흰 팔뚝에서 아롱진
연비(燃臂) 몇 방울이 생살로 타면서
얼음에 갇힌 꽃잎처럼 나의 감각을 흔들었다.

사람이 죽으면 하늘로 기 구름이 되고 비가 되어
칠칠한 숲을 시르는 물이 되고 햇빛이 되는 걸까.
그후, 나는 고개를 꺾으며 못된 습에 걸려
무심히 핀 들꽃, 날아가는 새에서도
조실의 흰 팔뚝을 떠올리며 어린애처럼 자주 길을 잃고
헛기침 끝에 온몸을 떨었다.
아니다. 아니다. 조실은 가지 않았다.
어떤 믿음의 확신 하나가 이 세상에 다시 와서
나는 참으로 몹쓸 병을 꿈에서도 앓았다.
눈보라치는 섣달 겨울 어느 날, 그의 방 문을 열다가
평상시와 다름없이 웃목에 놓인 매화분의 둥그럭에서
빨간 꽃망울 몇 개가 벌고 있음을 보았다.
뜨거운 언비 몇 방울이 바야흐로 겨울 하늘에서 녹아흘러
꽃들은 피고 있었다.

— 송수권, 「연비燃臂」 전문

인용 시는 두 가지 관점에서 선시라 일컬어 손색이 없을 듯하다. 하나는 시의 소재가 모두 선림에 관한 것이고 다른 하나는 주제가 불교의 윤회관을 피력하고 있다는 점이다. 시의 소재는 구체적으로 '연비'이다. 연비란 불교에서 수행자들이 계를 받고 나서 팔뚝에 불을 놓아 문신처럼 떠내는 의식 또는 그 자국을 일컫는 것이니 이 시에서 직설적으로 언급된(예컨대 "그 흰 팔뚝에서 아롱진/연비 몇 방울이 생살로 타서") 시행이나 은유적으로 언급된(예컨대 "어떤 침묵 하나가 이 세상을 여행 와서 더 큰 침묵 하나를/데리고 그림자처럼 지난다") 시행이 모두 연비를 하는 행위와 그 상황의 묘사에 관련되어 있다는 것은 두말할 필요가 없다. 직접적으로 불교세계를 지시하는 '조실스님' '목어' '운판' '연비' '습'과 같은 용어들의 등장도 이 시의 불교적 필연성을 확실히 해준다.

그러나 보다 중요한 것은 불교의 윤회관을 반영하고 있다는 점이다. 그것은 제2연에서 간단히 열반한 조실스님이 매화꽃으로 환생했다는 내용으로 압축된다. 상징적인 표현이기는 하지만 "아니다. 아니다. 조실은 가지 않았다./(……)/눈보라치는 섣달 겨울 어느 날, 그의 방 문을 열다가/(……)/매화분의 등그럭에서/(……)/(조실의) 뜨거운 연비 몇 방울이 바야흐로 겨울 하늘에서 녹아흘러/꽃들은 피고 있었다"는 진술이 그것이다. 이 시행의 '뜨거운 연비 몇 방울'이란 바로 조실의 전생을 의미하는 것이라고 해석할 수 있기 때문이다.

　　벙어리 친구 사복(蛇福)의 어미가 죽자
　　원효(元曉)가 보살계를 주었다.

　　"살지 말자니 그 죽음 괴롭구나!
　　죽지 말자니 그 삶이 괴롭도다!"

벙어리 사복이 한마디로 잘랐다.

"사설이 복잡하도다."

원효는 문득 깨닫고 말을 고쳤다.

"죽고 사는 것이 다 괴롭도다!"

—최동호, 「벙어리 사복 원효를 가르치다」 전문

『삼국유사』 권제4(卷第四)에는 「사복불언 蛇福不言」이라는 이야기가 있다. 사복은 경주의 만선북리(萬善北里)에 사는 한 과부가 남편도 없이 출산한 아이이다. 12세가 될 때까지 말도, 기동도 못 하였다. 어느 날 어머니가 죽자 어린 사복은 원효에게 어머니를 포살(布薩)시켜 수게(授戒)하기를 청하였디. 위 시는 이때 원효와 사복 사이에 일어난 일화를 내용으로 담은 것이다. 뒷사람이 이를 기려 후에 절을 세우니 이 이야기는 또한 금강산(金剛山) 도장사(道場寺)의 사찰 연기설화이기도 하다. 이렇듯 이 시는 불교와 관련을 맺고 있다.

그러나 이 시 역시 중요한 것은 그 내용에 반영된 불교적 세계관이다. 원효는 "나지 말라 죽는 것이 고통이니라 죽지 말라 나는 것이 고통이니라"라고 말한다. 여기에는 첫째, 낳고 죽음이 다르지 않다(生卽滅)는 『중론中論』의 소위 팔불중도관(八不中道觀)이 제시되어 있고, 둘째, 삶이 죽음의, 또한 죽음이 삶의 원인이 된다는 연기설을 설하고 있으며, 셋째, 낳고 죽는 것이 다 괴로우므로 존재의 궁극적 지향점은 이 삶과 죽음 그 자체를 해탈해야 된다는 무아(無我)관이 피력되어 있다. 이 시에는 언급되지 않았으나 일화의 끝맺음에 붙인 다음과 같은 찬(讚)의 한 구절은 이를 더 분명히 해준다. 즉 이 책의 저자 일연은 "괴로운 생사가 본래 괴로움이 아니다(苦兮生死元非苦)"라고 말함으로써 이 세계는 본래 아무것도 없고 없는 것도 없으며 모든 것은 다만 마음에서 비롯될 뿐이라는 불교 존재론을 역설하고 있는 것이다.

> 한양대학교 나와서 광양 비상촌(飛上村) 기슭에서
> 밤나무 키우고 사는 한 은자(隱者)를 만나고 오는 길
> 보리밭 위로 구름 수묵(水墨)이 묵직하게 번지는데
> 하굣길의 어린것들이 비닐우산을 쓰고
> 홍매화(紅梅花) 벌겋게 튀밥 튀긴 제각(祭閣) 쪽으로 달려간다.
> 넘기면 없어질 것 같은 한 장
> 아, 저것을 넘기면 과연
> 공(空)일까
> 송곳으로 내 눈알을 찔러버리고 싶다.
>
> ― 황지우, 「광양길」 전문

인용 시는 크게 두 부분으로 나누어진다. 앞 5행과 뒤 4행이다. 뒷부분과의 연결을 위해 전략적으로 "밤나무 키우고 사는 한 은자를 만나고 오는 길"이라는 힌트가 주어져 있기는 하지만 시인이 앞부분에서 이야기하고자 하는 것은 일상 삶에 대한 묘사이다. 그것은 감각과 욕망의 세계, 불교에서 말하는 바 현상계이다. 그러나 뒷부분에서 시인이 이야기하고자 하는 것은 그 감각과 욕망의 너머에 있는 어떤 본질적인 세계, 본체계라 할 수 있다. 그것은 있고 없음 그 자체를 초월한 공의 경지이다. 앞부분에서 은자로부터 어떤 깨우침을 얻은 화자는 중생이 살고 있는 이 현상계에 대해 깊은 회의를 갖는다. 그것은 결코 진실일 수 없다. 그리하여 그는 현상계를 벗어나고자 결론적으로 "송곳으로 내 눈알을 찔러버리고 싶"은 충동을 느낀다. '눈으로 보는 세계'는 감각의 세계 즉 '색(色)'에 해당되기 때문이다. 우리는 이 대목에서 이 시가 『반야경』이 설한 바 '색즉시공(色卽是空)'을 노래하고 있음을 알 수 있다.

그러나 화자는 아직 진정한 깨달음에 이르지는 못한 듯하다. "아, 저 것을 넘기면 과연/공(空)일까"라는 고백에서 알 수 있듯 화자는 색이 즉 공일 뿐만 아니라 공이 즉 색(空卽是色)이라는 인식에까지는 아직 다다르지 못하고 있기 때문이다. 진정한 해탈이 이 양자를 벗어나 소위 필경공(畢竟空)에 이르는 데 있다는 것은 다 아는 바 아닌가.

    달빛에 마음을 내다 널고
    쪼그려 앉아
    마음에다 하나씩
    이름을 짓는다

    도둑이야!
    낯선 제 이름 들은 그놈들
    서로 화들짝 놀라
    도망간다

    마음 달아난 몸
    환한 달빛에 씻는다

    이제 가난하게 살 수 있겠다

—이문재, 「월광욕」 전문

인용 시에는 직접적으로 불교적 세계를 암시한 어떤 어휘나 일화가 제 시되어 있지 않다. 그러나 사실은 다르다. 다음과 같은 세 개의 진술이 있기 때문이다. 첫째, '달빛에 마음을 내다 넌다', 둘째, '마음에다 하나 씩 이름을 짓는다', 셋째, '마음이 달아난 몸이 가난하게 살 수 있다' 등.

'달' 혹은 '달빛'이란 불교 상징과 관련이 깊다. 우선 불교에선 달과 관련된 용어들이 많다. '월인석보' '월인천강지곡'과 같은 저서 이름뿐만 아니라 '월개(月蓋)' '월광(月光)' '월등삼매(月燈三昧)' '월궁(月宮)' '월륜관(月輪觀)' '월륜삼매(月輪三昧)' '월면불(月面佛)' '월장경(月藏經)' 등이 그것이다. 특히 '달'은 세존을 상징하는 말이기도 하다.[20] 세존이 과거세(過去世) 파라문(婆羅門)의 시두(施頭)로 있을 때의 이름은 '월광보살(月光菩薩)' 혹은 '월광태자(月光太子)'였으며 '월애삼매(月愛三昧)'란 중생이 번뇌로부터 벗어나는 것,[21] '월미(月眉)'란 부처님의 눈썹을 의미하기 때문이다. 이처럼 달 혹은 달빛이 세존이나 세존의 가르침을 상징하는 까닭은 깜깜한 어둠을 밝혀 갈 길을 비추어주는 달이 중생으로 하여금 무명을 헤쳐 깨달음의 길로 나아가게 하는 진리와 같은 의미를 지녔다는 데 있다. 따라서 위의 시에서 '달빛에 마음을 넌다'는 것은 세존의 가르침대로 화자가 자신의 번뇌나 집착을 끊어버린다는 뜻으로 해석되어야 할 것이다.

'마음에다 하나씩 이름을 짓는다'는 것 역시 불교 존재론을 은유적으로 표현한 것이다. '이름'이란 '언어'를 가리키고 언어란 사물의 이름이기 때문이다. 즉 일상 사물들은 바로 그것을 지칭하는 이름 즉 언어가 있으므로 존재한다. 그러므로 사물이 하나의 이름을 갖는다는 것은 그것이 드디어 하나의 실체성으로 드러남을 의미하는 것이라고 말할 수 있다. 그런데 불교 인식론에 있어서 이와 같은 '언어'란 실체의 그림자일 뿐 진정한 의미에서 존재의 표상이 될 수는 없다고 한다. 언어를

---

20) 『지관止觀』에 "달(月, Candra)이 중산(重山)에 숨으니 부채를 든 것과 같고 바람이 태허(太虛)에 자니 나무를 흔들어 가르친다" 하였다. 또한 달은 세지보살(勢至菩薩)의 화현(化現)이라고도 하였다.

21) 『열반경』 20에 다음과 같은 언급이 있다. "성하(盛夏) 때에 일체 중생이 항상 월광을 생각함과 같다. 월광이 이미 비치면 울열(鬱熱)이 곧 제(除)한다. 월애삼매도 또한 이와 같다. 능히 중생으로 하여금 탐뇌(貪惱)의 열을 제하게 한다."

버리는 곳에 바로 평등상이 있기 때문이다. 따라서 이 시에서 몸을 달빛에 비춤으로써 이름이 사라져버린다는 것은 곧 현상계의 무명과 윤회의 업으로부터 벗어나 진정한 깨달음을 얻는다는 뜻이 될 것이다.

마지막으로 '마음이 달아난 몸이 가난하게 살 수 있다'는 진술 역시 불자(佛者)가 궁극적으로 지향하는 세계 즉 집착과 탐욕을 끊고 도달한 절대 자유 혹은 무소유의 경지를 이야기한 것이라고 말할 수 있다.

> 머룻빛 첩첩으로 너울 친 밤,
> 반딧불이가 꽁무니에 형광을 반짝이는 건
> 짝짓기를 하자는 신호라네요
>
> 이 별 한 점 없는 어둠길,
> 내가 네게로 가고 네가 내게로 오는
> 이 꽃 한 점 없는 무명길,
> 우린 무슨 등을 밝혀들어야 할까요
>
> 비로자나 비로자나여
> 우린 다만 요롱듯 비로자나 비로자나여
>
> ― 고재종, 「비로자나의 등(燈)」 전문

이 시에는 두 개의 등불이 등장한다. 하나는 1연에 나오는 반딧불이의 불이며 다른 하나는 시의 제목이 암시하듯 비로자나의 불이다. 그러므로 전자는 짝짓기 즉 구애의 신호로서의 불이며 후자는 어둠을 밝히는 불이라 할 수 있다. 짝짓기란 세속적 삶에 있어서 가장 본질적인 욕망의 표현이므로 그 짝짓기 신호로서의 불이 세속적 삶의 지혜, 즉 유루지(有漏智)를 은유화한 것임은 두말할 필요가 없다. 그러나 이에 대조해서 어둠을 밝히는 불은—불가에서 가르치고 있는 바—평등상의 세계로 가는 길을 밝히는 지혜, 즉 무루지(無漏智)이다. 그것은 시인이 그 불을 한마디로 '비로자나의 불'로 규정하고 이 불이 밝히는 공간을 불교의 용어를 빌려 '무명'의 세계라 지칭하고 있기 때문이다.

뿐만 아니다. 화자는 이 생이 연기의 법칙에 의해 끝없이 윤회하는 삶임을 또한 강조하고 있다. 그가 살고 있는 곳은 어둠 즉 무명의 세계이면서 동시에 끊임없이 '내가 네게로 가고, 네가 내게로 오는 삶'이 반복되는 공간이기 때문이다. 이 역시 불교 세계관의 시적 반영임은 굳이 설명이 필요치 않다.

조오현은 우리 문학사에서 최초로 선시조를 썼다는 점에서 주목받아야 할 시인이다(승려로서 시조를 쓴 분 가운데는 그 이전 조종현과 같은 시인이 있지만 그는 시조 내용 자체가 '선의 시'는 아닌 까닭에 여기선 논외로 한다). 누구보다도 적극적으로 불교 세계관을 반영하고 또한 문학적으로도 성공했다는 점에서 그러하다. 앞에서도 잠깐 언급했지만 원래 시조는 그 담당계층이나 발생과정이나 향수층 모두 그 시대의 지식 엘리트들이라 할 유학자들의 문학양식이었다. 다시 말해 시조란 유가의 문학 장르였다. 따라서 조선조에서는 물론 근대에 들어서도 이들의 등장 이전까지는 누구도 시조 시형에 불교적 세계관을 담고자 시도한 시인이 없었다. 그런데 오늘날 조오현과 같은 시조 시인들에 의하여 비로소 선시조의 창작이 가능해진 것이다.

> 강물도 없는 강물 흘러가게 해놓고
> 강물도 없는 강물 범람하게 해놓고
> 강물도 없는 강물에 떠내려가는 뗏목다리
>
> — 조오현, 「무자화(無字話) — 부처」 전문

불교의 가르침을 우리 전통시조 시형에 담아낸 대표적 예이다. 그것
은 제법무아(諸法無我), 일체개공(一切皆空), 삼계유심소작(三界唯心
所作)이라는 가르침으로 설명된다. 이 생은 덧없고 허망하다. 존재하는
것은 아무것도 없다. 없는 것도 없다. 그럼에도 불구하고 그것이 마치
있는 것처럼 보이는 이 색계의 조화는 마음이 어떤 집착으로 인해 만든
허상일 따름이다. 시인은 이와 같은 불교 존재론을 강물이라는 은유를
들어 이야기하고 있는 것이다. 본체계에 강물은 없다. 그러나 현상계에
서는 그 없는 강물이 마치 있는 것처럼 보여 "강물 없는 강물을 흘러가
게 한다". 중생의 마음에 이는 집착이 그렇게 만들었기 때문이다. 따라
서 이 작품은 우리에게 집착의 마음을 버리고 무아의 경지에 들어야 진
정한 삶이 이루어질 수 있다는 것을 깨우쳐준다.

(2000)

한국 자연시의 전개

1. 자연과 시

‘자연(nature)’이라는 용어는 매우 다양한 뜻을 지니고 있어서, 한 야심적인 연구가(A. O. Lovejoy)에 의하면, 최소한 66가지의 개념으로 사용될 수 있다고 한다.[1] 그러나 이를 단순화시키면 초자연(super-natural), 인위(art)와 등가를 이루는 세 가지 개념 가운데 하나라고 할 수 있다. 즉 자연은 이 세계를 구성하는 세 영역 즉 자연, 초자연, 그리고 인위 가운데 하나인 것이다.

초자연은 신들의 영역으로 신, 천사, 영성(靈性, spirituality), 영생(永生, immortality), 관념성(ideality), 불변성(immutability) 등이 가치를 이루고 있는데 대체로 도덕적, 미학적 관점에서 이루어진다. 이에 대해 자연은 최소한 우리들의 일상적 감각에 의하여 인지되고 지각되는 실재(real) 영역이다. 따라서 그 자신 끊임없이 변천하며 성쇠와 변형을

---

1) A. O. Lovejoy and G. Boas, *Primitivism and Related Ideas in Antiquity*, Baltimore, The Johns Hopkins Press, 1935, pp. 447~456.

되풀이하는 세계라 할 수 있다. 우주적인 관점에서 말한다면 자연은 또한 영원하고 영생하는 월상의 세계(superlunary world) 즉 초자연과 대립되는 월하의 세계(sublunary world)를 가리키는 말이기도 하다. 한편 자연은 비록 가변적이고 물질적이라 하더라도 인간의 관여 없이 그 스스로 존재하는 자라는 점에서 또한 인위와 구분될 수 있다. 인위는 인간이 자연을 가공하여 만든 영역이기 때문이다.[2]

우주와 대면하여 살고 있는 인간은 외적 세계를 단순히 수용하는 것만은 아니다. 그는 그것을 변화시켜 ― 때로는 도구를 사용하여 ― 인간화된 것으로 만든다. 더욱 나아가 인간은 동물적 욕구를 다만 수동적으로 수용하지만은 않고 패션화(fashion)함을 통해 교육 훈련시키기도 하며 그들의 자유로운 상태를 차단하여 어떤 굴레를 씌운다.[3]

한 철학사전에 의하면 초자연이란 경험과 관찰을 통해서 얻은 법칙으로써는 이해될 수 없는, 기적 혹은 기적과 같은 것의 행위에 관련된 세계를 일컫는다. 그것은 타자에 의해서가 아니라 그 자신 스스로 증거하는 어떤 초월적 창조신에 대한 믿음의 영역이다. 이와 대조해서 자연은 우주의 목록에서 구현되는 모든 것 즉 '물(物)들의 총체성(the totality of things)' 을 가리키는 말이다. 인위적인 물들은 우주적인 목록도, 총체성을 지닌 목록도 아니기 때문이다. 우리는 그와 같은 '물' 들의 행대를 구조적으로 설명해주는 원칙과 법칙을 자연법(natural law)이라고 부르며 이를 좁은 의미의 자연이라고 한다.[4]

자연법은 비관습적이며 그 자신 문화를 초월한 보편적이고도 불변히

---

2) *Dictionary of the History of Ideas*, Vol. III, Ed. Philip P. Wiener, et. al., N.Y., Charles Scribner's Sons, 1978.

3) M. D. Chenu, *Nature, Man, and Society in the Twelfth Century*, Trans and Ed Jerome Taylor and Lester K. Little, Chicago, The Univ. of Chicago Press, 1968, p. 45.

4) *The Encyclopedia of Philosophy*, Vol. V, Ed. Paul Edwards, N.Y., The Macmillan Company & The Free Press, 1967.

는 자연의 법칙이기도 하다. 그리하여 그것은 그 이성이 갖는 절대성 혹은 불변성이라는 특성으로 인해 계몽주의 시대에 이르러서는 마침내 신으로부터 부여받은 고유의 속성으로 여겨지게 되었다. 가령 자신만의 궤도를 도는 별들의 운행이나 식물들의 성장법칙 같은 것들이 그 대표적인 예이다. 그런 까닭에 자연법은 천사들의 세계를 지배하는 질서나 감성적(affective)이며 본능적인 것으로서의 영역, 인간이나 금수에 내재한 동물적 영혼 등과 같은 것을 의미하는 일반적이면서도 상식적인 자연의 개념과는 거리가 멀다.[5]

일반적이면서도 상식적인 의미의 자연은 영생불멸하는 초월적 창조신의 세계와 달리 그 스스로 존재하면서 변천과 성쇠를 되풀이하는 감각적 세계의 일체를 가리키는 말이다. 따라서 그것은 크게 두 가지 관점에서 접근할 수 있다. 하나는 감성적 측면이요 다른 하나는 이성적 측면이다. 우리는 전자를 가리켜 일반적인 의미에서의 자연, 후자를 가리켜 자연법으로서의 자연이라 부른다.

그렇다면 자연과 문학—시는 어떤 관계에 있는 것일까. 비록 현대 모더니즘에 이르러 다소 흔들리고 있기는 하지만 하나의 고전적인 명제로 시가 자연의 모방이라는 것은 누구나 공인하고 있는 바와 같다. 본질적으로 시는 자연을 소재로, 자연을 모방해서 제작된 언어의 산물(artefact)인 것이다. 그러한 관점에서 시가 앞에서 살펴본 자연의 이성적인 측면과 감성적인 측면의 모두를 모방해 씌어질 것임은 당연하다. 우선 내용적인 측면부터 살펴보기로 한다.

비록 우리가 몇 가지 가진 것 없어도
바람 한 점 없이

---

5) Lester G. Crocker, *Nature and Culture*, Baltimore, The Johns Hopkins Press, 1963, p. 5.

지는 나무 잎새의 모습 바라볼 일이다.

또한 바람이 일어나서

흐득흐득 지는 잎새의 소리 들을 일이다.

우리가 기역 니은 아는 것 없어도

물이 왔다 가는

저 오랜 고군산(古群山) 썰물 때에 남아 있을 일이다.

젊은 아내여

여기서 사는 동안

우리가 무엇을 다 가지겠는가.

또 무엇을 생이지지(生而知之)로 안다 하겠는가.

잎새 나서 지고 물도 차면 기우므로

우리도 그것들이 우리 따르듯 따라서

무정(無情)한 것 아닌 몸으로 살다 갈 일이다.

— 고은, 「삶」 전문

　　인용 시는 자연(산의 나무와 바다의 조류)을 통해 삶의 교훈을 얻고 있다. 그것은 어떻게 사는 것이 바람직하느냐에 관한 문제이다. 시인은 산과 대면하여 나무의 지는 잎새들이 주는 의미를, 바다와 대면하여 조류의 썰물이 주는 의미를 깨닫고자 한다. 예컨대 나무의 잎새들은 바람이 있건 없건 때가 되면 지고 바다의 넘실대는 물 역시 때에 따라 썰물로 빠진다. 그것이 자연의 이법이다. 그리하여 시인은 결론적으로 다음과 같이 독백한다. "잎새 나서 지고 물도 차면 기우므로／우리도 그것들이 우리 따르듯 따라서／무정한 것 아닌 몸으로 살다 갈 일이다." 항상 생장과 소멸을 되풀이하는 자연은 그 어떤 것도 영원하지 않으므로 자연의 일부인 인생 역시 그와 같은 이법에 따라 살지 않을 수 없는 것이다. 따라서 인용 시는 세속적인 욕망과 무한한 것에 대한 집차을 버리고 자연의 이법에 순응하는 삶, 갈 때와 올 때, 소유할 때와 포기할 때를 알고 사는 삶이야말로 완전에 이른 삶이라는 사실을 말해준다. 그것은 인간이 자연의 이법, 즉 자연법을 이해하는 데서 오는 깨달음이라 할 수 있다. 이 시는 이처럼 자연에서 발견한 법칙, 자연의 이성을 시의 내용으로 담고자 한다.

이에 대해서 다음과 같은 시는 자연의 감성적 의미를 탐구한 작품이다.

> 파도가 달려온다
> 뾰족구두를 신은 키 큰 여인이
> 달려오다가 쓰러졌다
> 허연 허벅지가
> 햇살에 드러났다
> 수치심도 없이
> 앞가슴도 풀어헤치고
> 다시 일어서서
> 달려오는 여인
> 애인을 놓친 것일까.
>
> —신달자, 「죽도(竹島)에 와서」 전문

일반적으로 원형 상상력에 있어서 바다는 여자 그리고 달과 동일시되어왔다. 태초에 생명체가 바다에서 태어났다는 것, 달이 한 달에 한 번씩 생성과 소멸을 되풀이한다는 것, 바다의 조금과 사리 역시 달의 기움과 차오름에서 비롯한다는 것 등이 여자의 생식력과 생리주기에 일치하기 때문이다. 인용 시 또한 이처럼 바다를 여자와 동일시하는 데서 씌어지고 있다. 달려오다 쓰러져 허연 허벅지를 드러낸 여인은 다름 아닌 하얀 거품을 물고 모래사장으로 달려드는 파도였던 것이다.

시는 그 형식이나 구조에서도 자연을 모방 혹은 반영하는데 이 경우
는 그 대상이 대개 이성적(理性的)인 자연이다. 시의 율격과 이미지를
그 대표적인 예로 들 수 있다.

첫째, 운율은 자연의 시간적 특성을 모방함으로써 이루어진다. 봄 여
름 가을 겨울 등 사계절이 보여주는 규칙적인 변화는 시에서 율격으로
표현된다. 우리는 자연의 이법이 시의 음성 표현에 그대로 반영되어 나
타난 것을 율격이라 부른다.

둘째, 이미지는 자연의 공간적 특성을 반영한다. 율격이 시간적 질서
로 배열되는 음성적 자극이라면 이미지는 문자의 뜻 그대로 감각적—
시각적인 언어 표현인 까닭이다. 모든 시각적, 감각적 특성은 공간의
영역에 존재하는 것이다. 그러므로 시는 자연의 양대 축이라 할 시간과
공간을 각각 율격과 이미지로 모방할 때 비로소 완성되는 문학양식이
라 할 수 있다. 원리적인 측면에서 볼 경우도 시가 자연의 감각성을 언
어의 감각성으로 대치시킨 것은 자연을 하나의 이성적인 구조로 파악
한 결과이다. 독특한 음향과 규칙적 반복을 되풀이하는 바다의 조수현
상은 더욱 그러하다.

마지막으로 자연은 소재적으로 시에 반영될 수 있다. 이 경우 자연은
대부분 감성적 인식의 대상이 된다.

  모래밭 스머드는 하얀 이 물은
  넓은 바다 동해를 모다 휘논 물
  저편은 원산(元山) 항구 이편은 장전(長箭)
  고기잡이 우리 님 들고 나는 길

  사륵 사륵 모래빕 스며들다가
  다시금 이 내 몸을 씻어가는 물

> 이 물에 몇 번을 어리었을까
>
> 드나들제 우리 님 검은 그 얼굴
>
> — 김억, 「해변소곡海邊小曲」 전문

　인용 시는 자연(바다)을 소재로 다룬 작품이다. 바다를 있는 그대로 묘사했다는 점에서 그러하다. 이 경우 바다의 풍경, 바다에서 기인된 에피소드, 바다에 이입된 시인의 감정 — 예컨대 바다에 대한 그리움이나 시인 자신의 감정을 바다를 통해 토로하는 것 — 등은 시적 묘사의 대상이 된다.

2. 자연과 시적 형상화

　보편적으로 각 민족의 천지창조(우주 탄생) 신화에서 육지와 바다는 원초적 분절(archetypical articulation)의 두번째 단계로 형성되었다고 본다.[6] 가령 그리스 신화의 경우 태초의 카오스(Chaos) 상태가 코스모스(Cosmos)의 세계로 진입할 때 하늘(Uranos)＝시간과 땅(Gaia)＝공간으로 나뉘는 것은 첫째 단계의 분절, 다시 각각 하늘이 낮(빛)과 밤(어둠)으로, 땅이 육지와 바다로 나뉘는 것은 둘째 단계의 분절이라 할 수 있다. 천지개벽을 음양의 이치에 따른 팔괘(八卦)의 조화로 본 동양 사상 역시 마찬가지이다. 그런데 빛과 어둠은 시간의 개념이고 바다와 육지는 공간의 개념이므로 공간이라는 패러다임에서 육지와 바다는 이 우주를 구성하는 두 요소 중 하나에 해당된다고 할 수 있다.

　바다를 그 자체 자연이라고 부르는 데는 별다른 이의가 있을 수 없

---

6) 가스통 바슐라르,『공기와 꿈 L'Air et les Songes』, 정영란 옮김, 민음사, 1994, 344쪽.

다. 그러나 육지의 경우는 다르다. 육지에는 자연상태의 공간과 더불어 인위적 삶이 영위되는 공간도 있기 때문이다. 그러므로 엄밀한 의미에서 육지에서의 자연이란 인간의 생활공간이라 할 도시나 마을을 제외한 나머지 부분 즉 사막이나 극지의 설원 혹은 툰드라 같은 특별한 지역을 제외할 때 대체로 인간의 삶이 미치지 못하는 산을 가리키는 말이 될 수밖에 없다. 그런 까닭에 공간이라는 측면에서 자연은 결국 산과 바다를 가리키는 말 이상이 아니다.

문학작품에서 산과 바다는 대체로 세 가지 공간으로 제시된다. 첫째, 외적 공간, 둘째, 내적 공간, 셋째, 관념적 공간이다. 외적 공간이란 문자 그대로 우리의 감각세계가 인지하는 공간, 즉 실제의(물리적) 공간을 가리킨다. 내적 공간이란 시인의 내면의식에서 재창조된 공간이다. 그것은 현실에는 없고 오직 의식에만 있는 정신적 공간이라고 할 수 있다. 관념적 공간 역시 실제로는 있을 수 없고 다만 신념을 통해 가상할 수 있거나 소원성취의 대상으로 설정된 공간을 의미한다. 그것은 감각적 세계를 벗어나 있다는 점에서 외적 공간과, 인간 의식을 초월해 있다는 점에서 내적 공간과 다르다.

(1) 외적 공간으로서의 자연

자연의 외적 공간에서 시인이 맨 처음 본 것은 무엇보다도 교훈적, 계몽적인 성격이었다. 인간은 자연으로부터 무엇인가 배울 점이 있는 것이다. 따라서 외적 공간을 대상으로 한 자연시의 첫째 유형은 자연으로부터 얻은 교훈을 내용으로 담은 작품들이다. 그러한 의미에서 우리 신문학사 최초의 신시(新詩)라 일컫는 최남선의 「해에게서 소년에게」가 바다를 소재로 하여 씌어졌다는 것은 여러가지로 시사해주는 바 크다. 이는 문학과 자연의 반영관계라는 측면에서뿐만 아니라 우리의 근대성을 어떻게 이해하느냐 하는 측면에서 그렇다. 다 아는 바와 같이 개화기의 우리 근대화란 한마디로 서구화를 가리키는 말이었다. 그런데 당시 서구문명의 수용 통로는 바다 외에 있을 수 없었던 까닭에 「해에게서 소년에게」가 바다를 찬탄하는 내용을 담아 그 시대의 의식을 대변했다는 것은 이상한 일이 아니다. 이 시의 바다는 바로 서구문명을 받아들이는 통로로서의 바다였기 때문이다.

> 텨—ㄹ썩 텨—ㄹ썩 텩, 쏴—아.
> 따린다 부순다 문허버린다.
> 태산 같은 높은 뫼 집채 같은 바윗돌이나
> 요것이 무어냐 요게 무어야
> 나의 큰 힘 아나냐 모르나냐 호통까지 하면서
> 따린다 부순다 문허버린다
> 텨—ㄹ썩 텨—ㄹ썩 텩 튜르릉 콱.
>
> 텨—ㄹ썩 텨—ㄹ썩 텩 쏴—아
> 내게는 아무것도 두려움 없어
> 육상에서 아모런 힘과 권(權)을 부리던 자라도
> 내 앞에 와서는 꼼짝 못 하고
> 아모리 큰 물건도 내게는 행세하지 못하네
> 내게는 내게는 나의 앞에는
> 텨—ㄹ썩 텨—ㄹ썩, 텩 튜르릉 콱.
>
> —최남선, 「해에게서 소년에게」 중에서

전편 총 6연 가운데서 앞의 두 연만을 인용해보았다. 잠자는 한반도를 일깨워 서구문명을 받아들이도록 권유하는 바다의 이야기가 우유적

(寓喩的)으로 담겨 있다.

  이 투박한 대지에 발은 붙였어도
  흰 구름 이는 머리는 항상 하늘을 향하고 사는 산

  언제나 숭고할 수 있는 푸른 산이
  그 푸른 산이 오늘은 무척 부러워

  하늘과 땅이 비롯하던 날 그 아득한 날 밤부터
  저 산맥 위로는 푸른 별이 넘나들었고
  골작에는 양떼처럼 흰 구름이 몰려오고 가고
  때로는 늙은 산 수려한 이마를 쓰다듬거니

  고산식물들을 품에 안고 길러낸다는 너그러운 산
  청초한 꽃 그늘에 자고 또 이는 구름과 구름

  내 몸이 가벼이 흰 구름이 되는 날은
  강 너머 저 푸른 산이 이마를 어루만지리—
                —신석정,「청산백운도 青山白雲圖」전문

  인용 시는 산의 외적 모습을 아름답게 묘사하고 있다. 그러나 정작
시인이 관심을 갖고 있는 것은 산으로부터 어떤 교훈적 의미를 탐색하
는 일이다. 인간은 언제나 숭고한 이념을 우러러 살면서 모든 것을 관
용과 포용으로 감싸안고 살아야 한다는 가르침이다. 시인은 이를 항상
푸른 하늘을 이고 사는 산, 고산식물을 품에 안아 길러내는 산의 이미
지로 형상화하고 있다.

　외적 공간으로서 자연에 관심을 가진 둘째 유형의 시는 미학적 관심으로 씌어진 것들이다. 문학은 본질적으로 예술의 한 장르인 까닭에 시인이 이처럼 그 외적 공간을 미학적인 관점에서 수용하려 하는 것 역시 당연하다.

1)
　　바다는 뿔뿔이
　　달어나랴고 했다.

　　푸른 도마뱀 떼 같이
　　재재발렀다

　　꼬리가 이루
　　잡히지 않았다

　　흰 발톱에 찢긴 상채기!

　　가까스루 몰아다부치고
　　변죽을 둘러 손질하여 물기를 시쳤다.

　　이 앨쓴 해도(海圖)에 손을 씻고 떼었다

　　찰찰 넘치도록
　　돌돌 구르도록

　　희동그란히 바쳐들었다!

지구는 연잎인 양 오무라들고
펴고

—정지용, 「바다 7」 전문

2)

절정에 가까울수록 뻐꾹채 꽃키가 점점 소모된다. 한 마루 오르면 허리가 슬어지고 다시 한 마루 우에서 목아지가 없고 나종에는 얼골만 갸웃 내다본다.

화문(花紋)처럼 판 박힌다. 바람이 차기가 함경도 끝과 맞서는 데서 뻭국채 키는

아조 없어지고도 팔월 한철엔 흩어진 성신(星辰)저럼 난만하다. 산 그림자 어둑어둑하면 그러지 않아도 뻭국채 꽃밭에서 별들이 켜든다. 제자리에서 별이 옮긴다. 나는 여기서 기진했다

엄고란(巖古蘭), 환약(丸藥)같이 어여쁜 열매로 목을 축이고 살어 일어섰다.

백회 옆에서 백화(白樺)가 촉루(髑髏)가 되기까지 산다. 내가 죽어 백화처럼 흴 것이 숭 없지 않다.

—정지용, 「백록담 白鹿潭」 중에서

인용 시의 바다와 산은 앞이 「해에게서 소년에게」나 「청산백운도」와 같이 시인의 이념이나 주장을 전달하는 매체 혹은 도구가 아니라 하나의 독립된 사물 그 자체로 존재한다. 다만 시인은 산과 바다를 본 순간의 느낌과 소감을 감각적 이미지로 환치하여 제시해줄 따름이다. 그 감각적 이미지들이 '푸른 도마뱀 같은 바다' '연잎 같은 시구' '발톱에 찢

긴 상채기의 파도' '성신처럼 난만한 뺵국채 꽃' '환약같이 예쁜 엄고
란 열매' '촉루가 된 백화' 등이다. 인용 시가 외적 공간을 대상으로 하
고 있다는 사실은 묘사의 대상으로서의 바다는 일관되고 있으나 그것
을 묘사한 이미지들은 상호 연관성 없이 분산되어 있다는 점에서 설명
될 수 있다.

　셋째 유형은 자연에 시인의 감정이 이입된 유형이다. 즉 시인의 감정
이 자연을 통해 표출된 경우라 할 수 있다. 그러한 관점에서 이 유형은
첫째의 유형과 방법상 동일하다. 그 담는 내용만이 다를 뿐 모두 바다
를 주관 표현의 도구로 이용하고 있기 때문이다. 즉 첫째 유형이 자연
(바다와 산)을 통해 교훈을 담았다면 이 셋째 유형은 감정을 담았다.

　1)
　바다엔
　소라
　저만이 외롭답니다

　허무한 희망에
　몹시도 쓸쓸해지면
　소라는 슬며시
　물 속이 그립답니다

　해와 달이 지나갈수록
　소라의 꿈도
　바닷물에 굳어간답니다

　큰 바다 기슭엔

온종일

소라

저만이 외롭답니다

─ 조병화, 「소라」 전문

2)

세상에 그 흔한 눈물

세상에 그 많은 이별들을

내 모두 졸업하게 되는 날

산으로 다시 와

정정한 소나무 아래 터를 잡고

둥그런 무덤으로 누워

억새풀이나 기르며

솔바람 소리나 들으며 앉아 있으리.

멧새며 소쩍새 같은 것들이 와서 울어주는 곳

그들의 애인들꺼정 데불고 와서 지저귀는

햇볕이 천년을 느을 고르세 비추는 곳쯤에 와서

밤마다 내리는 이슬과 서리를 마다하지 않으리.

길길이 쌓이는 장설(壯雪)을 또한 탓하지 않으리.

─ 니대주, 「디시 산에 와서」 중에서

　인용 시들은 바다와 산의 외적 풍경을 있는 그대로 그려 보여주는 듯하다. 그리니 실제로는 그렇지 않다. 산이나 바다에 자신의 감정을 투영하고 있기 때문이다. 1)의 바다는 시인의 정서적 외로움이 형상화된 공간이다. 시인은 자신의 외로움을 피력하기 위하여 잠시 바다라는 소

도구를 빌렸을 뿐이다. 2) 역시 마찬가지이다. 산 자체의 의미나 아름다움을 탐색하기보다는 이를 통해 시인의 내면세계를 반영시키는 일에 더 관심을 기울이고 있다.

넷째 유형은 생활공간이다. 시인은 산과 바다로부터 생활 — 현실적 삶 그 자체를 본다.

1)

도샛바람에서는 갯비린내나
짠 소금내보다도
땀에 젖은 살갗
때 묻은 세간살이 냄새가 더 진하고
파도 소리, 뱃고동 소리보다도
엉머구리 끓듯 사람들 뒤엉켜
아귀다툼하는 소리가 더 높다.
그래서 물이 썰려나간 개펄에는 늘
바지락이나 굴이나 조개보다도
사람이 사는 이야기들이 더 많이
앙금이 되어 가라앉아 있다
이제 알겠구나 장바닥을
버려진 신짝으로 채이며
뒹굴며 살아온 사람만이
서해바다를 찾는 그 까닭을.

— 신경림, 「서해바다」 전문

2)

아침볕에 섶 구슬이 한가로이 익는 골짝에서 꿩은 울어 산울림과 장난

을 한다

　　산마루를 탄 사람들은 새꾼들인가
　　파—란 하늘에 떨어질 것같이
　　웃음소리가 더러 산 밑까지 들린다

　　순례중이 산을 올라간다
　　어젯밤은 이 산 절에 제가 들었다

　　무리 돌이 굴러나리는 건 중의 발꿈치에선가
　　　　　　　　　— 백석, 「추일산조 秋日山朝」 전문

　바다나 산에 관련된 삶은 다양하다. 예컨대 바다의 경우 고기잡이나
어촌의 삶, 항해, 항구, 기상 관측이나 과학 탐사, 해상 전투, 바다 스포
츠 등, 산의 경우 경작, 산판, 사냥, 등산, 종교 의례, 연료 채취 등이다.
따라서 이 유형의 시는 바다의 삶을 내용으로 담는다. 1)은 그중에서도
어촌 삶의 한 단면을 그려 보여주고 있다. 산을 소재로 해서 쓴 2) 역시
마찬가지이다. 난순화되긴 했으나 산속 나무꾼(세꾼)과 순례중인 중의
모습이 순간적으로 인상을 점묘하는 방식을 통해 함축적으로 묘사되어
있다. 다만 다르다면 1)이 산문에 적합한 리얼리즘적인 태도로 임한 것
이라면 2)는 시에서 보다 효과적인 이미지즘적 기법으로 접근한 것이
다를 뿐이다.
　다섯째는 보다 특이한 유형으로 자연이 알레고리화한 경우이다. 이
유형의 시에서 바다나 산은 실제의 바다나 산이 아니다. 다만 시인은
자신이 언급하고자 하는 주관의 어떤 메시지를 자연에 빗대어 술회할
뿐이다. 따라서 그 메시지와 차용된 자연 사이에는 유사성에 토대한 하

나의 약속체계가 전제되어 있다. 가령 농장을 국가, 가축을 국민, 돼지를 독재자로 정해놓고 '동물공화국'이라는 하나의 이야기를 꾸며가듯이 이 유형의 시 역시 상호 대응되는 약속을 통해 표면적으로 제시된 자연(산과 바다)과 그 이면에 언급된 내용을 결합시키고 있다. 다음과 같은 시들이 그 대표적인 예이다.

1)
아무리 노질을 해도 이 도시 바깥으로 빠져나갈 수는 없구나
물길은 사납고 며칠째 비가 오고 있다.
오늘은 노예선을 보았다.
약 오천만 톤의 선적 위에 그들의 고뇌와 슬픔이 못질되어 있었다.
여보, 이 배는 어디로 가지요.
황량한 을지로의 물목에서 손을 흔들었지만
아무도 대답하지 않았다.
저희 배를 갖지 못한 자의 노질을 바라보다가
선창을 닫았다.
어제 삼각지의 비 오는 해협에서 침몰했던
한 불행한 남자의 난파 때문에
깊게 방수되어 있는 나의 조타실이
침수되었다.
그럼에도 불구하고
오늘은 선창을 굳게 굳게 닫아걸고
시일야방성대곡(是日也放聲大哭)을 핑계 삼아
비안개 속에서 어디선가 슬픈 무적(霧笛) 소리
길게 두 번 울리다.

　　　　　　　　　　　　　　—김종해, 「항해일지 3」 전문

2)

　　눈 맞는 겨울나무숲에 가보았다
　　더 들어오지 말라는 듯
　　벗은 몸들이 즐비해 있었다
　　한 목숨들로 연대해 있었다
　　눈 맞는 겨울나무숲은

　　목탄화 가루 희뿌연 겨울나무숲은
　　성자(聖者)의 길을 잠시 보여주며
　　이 길은 없는 길이라고
　　사랑은 이렇게 대책 없는 것이라고
　　다만 서로 버티는 것이라고 말하듯

　　형식적 경계가 안 보이게 눈 내리고
　　겨울나무숲은 내가 돌아갈 길을
　　온통 감추어버리고
　　인근 산의 직실량을 엿보는 겨울나무숲
　　나는 내내, 어떤 전달이 오기를 기다렸다.

— 황지우, 「12월의 숲」 전문

　　1)에서 시인은 그가 싣고 있는 서울을 하나의 바다로 상상해본다. 그리하여 현대 도시의 피폐한 삶을 폭풍 속의 항해로, 산업화된 사회를 바다에 뜬 노예선으로 대비시키고 있다. 따라서 이 시는 비록 표면에 바다 이야기가 등장하고 있다 하더라도 그것은 실제의 바다가 아니라 대도시의 소외된 삶을 이야기한 것이라고 할 수 있다. 바다는 단지 하

나의 알레고리로 제시되어 있을 따름이다. 2)에서 '눈 맞는 겨울나무 숲' 역시 실제의 산이 아니다. 그것은 시대의 폭력에 맞서 고단하게 살아가고 있는 민중을 의미한다. 그런 까닭에 그 숲은 사랑으로 연대한 목숨, 서로가 서로를 버티어주는 공영체가 될 수 있었던 것이다. 따라서 당연히 '겨울의 폭설'은 시대의 폭력, '나목들의 숲'은 고난의 민중, '새봄' ("내내, 어떤 전달이 오기를 기다렸다")은 해방의 날이라는 알레고리를 성립시킬 수 있는 것이다.

(2) 내적 공간으로서의 자연

내적 공간을 반영한 시들은 기본적으로 자연의 내면에 숨겨진 의미를 탐구하려 한다는 점에서 공통성을 띠고 있다. 그러므로 이 유형의 시는 자연의 외적 공간이 주는 의미를 넘어서 눈에 보이지 않는 내면세계로 침잠한다. 그 내면 탐구의 주된 무기가 바로 직관과 상상력이다. 그런데 모든 예술의 본질은 세계나 사물에 대한 미적 관심에 있으므로 내적 공간을 반영한 자연의 시의 첫째 유형이 미학적 관심으로 씌어진다는 것은 당연하다. 즉 내적 공간을 반영한 시의 첫째 유형 역시 자연을 미학적으로 바라보는 시들이다.

1)
　　한꺼번에 자빠뜨릴 듯 자빠뜨릴 듯 달려드는
　　저 무지막지한 힘뿐인 사내 좀 봐!
　　그것을 기다렸다는 듯 우르르 사내의 목을 끌어안고
　　속수무책으로 엎어지는 저 계집 좀 봐!

　　두 몸뚱어리

마침내

하나 되어

쾌락의 허연 거품 쏟아내는—

저 순수 육체들이 펼치는 한낮의 정사(情事).

—이수익, 「파도를 보며」 전문

그녀는 빛나는 열일곱 살

온몸이 성감대다.

갯바람 살짝 스치기만 해도

해변 구석구석

관능의 흰 파도가

부끄럽게 부서지는

그녀의 몸은 빛나는 열일곱 살.

—김성춘, 「바다 9」 전문

2)

술에서 깨어나보니 내가

산의 사타구니

가랭이 베고 누웠구나

아랫도리 단주 모두 풀린 상태로

어젯밤 누구에게 유괴되어

만취로 이 모양이냐

정신을 차리고 비칙비칙 일이니니

내 몸 아래 밤내 깔린
쑥대, 곰취, 미나리아재비

아 나였구나
산목련 향기에 홀려 마시고 또 마시고
이 골짜기에 와 쓰러져

산 하나
여자로
몰래 껴안고
새벽까지 잔 남자.

—이성선, 「산을 껴안고」 전문

1)의 이수익은 모래사장으로 밀려와 하얀 거품을 물고 스러지는 파도를 통해 남녀의 성적 결합 즉 정사(情事)를 발견한다. 모래사장 위에서 부서지는 파도가 쓰러져 뒹구는 두 남녀의 발가벗은 육신으로 상상되었기 때문이다. 이 경우 모래사장은 남자, 파도는 여자, 그리고 그 규칙적인 파도의 출렁임은 남녀의 성적 흥분에 대비된다. 한편 김성춘은 바다를 열일곱 살 된 여자의 육신으로 느끼는데 이는 앞에서 살펴보았듯이 우리들의 원형 상상력에 있어서 바다란 본래 여성 혹은 우주모(宇宙母)와 동일시되는 존재이기 때문이다. 그러나 여자라고 해서 모든 모습이 동일한 것은 물론 아니다. 연령으로는 소녀에서부터 할머니까지, 성격으로는 양갓집 소녀에서부터 유곽의 유녀들까지 있기 때문이다. 그중에서도 김성춘이 부끄럼 많이 타는 열일곱 살의 순결한 소녀를 보았던 것은 아마도 그 바다가 청명한 봄날의 미풍에 잔잔히 물결치는 바다였기 때문이 아닐까 한다.

2)의 이성선은 산을 외적 모습이 아니라 내적 모습에서 접근한다. 그러나 그 내적 접근은 어떤 인생론적 진실이나 자연의 이법을 발견하려 하기보다는 새로운 상상력의 지평을 확장코자 하는 데 있다. 예를 들어 이성선은 이 시에서 산을 하나의 여자로 상상하는데 그것은 이성적 사유의 그 너머에 존재하는 미학적 상상력의 세계이다.

어떻든 인용 시들은 자연을 그 외적인 모습에서가 아니라 내면에서 탐색한 작품들이다. 그리고 그 탐색된 내면의 의미는 어떤 인생론적, 철학적 진실이 아니라 상상력을 통해 재현된 아름다움의 등가물이라는 점에서 미학적이다.

둘째 유형은 자연을 내면적으로 사유하여 그로부터 어떤 인생론적 진실을 추구한 작품들이다. 이 유형의 시는 바다를 외적인 모습이 아니라 내적인 깊이로 다룬다는 점에서 물론 첫째 유형과 유사하다. 그러나 그것은 그 관심의 주된 대상이 아름다움의 등가물이 아니라 철학적 혹은 인생론적 진실에 있다는 점에서 본질적으로 다르다.

1)
　　귀 기울여도 있는 것은 역시 바다와 나뿐.
　　밀려왔다 밀려가는 무수한 물결 위에 무수한 밤이 왕래히나
　　길은 항상 어데나 있고, 길은 결국 아무 데도 없다.

　　아— 반딧불만한 등불 하나도 없이
　　울음에 젖은 얼골을 온전한 어둠 속에 숨기어 가지고…… 너는,
　　무언의 해심(海心)에 홀로 타오르는
　　한낱 꽃 같은 심장으로 침몰하라

　　아— 스스로히 푸르른 정널에 넘져

동그란 하늘을 이고 웅얼거리는 바다,
바다의 깊이 우에
네 구멍 뚫린 피리를 불고…… 청년아.
애비를 잊어버려
에미를 잊어버려
형제와 친척과 동무를 잊어버려,
마지막 네 계집을 잊어버려,

아라스카로 가라, 아니 아라비아로 가라
아니 아메리카로 가라 아니 아프리카로 가라
아니 침몰하라. 침몰하라. 침몰하라!
오— 어지러운 심장의 무게 우에 풀잎처럼 흩날리는 머리칼을 달고
이리도 괴로운 나는 어찌 끝끝내 바다에 그득해야 하는가.
눈 뜨라. 사랑하는 눈을 뜨라…… 청년아,
밤과 피에 젖은 국토가 있다.

아라스카로 가라!
아라비아로 가라!
아메리카로 가라!
아프리카로 가라!

—서정주, 「바다」 전문

2)

흐름 위에 흐름을 놓아
만 리 밖에 이었다.
때로는 강자의 폭력을 부드러운 선 하나로

감싸안을 줄 알고
하늘을 찌르는 노여움도
부드러운 선 하나로 감싸안을 줄 안다.
학 두루미 같은 날개를 쳐서
부드러운 춤을
흘리기도 한다.

사람들아. 사람들아
우리 사는 일은 강단만으로 강단만으로
되는 일이 아니구나

흐름 위에 흐름을 놓아 어쩌다 외톨박이 지평 밖에 떨어진
여름 산 하나
왼종일 투덜투덜
주먹질하며 따라온다.

—송수권, 「산」 전문

1)의 화자는 이 세속적 삶의 질곡 속에서 희망과 꿈을 상실한 인간이다. 그의 미래는 더이상 열려 있지 않다. 그는 어떻게 해야 할 것인가. 어찌하면 이 생을 보다 가치 있는 것으로 구현할 수 있다는 말인가. 이에 대해서 시인이 주는 답은 다음과 같다. "무언의 해심(海心)에 홀로 타오르는／한낱 꽃 같은 심상으로 (바다에) 침몰하리". 만일 그럴 수가 없다면 차라리 '어디론가(아프리카든, 아라스카든, 아메리카든, 아라비아든) 밀리밀리 사라져버리리'이다. 이는 무슨 뜻일까.

우선 밀리 사라진다는 것은 이 세상에 대한 인연과 집착을 버리고 완전한 무소유의 인간이 되라는 말로 해석된다. 그러나 '바다에 침몰하

라' 는 것은 더 적극적으로 그 자신 죽음을 선택하여 새로운 생을 준비하라는 뜻일지도 모른다. 바다는 죽음과 재생의 신화적 공간이기 때문이다. 바다로 흘러든 모든 것들은 새로운 것으로 다시 태어난다. 예컨대 땅에 떨어져 바다에 흘러든 물은 하늘로 상승하며 지상의 모든 죽은 것들은 바닷물에 용해되어 소금이나 새로운 유기물로 재생한다. 시인은 바다가 지닌 이와 같은 신화적 상상력을 원용하여 우리 시대가 당면한 비극적 삶을 어떻게 초월할 수 있는가에 대해 이야기하고 있는 것이다.

　2)에서는 산을 통해 자연의 내면적 의미를 탐색하고 있다. 그것은 산이 지닌 관용과 부드러움의 정신이다. 노자가 흐르는 물에서 발견한 도(道)의 참다운 의미와 같이 시인은 '만 리 밖으로 이어지는 산맥의 부드러운 선과 그것에 감싸안겨진 만상의 평안' 에 대하여 지적한다. 그리하여 그가 내린 결론은 '우리가 사는 일은 강단만으로 되지는 않는다' 는 것 즉 부드러움이 거친 것을 이기고, 약함이 또한 강함을 제압할 수 있다는 도가적(道家的) 인생관이다. 그의 이와 같은 진실은 언뜻 산의 외적 모습을 관찰하는 데서 얻어진 것 같지만(그렇다면 앞에서 지적한 것처럼 자연의 외적 공간을 통해 얻은 교훈과 다를 바 없을 것이다) 사실은 그렇지 않다. 산맥의 뻗어감을 강물의 흐름으로 대치한 시인의 상상력이 내적인 의미 탐색 없이 불가능하기 때문이다.

　자연의 내적 공간에 대하여 시인이 관심을 갖는 또다른 부분이 있다면 무의식의 세계이다. 그리하여 셋째 유형의 시들은 자연을 통해서 인간 내면의 잠재의식을 탐구한다. 그러나 이 유형에서 한 가지 특이한 것은 산을 대상으로 한 시들이 거의 없고 그 대신 바다에 관한 시들이 대부분을 차지한다는 점이다. 아마도 그것은 눈에 보이는 수면 위의 공간 즉, 열린 상방공간을 의식의 세계로 눈에 보이지 않는 수면 아래의 공간 즉, 닫힌 하방공간을 잠재의식의 세계로 보는 우리들의 보편적 상상력 때문일 것이다.[7] 그러므로 시인이 산보다 바다를 통해서 잠재의식을 탐험코자 하는 것은 이상한 일이 아니다.

　　바다 밑에는
　　달도 없고 별도 없더라
　　바다 밑에는
　　항문과 질과
　　그런 것들의 새끼들과
　　하나님이 한 분만 계시더라
　　바다 밑에서도 해가 지고
　　해가 져도 너무 어두워서
　　밤은 오지 않더라
　　하나님은 이미
　　눈도 없어지고 코도 없어졌더라
　　흔적도 없더라.

— 김춘수, 「해파리」 전문

　　수화기
　　　　여인의 허벅지
　　　　　　낙지의 까아만 그림자

　　비눌기와 소녀들의 깃대　　부우
　　그 위에
　　손을 흔드는 파아란 깃폭들

---

7) 예컨대 프로이트의 경우 의식이란 빙산의 수면에 떠 있는 부분이고 무의식은 수면 아래
잠겨 있는 부분이라는 비유가 자주 사용된다.

나비는 기중기의

허리에 붙어서

푸른 바다의 층계를 헤아린다.

— 조향, 「바다의 층계」 부분

김춘수의 「해파리」는 바다가 가지고 있는 몇 가지 의미소들을 자유연상의 기법을 통해 무작위적으로 열거하고 있다. 즉 ㉠ 바다는 낮은 곳에 위치한다. ㉡ 바다는 모든 버려진 물건들이 모여 썩는 공간이다. ㉢ 바다는 속이 항상 어둡다. ㉣ 바다에서는 죽음과 삶이 교차한다 등이다. 따라서 이 무작위적인 배열과 자유연상은 그대로 무의식의 소산이라고 할 수 있다. 가령 "항문과 질 그런 것들의 새끼"는 ㉠과 ㉡에, "바다 밑에는/달도 없고 별도 없더라" "해가 지고/해가 져도 너무 어두워서/밤은 오지 않더라"는 ㉢에, "하나님은 이미/눈도 없어지고 코도 없어졌더라/흔적도 없더라"는 ㉣에 관련된 자유연상의 이미지들이다.

조향의 「바다의 층계」에 묘사된 바다 역시 현실적인 바다가 아니라 시인의 잠재의식에 떠오르는 바다이다. 예컨대 여인의 허벅지는 해수욕장에서, 수화기는 파도 소리에서, 비둘기와 소녀가 랑데부하는 공원의 푸른 잔디밭은 푸른 바다에서, 기중기의 허리에 붙은 나비는 화물선의 마스트에 앉아 있는 갈매기에서 연상된 무작위적 이미지들이다. 바다를 내적으로 탐구하면서도 의식의 논리는 따르지 않고 있다.

(3) 관념적 공간으로서의 자연

자연을 소재로 다룬 시들 가운데서 마지막으로 지적할 수 있는 유형은 산과 바다를 관념적 공간으로 다룬 것들이다. 이들 작품이 제시하는 산과 바다는 현실적인 것도 아니요, 인간의 내면에 반영된 것도 아니다. 그것은 인간의 한계를 벗어난 어떤 절대적 세계에 홀로 존재하는 공간이다. 따라서 그것은 현실에서는 찾아볼 수 없는 이상화된 세계, 달리 말해 완전하고 무한한 세계라 할 수 있다. 인간은 현실의 삶이 모순되고 불완전하기 때문에 역설적으로 미화된 이상세계를 가정하고 그곳으로 초월코자 하는 것이다.

낭만주의가 '무한에의 향수(Heimweh 혹은 Fernweh)'라고[8] 부르는 이같은 인간의 원초적 감정은 특히 바다에 관한 상상력에서 많이 형상화되고 있다. 가령 바슐라르나 엘리아데 같은 학자들이 바다를—광막한 수평선과 끝 간 데 모를 넓이로 인해—피안 혹은 영원성을 상징하는 세계로 보는 것 등이 그러한 예이다. 그러므로 바다를 소재로 다룬 작품들이 바다가 지닌 이같은 영원 혹은 무한의 상징을 통해 현실의 모순을 초월하려 한 것은 당연한 일일 것이다.

> 란이와 나는
> 산에서 바다를 바라다보는 것이 좋았다.
> 밤나무
> 소나무
> 참나무
> 느티나무
> 다문다문 선 사이사이로 바다는 하늘보다 푸르렀다.
>
> 란이와 나는
> 작은 짐승처럼 앉아서 바다를 바라다보는 것이 좋았다.

---

8) 아르놀트 하우저, 『문학과 예술의 사회사Sozial-Geschichte der Kunst und Literatur』 3권, 염무웅·반성완 옮김, 창작과비평사, 1981, 205쪽.

짐승같이 말없이 앉아서

바다같이 말없이 앉아서

바다를 바라다보는 것은 기쁜 일이었다.

란이와 내가

푸른 바다를 향하고 구름이 자꾸만 놓아가는

붉은 산호와 흰 대리석 층층계를 거닐며

물오리처럼 떠다니는 청자기빛 섬을 어루만질 때

떨리는 심장같이 잦으러지게 흩날리는 느티나무 잎새가

란이의 머리칼에 매달리는 것을 나는 보았다.

란이와 나는

역시 느티나무 아래서 말없이 앉아서

바다를 바라다보는 순하디순한 작은 짐승이었다.

—신석정, 「작은 짐승」 전문

이것은 소리없는 아우성

저 푸른 해원(海原)을 향하여 흔드는

영원한 노스탈쟈의 손수건

순정은 물결같이 바람에 나부끼고

오로지 맑고 곧은 이념의 푯대 끝에

애수는 백로처럼 날개를 펴다

아아 누구던가

이렇게 슬프고도 애닯은 마음을

맨 처음 공중에 달 줄을 안 그는.

— 유치환, 「깃발」 전문

신석정의 「작은 짐승」에서 제시된 바다는 영원한 안식의 세계이다. 그것은 바다가 모두 아름답고 성스럽고 순결한 모습 즉 "붉은 산호와 흰 대리석 층층계"를 지니고 있으며 '청자기빛 섬을 물오리처럼 띄운' 것으로 묘사된 것에서 알 수 있다. 그러나 더 중요한 것은 화자가 그 아름다운 바다를 보는 순간 "순하디순한 작은 짐승"이 된다는 사실이다. 왜냐하면 "순하디순한 작은 짐승"은 인위의 세계를 떠나 자연의 원시성 속에서만 있을 수 있는 존재인데 자연의 원시성이란 바로 자연과 합일된 세계, 그러니까 자연의 무한성을 몸으로 체득한 세계이기 때문이다. 그러한 관점에서 이 시는 세속적 삶의 고통으로부터 벗어나 자연의 그 무한한 원시성으로 돌아가고자 하는 시인의 향수를 이야기한 작품이라 할 수 있다. 여기서 그 무한의 상징이 바다임은 두말할 필요가 없다.

한편 유치환은 깃대에 매여 있는 깃발이 날아가고자 하는 세계가 바다(海原) 건너에 있는 어떤 영원한 세계라고 말한다. 그럼에도 불구하고 매여 있는 까닭에 깃발은 그 영원한 세계로 초월하지 못하고 — 시에서 언급된 것처럼 — 슬프고도 애달픈 마음과 영원한 노스텔지어를 지닌 채 살아간다. 이렇듯 이 시는 유한과 무한의 경계선에서 초월을 꿈꾸다가 끝내 좌절할 수밖에 없었던 시인의 어떤 정신적 아픔이 시로 형상화되어 있다.

한편 산을 소재로 한 다음과 같은 시 역시 관념세계를 꿈꾼 작품이다

해야 솟아라. 해야 솟아라. 말갛게 씻은 얼굴 고운 해야 솟아라. 산 넘어 산 넘어서 어둠을 살라먹고, 산 넘어서 밤새도록 어둠을 살라먹고 이글이글 애띤 얼굴 고운 해야 솟아라.

달밤이 싫여 달밤이 싫여 눈물 같은 골짜기에 달밤이 싫여. 아무도 없는 뜰에 달밤이 나는 싫여 ―

해야 고운 해야 늬가 오면 늬가사 오면 나는 나는 청산이 좋아라. 훨훨 훨 깃을 치는 청산이 좋아라. 청산이 있으면 홀로래도 좋아라.

사슴을 따라 사슴을 따라 양지로 양지로 사슴을 따라 사슴을 만나면 사슴과 놀고

칡범을 따라 칡범을 따라 칡범과 만나면 칡범과 놀고 ―

해야 고운 해야 해야 솟아라. 꿈이 아니래도 너를 만나면 꽃도 새도 짐승도 한 자리 앉아 워어이 워어이 모두 불러 한 자리 앉아 애띠고 고운 날을 누려보리라.

― 박두진, 「해」 전문

시인은 밝은 해가 떠오르기를 주문한다. 그런데 그 해는 예사로운 해가 아니라 어둠을 살라먹고 떠오르는 해이며 '이글이글 애띤 고운 얼굴'의 해이다. 그 고운 해가 떠오르면 시인은 양지에서 사슴과 함께 놀고 또한 칡범과도 함께 어울릴 수 있다. 아니 더 나아가서 꽃과 새와 짐승들이 한 자리에 앉아 애띠고 고운 날을 누릴 수 있게 된다고도 한다. 그런데 일상적 세계에서 칡범은 사슴과 어울릴 수 없다. 모든 동물들이 한 가족이 되어 살기는 더욱 어렵다. 현실은 엄연한 생존경쟁, 약육강식의 공간이고 세상의 모든 살아 있는 목숨들은 철저하게 먹이사슬로 연결되어 있기 때문이다. 그러므로 이 시에서 꿈꾸는 산이란 현실의 자연이 아니라 가상의 자연 즉 모든 삶의 이상이라 할 사랑과 평화와 자유

가 실현된, 마치 에덴동산과 같은 어떤 관념의 공간임을 알 수 있다.

　이 시에서 화자는 어둠의 세계에 살고 있다. 그렇지 않다면 굳이 해가 떠오르기를 바라지도 않았을 것이다. 그러므로 이 시는 어둠으로 상징된 비극적 현실에서 밝음으로 상징되는 빛의 세계를 동경하며 쓴 것이라 할 수 있다. 그 빛이 실현된 공간이 바로 꽃과 새와 짐승이 한 가족으로 사는 관념의 세계였다. 시인은 일제 강점기하의 삶이 너무도 고통스러웠던 까닭에 현실을 벗어난 어떤 세계 즉 청산으로 비유된 관념의 세계를 꿈꾸며 노래했던 것이다.

3. 자연시의 전개

　지금까지 필자는 한국에 근대시가 등장한 이래 우리 시사에서 산과 바다로 대표되는 자연이 시에서 어떻게 반영되었는지를 살펴보았다. 그 결과는 다음과 같다. 첫째, 외적 공간으로 반영된 경우이다. 그것은 계몽적 공간, 미학적 공간, 생활공간, 감정 이입으로서의 공간, 알레고리로서의 공간으로 세분된다. 둘째, 내적 공간으로 형상화된 경우이다. 미학적 공간, 철학적 공간, 삼재의식으로서의 공간 등이 여기에 속한다. 셋째, 관념적 공간으로 제시된 경우이다. 이렇듯 우리의 현대시에서 산과 바다는 다양한 의미와 형태로 수용되고 있다.

　우리 현대시와 자연과의 관계를 문학사적인 측면에서 살펴보면 몇 가지 현상이 드러난다. 대체로 신문학 초창기에 자연은 외적 공간 그중에서 계몽적 공간과 미학적 공간이 지배적이었다. 가령 최남선의 「해에게서 소년에게」는 전자의, 김억이나 김동환과 같은 시인의 여러 민요시들에서 보이는 산과 바다는 후자의 예에 속한다. 이는 시대적 분위기를 반영한 결과이기도 할 것이다. 서구문명의 도입 초기라는 점에서 아직 우리의 신시가 내면적인 성숙을 도모할 수 없었던 시기였기 때문이다. 물론 예외가 없었던 것은 아니다. 김소월 같은 경우이다. 그의 「산유화」 같은 것은 자연을 내적 의미로 접근하여 인생론적 진실을 추구하고자 하였고 그의 다른 시들에선 감정이입으로서의 자연이 매우 성공적으로 형상화되어 있기 때문이다.

식민지 시대 중기를 넘어서면서 한국의 자연시들은 주로 관념적 공간을 지향하였다. 신석정의 「그 먼 나라를 알으십니까」, 유치환의 「깃발」, 그리고 이육사의 「청포도」, 장만영의 「바다로 가는 여인들」에 등장하는 바다, 박두진의 「해」와 「향현」, 신석정의 「월견초」 「산협인상」 등에 제시된 산들이 그것이다. 이들은 시인이 살던 시대적 상황이 너무나 암울하고 절망적이었던 까닭에 저 유럽의 낭만주의자들이 그러했던 것처럼 현실의 산이나 바다가 아닌, 이상화된 관념세계를 꿈꾸었다. 그것은 '무한에의 향수'의 충족 대상이라 할 수 있다.

그러던 것이 일제 말 40년대를 전후하여서는 주로 산을 대상으로 한 일군의 자연시인들이 등장하였다. 그들은 정지용을 대부로 한 그의 후계자들로 시사에서 우리가 흔히 청록파라 부르는 시인들이다. 그들은 가능한 주관의 개입을 절제하면서 자연을 대상 그 자체로 보고자 하였는데 대개 두 가지의 경향을 띠고 있었다. 하나는 산이 지닌 외적 공간을 감성적 차원에서 미학적으로 진지하게 묘사하려는 경향이고 다른 하나는 산의 내적 공간 속에서 인생론적 진실을 탐구하려는 경향이었다. 전자는 이미 신문학 초창기에 김안서 등이 시도했고 정지용에 이르러 완성된 것이었으나 청록파에 의해 하나의 유파로 정립되었다. 대체로 박목월의 시가 이를 대표한다. 가령 「청노루」 「3월」 「산색」 「산도화」 등을 들 수 있다. 후자 역시 이전에 전혀 씌어지지 않은 것은 아니었지만 이 역시 이들에 의해서 보다 심도 있게 다루어져 문학사적 성공을 거두었다. 박목월의 「윤사월」, 조지훈의 「낙화」 「피리를 불며」, 박두진의

「도봉」 「연륜」 등을 예로 들 수 있다.

　해방 후에는 수많은 산과 바다의 시들이 씌어졌고 그 지향하는 세계 역시 다양해서 어느 한 가지 경향으로만 들어 말하기는 어렵다. 그러나 적어도 해방 이전의 시들에 비한다면 내적인 공간에 훨씬 많은 관심을 기울이고 있는 것만큼은 분명하지 않을까 한다. 그중에서도 주목되는 것이 잠재의식을 반영한 공간으로서 바다가 자주 등장하고 있다는 사실이다. 그것은 산업사회의 발전과 더불어 생을 새로운 각도에서 해석하려는 노력의 소산이라 할 수 있다. 그것은 또한 물질문명으로 훼손되어가고 있는 우리의 일상적 삶을 본래적인 것으로 복원하려는 우리 문학의 몸부림이기도 하다.

(1992)

한국 생태시의 양상

1. 생태학과 생태시

생태(生態)에 대한 인류의 자각적인 관심은 1866년 에른스트 헤켈 (Ernst Haeckel)이 생태학(生態學, ecology)이라는 용어를 제정, 그 학문적 가능성을 선언한 데서 비롯한다. 그의 유명한 정의에 따르면 생태학이란

자연의 유기적 질서에 관한 지식의 체계(body)를 이름하는 것으로, 유기적인 환경과 비유기적 환경의 양자에 맺어진 동물들의 총체적 관련에 대한 탐색이다. 거기에는 직접적인 접촉이든, 간접적인 접촉이든, 우호적인 것이든 적대적인 것이든 동물과 식물의 모든 관계가 포함된다. 생태학이란 다윈에 의해서 생존경쟁의 조건으로 규정된 그러한 모든 복합적인 상호관계의 연구이다.[1]

---

1) Robert C. Stauffer, "Haekel, Darwin, and Ecology", *Quarterly Review of Biology* 32, 1957, p. 143.

이와 같은 정의는 오늘날 다소 세련되고 확장되었지만 다음과 같은 헤켈의 중심 생각만큼은 여전히 지켜지고 있는 것이 아닌가 한다. 그것은 첫째, 생태학이 모든 유기체와 환경의 총체적 상호관계성을 취급하며, 둘째, 다윈의 진화론적 사고에 의존한다는 점이다.[2] 그런 까닭에 생태학의 첫째 원칙은 배리 코모너(Barry Commoner)가 지적한 바와 같이 "모든 것은 모든 것에 관련을 갖는다"는 것이다.[3]

한편 이언 맥하그(Ian McHarg)는 "생태학적 비전의 위대한 개념적 공헌은 세계와 진화를 창조적인 과정으로 보는 지각"이라고 말한 바 있는데 그에게 있어서 이 창조란 낮은 것을 보다 높은 것의 질서로 상승시킴을 의미하는 것이다.[4]

과학적 생태학은 각개 유기체는 유일한 것이지만 모든 유기체와 환경은 본질적으로 상호 의존한다는 다윈의 자연사의 공리를 따른다.[5]

따라서 이상의 견해를 종합할 경우 생태학을 지탱하는 원리는 다음과 같다. 첫째, 이 우주의 모든 유기체는 전체적으로 상호 의존적이다. 즉 모든 생물은 다른 생물의 생존에 관련을 가진다. 둘째, 유기체는 유기체뿐만 아니라 비유기체와 환경에 필연적으로 연속되어 있다. 셋째, 유기체와 유기체, 유기체와 환경은 상호 영향을 주면서 시간적으로 지속적인 변화를 함께한다. 넷째, 그 변화는 다윈의 진화론에서 언급된

---

2) Karl Kroeber, *Ecological Literary Criticism*, N.Y., Columbia Univ. Press, 1994, p. 23.

3) William Rueckert, "Literature and Ecology", *The Ecocriticism Reader*, Ed. Cheryll Glotfelty and Harold Fromm, London, The Univ. of Georgia Press, 1996, p. 108.

4) Ibid., p. 111.

5) Karl Kroeber, Op. Cit., p. 23.

바와 같이 낮은 차원에서 높은 차원을 향해 항상 진화하려는 방향으로 나아간다. 다섯째, 모든 유기체는—각자가 유일한 존재이기는 하지만—전체 유기체와 환경에 상호 의존한다는 점에서 또한 거시적 통일성과 균형을 이루고 있다. 여섯째, 이 세계는 하나의 거대한 유기체로 살아 움직인다는 관점을 지닌다.[6]

생태학은 그에 대한 관심의 증대와 더불어 관련과학과 상호 협동하는 방향으로 발전해가고 있다. 예컨대 생태윤리학, 생태철학, 생태문학과 같은 학문의 등장이 그것이다. 문학의 경우 생태학은 보다 세분화되어 생태시학(ecological poetics), 생태비평(ecocriticism)이라는 장르도 논의된다. 그러므로 시를 생태학과 관련시킬 경우 우리는 두 가지 측면을 고려해야 할 것이다. 하나는 시학으로서 생태학이라는 분야요 다른 하나는 생태 보호 즉 녹색운동으로서의 시 창작이라는 분야이다. 전자의 경우 시의 이론 즉 시의 정의나 기능, 구조 등은 당연히 생태학의 원리에 의해서 해명된다.[7]

생태문학과 밀접히 관련된 것으로 환경문학이 있지만 환경문학은 넓은 의미에서 생태문학의 범주 안에 포함시켜도 무리는 없을 듯하다. 그것은 앞서 인용된 생태학의 정의에서도 지적된 바와 같이 생태와 환경이 불가분의 관계에 있고 환경보호 또는 환경의 중요성에 대한 일깨움

---

6) 김욱동, 『문학 생태학을 위하여』, 민음사, 1998, 33~34쪽. 김욱동은 (필자의 지적과 다른 것도 있지만) 이외에도 "생태주의는 이항적 대립적 또는 이원론적 사고를 거부한다. 영혼적인 것보다는 물질적인 것, 정신적인 것보다는 육체적인 것을 더 높이 여긴다" 등을 덧붙여 대략 11가지의 조건을 제시하고 있다.

7) William Rueckert, Op. Cit., p. 108. 가령 루커트는 시인을 태양, 시를 녹색식물로 보고 생태시학의 입장에서 시를 다음과 같이 정의하였다. "시란 저장된 에너지, 하나의 형식화된 소란(formal turbulence), 하나의 살아 있는 유기체, 하나의 흐름 속의 소용돌이(swirl in the flow)이다. 시는 생명을 유지시키는 에너지 통로의 일부이다. 시는 화석연료(저장된 에너지)의 언어적 등가물이다. 그러나 그것은 언어와 상상력이라는 두개의 생식력 있는 자궁으로부터 오는 항상 새로운 에너지의 원천이다."

이 종국에서는 생태의식으로 귀납된다는 사실 때문이다. 그러므로 좁은 의미에서 환경시, 생태시, 자연시의 구분이 있다 하더라도 넓은 의미에서 이 모두는 생태시에 포함될 수 있으리라 생각한다. 우리가 녹색문학 혹은 녹색시라 부르는 것은 이 넓은 의미의 생태문학 혹은 생태시를 가리키는 또다른 용어이다.

그렇다면 생태시란 무엇인가. 그것은 간단히 넓게는 생태의식을 일깨우고 좁게는 생태를 보존하려는 시로 정의될 수 있다. 이 경우 생태의식이란 물론 앞에서 밝힌 생태학의 원리를 의미한다. 그러므로 생태시란 생태학이 전제한 원리를 존중함으로써 이 지구상의 생명체가 그 존재의 향상성을 도모하는 데 기여하는 시라 할 수 있다. 여기에는 생태를 규명하는 시, 생태를 고발하는 시, 생태를 보존 혹은 복원하는 시, 생태의 이상을 노래하는 시 등이 포함된다.

생태는 본질적으로 자연환경과 관련되어 있다. 모든 생명체는 자연의 일부이며, 자연의 혜택으로 생존하기 때문이다. 그러나 오늘의 인류문명, 특히 서구의 물질문명이 야기한 산업자원의 습득, 환경오염, 공해, 인구의 증가, 농업생산성의 증대 등은 역사적으로 자연을 정복 혹은 훼손하는 과정이었다. 그러한 관점에서 자연을 보호 존중하고 훼손된 자연을 복원하는 것은 환경생태운동의 일차적 과업임이 물론이다. 여기에 자연시가 넓은 의미의 생태시를 지향해야 할 당위성이 있다.

그러나 엄밀한 의미에서 생태의식을 일깨우는 시 즉 생태시(ecological poetry)와 자연시는 다르다. 생태시는 자연 그 자체를 내용으로 삼는다는 점에서 자연시와 동질적 측면을 가지고 있지만 자연시는 생태시와 달리 생태 보존에 역행하는 이데올로기를 언급할 수도 있는 시이기 때문이다. 그러므로 넓은 의미에서 생태시에 포함될 수 있는 자연시란 인간이 자연 지배를 합리화하는 어떤 이데올로기도 배제한 자연의 시 그러니까 순수하게 자연의 실재를 탐구하거나, 자연을 예찬하거나,

자연을 보호하거나, 자연에 귀의하는 시라고 말할 수 있다. 그것은 대체로 생태환경을 고발한 자연시, 생태의 이상을 노래한 자연시, 생명옹호의 자연시, 자연예찬시 등으로 구분될 수 있을 것이다.

2. 생태환경을 고발한 시

생태환경을 고발한 시가 우리 시단에 처음으로 등장한 것은 80년대 후반 이후의 일이다. 따라서 문학성의 여부를 떠나 그 존재 자체는 우리 시사에서 충분히 의미 있는 일이라고 말할 수 있다. 이 시기에 우리 시가 생태환경에 관심을 갖게 된 계기는 산업화에 따른 생태계의 파괴를 더이상 묵과할 수 없다는 국민적 자각이 이 무렵부터 널리 확산되기 시작한 데서 비롯한다. 그리하여 많은 시인들이 시 창작을 통해 생태환경의 훼손을 고발하고 생태환경을 자연의 상태로 복원하고자 하는 운동에 앞장을 섰다. 그중에서도 대표적인 시인들이 이형기, 정현종, 문정희 등인데 특히 이형기는 한 권의 시집[8] 전체를 이에 바친 바 있다.

내 소싯적 벚꽃놀이 때는
꽃나무 밑에 서면 웅웅대는 벌들의 날갯짓 소리
온몸 후끈후끈 달아오른 꽃들은 그 소리에 홀려
자궁을 활짝 열었다.
그리고 황홀한 꽃가루받이의 집단 오르가슴
부끄러움이 없었다.

---

8) 이형기, 『죽지 않는 도시』, 고려원, 1994.

오늘 이 과수원에도

만발한 사과꽃들 토플리스로 치장하고 나서서

소싯적 그때처럼 홀려대는 그 소리 기다리고 있건만

벌 한 마리 날아오지 않는다

아 활짝 열어만 놓고

아무것도 받아들일 게 없는 그녀들의 자궁

무참한 부끄러움!

꽃들이 모두 석녀가 되어버린 마을

위생적으로 멸균처리가 된 무기질 침묵

침묵만 가득 친 마을 한복판에

심약한 레이첼 카아슨 여사가 새파랗게 질려 있다

가을에 사과가 열지 않으면 어떡하지요?

걱정도 팔자군 수입하면 그만이지.

— 이형기, 「석녀(石女)들의 마을」 전문

　인용 시는 환경오염의 끔찍한 실태를 고발한 작품이다. 오늘날, 농업의 생산성을 증대하기 위하여 과도하게 살포한 농약과 산업화의 결과로 폐기된 오염물질들은 역설적으로 자연 그 자체의 생명체들을 사멸시키는 결과를 가져왔다. 그 대표적인 것의 하나가 식물의 수정받이를 매개하는 곤충들의 소멸이다. 그리하여 이제 지구는 인산의 도움 없이는 과일나무도 스스로의 수정이 불가능해져서 생식을 포기하는 상태에까지 이르게 된 것이다. 시인은 자연의 본질 즉 생명성이 상실되어가는 이 세계의 비극적 현실을 이처럼 수정이 불가능한 과수원의 과목들을 통해 이야기하고 있다. 그러므로 이 시의 세목이라 할 '석녀의 마을' 즉 '불임의 마을'은 상징적으로 생명이 단종되어버린 지구 그 자체를 가리킨다.

　그러나 이 시에서 우리가 보다 주목할 것은 그와 같이 참담하게 파괴된 생태환경에 대해 인류가 아직도 별다른 자각을 갖고 있지 못하다는 고발이다. 이 시의 "레이첼 카아슨 여사가 새파랗게 질려 있다"는 말이 그것이다. 레이철 카슨(Rachel Carson)은 1964년에 세상을 뜬 미국인으로 『침묵의 봄Silent Spring』(Boston, Houghton Mifflin, 1962)이라는 저서를 통해 처음으로 산업화에 의한 생태계의 파괴와 인류의 위기를 고발한 사람이었기 때문이다.

　생태환경에 대한 이형기의 고발이 문학적 형상화를 통한 간접적 방식이라면 정현종의 그것은 보다 직접적이다. 아마도 그에게 생태환경을 고발하는 일은 문학적으로 형상화하는 일보다 우선하는 문제였을지도 모른다.

　　정작 급한 일이 뭔지 모르는 사람들이
　　하는 경제활동은 또 무슨 소용에 닿을까
　　눈먼 싸움이 급한 게 아니고
　　눈먼 생산이 급한 게 아니지
　　눈먼 소비 또한 마찬가지
　　그 어떤 경우에나 이제는 꼭 먼저 생각해야 할 게 있어
　　죽어가는 공기
　　죽어가는 물
　　죽어가는 흙이 생각이야
　　공기니 물이니 흙 따위엔 관심이 없다고?
　　그 무관심은 오늘날 아주 큰 죄악
　　사람이 죽든지 말든지
　　생물이 사라지든지 말든지
　　지구가 멸망하든지 말든지

눈앞의 이익만 챙기겠다고?

이 나라 다른 나라 할 것 없이 그러한 돈벌레는 인류의 공적

국가 예산은 환경보존에 많이 써야 하고

번 돈은 공해 방지에 아낌없이 써야 해

중요한 건 정권유지, 정권쟁탈이 아니야

중요한 건 생태문제에 심각한 관심을 기울이는 정부의 탄생이야

중요한 건 세계지배, 공해기업 수출이 아니고

군비나 전쟁이 아니며

지구인이 공동 운명이라는 거

생태계 보존을 위해 우선 신경 쓰고 돈을 쓰는 일이야…… 늦기 전에

정신 차려 기약해야 한다.

생명 살리는 세계 살림

생명 살리는 나라 살림

생명 살리는 집안 살림

서둘러 열심히 생각해야 한다.

녹색 사상 녹색 예산

녹색 기업 녹색 소비—

맑은 공기

맑은 물

산 흙 그 품속에

모든 흥청대는 세상을 위해!

—정현종, 「급한 일」 전문

　'급한 일'이라는 제목이 말해주듯 환경보존이란 이 지구상의 모든 정
부가 그 무엇보다 먼지 해결해야 될 과제임을 천명한 인용 시에서 화자
는 인류의 미래에 대하여는 눈을 감고 목전의 경제적, 물질적 이득에만

급급해 생태계의 파괴를 일삼는 오늘날의 우리 현실을 직설적으로 고발하고 있다. 특히 그는 산업사회의 무력한 개개의 소시민이나 그 집합체인 일반 대중보다도 이들을 조직하고 동원하고 이끌어가야 할 정부의 무책임을 강하게 비판한다. 생태환경의 보존에 대한 그의 이같은 태도는 '공기니 물이니 흙 따위에 관심이 없는 것은 오늘날 아주 큰 죄악'이라든가, 지구의 멸망을 지켜보면서 돈 버는 것에만 몰두하는 것은 '인류의 공적'이라는 발언에 극명히 나타나 있다. 엄밀히 말해 환경시로 분류될 수 있는 이 작품이 자연시에 관련될 수 있는 것은 이 시의 결말 부분에 드러난 인류 삶의 이상이 자연 속에서 실현될 수 있다는 그의 비전 때문이다("맑은 공기/맑은 물/산 흙 그 품속에/모든 흥청대는 세상을 위해!").

3. 생태의 이상을 노래한 자연시

직접적인 고발은 아니지만 자연이 지닌 조화롭고 무구한 질서를 깨닫게 함으로써 간접적으로 환경생태의 중요성을 일깨운 자연시들도 넓은 의미의 생태시 ― 녹색시에 포함시켜야 한다. 그것은 작품의 창작의도가 자각적이건 무자각적이건 마찬가지이다. 생태환경의 중요성을 일깨운다는 점에서는 모두 같기 때문이다.

자연은 그 스스로 모든 갈등 모든 오염을 해소 정화시킬 수 있는 기능을 지녔다. 자연 안에서는 그 어떤 소멸과 죽음도 재생할 수 있는 것이다. 따라서 자연이 지닌 이 화해와 재생과 정화의 이법을 충실히 따르기만 한다면 비록 산업화로 병든 오늘의 인류라 할지라도 다시 새로운 공영체를 회복할 수 있을지 모른다. 유사 이래 인류가 위기에 닥칠 때마다 그 시대의 선구자들이 항상 자연으로 돌아가기를 원했던 까닭도 아마 여기에 있을 것이다.

그러나 자연이 지닌 이와 같은 사랑, 화해, 조화, 재생 그리고 정화의
이 신비스런 이법은 인간의 도구적 이성이 추구하는 현대문명의 합리
주의, 물질주의, 경제주의와는 정반대 편에 있다. 따라서 서구의 소위
이성중심 세계관을 남성주의라 할 경우 자연의 본질이 지닌 이 조화로
운 질서를 여성주의로 부르는 것은 자연스럽다. 여기서 소위 생태페미
니즘이라는 개념의 성립이 가능해진다.

벤저민(Jessica Benjamin)은 근대주의의 징표라 할 합리성의 원칙
(principle of rationality)을 한마디로 '남성적 개인주의(male indivi-
duality)'로 규정하여 다음과 같이 말한 바 있다.

의존성 및 상호 인식에 대한 부정을 포함해서 여성성에 대한 (근대성
의) 심적 거부는, 어린이와 여성들로 이루어진, 사적인 가족세계에 대한
상호 주관적 관련성 및 (모성적) 양육을 사회적으로 방기하는 것과 같다
고 할 수 있다. (……) 순수한 자기 주장의 원칙이 남성의 공적 세계를 지
배함으로써 인간은 그가 생산한 물건들의 노예가 되고 사적인 토대는 상
실되었다. 본질적으로 주관성에 대한 반응의 깨우침도 사라졌다. (……)
생의 모든 국면을 공적 세계의 도구적 원칙에 종속시킴으로써 또한 매우
가치 있는 사적 생활을 전복시켰다. 그리고 모성적인 것으로서의 인식
즉 양육(욕구의 인식)과 조화로움(감성의 인식)을 위협하였다.[9]

벤저민은 이와 같이 산업화된 제국주의의 남성성은 상호 의존성, 모
성성, 감성성 등 생태학적 원리가 지닌 페미니즘에 의해서 필연적으로
극복될 수 있다고 주장한다.[10] 그러한 관점에서 생태계의 조화로운 질
서와 자연의 이법을 노래한 자연시들은 생태페미니즘의 원리를 따르

---

9) Jessica Benjamin, *The Bonds of Love*, N.Y., Methuen, 1988, p. 185.

10) Karl Kroeber, Op. Cit., p, 7,

것이라고 할 수 있다.

> 눈보라치는 겨울에도
> 당신의 젖가슴은 얼마나
> 따뜻했던가.
> 바위가 지란(芝蘭)을 품어 기르듯
> 눈밭에 눈잣 한 그루
> 다람쥐 몇 마리를 안고 있다
> 칼바람 추위로 온 산은 오돌오돌
> 떨고 있는데
> 벗은 나무 하이얗게 굳어 있는데
> 눈잣나무 가슴 헤치고
> 솔방울 몇 개
> 다람쥐 마른 입에 물리고 있다.
> 바위가 지란을 감싸 기르듯.
>
> ― 오세영, 「눈잣나무」 전문

　　자연 속의 사물들은 각자 독자적으로 삶을 영위하는 것은 아니다. 그들의 생은 상호 의존적이며 서로 영향을 주고받는 가운데 전개되는 일련의 우주적 과정이다. 인용 시에서도 서로 별개인 생명체 즉 눈잣나무, 다람쥐, 지란 등은 물론 비생명체인 흙이나 바위는 상호 의존하여 평화로운 공동체를 영위한다. 목숨을 위협하는 눈보라 속에서도 바위는 지란을 기르며, 눈잣나무는 다람쥐를 양육하고, 다람쥐는 눈잣나무의 생식을 도모하는 것이다. 한마디로 자연이 지닌 모성, 생명성, 유기적 통일성과 조화의 정신 속에 사는 우주적 가족으로서의 삶이다. 이렇듯 이 시가 말해주는 바는 인간 역시 생태계의 이 조화로운 질서에 편입될 때 비로소 공존공영을 누릴 수 있다는 사실이다.

　　　풀잎과 마주 앉아

　　　우주와 앉아

　　　마음을 모은다

　　　산이 춤추며 온다

　　　바다가 말하러 온다

　　　산 노래에 몸을 싣고

　　　꽃의 눈동자 이슬에

　　　뼈를 씻고 바라보면

　　　다시 깨어보면

　　　세상 속에 세상은 없다

　　　거기 나는 없다

　　　시간과 공간의 이 큰

　　　천둥번개가 모두 나의 집

　　　나의 몸이다

　　　풀잎과 앉아

　　　별 속에 나비로 날아

　　　이 우주 이 무궁

　　　삶은 신비다.

　　　세상은 전체가 향기다.

—이성선, 「풀잎과 앉아」 전문

　인용 시 역시 자연과 인간이 하나 되는 세계를 보여준다. 진실로 우주적 시공에서 '나' 즉 인간이란 홀로 독립하여 사는 것이 아니라 각각 전체를 구성하는 일부에 지나지 않는 것이다. 그러므로 '거기에 나는 없고 오히려' 나는 네가, 너는 내가 될 수도 있다는 우주적 원리의 깨달음이 있게 된다. 온 사물이 이처럼 우주적 질서 안에서 전체적 통일성을 이루며 그 존재성을 상호 교환 혹은 작용한다고 믿는 이 시인의 신념은 바로 생태학의 원리가 추구하는 이상이라 할 수 있다.

4. 자연예찬의 시

자연예찬은 궁극적으로 자연을 사랑하고 보존케 하는 결과를 가져온다는 점에서 넓은 의미의 생태시 — 녹색시에 포함된다. 자연은 생태계의 토대이며 모든 유기체의 생존 공간이기 때문이다. 그러나 그 창작 동기에 있어서 모든 자연예찬시가 의식적으로 생태환경의 보호를 염두에 두고 씌어진 것이라고 말하기는 어렵다. 그것은 생태문제가 대두하기 이전에도 수많은 자연예찬의 시들이 씌어졌기 때문이다. 그러나 의식적이든 무의식적이든 자연예찬의 시는 생태환경을 보전 개선하는 데 일조한 것이 사실이다.

숫구쳐오른 백두산 멧부리들이 온뉘 동안 감싸안은 드넓은 천지가 눈앞에 나타나는 눈 깜박할 사이 그 자리에서 나는 그냥 숨이 막힌다. 하늘로 날아오르려는 백두산 그리메가 하늘보다 더 푸른 천지에 넉넉한 깃을 드리우고 메꽃은 우레 소리 지나간 여름 한나절 아득한 옛 하늘이 내려와 머문 천지 앞에서 내 작은 몸뚱이는 한꺼번에 자취도 없다 태 어린 볼기에 푸른 손자국 남겨 첫 울음 울게 한 어머니의 어머니 쑥냄새 마늘 냄새 삼베적삼 서늘한 손길로 손님이 든 내 뜨거운 이마 짚어주던 할머니의 할머니가 백두산 천지 앞에 무릎을 끓은 나를 하늘 눈뜨고 바라본다. 백두산 멧부리가 누리의 첫새벽 할아버지의 흰 나룻처럼 두렵다.

　　하늘과 땅 사이는 애초부터 없었다는 듯 천지가 그대로 하늘이 되고 구름결이 되어 백두산 산허리마다 까마득하게 푸른 하늘 구름바다 거느린다. 화산암 돌가루가 하늘 아래로 자꾸만 부스러져내리는 백두산 천지의 낭떠러지 위에서 나도 자잘한 꽃잎이 되어 아스라한 하늘 속으로 흩어져 날아간다. 아기집에서 갓 태어난 아기처럼 혼자 울지도 젖을 빨지도 못한다. 온 가람 즈믄 뫼 비롯하는 백두산 그 하늘에 올라 마침내 바로 서지도 못하고 젖배 곯아 젖니도 제때 나지 못할 내 운명이 새삼 두려워 백두산 흰 멧부리 우러르며 얼음빛 푸른 천지 앞에 숨결도 잊은 채 무릎 꿇는다.

— 오탁번, 「백두산 천지」 중에서

　　총 3연으로 된 것 가운데서 필요한 뒤의 2연만을 인용해보았다. 백두산의 장엄함과 신비함 그리고 성스러움이 아름답게 묘사되어 있다. 자연이란 인간의 도구적 이성이 지배하고 정복해야 할 대상이 아니라 숭모하고 섬겨야 할 대상이라는 것("내 운명이 새삼 두려워 백두산 흰 멧부리 우러르며 얼음빛 푸른 천지 앞에 숨결도 잊은 채 무릎 꿇는다"), 경제활동의 공간이 아니라 모성적 양육 혹은 생명창조의 공간이라는 것("태어린 볼기에 푸른 손자국 남겨 첫 울음 울게 한 어머니의 어머니 쑥냄새 마늘 냄새 삼베적삼 서늘한 손길로 손님이 든 내 뜨거운 이마 짚어주던 할머니의 할머니가 백두산 천지 앞에 무릎을 꿇은 나를 하늘 눈뜨고 바라본다") 등 시인의 자연철학이 잘 담겨 있다.

　　날이 저문다
　　날이 저물고

어두워질수록

산은 길들을 다 거두어들이고

샛길 하나만 산 밖으로 열어둔다

산은 자기 밖에 있는 온갖 나무와 풀들, 온갖 짐승들까지

자기 품으로 불러들여 감춰주고

자기보다 작은 산들도

큰 품으로 감싸안으며

자기 또래의 산에게도 멀리 봉우리를 기대어주며

산은, 사람들이 잠들 어둠과 별들이 반짝일 어둠과

강물이 길 찾을 수 있는 빛만

하늘에 놓아두고

어둠이란 어둠, 빛이란 빛은 다 불러

제 얼굴도 감추고

넉넉하게 우뚝 솟으며

캄캄하게 선다

산은 안다

인간들의 길고긴 세월을

얼마나 쓰다듬어주고

얼마나 품어 기운을 주었던가를

이제, 오늘밤

마을 불빛들도

하나둘 산속으로 불러 잠재우고

산은 먼 곳을 보며

슬픈 것도 기쁜 것도 힘든 모양도 아닌

그냥 산의 모습으로

아직도 잠들지 않은

산자락 아래 깜박이는

몇 개의 등불을 따뜻하게

그냥 바라본다.

—김용택, 「큰 산」 전문

인용 시 역시 자연(산)은 예찬의 대상이다. 산은 고단한 일상의 사물들을 포용하여 휴식과 위안을 주며 모든 갈등을 감싸안은 모성("산은 자기 밖에 있는 온갖 나무와 풀들, 온갖 짐승들까지/자기 품으로 불러들여 감춰주고/자기보다 작은 산들도/큰 품으로 감싸안으며/자기 또래의 산에게도 멀리 봉우리를 기대어주며")으로 묘사된다. 그것은 또한 쇠잔한 육신을 재기시켜주는 생명의 원천이기도 하다("인간들의 길고긴 세월을/얼마나 쓰다듬어주고/얼마나 품어 기운을 주었던가"). 자연에 대한 시인의 이같은 인식과 예찬은 궁극적으로 자연 사랑 즉 생태보호 실천운동을 지향하는 길을 열 것이다.

5. 생명을 노래한 자연시

자연은 생명의 원천이요 생존의 토대이며 또한 생(生) 에너지의 공급원이다. 우리가 생태계의 파괴를 두려워하고 환경문제를 제기하는 것도 이 때문이다. 그러한 의미에서 생태환경이 보호 혹은 자연보호는 그것을 공개적인 캐치프레이즈로 내걸든 혹은 외적으로 다른 토픽을 내걸든 그 심층엔 생명존중이라는 사상이 항상 자리하고 있다. 자연보호는 결국 생명존중 사상의 실천 외에 다른 것이 아닌 것이다. 앞에서 논의한 자연생태시 역시 마찬가지다.

그러나 자연시 가운데는 주제 자체를 생명의 탐구에서 찾는 시들이 있다. 일컬어 생명을 노래한 자연시들이다. 80년대에 등장한 이러한 경향의 시인들 가운데서 대표적인 사람이 김지하이다. 그의 다른 많은 시들이 그러하지만 최근에 간행된 시집 『중심의 괴로움』은 전체의 주제가 생명존중 사상과 관련되어 있다고 해도 과언이 아니다.

봄에
가만 보니
꽃대가 흔들린다.

흙 밑으로부터
밀고 올라오던 치열한
중심의 힘

꽃 피어
퍼지려
사방으로 흩어지려

괴롭다
흔들린다

나도 흔들린다
내일
시골
가
비우리라

피우리라.

— 김지하, 「중심의 괴로움」 전문

　인용 시는 생명현상에 대한 시인의 감동과 경탄이 그의 내밀한 자기 성찰과 더불어 절제 있게 표현되어 있다. 여기서 '절제' 란 환희에 앞선 일종의 생명에 대한 외경의 마음이라 할 수 있다. 시인은 봄의 뜨락에서 갓 피어오르는 꽃대를 보고 생명의 고귀함 혹은 숭고함과 더불어 괴로움을 체험한다. 그렇다면 그 '중심' 과 '괴로움' 이란 무엇일까. 물론 그 중심은 꽃나무의 중심이라는 물리학적 방위 개념을 뜻하는 것일 수도 있다. 그러나 그것만은 아닐 것이다. 시인이 말하고자 했던 것은 이 시에 등장한 바로 그 여린 (풀)꽃처럼 어떤 하찮은 것이라 하더라도 생명이란 우주의 중심을 차지하고 있다는 뜻으로서의 '중심' 이다.

　그러나 생명의 탄생은 환희와 감동을 유발하는 것만은 아니다. 그것은 또한 괴로움을 수반치 않고서는 이루어질 수 없다. 왜냐하면 하나의 생명은 탄생과 더불어 결국 우주라는 전일적 유기체의 일부로서 자신이 감당해야 할 몫을 책임져야 하기 때문이다. 따라서 그것은 비유적으로 생명이라는 우주 전체의 바다에서 그 자신 중심이자 또한 일부가 되어야 하는 생명현상의 모순된 조화를 지적한 것이라고 말할 수 있다. 우리는 이 대목에서 김지하의 다음과 같은 생명관을 참고 삼을 만하다.

　(시집 『검은 산 하얀 방』이 지닌 언어의 힘은 무엇인가 — 인용자) 이 물음에 대답할 자는 오직 하나 　지금 여기 죽임당하는 매일매일의 삶 속에서 솟구쳐 출렁거리며 모든 존재를 죽임에서부터 살려내고 인간의 사회적 삶과 내적인 삶, 인간만이 아니라 모든 생물, 무생물, 물질과 기계까지도 거룩하게 드높이고 서로 친교하고 공생하고 해방하고 통일하여 '한울' 로 살게 하는 가없는 화엄의 바다, 그 약동하는 생명의 물결뿐

이리라.[11]

　그의 경우 생명이란 우주적 시공에서 나와 너의 경계를 해방시키며 생물과 무생물, 나아가 물질과 기계까지도 조화롭게 그 존재성을 영위케 하는 전일적 힘이다. 그가 비유한 바 ‘생명이 물결치는 화엄의 바다’가 그것이다. 그러나 생태시로서의 이 시의 성격은 오히려 그 결말 부분에서 드러나는 듯하다. 화자는 봄에 피어오르는 꽃대의 생명력에 감동하여 자신도 ‘시골’에 내려가 스스로 자기 비움의 꽃을 피우리라 다짐하고 있기 때문이다. 여기서 ‘시골’이 생명이 충만한 자연의 공간이며, 그가 비우고자 했던 것이 산업사회의 오염되고 타락된 일상성이며, 그가 꽃피우고자 했던 것이 생명력임은 설명할 필요가 없을 것이다.

　　금강산 비로봉 밑에만
　　피는 꽃인 줄 알았더니

　　큰 기러기 작은 기러기 쇠기러기
　　큰 고니 작은 고니 철 따라 쉬어가는
　　철원평야 휴전선 철책 밑에서도
　　희귀한 금강초롱꽃이 피었다

　　바람 불어 키를 넘은 갈대숲
　　마른 덩굴을 드러내면서
　　네다섯 예닐곱 송이씩
　　초파일 연등처럼 흔들리면서

---

11) 김지하, 『검은 산 하얀 방』, 분도출판사, 1986, 서문.

떠도는 가시철망에 걸려
찢어질 듯 찢어질 듯 흔들린다.

저 피의 능선
안개 자욱한 펀치볼 전투
1951년 8월 31일부터 21일 동안
군번도 이름도 없는 원혼이
금강산 비로봉 밑에서만 피는 꽃인 줄 알았더니
휴전선 가시철망에 걸려
우리 그리움 더하라고
금강초롱 피었다.

— 송수권, 「금강초롱꽃」 전문

인용된 송수권의 「금강초롱꽃」도 자연을 통해 생명의 아름다움과 고귀함을 노래하고 있다. 시인은 이름 모를 꽃 한 송이에서 생명의 경이를 발견한다. 그러나 보다 중요한 것은 하찮다면 하찮을 수 있는 그 꽃이 하필이면 비무장지대에서 피었다는 사실에 있다. 비무장지대란— 이 시에서도 가시철망과 포위된 피의 능선으로 묘사되어 있듯 — 죽음과 살육이 교차하는 공간이기 때문이다.

결국 자연시란 최소한 인간의 자연 지배라는 이데올로기를 합리화하지 않는 한 넓은 의미에서건 좁은 의미에서건 이렇듯 생태시의 영역 안에 든다.

(1992)

제 3 부

80년대 한국의 민중시

1

한국의 80년대란 정치적으로 소위 제5공화국 즉 전두환 군부세력이
집권한 1980년부터 노태우 정권의 퇴진이 있었던 1992년까지 십여 년
을 가리킨다. 이 시기 한국에는 다른 시대와 마찬가지로 여러 유형의
시들이 씌어지고 있었다. 그러나 그중에서도 문제가 되는 것이 소위
'민중시'였다는 것은 누구나 공인하고 있는 바와 같다. 그것은 이 시대
한국인의 삶에 있어서 지상의 과제가 민주주의의 회복이었는데 민중문
학 또는 민중시가 바로 이와 같은 정치의식의 반영을 표방했던 데서 기
인한다. 이는 달리 한국의 80년대가 여러 다른 경향들을 잠시 유보시키
고 '민중문학' 혹은 '민중시'에게 그 대표권을 양도해야 한다는 묵계가
허락되었던 시기라는 뜻이기도 하다.

민중문학에 대한 이와 같은 인식은 적어도 두 가지를 전제하고 있다.
하나는 그것이 정치의식을 반영한 문학이라는 사실과 다른 하나는—
소란스러운 문학 저널리즘의 초점이 되어왔음에도 불구하고—그 정치

의식의 반영이라는 것이 문학적 가치평가와는 별개라는 사실이다. 달리 말해 우리가 80년대의 한국시를 논하면서 특별히 민중시에 대하여 관심을 갖는 것은 그것이 문학적으로 성공을 거두었다거나 혹은 그 문학적 가치가 다른 시대의 시나 혹은 동시대의 다른 경향에 비해서 우월하기 때문이 아니라 그 무엇에 앞서서 정치적 변혁이 열망되던 시대에 그것이 어떻게 정치와 부응할 수 있는지를 잘 보여주었다는 데에 있다. 오히려 민중시는 몇 개의 문제작이나 창작에서 보여주는 실험성을 제외할 때 문학적으로 별로 성공한 것이 없으며 그보다 우수한 작품성을 보여주는 것들은 그 시대의 다른 경향의 시들에 더 많이 있다는 것이 솔직한 나의 생각이다. 문제작과 성공작은 다른 것이다.

80년대 한국의 민중시를 이해하기 위해서는 두 가지 측면이 고려되어야 한다. 하나는 문단 외적인 측면이요, 다른 하나는 문단 내적인 측면이다.

문단 외적인 측면은 다시 정치적인 상황과 사회적 상황으로 나누어 살펴볼 수 있다. 첫째, 이 시기에는 몇 가지 중요한 사변들이 있었다. 1979년 박정희 대통령의 시해, 동년 12월 12일에 일어난 소위 신군부의 쿠데타, 1980년 5월의 광주민주화운동과 신군부의 집권, 1986년 신군부의 영구집권 음모(헌법개정시도)와 6월 항쟁, 1987년 자유 직접선거의 부활 등이다. 이러한 일련의 사건들을 통해서 알 수 있는 것은 이 기간이 신군부의 독재 철권통치와 이에 대항한 민중의 피 어린 항쟁으로 점철되었다는 사실이다.

물론 제5공화국 이전 그러니까 70년대의 박정희 집권 역시 이와 유사해 보인다. 그러나 엄밀히 살펴보면 이 양자 사이엔 근본적으로 몇 가지 다른 점이 있다. 첫째, 집권에 있어서 후자는 뚜렷한 이념을 지니고 어느 정도 시대적 소명에 부응하고 있었는데 전자는 전혀 그렇지 못했다. 전자는 전적으로 역사의 돌연변이 현상이었다. 둘째, 후자는 그 집권에서 민중의 피를 보지 않았다. 그러나 전자는 한국의 역사상 유례없는 민중의 대량 학살(광주민주화항쟁)을 통해 정권을 찬탈했다. 이와 같은 제5공화국의 정권적인 특성은 그 동안 박정희 독재에 대한 투쟁으로 성숙된 시민의식과 경제발전에 따른 중산층의 형성에 힘입어 그 어느 시기보다 격렬한 민중항쟁을 촉발시켰다.

둘째, 사회적인 측면에서는 비정상적인 경제성장으로 인해 계층간의 빈부격차가 심화되었고 그것이 계급갈등을 유발시키고 있었다는 점이다. 다 아는 바와 같이 한국의 경제발전은 초창기의 경우 노동력의 수탈과 값싼 임금에 의지한 바 컸다. 그리고 박정희 정권하에서는 아직 한국의 경제가 그 정책을 분배에 둘 만큼 성장하지 못했고 생존의 문제 해결에 급급한 단계였던 까닭에 노동운동을 효율적으로 통제할 수 있었다. 그러나 제5공화국의 시기 그러니까 80년대에 들어서 한국 경제는 더이상 노동력의 착취를 통해서 성장을 도모할 수 없는 수준에 도달하게 된다. 이제는 경제성장으로 얻은 부를 어느 정도 노동자들에게도 분배하지 않으면 안 될 시기에 접어들었던 것이다.

실제로 한국에서 처음 노동자의 스트라이크가 공개적으로 발생했던 해는 1978년이다. 미국 자본으로 건설되었던 Y.H.사에서 격렬한 노동자의 시위가 일어나 한 여직공이 투신자살했던 사건이 그것이다. 이는 사회적으로 큰 충격을 불러일으켜 이를 계기로 노동운동은 한층 격렬해지고 특히 반독재항쟁과 연대하면서 급속히 그 힘을 키우게 된다. 집권세력을 미제국주의의 매판자본가의 비호자로 보는 공동인식이 어느 사이 국민들 간에 확신되고 있었기 때문이다. 노동운동과 반독재투쟁의 이와 같은 연대는 노학(노동자와 학생)의 공조가 형성되면서 이제 다음 단계로 보다 체계적이고도 조직적인 사회운동으로 발전해나갔다. 문제는 이와 같은 과정에서 여러 노동운동의 이념, 이론 학습과 더불어 사회주의 사상과 김일성 주체사상까지도 수용되기 시작했다는 사실이다

이와 같은 현상은 그들이 전두환 정권의 독재를 단순히 정치적 현상으로서만이 아니라 자본주의 사회의 계급갈등 내지 가진 자의 가지지 못한 자에 대한 경제적 수탈구조로 파악한 데서 가능했다. 그리하여 그들은 자본주의 사회에 대한 비판과 증오, 나아가 북한 체제와 사회주의 제도에 대한 동경 그리고 '미제국주의'의 배격을 공공연하게 선언할 수 있었다.

이 시기 민중운동의 이론가들은 당대 한국의 정치, 경제적 모순의 해결 방법을 사회주의에서 찾고자 하였는데 특히 과격한 일부 그룹들은 시대착오적인 마르크스주의 이데올로기와 김일성 주체사상을 불변의 진리로 신봉하는 데까지 이르게 된다. 이는 이 시기 한국이 경험했던 초기자본주의 내지 천민자본주의와 같은 단계에 있었던 서구의 19세기 말엽을 상상하면 아마 쉽게 이해될 수 있을 것이다. 이때의 서구 역시 마르크스가 『자본론』을 쓰면서 프롤레타리아 독재를 절규하고 대부분의 지식인들이 이에 동조했기 때문이다. 말하자면 한국의 20세기 80년대는 서구의 19세기 7, 80년대에 준하는 시기였다.

그와 같은 관점에서 조세희의 『난장이가 쏘아올린 작은 공』은 찰스 디킨스의 『올리버 트위스트』에 해당하고, 송영, 윤흥길이나 이문구 같은 작가의 사회비판적인 작품들은 발자크의 『인간 희극』에 준하는 작품이라고 말할 수 있을지 모른다. 이 시기의 한국에서 시든 소설이든 가릴 것 없이 시대착오적인 리얼리즘이나 사회주의 리얼리즘이 강조되고 그 이외의 경향이 전적으로 매도되었던 것도 이 때문이다. 80년대의 민중문학은 한국사회의 이와 같은 정치, 경제적 제 모순에 대한 문학적 반응으로 씌어졌으며 그 목표는 한마디로 정치적 민중운동과 연대하여 사회를 혁명 혹은 개혁하는 일이었다.

문단 내적인 측면으로 민중문학의 성장과정을 살펴보면 우리는 우선 그 시작을 60년대 참여문학에서부터 찾아야 한다. 물론 캐려 들자면 그

뿌리는 20년대의 소위 프롤레타리아 문학으로까지 거슬러갈 수도 있다. 실제로 '민중문학'이라는 말은 이미 20년대 프롤레타리아 문학가들이 자신들의 문학을 지칭했던 용어이기도 하다. 그러나 2, 30년대의 프롤레타리아 문학운동은 50년대 들어 단절되었고 그 시대적 이념 또한 다르기 때문에 80년대 민중문학은 직접적으로는 60년대의 소위 참여문학운동(Engagement)을 계승한 것이라고 말해야 옳을 것이다. 실제로 초창기 민중문학운동을 주도했던 김병걸, 염무웅, 구중서, 신동문, 김수영, 유종호 등 논자들의 대부분은 참여문학론자들이었다.

원래 60년대 참여문학은 60년 한국의 4·19 혁명과 50년대 프랑스의 행동주의적 실존주의 특히 사르트르 문학이론의 영향으로 일어났던 사회 및 정치개입 문학이었다. 그러던 것이 한국의 경우는 제3공화국 박정희 정권의 독재가 심화되고 경제개발로 인해 자본주의의 모순이 노정되기 시작한 60년대 말 70년대 초에 이르러 민중문학의 개념으로 발전하게 된다.

60년대의 참여문학을 민중문학의 개념으로 발전시키는 데 주도적인 역할을 담당한 비평가는 백낙청과 염무웅이다. 특히 백낙청이 그랬다. 그는 민중문학의 이론을 제시하고 문인 조직을 정비하고, 이를 확산시키는 일에 있어 중심에 서 있었던 인물이다. 1950년 한국전쟁 때에 출국하여 60년대 후반에 귀국, 서울대학교 영문학과 교수가 된 그가 이처럼 중요한 위치를 확보할 수 있었던 것은 첫째, 시대적 상황 — 군부독재와 자본주의 경제발전에 따른 제 모순 — 이 문학예술의 정치참여를 요구하고 있었다는 점, 둘째, 하버드 대학 박사이며 서울대학교 교수라는 그의 화려한 이력이 한국의 지식사회에서 강한 영향력을 행사했다는 점, 셋째, 당시 냉전 및 분단 이데올로기로 인해 금기시되었고 그런 까닭에 한국문단에서는 거의 무지에 가까웠던 사회주의 리얼리즘을 그가 — 오랜 미국생활에서 접한 그곳의 학문적 풍토에서 가능한 일이었지만 — 과감하게 소개하였을 때 아이러니하게도 그것이 한국의 지식사회나 문단에서 매우 신선한 이론으로 받아들여졌다는 점, 넷째, 그의 탁월한 문단 정치적인 감각, 다섯째, 당시 한국의 문단에서 기존의 문인단체 특히 '문협(한국문인협회)'이 역사적으로 우익 보수주의적, 친여적 성격을 띤 어용단체였던 까닭에 대다수 문인과 지식사회가 새로운 문학단체의 대두를 바라고 있었다는 점, 여섯째, 무엇보다도 그를 중심으로 한 문학 그룹이 문학 저널리즘을 장악하고 있었다는 점 등을 들 수 있다.

이중에서도 특히 여섯째 항목은 그가 우리 문학사에서 최초로 60년대 말에 계간 문학지『창작과비평』을 창간하여 한국문단에서 큰 영향력을 행사하였다는 것을 가리킨다. 동서양을 막론하고 예나 지금이나 권위 있는 문학매체는 항상 문단의 구심점이 되어왔기 때문이다. 특히 그것이 잘 조직된 문단 정치의 동인지적 형식을 취하게 될 때 더욱 그러하다. 민중문학운동이라는 측면에서『창작과비평』을 중심으로 하여 모인 새로운 문학 그룹이 바로 한국문단에서 이와 같은 역할을 담당하고 있었다.

그러나 이미 1967년 전후『창작과비평』이 창간되어 내적으로 하나의 강력한 문인 그룹이 결집되었다고는 하지만 민중문학이 명실공히 공개적인 문학단체를 갖게 된 것은 1973년, '유신정권'과 투쟁하기 위하여 이 그룹의 중심인물들이 '자유실천문인협회'를 창립하면서부터의 일이다. 이후 1974년 소위 '동아일보사태'로 많은 반정부적 성향의 언론인들이 직장에서 쫓겨나고 또 정부의 탄압으로 인해 새로운 일자리를 구하지 못하게 되자 그들 대부분이 설립한, 지식인이 가장 손쉽게 할 수 있었던 자영업 즉 소규모의 출판사나 잡지사들이 자연스럽게 민중문학의 선전매체가 된 것은 당연했다.

그중에서도 특히 문학전문 계간지인『실천문학』은 '자유실천문인협회'의 기관지로 출발하면서 보다 과격한 민중문학운동을 전개하기 시작하였다. 그리하여 1973년을 전후하여 민중문학운동 그룹은 명실공히 조직으로서는 '자유실천문인협회', 문학매체로서는 기존의 『창작과비평』과 새로 간행된 『실천문학』 그리고 이 시기 우후죽순처럼 설립, 창간된 출판 및 언론매체들을 배후에 거느리고 또한 대부분 독재정권에 비판적인 언론인들과 지식사회의 성원 아래 일찍이 한국문학사에서 찾아보기 힘든 막강한 문단적인 영향력을 갖추게 되었다. 간단히 말해 한국의 모든 문학 및 언론매체가 민중문학의 확산을 위해서 그 역량을 총집결한 시대로 진입하게 된 것이다. 그리고 이들의 중심에 백낙청, 염무웅 등 60년대 후반에 『창작과비평』을 창간한 비평가들과 고은, 김지하, 신경림 등의 시인들이 버티고 서 있었다.

2

7, 80년대 한국 민중문학의 성장과정을 이야기하기 위해서는 한 가지 더 주목해야 할 부분이 있다. 그것은 민중문학이 근본적으로 정치, 경제 및 사회를 포괄한 민중운동의 일환인 까닭에 소위 '운동권'의 지원이 이의 확산에 큰 추동력으로 작용하고 있었다는 점이다. 다 아는 바와 같이 이 시기 운동권의 학생, 노동자들에 대한 의식화 작업은 필독서로 정해진 민중문학작품들을 읽고 토론하는 형식으로 진행되고 있었으므로 이 양자는 상호적이었다. 즉 민중문학은 학생들과 노동자 및 예비 지식인군의 지적 형성에 결정적인 역할을 담당하여 운동권의 양산에 큰 보탬이 되었고 운동권은 민중문학 확산에 절대적으로 기여하였다. 그리하여 민중문학작품으로 의식화된 이들이 사회에 진출하여, 언론 및 문화매체나 문화계에서 확실한 민중문학의 선전가 및 옹호자

가 되었던 것은 너무나 당연한 결과였다. 하물며 그와 같은 의식화의 작업이 일이 년이 아니고 이삼십 년의 긴 기간에 걸쳐 지속된 것이라면 더 말할 나위가 없을 것이다.

이 시기 의식화 작업에 있어서 독서토론은 무엇보다 필독서와 금독서의 구분으로부터 시작된다. 그리고 대부분의 금독서가 소위 '순수문학'으로 지탄을 받는 작품이고 필독서가 '민중문학' 작품인 것은 두말할 필요가 없다. 그들이 '순수문학'을 금독서의 범주에 넣었던 것은 민중문학작품 이외의 모든 문학작품은 어용문학 내지 체제야합문학이라고 규정했기 때문이다. 그들의 논리를 따르자면 순수문학이란 비록 비정치적인 것이라 해도—친정부적인 것이 아니라 해도—미학적으로 혹은 감정적으로 민중의 투쟁의식을 약화시킨다는 것, 모든 민중이 독재항쟁을 해야 될 그 절박한 시대적 상황에서 정치적 중립성을 지키는 것 자체가 이미 체제의 유지에 협력하는 어용문학이 된다는 것 등이다.

그리하여 그들은 사회 혹은 정치비판이 없는 일체의 문학을 순수문학 즉 어용문학으로 몰아붙여서 예컨대 자연을 소재로 쓴 작품은 '음풍농월', 인간의 근원적인 문제들을 탐구한 작품들은 '사랑 타령'이라고 공격하였다. 그리하여 이제 한국문학은 '정의'와 '양심' 그리고 '시대정신'을 대변한 민중문학과 그외의 그렇지 못한 즉 어용과 체제야합의 문학으로서 순수문학이 있을 뿐이라는 흑백논리가 정립되었다. 이와 같은 의식화 작업의 텍스트, 달리 말해 필독서의 첫째가 소설의 경우 조세희의 『난장이가 쏘아올린 작은 공』이며, 시집의 경우 고은, 신경림, 김지하 순의 시리즈로 발간된 일련의 창작과비평사, 실천문학사의 시집들이라는 것은 잘 알려진 사실이다.

그리하여 이 시기에 문학을 공부하거나 문학에 관심을 가진 사람, 심지어 모든 대학의 국문과를 비롯한 문학 전공 학생들마저도 이 수준의 독서 범주에서 크게 벗어나지 못하였다. 그러므로 대학 사 년 동안 의식화에 필요한, 편벽된 민중문학작품 이외에는 거의 다른 문학작품들을 접하지 못한 채 대학을 졸업한 그들이 그러한 관점의 문학관으로 사회의 각 분야, 중·고교 문학교사, 신문·잡지사 기자, 비평가, 출판인, 지식인, 교수 등으로 종사하게 되니 민중문학의 확산 및 심화 작업은 시간이 지날수록, 정권의 독재가 강화될수록 확대재생산의 길로 나아간 것은 당연한 귀결이었다. 그 결과 모든 훌륭한 작품은 민중문학작품, 모든 훌륭한 시인은 민중시인이라는 등식이 자연스럽게 성립되었는데 이를 목도한 대부분의 문인 특히 신인들이 ― 비록 그 자신 정치적인 문제 같은 것에는 관심이 없다 할지라도 ― 이와 같은 민중 메커니즘의 한 구륜이 되고자 앞 다투어 이 그룹에 몰려들 수밖에 없었으리라는 것은 충분히 예견되고도 남는 일이다.

그러나 아직 간과할 수 없는 문제가 하나 남아 있다. 그것은 어찌하여 한국의 대학생들이 이다지도 쉽게 민중문학의 의식화 작업에 동화될 수 있었느냐 하는 것이다. 이는 물론 앞서 지적한 바와 같이 기본적으로 동시대 한국의 모순된 정치, 사회적인 문제에서 설명되어야 할 명제이다. 그러나 한 가지 더 중요한 요인이 있다면 한국의 특별한 교육상황과 중고등학교의 잘못된 문학교육이라 할 것이다. 여기서 '특별한 교육적 상황'이란 한마디로 당대 독재정권의 학원과 지식인 탄압에서 야기된 대학의 기능 상실을 가리키는 말이다. 이 시기 한국의 대학은 사상과 학문 및 언론의 자유를 박탈당함으로 인해 교수가 진실을 말하기 어려운 최악의 상황에 처해 있었다. 따라서 진실을 말하지 못하는 교수가 학생들의 존경과 신뢰를 받지 못한 것 또한 너무나 당연했다. 그 결과 대다수의 학생들은 교수의 가르침을 떠나 운동권의 아카데미 즉 의식화의 장으로 몰릴 수밖에 없었던 것이다.

중고등학교에서의 잘못된 문학교육은 두 가지 측면에서 살펴볼 수 있다. 하나는 한국의 중고등학교 생활에 자유로운 독서란 거의 있을 수 없다는 점이다. 현재도 마찬가지지만 특히 과거의 경우 한국의 고등학교 교육은 대학입시를 목적으로 한 일종의 학원 교육에 지나지 않았다. 그런데 이 과중한 입시 교육은 두 가지의 비정상적인 현상을 초래하게 된다. 첫째, 입학시험과 무관한 독서는 할 시간이 없다는 것과, 둘째, 교과서 안에서만 출제되는 학력고사의 원칙 때문에 국어교과서에 수록되지 않은 문학작품은 읽어야 할 필요성이 없게 되었다는 것 등이다. 이 모두는 필연적으로 문학작품에 대한 독서를 차단시키는 결과를 가져왔다.

그러나 보다 심각한 현상은 일선 학교에서 문학작품을 사지선다형 시험출제 형식으로 가르친다는 사실이다. 그것은 대학입학학력고사의 출제방식이 일률적으로 소위 사지선다형이었기 때문이다. 그런데 문제는 이 사지선다형 시험이 자연과학과 같이 획일적 정답이 나오는 사실탐구의 학문에서는 의미 있고 가능한 방법이라 할 수 있지만 문학과 같이 정답이 없거나 답이 여럿 있을 수 있는, 상상력과 창의적 해석이 존중되는 분야에서는 아무 짝에도 쓸모없는 방법이라는 사실이다. 아니 문학교육 그 자체를 망치는 일이 되므로 결코 그렇게 해서는 안 되는 교육 방법이기도 하다.

가령 이와 같은 유형의 시험출제에 맞추어 한용운의 「님의 침묵」을 가르칠 경우의 예를 하나 들어보도록 하겠다. 우선 교사는 "아아 님은 갔지만 나는 님을 보내지 아니하였습니다"라는 시행에 밑줄을 긋고 여기서 "님은 누구인가"를 묻는다. 그리고 그 답은 "①조국 ②애인 ③부처 ④중생" 등 주어진 네 가지 답 중에서 하나를 골라야 하며 그중 맞는 답은 항상 '조국'이다. 그러나 이 '조국'이라는 답은 과연 정답일까. 물론 아니다. 적어도 한용운의 문학적 상상력에 있어서 님은 이 모두를 포함하는 개념인 까닭이다. 정답이 하나밖에 나올 수 없는 과학의 사실성과 정답이 여럿 나올 수 있는 상상체계로서의 문학의 차이가 바로 여기에 있는 것이다.

그러한 의미에서 한국 중고등학교의 문학교육은 문학을 가르치는 것이 아니라(문학을 문학으로 인식시키는 것이 아니라) 문학을 하나의 과학으로 인식시키는 반복학습이라 할 수 있다. 그러므로 단편적인 지식, 예외적인 문제성, 획일적인 사고, 문학에 대한 사실 탐구 등의 학습에 열을 올리는 한국의 문학교육은 차라리 없어지는 것이 더 바람직할지도 모른다. 어쨌건 이처럼 문학독서를 거의 외면하고 설상가상으로 그 받은 바 문학교육 역시 왜곡되었으므로 대학에 들어온 신입생들이 문학을 사회과학 즉 정치와 경제의 논리로 가르치는 운동권의 의식화 학습에 쉽게 휘말리는 것은 너무나 당연했다. 더욱이 특별한 정치적 상황으로 인하여 대학이 제 기능을 상실하고 학생들이 교수의 곁을 떠난 현실에서랴.

이처럼 70년대 이후 오늘에 이르기까지 문학의 내외적인 상황의 요구와 제반 환경의 성숙에 따라 민중문학운동은 그 이념과 조직과 문단적인 지배력에 있어서 이 시기 그 어떤 문학적 담론보다도 절대적인 위치를 점할 수 있었다. 그리고 한국의 정치, 경제, 사회 상황이 악화되면 될수록 반비례로 그 힘은 막강해졌다. 그리하여 광주학살과 함께 전두환 군부세력이 정권을 장악한 그 가장 비극적인 시기에 들자 민중문학은 한국문단에서 가장 확실한 영향력을 가진 문학권력집단으로 성숙하게 된다.

3

민중문학에 대한 개념 규정은 이 운동의 시작에서부터 지금까지 가장 첨예하게 논란이 되어왔던 문제들 중이 하나이다. 그것은 민중문학의 이론가나 평론가들, 가령 백낙청이나 염무웅 그리고 그 다음 세대들인 김정환이나 채광석 등은 말할 것 없고 실제 민중문학작품을 자각적으로 창작한다고 스스로 자처하는 시인 작가들 그 누구도 그것을 명백하고도 변별적으로―다른 경향의 문학과 구분시키는―정의한 적이 없는 데서 기인한다.

민중문학의 개념을 밝히는 데 있어서는 무엇보다 그 명명(appellation)부터 살펴보는 것이 순서일 것이다. 나는 앞 장에서 ‘민중문학’이라는 용어가 우리 문학사에서 7, 80년대에 처음 등장한 것이 아니라 20년대에도 이미 두루 사용된 것임을 지적한 바 있다. 이때 프롤레타리아 문인들은 자신들의 문학을 ‘경향문학’ ‘계급문학’ ‘무산자 문학’ ‘프롤레타리아 문학’ 등과 함께 ‘민중문학’이라고 불렀기 때문이다. 그러나 우리 문학사에 다소의 관심이 있는 사람이라면 민중문학과 프롤레타리아 문학의 유사성에는 단지 ‘민중문학’이라는 명칭만이 관련되어 있는 것이 아니라는 사실을 알게 될 것이다. 왜냐하면 7, 80년대 민중문학이 구체적 실천운동으로 제시했던 ‘농민문학’ ‘노동문학’ 등도 이미 2, 30년대 프롤레타리아 문학에서는 동일한 용어와 더불어 문학창작의 중요한 한 테제였기 때문이다.

민중시의 창작방법인 이른바 ‘이야기체 시’라는 것 역시 2, 30년대 프롤레타리아 시의 소위 ‘단편서사시’와 크게 다르지 않다. 비록 프롤레타리아 시운동은 아니라 하더라도 일부 민중시인(신경림 등)이 주창한 ‘민요시’ 창작운동 역시 20년대 민족주의 시인들에 의해서 활발하게 전개된 바 있다. 그러한 의미에서 사실 7, 80년대 민중문학 혹은 민중시라는 개념은 우리 문학사에 처음 있는 일도, 새롭거나 독창적인 발견도 아니다. 그것은 이미 2, 30년대에 전개되었던 운동이 당대의 요청에 따라 7, 80년대의 시대의식에 맞게 반영, 부활한 것이라고 말해야 할 것이다.

　그럼에도 불구하고 우리가 7, 80년대 민중문학을 2, 30년대 프롤레타리아 문학과 구분하는 것은 대개 다음과 같은 이유들 때문이다. 첫째, 후자는 공개적으로 공산주의를 옹호하고 공산주의 국가 건설을 주장하였으나 전자는―그 안에 이와 유사한 이념을 주장하는 일부 그룹이 건재하고 있었으며 또 민중문학론이 많은 부분에서 사회주의 리얼리즘 이론으로 무장했음에도 불구하고―좀 막연하고 포괄적인 표현이긴 하지만 건전한 민주주의 사회 혹은 이상적인 민주주의 사회의 건설을 주장하였다는 점이다. 여기서 내가 '막연하고 포괄적인 표현'이라는 말을 사용한 것은 실제로 민중문학론자들이 그들의 담론에서 구체적이고 한정된 어법이 아니라 막연하고 포괄적인 어법을 즐겨 써왔기 때문에 필자로서도 그 이상 분명하게 이야기할 수 없다는 뜻이다. 문제는 여기서 비롯된다. 왜냐하면 이때의 '이상적이고 건전한 민주주의 사회'가 무엇이냐 하는 관점에 따라서 민중문학의 지향점이 달라질 수 있기 때문이다.

　따라서 그들이 말하는 바 '이상적인 민주주의 사회'가 자유민주주의 사회를 의미하는 것이라면 민중문학이란 자유민주주의 사회 건설을 위해 투쟁하는 문학을 가리키는 용어가 될 것이요 그것이 인민민주주의 사회를 가리키는 것이라면 인민민주주의 사회 건설을 위해 투쟁하는 문학을 가리키는 말이 될 것이다. 그러나 여기서 주목할 것은 앞에서 지적한 바와 같이 이 안에는 인민민주주의 사회 건설을 공언하는 그룹이 그들 쪽든 분명히 있었으며(예긴내 박노해, 김남주, 김사인 등 노동해방문학 그룹), 그들의 영향력 혹은 이론적 투쟁이 민중문학론에서 상당한 비중을 차지하고 있었던 까닭에 민중문학이라 불리는 일군의 문학적 경향에 마르크스 이데올로기를 지향하는 흐름도 혼효되어 있다는 것을 부정할 수는 없다는 사실이다.

　그것은 80년대 중반에 있었던 '민중문학권' 자체 내의 이념 논쟁의

와중에서 소위 '링컨주의자' 혹은 '자유민주주의' 옹호자들이 혹은 개량주의자로 혹은 기회주의자로 혹은 보수적 반동주의자로 혹독하게 비판을 받았다는 사실에서 실증된다. 따라서 민중문학이 2, 30년대 프롤레타리아 문학과 구분되는 것이 있다면 그 범주가 포괄적이라는 점, 그 지향하는 바 '이상적인 민주주의 사회'에 대한 이념이 프롤레타리아 문학의 획일성과 달리 다양한 이데올로기 즉 서로 다른 자유민주주의와 인민민주주의 이념 등과 상호 연합하고 있었다는 점, 그들의 일부가 지향한 인민민주주의 사회 건설에 대한 투쟁이 다소 내면화되어 있었다는 점 정도일 것이다.

둘째는 이들을 배태한 토양이 다르다는 점이다. 2, 30년대 프롤레타리아 문학은 식민지의 상황에서 국권회복운동과 결부되어 있었으나 민중문학은 독재정권하에서 민권회복운동의 양상을 띠고 있었다. 동시에 전자는 아직 자본주의 전단계의 사회적 소산인 데 비해 후자는 자본주의가 성숙하는 과정의 사회적 산물이다. 이는 이 양자의 문학운동이—그 태도나 방법, 기능 면에서 일치하는 부분이 많이 있음에도 불구하고—반영하는 시대의식과 그 발생의 배경에 있어 서로 다르다는 것을 의미한다.

4

민중문학의 본질은 무엇보다 '민중'에 대한 개념에서부터 밝혀져야 한다. 그것은 한마디로 '민중문학'이란 '민중을 위한 문학'으로 정의될 수 있기 때문이다. 그러한 관점에서 한국 민중운동사를 살펴보면 '민중'의 개념이 항상 동일했던 것은 아니다. 그 반영했던 시대 상황에 따라 가변적이었기 때문이다. 예컨대 초창기 즉 70년대 중반 이전의 민중문학운동에서는 민중에 대한 개념 정의나 범주와 같은 것들이 별로 문제되지 않았고 이론적인 틀도 필요하지 않았다. 따라서 그것은 다분히 심정적인 이해에 토대하여 보통명사적인 뜻으로 쓰였다. 이 시기까지만 해도 민중운동이란 단순한 반독재투쟁 이상이 아니었으며 더욱이 혁명 이후의 사회체제 건설과 같은 이념은 생각하지도 않았다. 따라서 이 경우 '민중'이란 그들이 항용 예를 드는 것처럼 건전한 민주사회의 시민 혹은 '경찰은 민중의 지팡이'라 할 때의 바로 그 민중을 가리키는 말이라 할 수 있다.

그러나 70년대 후반에 들어 운동권이 형성되고 반독재투쟁에 있어 그들이 나름대로 '유신'이라는 체제옹호 논리와 맞서 싸우게 되자 조직의 정체성 확립과 유신 논리의 극복을 위해서라도 민중의 개념 정립과 이념 확보는 필연적인 것이 되었다. 그리하여 대체로 소위 '민청학련 사건'과 '인혁당사건'이 문제된 시기 이후부터 집권 전두환 군부세력의 광주학살사건이 있었던 시기에 이르기까지 막연하나마 민중의 개념에 대한 논의의 원칙을 확립하였다. 이를 살펴보기 위해서 나는 '민중'이라는 한국말을 영어로 어떻게 번역하느냐 하는 문제부터 살펴보고자 한다.

한국어 '민중'을 영어로 번역할 경우, 유사한 단어로는 'people' 'proletariat' 'folk' 등이 있을 수 있다. 이중 'people'은 여러 가지 용법으로 쓰여왔다. 우선 볼셰비키 혁명 당시 레닌과 그의 추종자들은 한때 이 'people'를 'proletariat'와 같은 뜻으로 사용한 적이 있다. 일반적으로 인민민주주의(공산주의) 국가의 국체 혹은 정체가 공식적으로 인민공화국(people's republic : 북한은 Democratic People's Republic of Korea 즉 '조선민주주의인민공화국'이며, 중국은 Democratic People's Republic of China 즉 '중국민주주의인민공화국'이다)인 것도 아마 이 때문일 것이다. 그래서인지 오늘날 한국에서는 영어의 people을 뜻하는 이 ‘인민’ 이란 단어가 일상어에서 거의 기피되고 있음은 다 아는 바와 같다.

그러나 이들에게 있어 ‘people’ 이 지닌 이러한 의미는 보다 확실하고 공식적인 용어 즉 ‘proletariat’ 가 있는 까닭에 나는 일단 여기서 ‘people’ 이 ‘proletariat’ 와는 다른 말 즉 링컨이나 휘트먼이 뜻했던 말로 한정해 두기로 한다. 그것은 가령 링컨이 자유민주주의의 이상을 표명하면서 민주주의란 ‘for the people, by the people, of the people’ 의 정치제도라 했을 때의 ‘people’, 휘트먼이 그의 시에서 자유민주주의를 노래할 때의 ‘people’ 을 뜻한다. 이 경우 ‘people’ 은 물론 문자 그대로 모든 사람 ― 대통령을 비롯해서 자본가, 지식인, 농민, 군인, 상인, 노동자 등 ― 민주국가의 성원 전부를 지칭하는 말이다. 왜냐하면 자유민주주의 국가의 성원은 대통령이나 군인이나 자본가를 제외하고 특별히 농민이나 소시민이나 노동자들로만 구성될 수는 없기 때문이다.

다음 ‘proletariat’ 라는 말은 마르크스주의의 계급 개념에서 만들어진 독특한 사회학적인 용어인 까닭에 더이상의 논란이 있을 수 없다. 마지막으로 ‘folk’ (Volk)란 원래 문명의 오염을 입지 않고 자연 속에서 자연과 더불어 공영체를 누리는 향토민(peasantry community)을 가리키는 말로 ‘민족’ 혹은 ‘민속적인 민중’ 에 가까운 단어이다. 이 용어 역시 19세기 말 20세기 초, 독일의 마르크스주의자들이 한때 ‘proletariat’ 와 동일한 뜻으로 사용한 적이 있으나 그 사용이 보편적이지 않고 또 ‘proletariat’ 란 공식적인 용어가 이미 확립되어 있는 까닭에 본래의 뜻 그대로 ‘민족’ 혹은 ‘민속적 민중’ 을 가리키는 의미로 한정해두기로 한다.

따라서 이와 같은 단어의 뜻으로 볼 때 한국의 민중주의자들이 의미하는 ‘민중’ 은 영어의 ‘people’ ‘proletariat’ ‘folk’ 등 그 어느 하나만으로는 완전하게 번역될 수 없는 말임을 알 수 있다. 그것은 그들 안에 여러 다른 이념을 추구하는 집단들이 내포되어 있어 이상의 용어들이 특정한 이념집단의 어느 하나를 뜻할 수는 있지만 동시에 이 모두를 포괄적으로 지시할 수는 없기 때문이다. 가령 '민중'을 앞서 설명한 링컨 혹은 휘트먼적 개념의 people로 번역해서는 안 된다. 그것은 80년대 중반, 민중권 내의 이념투쟁과정에서 누구보다도 링컨주의자나 자유민주주의 옹호자들이 보수반동 혹은 개량주의자로 공격을 받았을 뿐만 아니라 7, 80년대 한국의 민중주의자들이 그들의 적을, 가진 자와 미제 앞잡이로서의 군부집권세력 및 매판자본가들로 규정하고 있었기 때문이다.

이들의 사회인식이 정당한가 그렇지 못한가의 문제는 필자의 관심사가 아니다. 다만 필자는 한국의 민중주의자들이 의미하는 민중이 사회를 구성하는 전체 성원을 가리키는 말은 절대 아니며 그중 특정한 일부를—그 제외되는 특정한 일부가 가진 자, 미제 앞잡이로서의 군부집권세력, 매판자본가인 것은 분명하나 그 범주는 다시 끝없는 논란거리를 제공한다—제외한 나머지 대다수를 가리키는 말이라는 사실을 지적하고자 할 뿐이다.

그러한 관점에서 민주시민사회의 전체 성원을 의미하는 링컨적, 휘트먼적 개념의 '민중'은 민중주의자들 내의 그 어느 이념집단도 동의할 수 없는 용어라 할 수 있다. 그렇다고 해서 이 용어가 레닌적 용법 즉 프롤레타리아를 뜻하는 'people'이라고 말할 수도 없다. 민중주의자들 내에 분명 마르크스주의를 신봉하고 인민민주주의 사회 건설을 목표로 하는 집단이 있었다 하더라도 그외의 대부분은 그렇지 않았다고 생각되기 때문이다. 그러므로 '민중'을 'proletariat'나 레닌적 개념의 'people'로 번역하는 것은 한국의 민중주의자들이 지향하는 민중의 일부를 번역하는 말이 될 수는 있을지언정 '민중' 전체를 번역하는 말이 되기는 어렵다.

마지막 'folk' 역시 마찬가지이다. 원래의 뜻 그대로 그러니까 '민족' 혹은 '민속적 민중'을 가리키는 것이거나 20세기 초 독일 마르크스주의자들의 용법대로 프롤레타리아를 가리키는 것이거나 이 역시 민중의 일부를 지칭하는 말의 번역 이상이 될 수밖에 없기 때문이다. 가령 민속문학 즉 구비문학이나 탈춤, 가면극과 같은 대본을 민중문학이라 지칭할 때의 그것은 전자를, 계급투쟁을 선동하는 문학과 같은 것을 민중문학이라 지칭할 때의 그것은 후자를 가리키는 말이다.

이처럼 한국의 민중주의자들이 의미하는 '민중'은 영어로 완전하게 번역될 수 없다. 그것은 7, 80년대 한국적 상황에서 만들어진 한 특수한 용어로서 민중주의자들 자신도 확실한 개념 혹은 범주를 규정하지 못한(혹은 전략적 목적에서 규정하지 않은) 채 사용해왔던 까닭이다. 그럼에도 불구하고 그들이 이 용어를 사용하는 실례를 살펴보면 각개 그룹의 민중주의자들이 원칙적으로 동의하는 몇 가지 기준이 있다.

첫째, 한국 국민 내지 한민족 전체를 민중이라 부를 수는 없다는 사실이다. 만일 그렇지 않다면 그들이 굳이 '국민' 혹은 '민족'이라는 말을 기피하고 일부러 '민중'이라는 말을 사용하지는 않았을 것이다.

둘째, 특정한 그룹에서는 그것을 계급적인 개념으로까지 발전시켰지만 —설령 그렇지 않다 하더라도— 최소한 경제적으로 한국사회를 가진 자와 가지지 못한 자의 갈등구조로 인식하여 이중 가진 자는 민중의 범주에서 제외시켰다는 점이다.

셋째, 정치적으로 한국사회가 압제자의 피압제자에 대한 경제적 수탈구조로 되어 있어서 전자에 해당하는 군부집권세력과 그의 비호 아래 있는 기득권층 역시 민중의 범주에서 추방해야 한다는 공감대이다.

넷째, 군부집권세력과 기득권층은 미국과 일본의 매판자본가들과 야합한 미·일 제국주의의 앞잡이라는 규정이다.

따라서 한국사회에 대한 민중주의자들의 이와 같은 인식은 당연히 반제반봉건운동 즉 민족주의운동으로 나아가지 않을 수 없었다. 민중문학론의 한 중요한 논문에서 백낙청이 민중문학을 한마디로 '반외세 반봉건의 문학'이라고 정의한 것도 이 때문이다. 그리하여 민중문학은 '민족문학'(사실은 '민족주의 문학')과 '제3세계문학'(반제국주의 문학) 운동으로 나아가야 하고 민중운동권의 통일론과 한국사회변혁(민주주의의 실현)론은 외세의 배격과 주체 민중으로 이루어져야 한다는 논리가 성립한다. 그러나 여기서 한 가지 예의 주목해야 할 것은 '민족주의' 혹은 '민족문학'의 '민족'이라는 용어가 앞서 지적한 바와 같이 순수하게 '민족'을 가리키는 말이 아니라는 사실이다. 왜냐하면 그들에게 있어서 사회의 주체는 민중인데 민족의 일부는 민중으로 받아들일 수 없기 때문이다. 그러므로 그들이 의미하는 바의 민족이란 민중과 등가를 이루는 개념이며 민족주의나 민족문학 역시 민중주의나 민중문학에 다름아닌 것이 되어버린다.

그러나 민중주의자들 내의 여러 다른 이념집단들이 동의한 '민중'의 개념 규정에 이같은 원칙적인 합의가 있었음에도 불구하고 이 용어의 실천적인 사용에 문제가 전혀 없었던 것은 아니다. 구체적으로 민중이 누구냐는 것이다. 예컨대 국민학교 교사는 민중인가. 은행원은, 초급 국군장교는, 혹은 식당의 주인은, 대학 교수는 과연 민중의 일원이라 할 수 있는가. 그것은 한마디로 지금까지 민중에 대한 논의가 그 정의의 구체성과 범주의 변별성에까지 충분히 이루어지지 못했음을 보여주는 실례라 할 수 있다. 그럼에도 불구하고 도식적이고 소박하나마 이러한 문제를 해결하기 위한 시도가 전혀 없었던 것은 아니다. 그 결과 이 시기 민중주의자들에 의하여 합의된 민중의 범주는 도시 소시민, 근로자, 진보적인 지식인, 농민, 소규모의 도시 자영업자, 도시 변두리 빈민, 샐러리맨 등으로 국한되었다

그러나 1980년 광주학살을 통해 소위 신군부세력이 정권을 장악한

이후 민중운동권 내지 민중운동의 이념은 급진적인 마르크스주의적 성격을 띠게 된다. 스스로 마르크스주의자임을 공공연하게 선언하는 그룹과 김일성 주체사상을 신봉하는 소위 '주사파'가 대두하여 학생 및 노동운동의 실세로 자리잡기 시작한 것도 이때부터이다. 그리하여 민중의 개념 규정에 있어서도 이제 마르크스주의적 사회인식은 보다 적극적으로 반영되지 않을 수 없었다. 그 결과 이 시기 민중의 범주에는 이전과 달리 '진보적인 지식인' '소규모 도시 자영업자' '샐러리맨' 등이 배제되어버렸다.

이상 논의한 바를 정리하면 다음과 같다.

첫째, 한국의 민중주의자들이 일컫는 민중이란 이 민중운동에 참여한 각개 그룹들의 이념 지향성에 따라 그 의미하는 바가 서로 다르다.

둘째, 민중주의자 가운데는 자생적 사회주의자들이 상당수 있었고 그런 까닭에 민중주의자들의 일부의 관점에서 민중이란 프롤레타리아 계급을 지칭하는 것이 확실하다.

셋째, 민중과 민족 혹은 국민은 일치하지 않는다. 그것은 민족 혹은 국민의 성원 가운데 민중으로 포함될 수 없는 일부가 있음을 의미하는데 그 일부의 존재가 무엇인지는 누구도 분명하게 이야기할 수 없다(혹은 이야기하지 않는다. 이 말하지 않는 그룹은 아마도 막연한 용어를 사용해야만 운동의 실제적 이득을 도모할 수 있는 주사파들이거나 마르크스주의자들일 가능성이 높다).

넷째, 그러므로 '민중'이라는 말은 민중운동에 참여한 각 계파 혹은 개개의 이념 그룹에서 뜻하는 것으로서만 서로 다르게 확실한 정의를 내릴 수 있을 뿐 이 모든 계파를 포괄한 개념으로는 애초부터 사용할 수 없는 가공적, 허구적인 용어이다. 이 말을 영어로 번역할 수 없는 이유도 여기에 있는 것이다. 그러므로 민중주의자이든 아니든 어떤 사람이 '민중'이라는 말을 사용할 경우는 '그' 혹은 그가 소속된 '그룹'이 어떠한 이념을 지향하고 있는가에 따라서 그 뜻을 달리 해석해야 한다.

다섯째, 그럼에도 불구하고 이 모두를 —비록 가공적, 허구적이라 하더라도—편의상 혹은 통념상 '민중주의' 혹은 '민중'이라고 함께 묶어 부를 수 있었던 가능성은 한시적으로 이 모두가 유신독재와 전두환 신군부에 항거하면서—그들이 추구하는 바 의미가 물론 각기 다르기는 하지만—어떤 '이상적인 민주주의 사회'를 건설하려는 그 목적의식에 있다.

여섯째, 그러나 이 '한시적'인 시기가 지난, 즉 한국에 민주화가 실현된 오늘의 시점에서 이제 민중운동에 참여한 각개 그룹은 더이상 '가공적, 허구적' 민중이라는 용어에 묶여 있지는 못할 것이다. 이제 그들의 일차적 목표였던 군부 독재의 타도는 이루어졌으므로 그들을 하나의 테두리로 엮은 공동 연대의식의 끈이 끊겼기 때문이다. 이제 7, 80년대 민중운동에 참여했던 각개 이념 그룹들은 그들이 건설코자 하는 '이상적인 민주사회'의 정체를 확실히 해야 하며 그럴 경우 각 계파가 의미했던 민중이 프롤레타리아인지 아니면 링컨적인 개념인지 그것도 아니라면 계급의식이 없는 비판적 양심세력인지 분명해질 것이다.

민중의 개념이 이렇게 다양하다면 그 민중을 위한 문학 즉 민중문학은 —심지어 계급투쟁을 선동하는 마르크스주의 문학까지도 포함하여—그 범주가 포괄적이고 애매할 것임이 당연하다. 그럼에도 불구하고 우리는 이를 싸잡아 다른 경향과 구분해서 별 저항감 없이 그저 '민중문학'이라고 불러왔다. 그 이유는 무엇일까. 그것은—앞서 '민중'의 개념에 대한 논의에서 살펴보았듯이—일차적으로 민중문학을 구성하는 이 모든 계파의 문학이 유신 및 전두환 신군부의 독재와 천민자본주의에 항쟁하는 도구로서의 문학을 지향한다는 점에서 공동점을 지녔기 때문이라고 말할 수 있다.

그러나 민중의 개념이 밝혀졌다고 해서 곧바로 '민중문학'의 본질이 해명되는 것은 아니다. '민중문학'이 '민중을 위한 문학'이라 할 때 그 '위한다' 함이 무슨 뜻이냐 하는 문제가 아직 남아 있기 때문인데 이것은 물론 문학과 정치의 반영관계에서 설명되어야 할 명제이다. 예를 들어 우리는 우선 서정주의 「귀촉도」가 '민중을 위한 시'인가를 물을 수 있다. 그것은 김소월의 「진달래꽃」이나 김영랑의 「모란이 피기까지는」의 경우에도 역시 동일하지만 이의 해답은 문학을 대하는 관점에 따라서 '그렇다'와 '아니다'의 두 가지가 동시에 가능할 수 있다. 전자의 경우 이들 시는 확실히 민중을 '위한' 시이다. 왜냐하면 첫째, 이들 시는 민중이 이해하기 쉽게 씌어졌으며 민중의 보편적인 감정에 호소하고 또 민중의 마음에 어떤 위안과 기쁨을 준다는 점에서 그렇고, 둘째, 간접적으로 당대의 사회적 혹은 정치적 상황이 어두운 정서로 반영되어 있다는 점에서 그렇다. 이들 시에 일제 강점기에 우리 민족이 겪은 아픔이 한의 정서로 표현되어 있다는 것은 그 누구도 부인할 수 없기 때문이다. 따라서 이들 시는 당대 '민중'의 비극적인 아픔을 한의 정서로 카타르시스해주었다는 의미에서 '민중을 위한 시'가 될 수 있는 것이다.

그러나 다른 한편 즉 후자의 관점에선 이들 시는 민중시가 아니다. 그 이유는 첫째, 일제의 핍박을 받고 있는 시대에 사랑을 노래하고 꽃을 예찬하는 것은 민족의 진정한 삶을 외면한 퇴폐적인 행동이라는 것, 둘째, 원수 즉 일제와 맞서 적극적인 투쟁을 벌여야 할 시대에 퇴영적인 정서로 사랑이나 꽃을 노래하는 것은 민중의 투쟁의욕을 마비시켜 결과적으로 일제의 식민통치에 일조하는 문학이 된다는 것, 셋째, 구체적으로 정치, 사회적 현실을 폭로 비판하거나 민중의 투쟁의식을 고취하는 내용이 없다는 것 등이다.

그렇다면 이중 한국의 민중문학이 동의하는 견해는 어느 쪽일까. 그것은 그들이 자신들의 수많은 산문이나 시 창작에서 일관성 있게 보여준 바와 같이 물론 후자이다. 그런 까닭에 이들 시는 민중시가 아닌 사랑 타령이나 음풍농월로 간주되어 '민중문학'이 아닌 '순수문학', 체제 야합문학 혹은 어용문학으로 비판되었던 것이다. 따라서 우리는 문학에 대한 이들의 이와 같은 입장에서 다음과 같은 결론을 도출해낼 수 있다.

첫째, 민중문학이란 어떤 정치적 목적의 실현을 위한 수단으로서의 문학 즉 목적문학이라는 사실이다. 그리고 이때의 정치적 목적이 앞에서 논의한 바 민중의 '참답고 이상적인 민주주의'의 실현에 있다는 것은 두말할 필요가 없다. 그런 까닭에 민중문학은 문학에서 정치가 간접적으로 반영되는 수준을 넘어서 직접적인 행동―폭로 비판 선동으로 나아간다. 이는 민중문학이 소위 '순수문학'을 어용문학 혹은 체제야합문학으로 몰아붙이는 태도에서도 간파될 수 있다. '순수문학'이란 어떤 외적 이념(종교, 도덕적인 것이든 정치적인 것이든 상관없이)에 종속되지 않는 문학이므로 그것의 반대 개념은 목적문학이 될 수밖에 없기 때문이다. 실제로 김정환, 채광석 같은 80년대 민중문학 이론가들은 민중문학을 정치의 수단으로서의 문학이라고 공언한 바 있다.

둘째, 민중문학은 구체적인 내용에 있어 정치나 사회문제를 다루어야 한다는 주장이다. 그런 까닭에 그들은 심지어 정치나 사회문제가 자연이나 인생문제를 통해 간접적으로 반영된―어떤 경우는 그것이 더 정치적인 효과를 거둘 수 있음에도 불구하고―문학조차 민중문학의 범주에서 제외시켜버린다. 이와 같은 민중문학의 속성은 민중문학이 소재주의로 전락했거나 혹은 쉽게 전락할 가능성이 있음을 시사해주는 부분이다.

5

　80년대 민중시는 크게 70년대부터 이 운동에 가담했던 기성시인들과 이 시기에 새로 등장한 신인들의 두 그룹으로 나뉜다. 전자에 속하는 시인들로는 50년대의 고은, 신경림, 민영, 문병란, 60년대의 이성부, 조태일, 김지하, 강은교, 최하림, 70년대의 김광규, 정희성, 김준태, 김명수, 정호승, 이동순, 김명인, 하종오, 고정희, 이시영 등이 있고, 후자에 속하는 시인들로는 80년대에 새로 등장한 황지우, 곽재구, 최두석, 김사인, 박노해, 김남주, 김정환, 김용택, 김진경, 임동확, 안도현 등이 있다.

　전자의 그룹 가운데서 김지하의 경우는 80년대에 들어 민중시라 부를 만한 작품을 거의 남기지 않았다. 전두환 집권과 더불어 감옥에서 출소한 후 소위 ‘생명 사상’을 탐구하면서 존재론적인 서정시 창작에 몰두하였기 때문이다. 이 시기 그의 대표적인 시집으로는 『검은 산 하얀 방』(1986), 『이 가문 날에 비구름』(1988), 『별밭을 우러르며』(1989) 등이 있다. 이 시집들을 통해 그가 노래한 것은 ‘애린’으로 명명된 님의 존재인데 님은 아마도 그가 탐구한 생명의 어떤 근원성을 상징하는 실체가 아닐까 한다.

　한국시사에서 ‘님에의 헌가(獻歌)’는 오랜 역사를 지닌 전통이다. 따라서 이들 시집이 민중적인 요소와 관련된 것이 있다면 그의 투옥 경험에서 빌려온 소재와 발상, 과거 그가 헌신했던 민주항쟁에 대한 회고적 정서 정도일 것이다. 그러한 의미에서 80년대 이후 김지하는 더이상 민중시를 쓰지 않았다고 말할 수 있다. 그러나 이 시기 김지하의 시에서도 한 가지 주목할 것이 있다. 서울의 한 일식집 칼잡이를 주인공으로 한 현대판 판소리 「남」을 썼다는 사실이다. 그는 그것을 통해 현대소설이 지닌 장르적 한계성을 극복하고자 하였는데 그러한 관점에서 「남」은 일종의 실험 장르라 부를 수도 있을 것이다. 김지하는 이 실험적 장르를 '소설(小說)'과 대비해서 그 자신 '대설(大說)'이라 명명하였지만 정통 시에서 그가 보여준 민중적 정서는 기실 '애린'이라는 관념적 연인에 대한 사랑에서 찾아야 할 것이다.

> 네 얼굴이
> 애린
> 네 목소리가 생각 안 난다
> 어디 있느냐 지금 어디
> 기인 그림자 끌며 노을진 낯선 도시
> 거리거리 찾아 헤맨다.
> 어디 있느냐 지금 어디
> 캄캄한 지하실 시멘트벽에 피로 그린
> 네 미소가
> 애린
> 네 속삭임 소리가 기억 안 난다
>
> — 김지하, 「소를 찾아 나서다」 중에서

고은은 이 시기에 『조국의 별』『시여 날아가라』『네 눈동자』『아침 이슬』『눈물을 위하여』『전원시편』 등의 시집을 펴내었다. 산문적인 표현, 대화체 어법으로 민중의 일상생활을 평이하게 그린 것이 특징이다. 그가 즐겨 다룬 대상은 향토민─농어민과 도시 소시민 근로자 등의 삶이다. 특히 『전원시편』은 그가 살고 있는 경기도 안성지방의 농민생활을 따뜻한 시선으로 묘사하여 이들 민중의 삶 속에서 불굴의 생명력과 무구한 휴머니티를 발견코자 하였다. 다른 한편 그는 적극적으로 현실을 비판하는 시, 모순된 사회를 폭로하는 시, 통일을 염원히는 시편들도 다수 남겼다. 「동행」「을밀대」「네 눈동자」「죽은 사람들에게」「기기서 만난 노동자」「면목동 가서」「빈 무덤」 등이 그것이다.

재돈이 어머니가요
방아달 큰 논배미 모 심으니
밥 먹으로 꼭 오라기에
점심때 맞춰 염치없이 나갔지요
그랬더니 일꾼들하고
저 건너 밭에 나온 아낙까지도
어서 와 어서 와 불러다가
모두모두
논두렁 한 마당 밥 먹었지요
먼산도 하늘도 와 함께
고봉밥 한 그릇 다 먹었지요.

—고은,「들밥」중에서

얼마나 오랜만이냐.
너에게 그 지긋지긋한 감시자가 구사대 없어 좋겠구나.
너에게 그 재해투성이 공장 없어 좋겠구나
남도 고향에서
까막까막 까막새 울고
어린 동생 끼니를 걸러 욕이라도 먹어야 배부를 때
너에게 그 속쓰린 잔업 없어 좋겠구나

노동자가 공장에 있지 않고 감옥에 있을 때
이때가 노동자의 때인 줄
오늘 알았다.

뜨거운 물에 들어갔을 때

— 고은, 「거기서 만난 노동자」 중에서

신경림은 이 시기에 『남한강』(1987), 『가난한 사랑 노래』(1988) 등의 시집들을 발간하였다. 특히 1976년에 간행된 『농무』는 급속한 산업화 과정에서 소외된 농민과 이농에 따른 비극을 사실적으로 묘사하여 문단의 큰 주목을 받은 시집이다. 한편 「남한강」은 민요 속에 담긴 민중적 정서가 현대시에서도 얼마든지 다시 살아나 시적 긴장을 유지할 수 있음을 말해주는 좋은 하나의 예로서 이 작품에서 그는 의식적으로 이미 죽은 말이나 옛말을 살려내고 군데군데 민요 구절들을 삽입하여 그것이 현대시적 가능성을 실험하였다. 그러나 신경림의 민요에 대한 이같은 관심은 이미 20년대 한국의 민요 시인들이 시도했던 것이므로 사실 새로운 작업이라고 말하기는 어렵다.

장날인데도 무싯날보다 한산하다.
가뭄으로 논에서는 더운 먼지가 일고
지붕도 돌담도 농사꾼들처럼 지쳤다.

아내의 무덤이 멀리 보이는
구판장 앞에서 버스는 섰다.
나는 아들놈과 노점 포장 아래서
외국자본이 만든 미지근한 음료수를 마셨다.

오랜만에 보는 시골 친구들의 눈은
왜 이렇게 충혈돼 있을까.
말이 없다. 그저 손을 잡고

흔들기만 한다. 그 거짓된 웃음.

돌과 몽둥이와 곡괭이로 어지럽던
좁은 닭전 골목. 농사꾼들과
광부들의 싸움질로 시끄럽던 이발소 앞.
의용소방대원들이 달음질치던 싸전 길

장날인데도 어디고 무싯날보다 쓸쓸하다.
아내의 무덤을 다녀가는 내 손을
뻣뻣한 손들이 잡고 놓지를 않는다.

—신경림, 「산읍기행」 전문

그외에 이성부는 『전야』(1981), 『빈 산 뒤에 두고』(1989), 조태일은
『가거도』(1983), 『자유가 시인더러』(1987), 강은교는 『소리집』(1982),
『바람 노래』, 최하림은 『침묵의 빛』(1988) 등의 시집을 간행하였다. 이
성부와 최하림의 시들은 현실을 직접적으로 폭로하거나 자신의 주장을
생경하게 드러내지 않고 이를 모두 은유화시켰다는 점에서 내면화된
민중시를 쓴 시인들이라고 말할 수 있다. 따라서 민중문학 비평가들에
의하여 그들의 시는 '역사에 대한 신념을 강하게 키워내지 못했다' 는
비판을 받았지만 바로 그같은 특징으로 인해 그들의 시는 민중시 가운
데서 비교적 문학성을 획득한 것으로 평가되기도 한다. 그외에 주목할
만한 시집으로는 김준태의 『국밥과 희망』(1983), 이시영의 『바람 속으
로』(1986), 김명수의 『월식』(1980), 『하급반 교과서』(1983), 김광규의
『크낙산의 마음』(1986), 『좀팽이처럼』(1988), 정희성의 『한 그리움이 또
다른 그리움에게』(1991), 하종오의 『벼는 벼끼리 피는 피끼리』(1981),
『4월에서 5월로』(1984), 정호승의 『새벽편지』(1987), 『별들은 따뜻하

다』(1990), 고정희의 『이 시대의 아벨』 『저 무덤 위에 푸른 잔디』(1989) 등이 있다.

80년대 민중시는 이 시기에 새로 대두한 신인 그룹들에 의해서 주도된 감이 없지 않다. 왜냐하면 70년대 이전에 등단한 기성시인들이 과거 유신독재정권과의 투쟁에서 힘이 소진된 결과 이 시기에 들어 일종의 소강 혹은 매너리즘의 상태에 빠져 있었던 것과 대조해서 신인 그룹은 보다 과격하고 격렬하게 현실문제와 맞서 부딪쳤기 때문이다. 이 신인 그룹들 가운데서도 특별히 주목되어야 할 시인들이 『5월시』 동인들과 『시와경제』 동인들이다. 70년대 말 80년대 초에 등장한 이들은 그 이전의 시인들과 달리 현실의 모순을 단지 정치적인 현상으로만 보지 않고 그것을 자본주의 경제구조에서 해명하고자 했다. 그러므로 당연히 그들의 시에는 사회과학적 시야가 전제되어 있었다.

그들의 동인 명칭에서도 우리는 이러한 사회인식을 엿볼 수 있다. '5월시' 란 전두환 신군부의 광주학살사건이 있었던 5월과 메이데이에서 유추된 명칭이며 '시와 경제' 란 자본주의 경제구조에 있어서의 시라는 의미가 암시되어 있기 때문이다. 『5월시』 동인으로는 곽재구, 김진경, 최두석 등이 있으며 『시와경제』 동인으로 황지우, 김정환, 김사인 등이 있다. 이 시기 신인들의 주목할 만한 시집으로는 곽재구의 『사평역에서』(1983), 김진경의 『갈문리의 아이들』(1984), 『광화문을 지나며』(1986), 황지우의 『새들도 세상을 뜨는구나』 『겨울-나무로부터 봄-나무에로』 『나는 너다』, 김정환의 『지울 수 없는 노래』(1982), 『황색 예수전』(1983), 박노해의 『노동의 새벽』(1984), 김용택의 『섬진강』(1985), 『맑은 날』(1986), 안도현의 『서울로 가는 전봉준』(1985), 임동확의 『매장시편』(1987) 등이 있다.

이상의 시집들을 살펴볼 경우 이 시기 신인들의 민중시는 크게 다섯 가지 경향으로 분류될 수 있다.

　　첫째, 민중서정시라 부를 수 있는 경향이다. 한국의 당대 현실을 은
유적으로 노래한 일군의 서정시들로서 그 내용은 어두운 정치적, 사회
적 문제와 여기서 기인된 한, 슬픔, 좌절과 같은 부정적 정서들을 담는
데 특징을 지닌다. 이 계열의 시들은 70년대 이성부의 『백제행』과 같은
민중시의 전통을 이어받은 것들이 많다. 대표적인 시인으로는 곽재구,
임동확, 최두석 등을 들 수 있다.

막차는 좀처럼 오지 않았다.
대합실 밖에는 밤새 송이 눈이 쌓이고
흰 보라 수수꽃 눈 시린 유리창마다
톱밥난로가 지펴지고 있었다.
그믐처럼 몇은 졸고
몇은 감기에 쿨럭이고
그리웠던 순간들을 생각하며 나는
한 줌의 톱밥을 불빛 속에 던져주었다.
내면 깊숙이 할말들은 가득해도
청색의 손바닥을 불빛 속에 적셔두고
모두들 아무 말도 하지 않았다.
산다는 것이 때론 술에 취한 듯
한 두릅의 굴비 한 광주리의 사과를
만지작거리며 귀향하는 기분으로
침묵해야 한다는 것을
모두 알고 있었다.
오래 앓은 기침 소리와
쓴 약 같은 입술 담배연기 속에서
싸륵싸륵 눈꽃은 쌓이고

그래 지금은 모두들
눈꽃의 화음에 귀를 적신다.
자정 넘으면
낯설음도 뼈아픔도 다 설원인데
단풍잎 같은 몇 잎의 차창을 달고
밤열차는 또 어디로 흘러가는지
그리웠던 순간들을 호명하며 나는
한 줌의 눈물을 불빛 속에 던져주었다.

— 곽재구, 「사평역에서」 전문

둘째는 민중생활시들이라 할 수 있다. 이 경향의 시인들은 민중 속에서 건강하고 생명력 넘치는 삶, 공동체적인 사랑의 유대와 휴머니티의 윤리를 발견하고 이를 작품으로 형상화시켰다. 이와 같은 민중의 삶은 당대의 군부세력을 중심으로 한 가진 자들의 비윤리적, 폭력적인 삶과 대비된다. 고은의 『전원시편』과 같은 시적 경향에 친근성을 보인 작품들이 많다. 김진경, 안도현 등을 들 수 있다.

어머니의 고추밭에 나가면
연한 손에 매운 물 든다 저리 가 있거라
나는 비탈진 황토밭 근방에서
맴맴 고추잠자리였다
어머니 어깨 위에 내리는
글썽거리는 햇살이었다
아들 낫만 나란히 보기 좋게 키워내셨으니
짓무른 빌레 믹은 구멍 뚫린 고추 보고
누가 노현네 올 고추 농사 잘 안 되었네요 해노

가을에 가봐야 알지요 하시는
우리 어머니를 위하여
나는 빨리 어른이 되고 싶었다.

—안도현, 「고추밭」 전문

　셋째는 현실비판 내지 정치적 저항시들이다. 모순된 현실을 직접적으로 폭로, 비판, 저항하는 시들 혹은 간접적으로 풍자, 조롱, 매도하는 시들이 모두 여기에 속한다. 이 계열의 시들은 70년대 김지하의 「오적」과 같은 민중시의 전통을 이어받았다. 그 예로 김정환, 황지우 등을 들 수 있다.

영화가 시작하기 전에 우리는
일제히 일어나 애국가를 경청한다
삼천리 화려 강산의
을숙도에서 일정한 군을 이루며
갈대숲을 이륙하는 흰 새떼들이
자기들끼리 끼룩거리면서
자기들끼리 낄낄대면서
일렬 이열 삼렬 횡대로 자기들의 세상을
이 세상에서 떼어 메고
이 세상 밖 어디론가 날아간다
우리도 우리들끼리
낄낄대면서
깔쭉대면서
우리의 대열을 이루며
한 세상 떼어 메고

이 세상 밖 어디론가 날아갔으면
하는데 대한 사람 대한으로
길이 보전하세로
각각 자기 자리에 앉는다
주저앉는다

— 황지우, 「새들도 세상을 뜨는구나」 전문

　넷째는 80년대에 들어 새롭게 등장한 소위 노동해방시이다. 이들 시는 산업현장에 있어서 노동자의 비참한 현실을 폭로하고 그 원인이 된 자본주의 사회의 모순을 계급의식의 측면에서 비판하는 것을 주 내용으로 담고 있다. 그중에서도 특별히 과격한 이념을 가진 박노해나 김남주 등은 마르크스주의적 사회인식에 토대하고 있다는 것이 시인 자신의 고백이요 문단의 일반적인 견해이다. 박노해, 김남주, 김사인 등을 들 수 있다.

몇 번이고 찍어보다
끝내 지문이 나오지 않는 화공약품공장
아가씨들은 끝내 울음이 북받치고
줄지어 나오는, 지문 나오지 않는 사람들끼리
우리는 존재조차 없어
강도질해도 흔적노 남지 않을 서라며
정형이 농 지껄여도
더이상 아무도 웃지 않는다

지문 없는 우리들은
얼어붙은 침묵으로

똑같은 국민임을 되뇌이며
파편으로 내리꽂히는 진눈깨비 속을 헤쳐
공단 속으로 묻혀간다
선명하게 되살아날
지문을 부르며
노동자의 푸르른 생명을 부르며
되살아날
너와 나의 존재
노동자의 새봄을
부르며 부르며
진눈깨비 속으로,
타오르는 갈망으로 간다

— 박노해, 「지문을 부른다」 중에서

　마지막으로 농민 현실을 서정적으로 노래한 작품들을 들 수 있다. 김용택이 그 대표로서 전 세대의 신경림의 경향을 계승하면서도 다른 차원의 문학적 형상화를 지향한 시인이다. 이 말은 신경림이 농민의 현실을 직접적인 산문적 고백으로 진술했던 것에 비해 그것을 보다 내면화, 서정화시켰다는 것을 의미한다.

오늘도 해 다 저물도록
그리운 그 사람 보이지 않네
언제부터인가 우리 가슴속 깊이
뜨건 눈물로 숨은 그 사람
오늘도 보이지 않네
모낸 논 가득 개구리들 울어

저기 저 산만 어둡게 일어나

돌아앉아 어깨 들먹이며 울고

보릿대 들불은 들을 뚫고 치솟아

들을 밝히지만

그 불길 속에서도 그 사람 보이지 않네

언젠가 아 언젠가는

이 칙칙한 어둠을 찢으며

눈물 속에 꽃처럼 피어날

저 남산 꽃 같은 사람

어느 어둠에 덮여 있는지

하루, 이 하루를 다 찾아다니다

짐승들도 집 찾아드는

저문 들길에서도

그리운 그 사람 보이지 않네

—김용택, 「그리운 그 사람」 전문

(2002)

우상의 가면을 벗겨라

1

한국의 현대문학이 하나의 학으로 정립된 것은 그리 오래된 일이 아니다. 해방 이후 대학교의 설립과 그에 따른 국문학과의 개설에서 시작되었으니 길어야 오십 년 내외라고 볼 수 있을 것이다. 물론 일제 강점기에서 이 땅 최초로 개교한 경성제국대학(1924)에 조선어과가 없었던 것은 아니나 이 학과의 커리큘럼은 모두 '조선어' (국어)와 고전문학에 국한되어 현대문학은 그 연구 대상이 아니었다.

그러나 이처럼 해방이 되기까지 문단 비평의 수준을 넘어서지 못했던 우리 현대문학의 연구는 한국전쟁을 전후한 시기, 나름대로 대학의 국문학과에 현대문학 강좌가 개설되면서 학문으로서의 기틀을 점차 잡아가기 시작하였다. 아마도 현대문학작품의 양적 증가와 질적 향상, 독립국가로서의 문화의식 제고, 현대문학에 대한 우리 지식인의 지적 욕구가 함께 부응해서 얻어진 결과가 아닌가 생각된다.

어떻든 하나의 학으로서 우리 현대문학의 연구는 그 동안 오륙십여 년이라는 짧은 시기에 괄목할 만한 성장을 이룩하였다. 그것은 여타의 다른 인문학에 견주어 그 인적 구성이나 업적의 양 그리고 연구 수준에서 결코 뒤떨어짐이 없다는 것이 필자의 생각이다. 특히 근래에 들어서는 시대사의 연구, 작가론, 작가 전기 연구, 방법론에 대한 모색 등에서 뚜렷한 성과를 거둔 바 있다 그러나 우리 학문사의 일천(日淺)에서 기인한 것인지 상대적으로 반성할 점이 없지 않은 것도 사실이다. 장르적으로는 작품 연구, 문학사 연구, 전통 탐구 등이 그러한데 이중에서도 필자는 '작품 연구'에 국한하여 이 문제를 살펴보고자 한다.

2

　첫째, 너무 이념 중심으로 작품에 접근한다는 점이다. 언어의 예술이라는 점에서 시가 어떤 이념을 반영한다는 것은 자연스럽다. 그러나 그것이 철학적 사유를 넘어서 어떤 행동을 전제한 것이라면 문제가 달라진다. 그것은 특히 정치적 혹은 도덕적 이념일 경우에 더 그러하다. 시가 이념의 도구 혹은 선전매체로 전락하기 쉽기 때문이다. 그럼에도 불구하고 작품을 이념 중심으로 해석 평가하여 그 우열을 매긴다면 징직 작품의 문학성은 배제될 수밖에 없는 것이다.

　이에 대해서는 문학의 본질, 시와 산문의 차이, 시 언어의 특성 등 원론적인 문제를 자세하게 논의해야 하겠으나 산난이 나음과 긑은 멍재에 동의한다면 큰 이견이 없으리라 생각한다.

　문학은 근본적으로 이념 전달의 수단이 아니다. 즉 문학에서 이념이란 그릇에 담겨진 내용이 아니라 이 역시 다른 요소들괴 결합하여 문학을 구성하는 언어의 일부, 언어와 인어가 미적 구조체를 만들어가는 전체 유기체의 일부이다.

특히 시의 언어가 그렇다. 시의 언어는 전달의 언어(일상의 언어, 산문)가 아니라 존재의 언어이며 은유와 상징과 신화의 조직화된 유기체인 까닭에 의미 전달이 직접적일 수 없기 때문이다. 따라서 시를 통해 독자가 어떤 이념을 수용하게 된다 하더라도 그것은 그와 같은 유기체를 통해 스스로가 간접적으로 깨달아 안다는 뜻이지 직접 시인의 목소리를 통해 전달받는다는 뜻은 아니다.

여기에는 물론 문학과 정치라는 시대상황의 문제가 가로놓여 있다. 그러나 어떤 특별한 시대가 있어 이념의 전달과 그 실천의 필요성이 정당화된다 하더라도 다만 이러한 요구에 부응했다는 이유에서 그같은 시를 문학적으로 훌륭하다고 말하는 것은 올바른 태도가 아니다. 그것은 정치적, 역사적 소명이라는 차원에서 훌륭했을 뿐이기 때문이다. 그럼에도 불구하고 과거 몇십 년 동안 우리 학계에서는 이같은 이념 전달의 시를 지나치게 높이 평가해왔던 것이 사실이다. 아마도 그 대표적인 예가 프롤레타리아 시의 경우일 것이다.

일제 강점기에 프롤레타리아 시의 최고 전범이자 최상의 작품으로 치켜세워진 작품 하나를 예로 들어본다.

　사랑하는 우리 오빠

　어저께 그만 그렇게 위하시던 오빠의 거북 무늬 질화로가 깨어졌어요. 언제나 오빠가 우리들의 '피오닐' 조그만 기수라고 부르는 영남(永男)이가 지구에 해가 비친 하루의 모든 시간을 담배의 독기 속에다 어린 몸을 잠그고 사온 그 거북 무늬 화로가 깨어졌어요. 그리하여 지금은 화젓가락만이 불쌍한 영남이하구 저하구처럼 똑 우리 사랑하는 오빠를 잃은 남매와 같이 외롭게 벽에 나란히 걸렸어요.

　오빠

　저는요 저는요 잘 알았어요. 왜 그날 오빠가 우리 두 동생을 떠나 그리로 들어가신 그날 밤에 연거푸 말은 권연을 세 개씩이나 피우고 계셨는지. 저는요 잘 알았어요, 오빠 언제나 철없는 제가 오빠가 공장에서 돌아와서 고단한 저녁을 잡수실 때 오빠 몸에서 신문지 냄새가 난다고 하면 오빠는 파란 얼굴에 피곤한 웃음을 웃으시며 "네 몸에선 누에 똥내가 나지 않니?" 하시던 세상에 위대하고 용감한 우리 오빠가 왜 그날만 말 한마디 없이 담배연기로 방 속을 메워버리시는 우리 우리 용감한 오빠의 마음을 저는 잘 알았어요. 천정을 향하여 기어올라가던 외줄기 담배연기 속에서 오빠의 강철 가슴 속에 박힌 위대한 결정과 성스런 각오를 저는 분명히 보았어요. 그리하여 제가 영남이의 버선 하나도 채 못 기웠을 동안에 문지방을 때리는 쇳소리 마루를 밟는 거칠은 구두 소리와 함께 가버리지 않으셨어요. 그러면서두 사랑하는 우리 위대한 오빠는 불쌍한 저희 남매의 근심을 담배연기에 싸두고 가지 않으셨어요. 오빠 그래서 저도 영남이도 오빠와 또 가장 위대한 용감한 오빠 친구들의 이야기가 세상을 뒤집을 때 저는 제사기를 떠나서 백 장에 일 전짜리 봉투에 손톱을 부러뜨리고 영남이도 담배 냄새 구렁을 내쫓겨 봉투 꽁무니를 뭅니다. 지금 영남이는 만국지도 같은 누더기 밑에서 코를 고을고 있습니다.

오빠, 그러나 염려는 마세요. 저는 용감한 이 나라 청년인 우리 오빠와 핏줄을 같이한 계집애이고 영남이도 오빠도 늘 칭찬하던 쇠 같은 거북무늬 화로를 사온 동생이 아니예요. 그리고 참 오빠 아까 그 젊은 나머지 오빠의 친구들이 왔다 갔습니다. 눈물 나는 우리 오빠동무의 소식을 전해주고 갔어요. 사랑스런 용감한 청년늘이었습니다. 세상에 가장 위대한 청년들이었습니다. 화로는 깨어져도 화젓가락은 깃대처럼 남지 않았있요. 우리 오빠는 가셨어도 귀여운 '피오닐' 영남이가 있고 그리고 모든 어린 '피오닐'의 따뜻한 누이 품 세 가슴이 아직도 디웁습니다. 그리고 오빠 저뿐이 사랑하는 오빠를 잃고 영남이뿐이 굳세인 청념을 보낸 것이 겠습니까. 슳지도 않고 외롭지도 않습니나. 세상에 고마운 청년 오삐의 무한한 위대한 친구가 있고 오빠와 형님을 잃은 수없는 계집아이와 동생, 저희들의 귀한 동무가 있습니다. 그리하여 이 다음 일은 지금 섭섭분한 사건을 안고 있는 우리 동무 손에서 싸워질 것입니다.

오빠 오늘밤을 세워 이만 장을 붙이면 사흘 뒤엔 새 솜옷이 오빠의 떨리는 몸에 입혀질 것입니다. 이렇게 세상의 누이동생과 아우는 건강히 오늘 날마다를 싸움에서 보냅니다. 영남이는 여태 잡니다. 밤이 늦었어요.

누이동생

─임화, 「우리 오빠와 화로」 전문

인용 시는 이 시기 최대의 프롤레타리아 시인으로 일컬어진 임화의 대표작 「우리 오빠와 화로」 전문이다. 당대 비평가들이 이 작품을 프롤레타리아 시의 전범이며 가장 뛰어난 작품으로 치켜세웠던 것은 누구나 알고 있는 바와 같다. 그러나 편견 없이 대하는 독자라면 그 누구도 이 작품을 그처럼 훌륭하다고 말하지는 않을 것이다. 사춘기 소녀의 감상적인 편지글 수준을 뛰어넘지 못하기 때문이다. 무엇보다 모두 사실적인 이야기를 서술하고 있는 까닭에 우선 시적 상상력이 부족하다. 직설적, 전달적이어서 그 언어 역시 일상어의 차원에서 벗어나지 못하고 있다. 이미지나 은유 등에 의한 시적 형상력도 미흡하거니와 시의 구조적 특징이라 할 이원적 대립이나 그 조화, 반복이나 전도(reversion)와 같은 전략도 없다.

그러나 무엇보다도 결정적인 것은 이 작품이 산문과 거의 구별되지 않는다는 점이다. 산문적 수준의 글을 훌륭한 시라고 말할 수는 없기 때문이다. 따라서 만일 이 글을 시라고 한다면 그것은 시각적으로 행과 연을 배열하고 있다든지(그런 까닭에 필자는 일부러 위 시의 행과 연을 무시하고 단락 단위로 표기함으로서 독자의 편견을 배제해보려 하였다), 시인 스스로 시라고 주장했다든지, 아니면 이 짧은 감상적인 산문에 다소의 서정성을 담아냈다든지 하는 데서 오는 속임수일 뿐이다.

이 시대를 대표한 평론가 김기진은 이 작품을 프롤레타리아 문학의 최대 성과로 평가하면서 그 증거로 자신이 읽고 눈물을 흘린 문학작품이 그 평생에 오직 괴테의 「젊은 베르테르의 슬픔」과 투르게네프의 「전야前夜」 그리고 임화의 이 「우리 오빠와 화로」 이외에는 없었다는 사실을 예로 들었다.[1] 그 양이 작품의 우열을 판단하는 기준이 될 수는 없겠으나 독자 가운데도 물론 이 작품을 읽고 김기진의 고백처럼 눈물을 흘릴 분이 없지도 않을 것이다. 그러나 분명히 해두자면 그 눈물은 이 시의 주인공이 지닌 전기적 사실에서 오는 것이지 작품의 문학성에서 오는 것은 아니다. 즉 소재적 차원에서 느끼는 슬픔이지 문학적 형상화나 감동에서 느끼는 슬픔이 아닌 것이다. 따라서 그런 유의 슬픔이나 눈물이라면 독자들은 아마도 신문의 사회면 기사를 읽고 더 많이 흘릴 것이다. 필자로서는 이 시의 주인공이 겪는 고통 자체에 대한 연민에도 불구하고 그 문학적 유치함과 치졸성에 차라리 웃음이 나올 지경이다.

그렇다면 이처럼 산문의 영역으로부터 채 벗어나지도 못한 이같은 글을 시, 그것도 훌륭한 시라고 강변하는 이유는 어디 있을까. 두말할 것 없이 마르크스 이데올로기를 선전하고 계급투쟁을 선동하는 이 시의 내용 즉 그 이념성에 있다. 다시 말하여 이념으로 문학을 평가한 결과이다. 그럼에도 불구하고 이와 같은 비평 태도가 일제 강점기 시대에서나 계급문학 연구의 열풍이 분 지난 7, 80년대, 국문과 현대문학 연구의 현주소였으니 일러 무엇하랴. 최소한 시인으로서의 임화는 삼류의 반열에도 오르지 못하리라는 것이 필자의 생각이다.

---

1) 김기진, 「단편서사시의 길로」, 『조선문예』 1929년 5월호.

3

작품 연구의 두번째 문제점은 지나치게 시류에 편승한다는 점이다. 학문이란 본질적으로 모르는 것을 알고자 하는 행위이다. 그런데 모르는 것은 보통 은폐 혹은 소외된 공간에 있으므로 대개 학문 연구는 궁벽진 대상을 지향하기 쉽다. 즉 일반적으로 친숙하지 않은 의미에 관심을 두고자 한다. 학문 연구가 — 항상 그런 것은 아니지만 — 가능한 한 시류적인 것, 유행적인 것으로부터 거리를 지키고자 하는 것, 대학을 상아탑이라 일컫는 것도 그 때문일 것이다. 따라서 학문 연구는 설령 그 관심을 친숙한 것에 둔다 하더라도 최소한 이 양자 사이에서 조화나 균형을 지키는 것이 바람직하다.

그럼에도 불구하고 우리의 현대시 특히 작품 연구는 지나치게 시류를 추수하는 경향이 없지 않다. 우선 방법상으로 그러하다. 예컨대 해방 이후만 하더라도 신비평, 실존주의 비평, 마르크스주의 비평, 신화비평, 형식주의 비평, 구조주의 비평, 현상학적 비평, 포스트모더니즘 비평 등 이루 헤아릴 수 없는 방법론들이 우리 문학 연구를 현란하게 만들었다. 그리고 이 각각의 방법론은 그것이 제기될 때마다 거의 모든 학자가 여기에 하나같이 매달려 매번 오륙 년의 짧은 주기로 유행처럼 흘러갔으니 그것을 채 소화하지도 못하는 사이 우리 문학 연구는 서구 이론을 뒤쫓기에 급급하고 결과적으로 그에 종속되는 과정을 되풀이해 왔다. 우리의 전통과 철학에 뿌리를 내린 문학이론의 확립이 시급하게 요청되는 시점인 것이다.

연구의 대상이 되는 작품 역시 마찬가지이다. 가령 여러 가지 이유로 문단이나 평단에서 문학 저널리즘이 어떤 한 시인 혹은 어떤 한 작품에 초점이 맞추어지면 학계에서는 으레 이를 무비판적으로 수용하여 그 뒤치닥거리에 열을 올리는 것이 관례였다. 작품에 대한 문단적인 평가가 과연 정당한지 혹은 비평의 공정성에 문제는 없는 것인지를 성찰하는 냉철함은 뒷전이었다. 문단에서 훌륭하다고 하니까 누구나 앞다투어 그 시인과 작품을 연구 대상으로 삼는 것이다.

따라서 시인론이나 작품 연구는 그 시대의 초점이 되는 몇몇 사람들에게 집중될 수밖에 없고 그 결과 학술 업적이라는 것은 문단 비평에 추종하여 그것을 합리화하는 뒷북치기의 수준에서 크게 벗어나지 못했다. 한마디로 우리 학계의 문단에 대한 콤플렉스인 것이다. 우리의 시 혹은 시인 연구가 문학사 전체로서 조화를 찾지 못하고 몇몇 시류적인 시인 연구에 편벽되는 이유가 여기에 있다. 문제는 그들이 추종하는 우리의 문단 비평이 여러 가지 문제로 인해 객관적이지도 공정하지도 못하다는 사실이다.

그러한 관점에서 아마도 이 시대에 문학 저널리즘의 시류를 가장 확실하게 타고 있는 시인은 김수영일 것이다. 어떤 영향력 있는 신문사가 주관한 비평가들의 평가에서 그는 해방 이후 50명의 시인 가운데 ― 서정주나 박목월 같은 시인이 있음에도 불구하고 ― 제1위에 오른 시인이다.[2] 그러나 솔직히 말하자면 필자는 과연 그가 20위권에라도 오를 수 있을까 의심하는 사람이다. 그것은 그의 작품 수준이 그렇기 때문이다.

풀이 눕는다.
비를 몰아오는 동풍에 나부껴
풀은 눕고
드디어 울었다.
날이 흐려서 더 울다가

---

2) 소선일보 1998년 7월 31일자. 참고로 그 순위를 살펴보면 1위 김수영, 2위 고은, 김지하, 서정주, 신경림, 6위 김춘수, 7위 정현종, 왕농가, 9위 신동엽, 10위 박재삼, 11위 김광섭, 유치환, 황지우, 14위 박목월 등이다.

다시 누웠다.

풀이 눕는다.
바람보다도 더 빨리 눕는다.
바람보다도 더 빨리 울고
바람보다 먼저 일어난다.

날이 흐리고 풀이 눕는다.
발목까지
발밑까지 눕는다.
바람보다 늦게 누워도
바람보다 먼저 일어나고
바람보다 늦게 울어도
바람보다 먼저 웃는다.
날이 흐리고 풀뿌리가 눕는다.

—김수영,「풀」전문

　김수영의 대표작으로 알려진 작품이다. 김수영이 해방 이후 최고 시인이고 이 작품은 바로 그 김수영을 대표하는 것이니 논리적으로 말하자면 인용 시는 우리 문학사에서 해방 이후 최고 수준에 있는 작품이라 해야 할 것이다. 실제로 이 작품은 그러한 대접을 받고 있는 것도 사실이다. 각급 학교의 국어교과서에 수록이 되어 있다든지, 문단 비평이나 학계에서 대표적인 참여시 혹은 민중시로 평가되고 있다든지, 많은 연구자들이 이 작품을 대상으로 작품 분석을 해 보였다든지 하는 것 등이 그 예이다. 그러나 필자가 보기에 이 시는 그저 평범한 시인의 평범한 작품일 뿐이다. 대중적인 평가와 달리 참여시나 민중시와도 — 참여시나 민중시라고 해서 문학적으로 훌륭하다고 말할 수는 없으나 — 거리가 멀다. 그 이유는 다음과 같다.

첫째, 중심 이미지(presiding image) 혹은 사적 상징이라 할 '풀'이 이 시에서는 단순히 알레고리로 사용되고 있다. 많은 사람들이 지적한 터이지만 이 시에서 풀은 '민초(民草)'라는 한 가지 뜻만을 지시한다는 점에서 알레고리이다. 수사학적 알레고리는 비유하는 것과 비유되는 것의 의미론적 대응이 1 : 1(즉 민초(풀) : 시대의 탄압(동풍))의 관계를 지니기 때문이다. 그런데 수사학적 차원의 알레고리는 시의 본질이라 할 의미의 다양성이나 애매성이 거의 없는 까닭에 가장 저급한 단계에 놓인다.

둘째, 만일 '풀'이 알레고리가 아니라면 이 시의 '풀'은 단순한 사실 차원의 서경적인 묘사이거나 시인의 내적 심경을 객관적 상관물로 제시한 것 이상이 아니다. 그러나 이 역시 수준 높은 시적 형상화라고 할 수 없다. 전자의 경우는 문자 그대로 풍경 묘사이니 말할 것 없고 후자의 경우는 시인이 표상하고자 하는 내적 감정이 막연하고 불분명한 까닭이다.

셋째, 시와 과학의 차이는 상상력과 이성의 차이다. 그러한 관점에서 시의 우열은 상상력의 우열이라고도 할 수 있다. 그런데 이 작품에서 상상력은 매우 옹색하다. 예컨대 "풀이 눕는다./비를 몰아오는 동풍에 나부껴/풀은 눕고/드디어 울었다."라는 시행에서 바람이 불면 풀은 의당 쓰러지기 마련이므로 이는 사실의 기술일 뿐이다. 다만 시가 될 수 있는 부분은 풀이 '바람보다 더 빨리 눕는다'는 진술에서 보이는 상상력 하나인데 이 역시 자연스럽다고 말할 수는 없다. 풀을 민초, 바람을 독재 탄압이라는 틀로 볼 때 '바람보다 빨리 눕는 풀'이란 바람직한 민중의식으로는 해석이 될 수 없으니 다만 시인이 이 부분에서 민중의 치부를 고발했든지(그렇다면 이 시가 건강한 민중의식을 대변한다는 선체 논리에 배리되므로 스스로 작품이 실패했다는 논거가 된다), 자신도 모르는 말의 유희 속을 헤매고 있든지, 그것도 아니라면 자신도 독자도 모르는 어떤 관념을 작위적으로 풀어쓴 것이라고 해석할 수밖에 없기 때문이다.

넷째, 이 시를 참여시(민중시)로 규정한다면 아무래도 '바람보다 빨리 눕는 풀'이 설명되지 않는다. 그러한 맥락에서라면 '바람'은 독재권력이나 시대의 탄압을 의미하는 알레고리일 터인데 그 바람에 '빨리 눕는 풀'이란 독재권력에 저항하거나 투쟁함이 없이 미리 알아 복종하거나 아첨하여 생존을 도모하자는 이야기가 되는 까닭이다. 그렇지 않고 만일 사정이 여의치 않아 일단 복종하여 생존을 도모한 뒤 독재권력이 물러나면 다시 일어선다는 식으로 해석할 경우 이 또한 독재권력에 대한 기회주의적 처세술을 독려하는 내용이 될 수밖에 없다. 따라서 이 모든 해석은 건강한 민중의식과 거리가 멀다.

다섯째, 이 시를 참여시로 규정하기 위해서는 당연히 풀은 '민초'를 대변하는 알레고리이어야 할 것이다. 그러나 그와 대립된 '바람'이 독재의 탄압을 암시하는 알레고리라 한다면 시인의 상상력은 매우 저급한 것이 되어버린다. 왜냐하면 이 시에서 바람은 동풍, 그것도 비를 몰아오는 바람인데 일반적인 우리의 상상력에서 파괴와 죽음을 몰고 오는 바람은 북풍이나 서풍, 그것도 태풍이어야 하기 때문이다. 그런데 이 시의 전체적인 톤으로 볼 때 비를 몰고 오는 동풍 즉 봄바람이란 파괴와 살육을 암시하는 것이라기보다는 오히려 새싹 즉 생명의 잉태를 암시하는 것으로 보는 것이 자연스럽다.

여섯째, 이 시의 상상력이 매우 옹색하다는 것은 앞에서 이미 지적한 바 있다. 그러나 그 중심 이미지라 할 '풀'은 그로부터 파생되는 이차, 삼차 이미지의 상상력으로 확산되지 못하고 단순히 풀 그 자체로 끝났다는 점에서도 매우 빈약해 보인다.

일곱째, 인상 비평으로 말할진대 무엇보다도 이 시는 우선 감동을 주지 않는다. 그렇다고 해서 무슨 깊은 철학을 지닌 것 같지도 않다. 설령 이상의 문제들이 해결되었다 해도 우리들의 자연스러운 상상력으로는 이해되지도 않는 부분이 많다. 예컨대 제2연에서 풀은 바람보다 먼저 눕는다고 했는데 왜 제3연에서는 바람보다 늦게 눕는다고 했을까. 아무리 궁리를 해보아도 자연스러운 해답이 떠오르지 않는다. 그것을 시적 역설이라고 할 수도 없고 무슨 고고한 의미를 함축한 재담이라고 할 수도 없다. 억지로 해석하자면—견강부회라는 말이 있으니—못 할 것도 없지는 않을 것 같으나 깊은 철학도 없이 그러한 구구하고도 부자연스러운 해석으로 겨우 이해가 되는 시라면 어찌 그것을 훌륭하다고 말할 수 있을 것인가.

이 시를 민중시로 규정하는 데에 이와 같은 억지와 무리가 따른다면 차라리 다음과 같이 해석하는 것이 더 좋을지도 모른다. 이 시에서 풀은 단순한 풀이 아니라 한발이 들어 시들어가는 풀 즉 죽어가는 풀이다. 그러므로 그 풀에겐 소생을 위한 물(비)이 필요하다. 그런데 시방 하늘에서는 날씨가 흐려지면서 동풍이 비를 몰고 올 징조가 보이므로 오랫동안 비를 기다리던 풀은 너무나도 감사해서 눈물마저 나오며(눈물이 나올 만큼 감동적이다. "풀은 눕고/드디어 울었다.") 미리 누워 비 맞을 차비를 한다. 비가 오면 일단 풀은 빗줄기의 무게로 땅에 눕기 때문이다. 그러나 이 풀의 누움은 죽음을 의미하는 것이 아니다. 오히려 지상을 뒹굴며 단비로 흠뻑 생명력을 흡수하여 금방 파릇하게 풀잎을 곧추세우기 때문이다. 그러니 바람보다 빨리 누운 풀이 바람보다 빨리 일어날 수가 있는 시적 논리가 성립한다. 그것을 우리는 생명력의 신비라고 말해도 좋다.

이 시를 이렇게 해석한다면 그것은 참여시나 민중시가 아니라—설령 훌륭한 시가 아니라 하더라도—일종의 인생론적인 시에 해당한다.

즉 절망에 이른 존재가 사랑의 단비를 통해 소생하는 이야기인 것이다. 따라서 이 시는 사랑, 희망과 같은 인생론적 가치의 중요성을 언급한 작품이라 할 수 있다.

4

작품 연구의 세번째 문제점으로 기존 평가에 대한 맹목적인 추수를 들 수 있다. 우리 학계는 그 무슨 이유이든 일단 한 작품에 대한 평가가 권위를 갖게 되면 일방적으로 그 견해를 답습하는 연구가 줄을 잇는다. 그와 다른 독창적인 생각, 비판적인 입장은 매도당하기 십상이고 그야말로 뒷북치기 경쟁에 너나없이 앞장을 서는 것이다. 그러니 그 후속 비평이나 논문이라는 것 역시 재탕 삼탕의 의미로서 끝날 뿐 창의적인 업적이 되기가 어렵다. 아마도 그러한 예의 하나가 김광섭의 「성북동 비둘기」라는 시에 대한 평가가 아닌가 한다. 따라서 나는 이 작품에 대해 문단 비평을 그대로 따르고 있는 학계의 입장이야말로 문단 콤플렉스의 표현이며 뒷북치기의 한 전형이라고 생각한다. 왜냐하면 이 작품을 그렇듯 훌륭한 작품으로 만들어놓은 것은 문단의 어떤 목적의식에서 비롯된 것이기 때문이다. 그렇지 않다면 웬만한 문학의 딜레탕트도 알 수 있는 이 시의 저급함을 항차 이 나라 일류 비평가들이 모를 리 없다.

여러 다른 이유들이 많이 있겠으나 어떻든 「성북동 비둘기」는 당대의 가장 훌륭한 문학작품이요 그것도 대표적인 민중시라는 것이 오늘날 평단에서 비롯된 문단이나 학계의 일반적인 평가이다. 그리하여 이 작품 역시 고등학교 국어교과서나 각 대학의 국어책에 필수적으로 수록되고 있는 것은 다 아는 바와 같다. 그러나 그것이 옳은 평가일까. 필자가 보기에 이 작품은 삼류의 수준에도 미치지 못하고 그렇다고 민중시와 어떤 특별한 관계가 있는 것도 아니다.

성북동 산에 번지가 새로 생기면서 본래 살던 성북동 비둘기만이 번지가 없어졌다. 새벽부터 돌 깨는 산울림에 떨다가 가슴에 금이 갔다. 그래도 성북동 비둘기는 하느님의 광장 같은 새파란 아침 하늘에 성북동 주민에게 축복의 메시지나 전하듯 성북동 하늘을 한 바퀴 휘돈다.

성북동 메마른 골짜기에는 조용히 앉아 콩알 하나 찍어먹을 널찍한 마당은커녕 가는 데마다 채석장 포성이 메아리쳐서 피난하듯 지붕에 올라앉아 아침 구공탄 연기에서 향수를 느끼다가 산 1번지 채석장에 도루 가서 금방 따낸 돌 온기에 입을 닦는다.

예전에는 사람을 성자(聖者)처럼 보고 사람 가까이서 사람과 같이 사랑하고 사람과 같이 평화를 즐기던 사랑과 평화의 새 비둘기는 이제 산도 잃고 사람도 잃고 사랑과 평화의 사상까지 낳지 못하는 쫓기는 새가 되었다.

— 김광섭, 「성북동 비둘기」 전문

행과 연을 구분하여놓으면 무언가 시 같아 보이는 편견에 사로잡히기가 쉬운 까닭에 부러 원 시의 행 연 구분을 무시하고 단락 단위의 산문형식으로 기술해보았다. 편견 없는 독자라면 힌번 말해보시라. 이 글이 어떻게 시가 될 수 있는가. 성북동에 대한 일종의 단상을 산문으로 피력한 것에 지나지 않는다고 말하는 것이 자연스러울 것이다. 물론 그 산문 역시 어법이나 문제가 아주 유치하다는 것은 두말할 필요가 없다.

가령 첫째 문장 "성북동 산에 번지가 새로 생기면서 본래 살던 성북동 비둘기만이 번지가 없어졌다"에서 두번째 등장하는 '성북동' 이라는 단어는 생략하는 것이 자연스럽다. 셋째 문장은 "그래도 비둘기는 주민에게 축복의 메시지나 전하듯 하느님의 광장 같은 새파란 성북동 아침 하늘을 한 바퀴 휘돈다" 쯤으로 고치는 것이 훨씬 나아 보인다.

둘째 단락은 한 문장으로 되어 있는데 이제는 어법이 맞지 않다. 그러므로 그것은 세 문장 정도로 나누어 다음과 같이 수정하는 것이 아마 자연스러울 것이다. 즉 "성북동 메마른 골짜기에는 조용히 앉아 콩알 하나 찍어먹을 널찍한 마당은커녕 (좁은 공지조차 없고) 가는 데마다 채석장 포성이 메아리친다. (갈 곳 없는 비둘기는) 피난하듯 지붕에 올라앉아 아침 구공탄 굴뚝에서 나는 연기에 향수를 느낀다. (그러다가) 산 1번지 채석장에 도루 가서 금방 따낸 돌 온기에 입을 닦는다" 이제 이렇게 고친 위의 두 단락을 원래의 그것과 대비해보면 원 시의 문장이 얼마나 유치한지를 금방 알 수 있을 것이다.

성북동 산에 번지가 새로 생기면서 본래 살던 비둘기만이 번지가 없어졌다. 새벽부터 돌 깨는 산울림에 떨다가 가슴에 금이 갔다. 그래도 비둘기는 주민에게 축복의 메시지나 전하듯 하느님의 광장 같은 새파란 성북동 아침 하늘을 한 바퀴 휘돈다.

성북동 메마른 골짜기에는 조용히 앉아 콩알 하나 찍어먹을 널찍한 마당은커녕 좁은 공지조차 없고 가는 데마다 채석장 포성이 메아리친다. 갈 곳 없는 비둘기는 피난하듯 지붕에 올라앉아 아침 구공탄 굴뚝에서 나는 연기에 향수를 느낀다. 그러다가 산 1번지 채석장에 도루 가서 금방 따낸 돌 온기에 입을 닦는다.

물론 시의 어법은 산문과 다르다. 산문의 어법을 그대로 따를 필요도 없다. 그러나 그것은 시의 특별한 미학을 창출하기 위해서이지 비문(非

文)을 만들기 위해서 그런 것은 아니다. 그런데 문제는 「성북동 비둘기」에서의 비문이 어떤 특별한 미학적 목적에 부응하기 위하여 만들어진 것이 아니라 문자 그대로 작문의 오류에서 비롯했다는 사실이다. 그것은 고친 문장으로 행과 연을 구분한 시를 원 시의 그것과 비교해서 읽어볼 때 전자가 후자보다 훨씬 아름답고 자연스럽게 느껴진다는 데서도 알 수 있다.

그러나 본질적으로 「성북동 비둘기」가 훌륭한 시일 수 없음은 이와 같은 문장 수준의 미흡함이 아니라 다음과 같은 이유들에 있다.

첫째, 사실 보고의 차원에 머물러 있다. 그것은 신문 사회면의 르포 기사와 유사하다. 시란 상상력에 의하여 씌어지는 것인데 이처럼 사실을 사실 그대로 기술한 내용을 훌륭한 시라고 말할 수는 없을 것이다.

둘째, 사실 보고이기는 하나 이 시는 물론 '성북동 비둘기'라는 새를 하나의 상징적 존재로 등장시켜 무엇인가를 깨닫게 한다는 점에서 그런대로 시적인 요소가 전혀 없다고 말할 수는 없다. 그러나 이 역시 앞의 김수영의 「풀」에서와 마찬가지로 시에서 단순히 알레고리 역할을 하고 있는 까닭에 상상력에서 비롯되는 미학적 신선감이나 의미의 암시성, 다양성, 애매성, 창의성 등이 전혀 없다. 즉 '비둘기=평화'라는 것은 일상적 담론에서 누구에게나 통용되는 의미론적 등식이므로 설령 그것이 알레고리가 아니라 하더라도 죽은 은유 이상의 수준을 벗어나기 힘들다. 그럼에도 불구하고 시인은 그 앞에 의미를 적시하는 수식어까지 붙여 '사랑과 평화의 새 비둘기'라고 했으니 이 얼마나 유치한 수사법이라 하겠는가. 그것은 '비둘기'가 비록 알레고리로 사용되었다고 하나 산문적 수준에 머물고 있음을 그 스스로 자인한 예라 하겠다.

셋째, 시는 기본적으로 이미지, 은유, 상징의 구조적 체계로 이루어져야 한다. 그런데 이 시에는 이와 같은 시의 기본 요소나 구조가 거의 갖추어져 있지 않다. 핵심 이미지라 할 '사랑과 평화의 새 비둘기'도 소위 소유격형 은유(알레고리, genitive metaphor)로 되어 있어 가장 저급한 단계에 머물러 있다.

　넷째, 물론 이 시에는 부분적으로 비유적 상상력이 없는 것은 아니다. 예컨대 "성북동 비둘기만이 번지가 없어졌다" "가슴에 금이 갔다" "하느님의 광장 같은 하늘" '(비둘기가) 굴뚝 연기에서 향수를 느낀다' 등이다. 그러나 이는 장식적이고 수사적 차원에서 동원된 것이니 시의 본질적 요소와는 관계가 없는 것들이다. 특히 "가슴에 금이 갔다"와 같은 진술은 소위 관습적 표현(conventional expression)으로 이미 시적 상상력을 잃어버린 수사법이다.

　다섯째, 시의 원리라 할 등가적 반복(repetition of equivalence)이나 전도를 발견할 수 없다. 모든 내용이 산문처럼 직선적, 직설적인 전개를 따르고 있기 때문이다. 말하자면 그것은 압축된 플롯 형식으로 기술된 하나의 작은 이야기일 따름이다.

　이처럼 「성북동 비둘기」는 시라고 말할 수조차 없는 졸작이다. 그러나 그것만이 아니다. 종래의 평가에 또다른 중요한 문제가 남아 있다. 이 작품이 과연─졸작이든 명작이든─대표적인 민중시라는 일반 비평가들의 주장이 옳은가 하는 점이다(나는 특정한 비평가 그룹에서 「성북동 비둘기」를 훌륭한 작품으로 치켜세운 이유가 아마 여기에 있을 것이라 생각한다). 그러나 「성북동 비둘기」는 민중시와도 전혀 관계가 없다. 이 시의 내용이 다음과 같이 요약되기 때문이다.

　1) 예전에 성북동에는 비둘기들이 평화스럽게 살았다.
　2) 그런데 갑자기 채석장이 들어서 비둘기의 안식처를 빼앗아갔다.
　3) 갈 곳 없는 비둘기들은 근처 인가의 구공탄 굴뚝에서 겨우 추위를 피하게 되었다.
　4) '사랑과 평화의 새 비둘기'는 이제 쫓기는 새가 되었다.

이상과 같은 사실 보고 차원의 글이 주는 메시지는 무엇일까. 간단히 말하면 자연을 훼손하지 말고 '사랑과 평화의 새 비둘기'가 편안하게 사는 환경을 만들어주자는 호소이다. 물론 거기에는 그러한 환경을 보존할 때 인간의 삶도 사랑과 평화를 지킬 수 있다는 암시적인 교훈이 내포되어 있다. 그렇다면 이 시는 환경보호시 즉 요즘 한창 논란이 되고 있는 소위 '생태시'가 아니겠는가. 혹시 이 시에 등장하는 '채석장'이 호화주택을 짓는 소재로 가령 대리석이나 옥 같은 것을 채취하는 광산이라면 그 해석이 달라질 수도 있을 것이다. 가진 자 혹은 착취계급의 호사로움을 위해 산을 파헤치고 '사랑과 평화의 새 비둘기'까지 내쫓는다는 해석이 가능하기 때문이다. 그러나 이 시의 전체적인 문맥으로 볼 때 그 어떤 부분에서도 그와 같은 해석의 가능성은 찾아볼 수 없다. 오히려 서민의 주택난을 해소하기 위해서 혹은 공공시설의 설비를 위해서 개발한 일종의 공익적인 채석장이라고 보는 것이 자연스럽기 때문이다.

이렇듯 「성북동 비둘기」에 대한 종래의 문단적 평가가 그 작품의 수준으로 보나 주제의식으로 보나 오류였다면 학계에서는 이제라도 이를 정당하게 바로잡아야 하지 않겠는가.

5

마지막으로 작품 연구에서 시인 자신의 전기적 사실과 작품의 상상세계를 혼동하는 우를 많이 범하고 있다. 삭사의 전기를 진제하고 연역적으로 작품을 그에 맞추어 해석하는 경우이나. 가령 요즘 유행히고 있는 바 작가론이나 시인론에서 '……체험'과 같은 글이 내부분 이에 속힌다. 그러나 이와 같은 접근법은 오류를 범하기 쉽다. 왜냐하면 시인이란 꼭 자신의 전기적 사실이나 자신이 겪은 체험을 시로 쓰지는 않기 때문이다. 아니 오히려 시인은 전기적 사실과 전혀 반대되거나 배리된 내용을 쓰는 경우가 많다. 그것이야말로 시인의 상상력이며 독창성이다. 나 자신도 결혼하기 전에 아내에 관한 시를 쓴 바 있으며 친누이가 없으면서도 어느 시에선가 "죽은 누이를 볼 것만 같다"는 표현을 쓴 적이 있다.

그런데 우리 학계의 일부 연구자들은 시의 내용을 꼭 시인의 전기에 맞추어 설명하고자 하는 도식성에 사로잡혀 있는 것 같아 딱하다. 문학론에서 소위 발생학적 오류(genetic fallacy) 혹은 의도적 오류(intentional fallacy)라고 부르는 바가 그것이다. 아마도 그 대표적인 예로 윤동주를 꼽을 수 있을 것이다. 가령 다음과 같은 시는 지금까지 평단과 학계에서 일제 저항시와 기독교 사상이 반영된 시로 규정되어왔지만 사실을 말하자면 그와 전혀 다르다.

죽는 날까지 하늘을 우러러
한 점 부끄럼이 없기를,
잎새에 이는 바람에도
나는 괴로워했다.
별을 노래하는 마음으로
모든 죽어가는 것을 사랑해야지
그리고 나한테 주어진 길을
걸어가야겠다.

오늘 밤에도 별이 바람에 스치운다.

— 윤동주, 「서시」 전문

굳이 이 시를 사상적 측면에서 다루고자 한다면 기독교 사상이라기보다는 유교 사상을 반영했다고 보는 견해가 더 타당하다. 그것을 패러디라 해도 좋고 인유(allusion)라고 해도 좋지만 어떻든 이 시의 첫 부분이 문자 그대로 맹자(孟子)의 몇 구절을 직접 인용하고 있기 때문이다. 다 아는 바와 같이 맹자는 인생의 세 가지 큰 기쁨(人生三樂)에 대하여 이야기한 바가 있다. 부모형제의 무고함(父母具存 兄弟無故 一樂也)과 하늘과 땅에 부끄러움이 없는 삶(仰不愧於天 俯不怍於人 二樂也)과 천하의 영재를 얻어 가르치는 일(得天下英才而敎育之 三樂也)이 그것이다. 그런데 「서시」는 그 주제를 언급한 첫 4행에서 바로 이 둘째 기쁨을 그대로 인용하고 있으니 아무리 맹목적인 기독교도라 한들 어찌 이를 부정할 수 있을 것인가.

물론 기독교라고 해서 모든 사상이 유교와 다른 것은 아니다. 기독교건 유교건 많은 사람들이 이에 경의를 표하는 것은 이들이 인류의 보편성에 토대를 둔 사상체계인 까닭에 그러하다. 그러므로 한 발 물러서서 이 시는 바로 유교와 기독교의 그와 같은 공통된 윤리관을 반영한 것이라고 주장할 수 있을지는 모른다. 그러나 바로 그런 까닭에 이 시가 배타적으로 기독교 사상을 반영한 것이라고 주장할 당위성은 없다. 그럼에도 불구하고 이 시를 기독교적인 시라고 주장하는 근거는 윤동주가 기독교 가문에서 태어나 그 자신 기독교인이었다는 사실에서 비롯했을 것이다. 즉 작가가 기독교인이니 그가 쓴 시는 당연히 기독교시여야 한다는 편견, 달리 말해 발생학적인 오류를 범한 결과이다.

그러나 윤동주가 성장했던 시대를 냉철하게 살펴보면—지금노 그러하지만—유교적 교양이란 어느 수준까지 그 시대 지식인 사회에서 하나의 보편적 덕목이었다. 기독교인이선 불교도이긴 아니 그 누구이건 마찬가지였다. 당대의 한국인에게 유교란 종교이기에 앞서 하나의 생활이며 규범이며 문화였기 때문이다. 아무리 맹신적인 기독교인이리

하더라도 기독교와 배리되지 않는 유교적 교양을 배척할 수 없는 문화적 전통이 지배하던 시대였다. 그러한 상황을 고려할 경우 한국의 중산층으로 태어나서 소년기에 한학을 배웠을 윤동주에게 유교적 교양이 전혀 배어 있지 않았으리라고 상상하는 것은 부자연스럽다. 그러므로 우리가 윤동주의 「서시」에 유교적 사상이 반영되어 있으리라 추리하는 것은 아주 당연한 생각이다.

한 사람이 종교적 신앙인으로 성숙해가는 길에는 많은 시련과 고뇌가 따르기 마련이다. 거기에는 회의나 좌절 그리고 신비스런 체험에 의한 영적 초월을 겪는 과정도 있을 것이다. 그러므로 기독교인이 썼다고 해서 시기를 가리지 않고 그의 모든 시가 기독교 사상을 옹호하거나 반영했다고 생각하는 것도 아주 잘못된 판단이다. 그가 전 생애를 기독교인으로 살았다 하더라도 그 과정 중 어느 한 시기에 기독교에 회의하거나 방황한 적이 있었다면 그때에 쓴 시는 얼마든지 반기독교적일 수도 있기 때문이다. 그러한 관점에서 나는 일반적으로 윤동주의 대표적인 기독교시라 규정된 「십자가」 「간」 「또 태초의 아침」 「팔복」 같은 시도 사실은 반기독교시라고 생각한다. 이유는 간단하다. 작품 그 자체의 내용이 그렇기 때문이다. 그런데 최근에 나의 그와 같은 생각에 확신을 가져다준 발견이 하나 있었다. 송우혜가 쓴 윤동주 전기에서 윤동주가 이들 시를 창작할 무렵 즉 연희전문 수학시절에 기독교에 대해 깊은 회의를 느끼고 신앙적으로 매우 방황하였다는 기록을 읽었기 때문이다.[3] 신앙적으로 회의를 가진 사람이 신앙에 대한 신념을 이야기할 수 없는 것은 당연한 이치가 아니겠는가.

「서시」는 또한 일제를 규탄하는 저항시도 아니다. 만일 그렇다면 어떻게 "모든 죽어가는 것을 사랑해야지"라고 말할 수 있을 것인가. '모

---

3) 송우혜, 『윤동주평전』, 열음사, 1980, 217~227쪽.

든 죽어가는 존재' 라는 뜻에는 일본인도, 한국인도, 미국인도, 선인도, 악인도 전부 포함되어 있다. 아니 인간을 넘어서 모든 생명을 가진 존재를 포함하고 있다. 그러므로 이 시의 기본적인 뜻은 문자 그대로 이 지구상의 모든 살아 있는 존재―인간이 아닌 생명체까지 포함하여― 그중에서도 연약하게 스러지는 존재를 특히 사랑하며 살고 싶다는 자신의 인생론을 고백한 것이라고 해석할 수밖에 없다. 「서시」는 이렇듯 생에 대한 외경심을 피력하고 나아가 그 생이 하늘의 뜻에 따라 살기를 바라는, 보편적 인류애에 대한 자기 성찰시였을 뿐이다.

6

나는 지금까지 나 자신을 포함하여 우리 학계가 한국의 현대시, 특히 작품론 연구에서 반성해야 될 몇 가지 타성을 살펴보았다. 그것은 우리 학계의 보다 창조적이고 발전적인 학풍의 진작을 바라는 염원 때문이다. 이제 우리 연구자들은 작품에 대한 기존의 견해나 평가에서 과감하게 자유스러워져야 한다. 누가 무엇이라고 하든 자신만의 독자적이고 개성적인 눈으로 작품을 대할 수 있는 안목과 용기를 가져야 한다. 졸작이 명작으로 치부되고 작품이 이념의 도구로 전락하는 상황을 그대로 방치해둔다는 것은 학자로서 직무유기이며 문화적 범죄행위인 까닭이다. 명작이 명작으로, 졸작이 졸작으로 대접받는 신성한 문학사의 서술이 가능해야 더불어 문학창작의 바른 길도 확립되고, 위대한 작품의 생산도 기대할 수 있지 않겠는가.

(2001)

한국 현대시사의 오류

1. 머리말

개화기 신시운동 이후 오늘에 이르기까지 우리의 시문학사도 이제 백여 년의 세월이 흘렀다. 그 동안 여러 선학들의 노력에 힘입어 우리의 근·현대시에 대한 연구 역시 상당한 수준에 도달하였다. 그럼에도 불구하고 아쉬운 것은 시사(詩史)를 바라보는 학계의 관점은 아직도 별로 달라진 것 없이 선학들의 그것을 고스란히 답습하고 있다는 점이다.

물론 초창기 연구자들은 불모지나 다름없는 우리 시의 연구 분야에 많은 공적을 남겼다. 그러나 자료의 미흡, 역사의식 결여, 개척자로서의 시행착오, 방법론의 결핍, 비평적 안목의 부재 등으로 적지 않은 오류를 범했던 것도 사실이다. 그러므로 이제 어느 정도 학문적 성과를 축적한 오늘, 우리는 이에 토대해서 보다 냉철하게 우리의 시문학사를 한 번쯤 점검해볼 필요가 있으리라 생각한다. 그리하여 만일 종래의 문학사 기술에 어떤 문제점이 노정되어 있다면 그것을 과감하게 시정하여 후학들에게 새로운 연구의 지평을 열어주어야 마땅할 것이다.

2. 자유시 성립과정

지금까지 우리 문학사에서는 우리의 자유시형이 외래의 영향에 따라 이루어졌다는 견해가 보편적이었다. 그러나 필자는 이와 달리 — 영향 자체를 부정할 수는 없으나 — 우리의 자유시는 전통시로부터 발전해왔다고 본다. 그 이유는 다음과 같다.

첫째, 일본 체류의 경험이 있는 최남선이나 이광수 같은 신시 작가들의 작품을 예로 들어 우리의 자유시가 외래적인 영향을 받았다고 주장하는 논거는 옳지 않다. 왜냐하면 이들이 쓴 개화기 시가들, 예컨대 최남선, 이광수의 신체시나 이광수의 사행시 등은 종래의 문학사적 평가처럼 자유시를 지향하는 시형이 아니라 오히려 자유시에 반동하는 시형이라고 생각하기 때문이다. 지금까지는 이들이 쓴 소위 '신체시'가 자유시의 효시가 된다는 관점에서 그들이 일본 체류시에 받았을 영향을 문제 삼아왔다. 그러나 실제에 있어 '신체시'가 자유시에 반동하는 시형이라면 이같은 가정은 무의미하다.

둘째, 문헌상으로 1910년대 중반까지 외국시의 한국 수용이 거의 없었다는 점이다. 예컨대 최남선이 「해에게서 소년에게」를 쓴 1908년 11월까지 우리 문단에 소개된 해외시는 단 한 편도 없었다. 위의 작품이 발표된 『소년』지 창간호의 다음호 즉 제2호(1908년 12월)에 최초로 사무엘 스미스(Samuel F. Smith) 작 「아메리카」라는 시가 번역 개제된 바 있지만 이 작품은 순수 예술시가 아니라 미국 국가의 가사라는 점, 그 형식이 정형시체로 되어 있다는 점에서 최남선에게 — 오히려 정형시에 대한 집착을 강화시키는 데 영향을 주었다면 모르거니와 — 자유시 지향의 어떤 시작 충동을 주었으리라고 생각되지는 않는다. 참고로 1910년대 중반까지 우리 문단에 소개된 해외시의 시지를 밝히면 다음과 같다.

1909년 2월 미상, 「대국민의 기백」, 『소년』

1909년 3월 몬트꼬 메리, 「청년의 기원」, 『소년』

1909년 5월 촬스 맥케이, 「띠의 강반의 방앗군」, 『소년』

1909년 7월 카롤라인 오온, 「노작勞作」, 『소년』

1910년 3월 빠이론, 「빠이론의 해적가」, 『소년』

1910년 6월 빠이론, 「대양」, 『소년』

1910년 7월 네코에푸스키, 「사랑」, 『소년』

1910년 12월 테니슨, 「제석除夕」, 『소년』

1914년 10월 튜르케네프, 「문어구」, 『청춘』

1914년 12월 쩐 밀톤, 「실락원」, 『청춘』

1914년 12월 미상, 「기화」, 『학지광』

1915년 2월 튜르케네프, 「걸식」 외 2편, 『학지광』

우리 시사에서 최초의 자유시로 공인된 작품들은 주요한의 「불놀이」
(1919년 2월), 김안서의 「겨울의 황혼」(1919년 1월), 황석우의 「봄」
(1919년 2월) 등이다. 그러나 실제에 있어 이와 같은 시형이 등장한 것
은 그 이전 이미 1910년대 중반의 『학지광學之光』에서 활동한 무명의
시인들, 예컨대 최소월(崔素月), 김여제(金輿濟), 돌샘(石泉) 등의 작품
에서였다. 따라서 『학지광』이 일본 유학생들에 의해 일본에서 발간된
잡지였다는 것과 위에서 인용한 서지를 감안해볼 때 우리 자유시 형성
과정에서 해외시의 영향이 있었다면 아무래도 1910년대 이후의 일이라
고 보는 것이 자연스럽다.

그러나 1910년대 중반에 이와 같은 현상들이 나타났다고 해서 우리
의 자유시 형성이 전적으로 혹은 지배적으로 일본을 비롯한 해외시의
영향에 의해서 이루어졌다고 진단하는 것은 잘못이다. 우리 문학사에
서 정형시의 자유시화 경향은 이미 18세기 후반부터 진행되고 있었고

그 변화의 주도적 흐름이 자생적이었기 때문이다. 이는 우리의 자유시 창작운동이 해외시의 영향으로 촉발된 것이 아니라 우리 문학사의 내적 필연성에 따라 일어난 것임을 의미한다. 실제로 우리 문학사에서 정형시형의 해체는 18세기 후반, 사설시조의 등장으로부터 비롯했다고 보는 것이 옳다. 그것은 17세기에 라퐁텐이 정형률에서 불규칙적인 수의 음절들과 기수율(基數律)을 차용하여 프랑스의 소위 '고전적 자유시(le vers libre classique)'를 개발한 것과 유사한 현상이라고 말할 수 있다. 사설시조의 등장은 정형시라 할 평시조의 율격을 부분적으로 해체하여 그것이 자유시형으로 지향할 물꼬를 텄기 때문이다.

이처럼 18세기 후반부터 시작된 정형시의 해체 및 자유시 지향운동은 개화기에 들어 시조와 잡가, 민요, 가사, 판소리 등 전통 장르 상호간에 적극적인 교섭과 침투가 이루어짐으로써 가속화된다. 그 결과 자유시형에 준하는 여러 형태의 개화기 시가 장르들이 등장했던 것은 우리가 문학사에서 보는 바와 같다. 그러나 아직도 이와 같은 변혁의 과정에 일부 문화적 수구 세력들이 없었던 것은 아니다. 예컨대 진정한 시란 '정형시형'에 있다는 고정관념과 우리의 전통 정형시는 낡고 저열하다는 편견에 사로잡혀 새로운 정형시 창작운동을 펼치고자 했던 일군의 시인들 즉 근대의 선각자로 치켜세워진 최남선, 이광수 등이 그들이다.

그들은 해외문학의 체험에서 정작 보아야 할 근대 자유시형은 보지 않고 아이러니하게도 한국의 시조보다 더 완결된 외국의 정형시형들을 보았다. 그리하여 거기서 어떤 문화적 열등감을 느끼게 된 그들은 전통적인 것과 다른, 새로운 정형시형의 확립이 문화적 근대화의 첫걸음이라고 오해한 나머지 — 자유시 지향이라는 문학사적 흐름에 반하여 — 소위 '신체시'나 '4행시'와 같은 정형시형 등을 창안하였던 것이다. 조선 중기에 대두하였으나 거의 사라져버렸던 '언문풍월'이 그 무렵 난데없이 나타나 일대 유행을 일으켰던 것도 같은 문맥에서 이해될 수 있을 것이다.

그러나 물론 소수의 문화적 수구 엘리트라 할 그들의 그와 같은 문학적 반동이 근대 시민사회의 문학적 반영이라 할 자유시 지향의 대세를 꺾을 수는 없었다. '근대'라는 한 시대의 보편적 문화현상은 문학에 있어서 보다 자유스럽고 민주적인 형식 즉 자유스러운 시형을 요구하고 있었기 때문이다. 그리하여 이 마지막 남은 장애물을 극복하자 우리 문학사에서 자유시는 이제 확고한 민족시형으로 자리를 잡고 마치 뚝을 무너뜨린 홍수처럼 전 문단적 확산에 이르게 된다.

우리는 대체로 이 시기를 1910년대 중반으로 잡을 수 있을 것이다. 따라서 우리 시에 끼친 해외시의 영향이란 이 마지막 단계에 국한된 것으로 우리 문학사의 자생적 자유시 창작운동에 한 보탬이 되었을지는 모르나 그 자체가 주도한 것이라고는 결코 말할 수 없다.

결론적으로 우리 근·현대문학사에서 자유시의 형성은 1) 18세기의 사설시조 등장으로 인한 1단계의 정형시 해체 → 2) 개화기의 전통 장르 상호간의 교섭과 침투에 의한 2단계 해체 → 3) 해외시의 영향 → 4) 문학적 반동세력에 의한 새로운 정형시형 확립운동과 그 극복이라는 네 단계를 거쳐 이루어졌다. 이 과정에서 주도적인 것은 우리 문학의 자생적인 자유시운동이었다. 해외시의 영향은 다만 이 마지막의 단계에서 부차적인 역할을 담당했을 뿐이다. 우리 문학사의 이같은 현상은 물론 그 토대라 할 조선사회의 경제사적 변화—넓은 의미의 초기 자본주의 형성과정을 반영한 결과라 할 수 있다.

3. 정형시로서의 신체시와 창가

개화기 우리 시가 장르에 대한 논의에서 문제되는 것은 소위 '신체시'와 '창가'이다. 전자는 그것이 과연 자유시의 효시가 될 수 있는가 하는 점에서, 후자는 문학적 장르 명칭으로 적합한가 하는 점에서 그러하다. 결론부터 말하자면 이 양자는 모두 그렇지 않다.

지금까지 선학들은 신체시의 파격적인 율격을 정형시 해체의 첫걸음으로 보고 이 율격의 파격성이 근대 자유시형을 성립시켰다고 주장해 왔다. 그러나 필자는 이에 대해서 견해를 달리한다. 신체시는 자유시 지향에서라기보다 오히려 정형시 지향에서 씌어진 일종의 과도기적 정형시형이라는 생각이다. 진정한 의미에서의 자유시 혹은 자유시 지향의 율격 해체라면 장르적 차원은 물론이고 개개의 시에서도 어떤 획일적인 규범이 사라져야 하는데 신체시는—특히 후자의 측면에서—그렇지 않기 때문이다. 그것은 신체시가 한 편의 시를 구성함에 있어 각 연들 사이에 정확한 형식적 대응과 정형율격의 반복을 고수하고 있다는 점에서 드러난다.

1연 : 텨—ㄹ썩 텨—ㄹ썩 텩, 쏴—아
　　　따린다 부순다 문허버린다.
　　　태산 같은 높은 뫼, 집채 같은 바윗돌이나
　　　요것이 무어야 요게 무어야
　　　나의 큰 힘 아나냐 모르나냐 호통까지 하면서
　　　따린다 부순다 문허버린다.
　　　텨—ㄹ썩, 텨—ㄹ썩 텩, 튜르릉 꽉

2연 : 텨—ㄹ썩 텨—ㄹ썩, 텩 쏴—아
　　　내게는 아모것노 두려움 없어
　　　육상에서 아모런 힘과 퀀(權)을 부리던 지리도
　　　내 앞에 와서는 꼼짝 못 하고

아모리 큰 물건도 내게는 행세하지 못하네

내게는 내게는 나의 앞에는

텨—ㄹ썩 텨—ㄹ썩, 텩 튜르릉 콱

　신체시의 전형이라 할 최남선의 「해에게서 소년에게」의 총 6연 가운데서 편의상 1, 2연만 인용해보았다. 이를 꼼꼼히 살펴보면 매 연의 첫 행과 끝 행이 같은 말의 반복이고, 각 연 모두 7행으로 되어 있으며, 각 연에 대응하는 매 행의 음절수와 음수율이 일정함을 알 수 있다. 동일한 음절수의 의성어와 의태어만으로 구성되어 있는 각 연의 첫 행과 마지막 행을 제외하고 인용시행들을 율독하면 다음과 같기 때문이다.

　　1연 : 2행—3. 3. 5

　　　　 3행—4. 3. 4. 5

　　　　 4행—3. 3. 5

　　　　 5행—4. 3. 4. 4. 3

　　　　 6행—3. 3. 5

　　2연 : 2행—3. 3. 5

　　　　 3행—4. 3. 4. 6

　　　　 4행—3. 3. 5

　　　　 5행—4. 3. 3. 4. 3

　　　　 6행—3. 3. 5

　물론 2연의 3행과 5행에 1음절씩 가감되는 예외가 없지는 않다. 그러나 음수율에서 1음절 정도의 오차는 문제되지 않으므로 이상과 같은 율독의 결과에서 우리는 신체시의 특징을 이렇게 요약할 수 있으리라 생각한다. 장르적 차원의 정형률은 없다. 하지만 개개의 시에 적용되는 정형률만큼은 엄격히 지켜진다는 점이다. 그것은 한마디로 신체시가 개인적 차원의 정형시임을 의미하는 것이다.

이는 또한 이들 작가가 초지일관 정형시 옹호론자들이었다는 그들의 전기적 사실에서도 뒷받침된다. 가령 신체시의 정형시화 운동에 실패한 최남선과 이광수, 주요한 등이 후에 모두 시조 부흥운동의 기수로 변신하고 그들의 시론에서 '정형시'를 적극 옹호하였던 것 등이다. 특히 이광수는 한시(漢詩)를 모방하여 행과 연 그리고 율격과 압운까지도 엄격한 소위 '4행시'를 창안한 바도 있다. 그들의 이와 같은 문학적 행적은 애초부터 그들의 문학의식에 자유시형이라는 개념이 희박했다는 논거가 된다.

그렇다면 왜 하필 이 무렵에 이와 같은 개인 창작 정형시들이 등장한 것일까. 그것은 간단히 새로운 한국적 정형시형의 모색이라는 말로 설명될 수 있을 것이다. 이 시기 신체시 작자들은 앞서 지적한 바와 같이 일관되게 정형시형을 고수코자 한 문화적 수구세력들이었다. 따라서 그들의 해외체험 역시 아이러니하게도 근대 자유시형을 보기보다는 우리가 갖지 못했던 그들 민족문학의 엄격한 정형시형 ―서구의 소네트나 일본의 하이쿠와 같은― 을 보았고 이에 영향을 받아, 그들이 낡았다고 생각했던 고래의 우리 전통 정형시 즉 시조와는 다른, 새로운 한국의 정형시형을 확립하기 위해서 이같은 노력을 경주하였던 것이다. 그러한 의미에서 신체시란 자유시형을 시향하기 위해시기 아니라 정형시 확립을 목적으로 씌어진 개화기의 실험적 정형시형이라고 말할 수 있다.

물론 신체시는 자유시 시향이라는 근대 문학의 사적 필연성에 반동적이었으므로 장르적 차원의 정형시형 확립이라는 애초의 목적에까지는 이르지 못한 채 개인 창안 정형시 창작 수준에서 막을 내렸다. 그것이 피상적인 관찰자에게—4·4조 가사나 시조의 정형성과 대비하여—마치 정형률의 파격 내지는 자유시 지향으로 비쳐졌을 뿐이다. 그러나 신체시는 개인적 차원의 것이든 공인된 장르적 차원의 것이든 엄연한 정형시의 일종이다.

'창가'는 원래 음악의 명칭으로서 이 무렵 일본 교육부(文部省)가 펴낸 일반학교의 서양곡 노래 모음집『소학창가집 小學唱歌集』에서 유래한다. 따라서 그것은 일본 전통의 노래가 아닌 서양의 가곡이라는 뜻을 지니고 있지만 넓은 의미에서 시란 노래의 가사이므로 창가의 가사를 시라 부른다 해서 잘못될 것은 물론 없다. 문제는 그것이 작곡을 염두에 두었으므로 편의상 대개 정형률로 씌어졌다는 점이다. 즉 '창가'는 대부분 일정한 정형률로 작사된 노래를 일컫는 말이다. 다만 그 정형률은 전통적인 것의 규범만을 따르지 않고 개인이 새롭고 다양하게 창안한 것도 많았다는 점에서 전통가사와 조금 다를 뿐이다.

이렇듯 '창가'가 '정형률의 시' 혹은 '개인이 자유롭게 창안한 정형시'라면 그것을 굳이 다른 정형시형과 구분하여 별개의 장르로 설정할 필요가 없다. 4·4조로 된 창가라면 '개화기 가사'에 편입시키면 될 것이요, 그 이외 새로운 정형률로 된 창가라면 이때에 이르러 등장한 개인 창작의 정형시 즉 '신체시'에 편입시키면 될 것이기 때문이다. 다만 가창 여부를 굳이 구분해야 된다면—노래로 불려지거나 불려지지 않거나 하는 것은 현대시의 장르 규정과 별 상관이 없으나—노래로 불려지는 '창가체 가사' '창가체 신체시'와 노래로 불려지지 않은 '비창가체 가사' '비창가체 신체시'라는 용어를 사용하면 될 것이다. 가령 같은 최남선의 작품이지만「경부철도가」는 '창가체 신체시'이며「해에게서 소년에게」는 '비창가체 신체시'이다. 가사의 경우 이외에도 전통악곡으로 불려지는 개화기 이전의 '노래체 가사'가 별도로 있음은 다 아는 바와 같다.

4. 근대, 현대, 탈현대

'근대(modern)'란 일반적으로 '고대(ancient)' '중세(middle)'와
더불어 역사 전개의 한 시기를 일컫는 용어이다. 인류의 역사를 이렇듯
세 시기로 나누는 것은 이를 주도해온 정치나 경제가 세 단계의 발전으
로 이루어져왔다는 관점에서 비롯한다. 즉 고대의 노예경제에 토대한
신정정치가 중세의 장원경제에 토대한 봉건정치를 거쳐 오늘날 근대의
자본주의 경제에 토대한 민주주의 정치로 이행해왔다는 생각이다. 따
라서 근대란 한마디로 경제적으로는 자본주의, 정치적으로는 민주주의
가 구현된 시대라고 말할 수 있다.

역사가 구분한 모든 시대가 그렇듯 근대 역시 밑바탕에는 그것을 개
화시킨 한 특정한 세계관이 정초해 있다. 한마디로 르네상스 시기부터
대두한 이성과 합리주의 정신이 그것인데 이를 가리켜 우리가 간단히
이성중심적 세계관이라 부르는 것은 다 아는 바와 같다. 자본주의나 민
주주의는 모두 이성과 합리주의가 경제나 정치에 구현된 제도인 것이
다. 그러한 관점에서 근대는 또한 이성중심적 세계관이 지배하는 시기
를 일컫는 용어이기도 하다.

여기에는 몇 가지 논의되어야 할 문제들이 있다. 그 중요한 것의 하
나가 자본주의나 민주주의 발생이 과연 이성중심적 세계관의 대두와
동시적인가 하는 점이다. 이의 대답은 물론 '아니다'이다. 서구에 있어
서 이성중심적 세계관의 대두는 15세기 선후 르네상스 시대부터의 일
이지만 자본주의의 확립은 이보다 늦은 19세기 이후의 일이기 때문이
다. 그러나 이렇듯 비록 자본주의가 훨씬 후대에 성립되었다 하더라도
우리는 서구의 역사에서 넓은 의미의 근대가 이성중심 세계관이 대두
한 15세기 르네상스에서 비롯한다는 견해를 부정할 수는 없다. 그것은
다음과 같은 이유 때문이다.

첫째, 그 어떤 것이든 원인에서 결과에 이르는 과정에는 분명 시간의 경과가 없을 수 없다는 점이다. 르네상스의 이성중심 세계관이 원인이 되어 경제적으로 자본주의, 정치적으로 민주주의라는 결과에 이르는 과정 즉 근대화과정 역시 마찬가지일 터이다. 따라서 이 경우, 근대의 출발은 좁은 의미에서는 결과를, 넓은 의미에서는 원인을 기준으로 할 수도 있다.

둘째, 서구 자본주의는 하루아침에 이루어진 것이 아니라 수백 년 동안의 이행기를 거쳐왔으므로 보는 관점에 따라서 그 시기를 다르게 설정할 수도 있다는 점이다. 즉 자본주의 확립은 19세기 산업혁명의 시대에 이루어진 것이 분명하지만 그 배태기나 성장기와 같은 과정을 염두에 둘 경우 이르게 잡아 15세기부터 비롯한 것이라고 말해도 틀리지는 않다. 실제로 역사학자들 사이에는 자본주의의 발전과정을 15, 6세기에 싹이 터서 17, 8세기의 성장과정을 거친 후 19세기 산업혁명시대에 꽃 피웠다고 보는 것이 정설이다. 그러므로 좁은 의미의 근대를 비록 19세기 이후로 규정한다 하더라도 넓은 의미의 근대가 르네상스 곧 이성중심 세계관의 대두에서 비롯했다는 견해는 틀린 말이 아니다.

그러나 '근대'라는 시기 역시 단순치 않다. 오늘의 자본주의와 그것을 지탱하는 세계관이 급속히 변하고 있기 때문이다. 그리하여 근자에는 근대를 다시 세 시기로 나누어 보는 논자도 생겨나게 되었다. 가령 19세기 산업혁명에서 완성된 소위 자유시장경제 자본주의 시기를 제1기로, 19세기 말 독점자본의 국가 경영에서 비롯된 제국주의 자본주의 시기를 제2기로, 이차대전 종전 전후(40년대로부터) 오늘에 이르기까지의 기술발전을 통해 이루어진 다국적 자본주의 시기를 제3기로 보는 것이다. '좁은 의미의 근대(modern)' '현대(modern)' '탈현대(post modern)'는 각각 이를 지칭하는 것이라 할 수 있다.

그러나 여기에는 용어상의 혼란이 따른다. 우리말의 '근대'나 '현대'

는 서구어 'modern'을 번역해서 만든 단어인데 정작 이 'modern'이라는 말에는 우리말 '근대' '현대'라는 두 가지 단어가 모두 포함되어 있기 때문이다. 즉 서구어에는 우리말 '근대'와 '현대'와 같이 이를 구분해서 쓸 수 있는 두 가지 단어가 없다.

그러나 실제에 있어서는 그렇지 않다. 그들 역시 우리가 뜻하는 '근대'와 '현대'를 나름대로 구분해 사용하는 것이 일반적이다. 이 경우 그들은 대체로 두 가지 방법 중 하나를 택한다. 하나는 'modern'이라는 단어 한 가지로 쓰되 전체적인 문맥에 의지하여 두 시기(근대와 현대)를 구분하는 방법이다. 다른 하나는 'modern'이라는 말에 여러 가지 조어적(造語的) 수사어를 붙여 구별하는 방법이다. 가령 pre-modern(proto-modern, 르네상스에서 비롯된 넓은 의미의 근대) paleo-modern(좁은 의미의 근대), modern(현대), post-modern(anti-modern, neo-modern, 탈현대)이라든지, 독일어의 neue Zeit(르네상스에서 비롯된 시대 즉 넓은 의미의 근대), neuere Zeit(프랑스 혁명과 산업혁명에서 비롯된 시대 즉 좁은 의미의 근대), neueste Zeit(현대) 등이 그것이다.

이와 같은 관점에서 서구의 근·현대는 15세기 르네상스에서부터 19세기 산업혁명시기까지의 넓은 의미의 근대, 19세기 초반 산업혁명의 시대부터 19세기 말까지의 좁은 의미의 근대, 19세기 말에서 이차대전 종전까지의 현대, 그리고 이차대전 종전에서 오늘에 이르기까지의 탈현대로 구분된다. 이에 대응하는 각 시기별 문학사조로는 각각 좁은 의미의 근대에 리얼리즘과 낭만주의 및 상징주의, 현대에는 영미 모더니즘과 유럽의 아방가르드, 그리고 탈현대에는 포스트모더니즘을 드는 것이 일반적이다. 따라서 영어에 우리말의 '근대'와 '현대'라는 뜻을 구분할 수 있는 단어가 없으므로 편의에 따라 'modern'이라는 말을 근대 혹은 현대로 아무렇게나 번역해 써도 좋다는 주장, 근대와 현대는 아예 구분할 필요가 없다는 주장, 더욱 나아가 근대와 현대는 그 시대이념이나 삶의 질에서 서로 다를 바 없다는 주장은 옳지 않다. 이는 다만 우리 지식인들이 '근대' 와 '현대' 를 구분할 수 없는 영어 어휘의 빈곤에 현혹된 결과일 뿐이다.

그렇다면 한국의 경우는 어떨까. 여기에는 몇 가지 더 논의되어야 할 사항들이 있어 명확하게 이야기하기는 힘들다. 예컨대 서구와 다른 문명사적 전통, 국권 상실로 인한 비정상적인 근대화과정 등이다. 그러나 물론 큰 틀에서 보면 인류사의 보편적인 역사발전의 단계가 우리 민족사만 피해갔다고 볼 수는 없으므로 우리의 근대 역시 이 세 시기에 준하는 자본주의 발전단계가 있었다고 보는 것이 온당하다. 그러한 관점에서 필자는 일찍이 우리 역사에서도 자생적으로 자본주의의 싹이 돋아났던 시기가 있었음을 지적한 바 있다. 우리 민족사에서 넓은 의미의 근대의 출발점이 되는 18세기가 바로 그것이다.

그러나 이 자생적 자본주의의 싹은 일본 제국주의 침략에 의해서 무참히 꺾였고, 따라서 우리 민족은 피식민지국가라는 특수한 상황 속에서 비정상적인 근대화과정을 겪지 않을 수 없었다. 우리 역사에서 좁은 의미의 근대와 현대가 서구적 개념과 같이 명확하게 논의되기 어려워 그 구분이 아예 있을 수 없다는 주장이나 근대는 19세기 말 개항 이후의 시대, 현대는 일제가 대륙 침략을 꾀한 30년대 혹은 우리가 광복을 되찾은 4, 50년대라는 주장 등 서로 상반하는 견해가 대두할 수 있는 이유도 여기에 있다. 다만 산업화를 이룩한 80년대 후반에 이르러 우리도 탈현대의 시기에 접어들었다는 것만큼은 누구도 부정할 수 없으리라 생각한다.

그러나 삶의 상부구조는 토대 혹은 하부구조와 항상 필연적으로 일치하는 것은 아니어서 — 실제로 서구 모방적인 한국의 근·현대문학은 동시대 한국인의 보편적 삶과 유리되어 있었던 것이 사실이다 — 당대 한국사회의 정치, 경제구조가 어떠하든 적어도 우리 문학에 있어서 근대와 현대의 구분이 불가능한 것은 아니다. 그것은 비록 당대의 한국이 피식민지국가의 처지에 있기는 했으나 식민지 지배국인 일본을 통해 서구의 근·현대문학을 접할 수 있었기 때문이다. 그리하여 우리 시문학사에서 상징주의가 소개되고 자유시가 완성되며 소설에서 리얼리즘 문학이 창작된 1920년 전후부터는 '근대' 가, 영미 모더니즘과 유럽 아방가르드 문학이 창작된 30년대부터는 '현대' 가 시작되었다고 보아 큰 무리는 없을 것이다. 그리하여 한국문학사에서 근대, 현대, 탈현대는 결국 이렇게 구분할 수 있다.

넓은 의미의 근대 : 18세기 이후
좁은 의미의 근대 : 1920년 이후
현대 : 1930년 이후
탈현대 : 1980년대 중반 이후

5. 아방가르드, 모더니즘, 포스트모더니즘

근대화과정에서 영미의 영향을 많이 받은 한국은 그 문학에서도 영미 이론에 경도한 경우가 적지 않다. 그중의 하나가 소위 '모더니즘' 이라는 개념이다.

원래 모더니즘이란 —신학에서는 이미 중세에서 사용된 것이지만 영미의 문예이론가들이 20세기에 들어 그들의 특별한 문학사조를 지칭했던 용어이다. 여기서 그들의 문학사조란 흄(T. E. Hulme)의 철학에 영향을 받아 영미에 대두한 이미지즘과 네오클래식(주지주의, neo-classic)을 가리킨다. 영미 논자들은 당시 그들 당대에 유행한 이들 사조를 '모던' 하다고 해서 '모더니즘' 이라는 용어를 사용하였다. 그러므로 엄밀히 말하면 '모더니즘'이란 유럽의 문학사조와는 별개의 것이라 할 수 있다.

　한편 같은 시기의 유럽 대륙에서는 유럽인들 스스로가 아방가르드라 부르는 문학운동이 전개되고 있었다. 예컨대 다다이즘, 쉬르레알리슴, 미래파, 입체파, 표현주의 등등이다. 그런데 이 아방가르드 운동은 본질적으로 영미의 모더니즘과 그 성격이 달랐다. 아방가르드 운동은 넓게는 낭만주의적 세계관에 토대하여 보들레르와 같은 세기말 사상을 계승한 반이성적, 해체적 예술운동인데 반하여 영미의 모더니즘은 고전주의적 세계관에 토대하여 흄의 철학을 계승한 이성적, 구조 지향적 예술운동이었기 때문이다. 한마디로 이 양자는 세계관이 상반하는 예술운동이다. 그러므로 유럽 아방가르드는 영미의 모더니즘이라는 용어로는 결코 불려질 수 없고 불려서는 안 되는 문학사조라 할 수 있다.

　그럼에도 불구하고 문제가 되는 것은 이차대전 이후 영미의 문화론자들이 이 '모더니즘'이라는 용어에 자신들의 문학사조 즉 이미지즘과 네오클래식은 물론 유럽 아방가르드까지 포함하여 부르기 시작하고 미국이 세계 중심국으로 부상함과 더불어 이제 영미에서는 이같은 용법이 보편화되기에 이르렀다는 사실이다. 그리하여 오늘날 영미와 영미의 문화론에 종속된 국가에서는 '모더니즘'이 단지 이미지즘이나 네오클래식만이 아니라 이 시기 유럽의 모든 전위적인 예술운동(아방가르드)을 포함한 용어로 정착되고 말았다. 물론 프랑스나 독일 같은 유럽 중심국에서는―전후 강대해진 미국의 영향으로 대전 이후 다소간 통용되지 않은 바 아니나―아직도 이 용어가 보편적이지 않음이 물론이다.

　이렇듯 영미인들이 애초에 자신들만의 문학사조를 지칭했던 이 용어에 전 유럽의 아방가르드를 포함시켜 부르게 된 것은 한마디로 미국의 문화적 패권주의 내지 문화적 제국주의에서 비롯하는 것이라고 할 수 있다. 즉 개국 이래 유럽의 변방에서 문화적 후진국의 위치를 모면할 수 없었던 미국이 대전 후 정치, 경제, 군사적으로 세계의 중심에 서자 문화예술의 분야에서조차 명실공히 세계의 중심이 되고자 하는 욕망의 발로에서 저지른 편법인 것이다. 그리하여 그들은 그들의 문화 역시 세계의 중심에 자리한다는 허위의식에 입각해서 이 시기의 전 유럽의 문학사조를 자신들의 문학사조의 명칭으로 통합해버리게 된다.

그러나 이와 같이 확장된 용어 사용에 문제가 없을 리 없다. 앞에서 지적했던 바와 같이 영미의 모더니즘과 유럽 아방가르드는 본질적으로 상반하는 예술운동이기 때문이다. 그리하여 이 모순 덩어리가 된 '모더니즘'은 결과적으로 영미나 이를 추종한 한국의 논자들에게 풀 수 없는 미망 혹은 혼란의 개념이 되어버렸다. 오늘날 영미뿐만 아니라 우리 학계나 문단에서 이 '모더니즘론'이 끝없는 말장난과 공허한 논쟁의 대상이 되어버린 이유가 여기에 있다. 이와 같은 것 중의 하나가 소위 '모더니즘'과 '포스트모더니즘'의 관계에 대한 논의에서 포스트모더니즘이 일면에선 모더니즘을 계승하고 일면에선 부정했다는 임기응변식의 주장이다.

한 문학사조와 다른 문학사조와의 관계는 지엽적 특징에서가 아니라 원칙적인 태도 혹은 세계관에서 살펴보아야 한다. 그리고 그럴 경우 해답은 두 가지 이외 있을 수 없다. 계승했냐고 하든지 단절 혹은 극복했다고 하든지 그 하나를 선택하는 것이다. 물론 부분적인 특징에서 전자에도 단절된 요소들이 있을 수 있으며 후자에도 역시 계승되는 일면이 없지는 않을 것이나. 그러나 그 본질 혹은 원칙에 있어서만큼은 이 양자 중의 한 가지일 뿐 절반은 계승하고 절반은 단절했다는 식의 논리가 성립될 수는 없다. 가령 '리얼리즘'은 고전주의 세계관을 계승한 것이지 절반은 고전주의 나머지 절반은 낭만주의를 계승했다고 말하는 사람은 없다.

그럼에도 불구하고 포스트모더니즘이 일면 모더니즘을 계승하고 일면 부정했다는 논리는 어디서 오는 것일까. 한마디로 그것은 모더니즘에 대한 오해에서 비롯한 것이라고 말할 수 있다. 즉 그들은 미국의 문화적 패권주의자들의 견해에 추수하여 ‘모더니즘’을 원래의 영미 모더니즘(이미지즘과 네오클래식)과 유럽 아방가르드를 포함한 개념으로 받아들인 것이다. 그 결과 포스트모더니즘은 영미 모더니즘을 부정했다는 점에서 일면 모더니즘을 부정했다는 논리가, 아방가르드를 계승했다는 점에서는 일면 모더니즘을 계승했다는 논리가 성립될 수 있었다. 포스트모더니즘이란 유럽의 아방가르드가 이차대전 후 뒤늦게 미국으로 수입되어 후기 자본주의 사회의 삶을 미학적으로 반영한 문예사조 즉 미국화된 아방가르드이기 때문이다. 예컨대 50년대에 등장하여 미국 포스트모더니즘의 1세대라 불리는 ‘뉴욕파’들은 유럽에서 처음으로 쉬르레알리슴을 수입한 화가들이었다. 따라서 정확히 말하자면 포스트모더니즘은 모더니즘을 지양, 극복하고 그 대신 아방가르드를 계승한 문학사조라 해야 한다. 그런 까닭에 ‘모더니즘’이란 용어 앞에 굳이 ‘포스트(post)’라는 접두사를 붙이는 것이다.

그럼에도 불구하고 아직도 우리 현대시사에서는 영미 문화적 패권주의자들의 논리를 추수하여 ‘모더니즘’이라는 용어에 아방가르드까지 포함시켜 통용하고 있는 것이 보편적이다. 따라서 필자는 이제 모더니즘과 아방가르드라는 용어를 구분하여 사용할 것을 제안한다. 그럴 경우 지금까지 똑같은 모더니스트로 취급되었던 시인들 가운데서 정지용, 김광균, 김기림 등은 모더니스트로, 이상, 임화, 고한용,『삼사문학』동인 등은 아방가르드 작가로 불려야 할 것이다. 해방 이후의 박인환, 김경린 등은 모더니스트에, 조향, 김수영, 김춘수, 이승훈, 오규원 등은 아방가르드 작가에 해당한다. 그리하여 80년대 후반에 들면 우리 문단에서도 황지우, 박남철, 김영승, 장정일, 김혜순 같은 자생적 포스트모더니스트 시인들이 등장하게 된 것이다.

6. 시, 서정시 그리고 서사시

우리 문학사의 왜곡된 기술은 문학용어 혹은 문학이론의 몰이해에서도 비롯된다. 그 대표적인 것 가운데 하나가 '서사시'와 '서정시'라는 용어일 것이다.

일반적으로 우리 학계에서는 소설의 하위 장르에 교양소설, 농민소설, 전쟁소설, 사회소설…… 등이, 드라마의 하위 장르에 비극, 희극, 희비극이 있듯 시의 하위 장르에 서사시, 서정시, 극시 등이 있다고 생각하는 것 같다. 이는 가령 —권위 있는 문학교수들이 집필한— 고등학교 문학교과서의 시를 다루는 부분을 보면 알 수 있다. 대부분의 교과서에서 소위 '시의 갈래(하위 양식)'를 버젓이 '서사시' '서정시' '극시'로 나누어놓고 있기 때문이다. 이와 같이 잘못된 지식을 습득해서 고등학교 때부터 하나의 고정관념을 갖게 된 사람들이 어떻게 오늘날 서사시가 죽었다는 사실을 쉽게 받아들 수 있을 것인가.

서사시와 서정시를 시의 하위 장르로 생각하는 사람들은 두 가지의 편견 내지 오류에 사로잡혀 있다. 첫째, 오늘날 시의 하위 장르에는 서사시가 없음에도 불구하고 관념적으로 마치 있는 것처럼 착각하고 있다는 것이 그 하나요, 둘째, 서사시는 어쩐지 웅장하고 위대한 것으로 서정시보다 무엇인가 더 가치가 있을 것이라는, 막연한 편견이 다른 하나이다. 그리하여 시인이라면 누구나 한 번쯤 서사시를 써보려 노력하고 문학 연구가라면 가능한 우리 문학사에 서사시의 존재를 확인해서 그 가치를 높이 평가하려는 풍조를 유발시켰다. 그러한 맥락에서 가령 「국경의 밤」과 같은 서정적 서술시 즉 발라드를 서사시라고 우겨대는 논리가 개진되었던 것이다.

그러나 오늘날 서사시는 존재하지 않는다. 그것은 물론 서사시라 부를 만한 작품이 단 한 편도 없다는 뜻이 아니라 장르적으로 소멸해버렸다는 뜻이다. 가령 신라시대의 향가를 지금 누가 쓴다면 못 쓸 바도 아니나 그로 인해 향가가 장르적으로 살아 있다거나 죽은 향가가 다시 살아났다고 말할 사람은 없다. 그것은 다만 개인적인 호사취미의 결과일 따름이다. 서사시 역시 마찬가지이다. 오늘날 누가 그것을 썼다고 해서 서사시가 살아 있거나 부활한 것은 아니다. 이 역시 이미 죽은 장르인 서사시를 누군가 호사취미로 한번 써본 것에 지나지 않기 때문이다. 가령 「국경의 밤」이 서사시라 하더라도(물론 서사시가 아니지만) 그로 인해 오늘날 한국의 시에 서사시라는 장르가 살아 있다고 말하는 것은 넌센스이다.

우리가 이렇게 말할 수 있는 것은 원래 서사시, 서정시, 극시란 고대 그리스 시대의 문학을 분류한 장르 개념들로서 로마, 중세를 거치는 동안 일시 해체되어 사라졌다가 르네상스 시기를 전후해서 다시 소설, 시, 드라마로 통합 재생되었기 때문이다. 그것은 문학사의 엄연한 사실이다. 그러므로 오늘날의 소설은 고대 서사시의 재판이요, 시는 서정시의 재판이며, 드라마는 극시의 재판이다. 즉 현대의 서사시는 소설이며 현대의 서정시(lyric)는 '시(poetry)'이다. 그런 까닭에 이 시의 하위 장르에 다시 서사시, 서정시, 극시가 있다는 말은 어불성설이다.

그렇다면 오늘의 시의 하위 장르를 이처럼 서사시, 서정시, 극시로 구분하는 오류는 대체 어디서 빚어진 것일까. 그것은 그들이 '시'라는 명칭으로 불려지는 것의 개념을 오해한 데서 비롯한 것이라 할 수 있다. 한국어 '서사시'로 번역된 '에픽(epic)'이라는 그리스어 혹은 영어에는 우리가 흔히 '시'로 호칭하는 'poetry'라는 용어가 부가되어 있지 않다. 그런데 그것을 한국어로 서사시 즉 '시'라고 번역을 해놓으니까 '시(poetry)' 안에 다시 서사시와 서정시 그리고 극시가 포함되어 있는 것으로 오해하게 된 것이다. 그러나 'epic' 혹은 'lyric'을 한국어로 번역할 때 마지막 음절로 붙는 '시' 즉 그리스어로 'poesis'가 오늘날

'poetry'가 아니라 'litetrature(문학)' 혹은 'art(예술)'라는 뜻임은 다 아는 바와 같다. 그러므로 그것은 문학의 장르에 서사적인 문학과 서정적인 문학과 극적인 문학이 있다는 정도의 뜻이다.

원래 'poetry'의 어원이 된 고대 그리스어 'poesis(시)'는 '제작한다' 혹은 '만든다'의 뜻으로 소설 혹은 드라마와 등가적으로 구분되는 오늘의 '시'를 지칭하는 말은 아니었다. 그것은 단지 '예술' 혹은 '문학'이라는 뜻 정도의 용어였을 따름이다. 서정시, 서사시, 극시라는 분류 역시 고대 그리스 문학이 그렇다는 것이고 이들이 중세에 해체된 후 근대에 들어 다시 성립한 오늘의 장르가 그렇다는 것은 아니다. 현대에는 시, 소설, 드라마가 그 분류를 대신하고 있다는 것은 누구나 아는 사실이다. 따라서 오늘날 서사시는 더이상 장르적으로 존재하지 않는다.

그럼에도 불구하고 만일 오늘날에도 서사시가 존재한다고 주장하는 사람이 있다면 그것은 다음과 같은 네 가지 경우를 의미하는 것 이상이 될 수는 없다. 첫째, 이미 죽어버린 장르인 과거의 고대 서사시를 누군가가 호사취미로 한번 써보았을 경우, 둘째, 소설을 가리켜—헤겔이나 카이저가 말한 바와 같이 소설이야말로 바로 현대 서사시이니까—그렇게 불렀을 경우, 셋째, 서사시가 아닌 것을 서사시로 오해했을 경우, 넷째, 고대의 서사시도 아니고 그렇다고 해서 오늘날의 소설노 아닌 어떤 새로운 '현대 서사시'라는 것을 창안해 썼을 경우 등이다. 물론 이중 앞의 세 가지는 설명할 필요가 없다.

넷째의 경우라면 우리는 우선 '현대에 창안된 서사시'의 규범이 무엇인지를 확정해놓아야 한다. 그런데 아직까지 그러한 장르가 없으므로 또한 그러한 규범이 있을 리 없다. 따라서 고대의 서사시 그리고 현대의 소설과도 다른 어떤 새로운 서사시가 등장했다면 그것은 실험시의 범주를 벗어나지 못할 터인데 '실험시'란 문자 그대로 실험시인 까닭에 서사시로 불릴 수 없음은 물론 어떤 보편적 장르로도 인정받기 힘들다.

그럼에도 불구하고 그 '실험시'를 굳이 서사시로 부르고자 한다면 거기에는 분명 고대 서사시의 지배적 성격이 어느 정도 갖추어져 있어야 함이 당연하다. 즉 내용으로서의 내러티브, 영웅으로서의 인물, 거시 담론적 주제(민족, 국가 등의 운명) 등 몇 가지 필요조건이다. 따라서 만일 현대에 창안된 '현대 서사시'가 있을 수 있다면 바로 이와 같은 필요조건의 일부를 배제 혹은 변형시키는 것 외에 다른 방도가 있을 리 없다. 그것은 다음과 같은 두 가지이다.

그 하나는 내러티브를 배제하는 경우. 이는 물론 그 어떤 수식어를 앞에 붙인다 하더라도 서사시라 할 수 없다. 다른 하나는 내러티브만큼은 살리되 그 이외의 다른 조건을 배제 혹 변형시키는 경우. 그러나 이 역시 서사시라 부를 수 없다. 고대나 현대나—율격, 운문 등 외형적 요건을 제외할 때—내러티브를 지니면서도 비교적 서사시적 성격을 지닌 양식으로는 이들 장르 이외는 없고 또 있을 수도 없으므로 결과적으로 그것은 기왕에 씌어져온 서정시의 하위 양식으로서 '발라드'나 '송가'와 같은 서술시(narrative poem)에서 벗어나기 힘들기 때문이다. 설령 그 실험적인 특성으로 인해 그것이 전통적인 것과 다소 달라졌다 하더라도 궁극적인 친소관계나 원칙에서 보자면 서사시로 귀속되든지 이들 장르(발라드 등 전종 내러티브 포엠)에 귀속되든지 두 가지 경우 중의 하나에서 해당될 뿐 제3의 선택이란 현실적으로 거의 불가능한 것이다. 실제로 오늘날 서사시에 대한 논의에 있어 '현대 서사시'로 규정된 작품들의 대부분은 발라드나 발라드에 준하는 작품 이상이 아니다.

그럼에도 불구하고 그들이 '현대 서사시'의 존재에 집착하는 것은 '내러티브' 형식으로 씌어졌다는 단 한 가지 조건에 매달려 사실은 발라드에 해당되는 작품을 서사시로 오해한 데서 비롯한 해프닝일 따름이다. 그들의 시의식에는 서사시란 내러티브로 씌어지는 시이며 서사시 이외에는 그 어떤 것도 내러티브로 씌어지지는 않는다는 생각이 지배적이기 때문이다. 그러나 사실은 그렇지 않다. 보편적이지 않을 뿐 예로부터 많은 서정시의 하위 양식들이 내러티브로 씌어져왔다. 앞에서 예를 든 발라드나 오드, 찬가, 비가 등이 그 예이다. 우리 시사에서는 아마 김동환이 쓴 「국경의 밤」이 그 대표적인 예일 것이다. 따라서 그것은 고대의 장르 체계로서는 서정시의 하위 장르에, 현대문학의 장르 체계로서는 시의 하위 장르에 속해야 할 작품이다.

다음으로 문제가 되는 것은 '서정시(lyric)' 라는 용어이다. 시에 대한 논의에서 '서정시' 라는 개념에 자주 혼란이 있어왔던 것은 이 용어가 지닌 이중적인 의미를 간과한 데서 연유한다. 원래 'lyric' 이라는 말에는 두 가지의 뜻이 있다. 하나는 고대 그리스 문학을 3대 장르로 나누어 서정시, 서사시, 극시라 할 때의 용어요, 다른 하나는 그 하위 개념의 하나를 가리키는 용어이다. 예컨대 고대 서정시의 하위 장르에는 찬가, 송가, 장송가, 애가, 발라드…… 등과 더불어 거기에 또 동명의 '서정시' 가 있었다(필자는 오해를 피하기 위하여 전자를 넓은 의미의 서정시, 후자를 좁은 의미의 서정시라 부르고자 한다). 현대시 역시 고대의 서정시를 계승하고 있으므로 그 하위 장르에 고대 서정시의 하위 장르 대부분이 계승되었음은 두말할 필요가 없다.

서구 현대시의 하위 장르로는 아직도 고대 서정시의 하위 장르를 이어받은 찬가, 송가, 비가, 장송가, 발라드 등 좁은 의미의 이 서정시들과 더불어 중세 이후 새롭게 등장한 소네트, 에피그램, 서간체 시, 철학시 등이 있다. 그런데 문제는 20세기에 들어 보편적으로 쓰이는 시의 하위 장르가 바로 이 좁은 의미의 서정시라는 점이다. 즉 특별하고도 예외적인 경우나 실험시 창작을 제외하고 오늘날 대부분의 현대 시인들은 이 좁은 의미의 서정시만으로 시를 쓰는 것이 보편적이다. 그리하여 이제 이 좁은 의미의 서정시는 20세기를 대표한 시의 하위 장르이면서 동시에 시 그 자체를 가리키는 말이 되어버렸다. 이 좁은 의미의 서정시 즉 오늘날 일반화되어 있는 시는 '고조된 감정을 짧은 진술을 통해 극적으로 함축한' 시를 뜻한다.

따라서 특별한 실험시를 제외할 경우 오늘의 시는 본질적으로 서정시라 할 수 있다. 그것은 장르적으로 오늘의 시가 고대 서정시를 계승했다는 점에서도 그렇고 그 하위 장르 가운데서는 특히 좁은 의미의 서정시만이 쓰인다는 점에서도 그렇다.

7. 한국시의 율격

한국시의 율격에 대해서는 그 동안 많은 논의가 있어왔다. 그리하여 오늘날 한 시행을 구성하는 음보가 일정한 원칙으로 되풀이되는 소위 '음보율'이라는 개념이 보편화되어 있다는 것은 다 아는 바와 같다. 우리 시의 율격 논의에서 이처럼 음보율이 제기된 것은 우리 시의 전통 율격이라고 생각해왔던 종래의 음수율이 시에서 항상 정확하게 맞아 떨어지지 않는다는 점과 복합음절 율격(syllabic prosodic metre)인 외국시의 율격—특히 영시—에 비해 순수음절 율격(pure syllabic metre)인 음수율이 무언가 빈약하다는 콤플렉스에서 비롯한 것이라고 할 수 있다.

그러나 우리 음수율에 관한 이와 같은 인식은 근본적으로 잘못된 것이다. 첫째, 순수음절 율격인 우리의 음수율이 복합음절 율격보다 저열하다고 생각해서는 안 된다. 그것은 문화의 다양성과 각 민족어의 특성에서 이해될 문제이기 때문이다. 가령 선진국이라 할 프랑스나 이태리, 러시아 등의 시의 율격도 모두 순수음절 율격 즉 음수율이다.

둘째, 음수율이란 그 어떤 경우—다른 어떤 민족문학의 시에서도—엄격히 맞아떨어지는 법은 없다. 낭독에는 발음의 장단에 의하여 한두

개 음절의 결여에서 오는 시간의 유격을 어느 정도 메울 수 있기 때문이다.

  셋째, 음보율이란 음수율에 대한 논의를 잠정적으로 유보하고 음절 그 자체가 지닌 음성적 특성이 아니라 음절들이 모여 한 시행을 구성하는 어절적 차원의 원리를 통해 율격을 정하자는 태도에서 만들어진 것이니 기초 율격의 해명과는 무관하다. 그러므로 그것은 율격 논의의 부차적인 차원에 속한다. 즉 음보율의 성립이 설령 가능하다 하더라도 기초 율격의 해명에 대한 문제는 여전히 남는다. 따라서 소위 음보율로 우리 율격을 해명하자는 주장은 기초 율격에 대한 논의를 폐기시키자거나 잠시 유보시키자는 주장일 뿐이다.

  넷째, 무엇보다도 우리 시에서는 '음보(foot)'라는 개념이 성립될 수 없다. 음보란 영시와 같은 강약률 즉 '복합음절 율격'에서만이 존재할 수 있는 율격단위이기 때문이다. 원래 음보란 같은 음성적 특징을 지닌 동수음절(同數音節)이 규칙적인 반복을 되풀이할 때 그 반복의 최소 단위를 일컫는 말이다. 예컨대 약약강률(anapest)의 경우 약음절 두 개 강음절 한 개로 구성된 3음절이 계속 반복하게 되며 이때 그 최소 반복 단위라 할 3음절을 음보라 부른다. 즉 모든 약약강률의 음보는 정확하게 3음질의 반복으로 되어 있어 그 어느 것도 음절수가 다른 단위가 같은 음보로 허용될 수는 없다. 따라서 우리 시의 경우와 같이 각 단위의 음절수가 다른 3·4·5조를 3음보로 지칭한다는 것은 있을 수 없는 일이다. 그림에도도 불구히고 이렇게 음수율에서는 있을 수 없는—이 음보라는 용어를 우리 학계가 시의 율격 논의에 차용하게 된 것은 그 언어적 특징이 한국어와 전혀 다른 영미 시론을 모방한 결과가 아닐까 한다.

  음수율의 언어를 지녔다는 점에서 우리 시의 특성과 유사한 프랑스 시나 슬라브 시에서는 음보라는 개념이 없다. 그들 시의 율격이란 동수(同數) 음절 시행들의 되풀이를 가리키는 말에 지나지 않기 때문이다.

가령 우리 시의 경우는 3·4조, 4·4조, 7·5조…… 등과 같은 음수율이라는 명칭을 쓰지만 프랑스 시의 경우에는 한 행을 기준으로 하여 10음절 시, 11음절 시, 12음절 시…… 따위의 명칭을 쓰는 것이 관례이다. 그러나 한 시행을—특히 긴 시행의 경우— 한 번의 호흡으로 낭독할 수는 없는 것이어서 휴지의 필요상 거기에는 몇 개의 단위들이 구분될 수 있는데 가령 '음절군(groupements syllabiques)' 혹은 '음절집합(menbres)' 따위로 호칭되는 단위가 그것이다. 우리 시의 소위 4·4조에서 4음절은 프랑스 시의 이 '음절군'에 해당하는 것이라고 말할 수 있다. 필자는 이제 이 음절군을 '마디'로 부르고자 하는데 그러므로 우리 시에서 관행적으로 '2음보 율격'이라 부르는 4·4조 시행은 엄밀히 말하자면 2마디로 구성된 8음절 시에 해당하는 것이다.

이와 같은 관점에서 우리 시의 율격은 다음과 같이 정리된다. 첫째, 음보라는 개념은 성립될 수 없다. 따라서 당연히 음보율도 없다. 둘째, 우리 시의 율격은 음수율이다. 셋째, 음수율은 한 시행을 구성하는 음절수로 결정된다. 예컨대 7음절 시, 8음절 시 등이다. 넷째, 한 시행은 몇 개의 마디들로 구성된다. 그 마디가 음보가 될 수 없음은 마디를 구성하는 음절수가 동일하지 않기 때문이다. 다섯째, 한 시행은 최소 1마디에서 최대 4마디로 구성된다.

(2004)

20세기 한국시의 전개

1

여러 가지 논란이 있겠으나 한국문학사에서의 근대란 보통—역사의 시대구분과 같이—조선왕조가 서구에 문호를 개방한 19세기 후반, 특히 동학혁명과 갑오경장이 일어난 1894년 이후의 시기를 가리킨다. 그러므로 한국의 근대시는 1894년 이후의 시를 지칭하는 것이 일반적이다. 이처럼 한국의 문학사에서 1894년을 하나의 기점으로 잡는 것은 물론 동학혁명과 같은 정치적 혹은 사회적 격변에 기준을 두어서만은 아니다. 오히려 이 시기에 이르러 한국의 시 역시 형식적으로는 자유시형을 확립하고 내용적으로는 근대의식을 수용했다고 보기 때문이다. 물론 '자유시형의 확립'이나 '근대의식의 수용'은 일반적으로 서구 문물의 수용에 따라 이루어진 결과는 아니다. 연원을 거슬러올라간다면 18세기 한국사회의 변혁에서 비롯했다고 말할 수 있다. 그러나 그것이 19세기 후반, 서구를 향한 한국의 문호 개방에서 크게 진작되었다는 것은 부인할 수 없는 사실이다.

한국문학사에서 자유시형이 확립되고 근대의식을 반영한 시가 구체적으로 창작되기 시작한 것은 1910년대의 일이다. 그러나 문학적으로 성공을 거둔 것은 그보다 조금 늦게 주요한(朱耀翰, 1900~1983), 황석우(黃錫禹, 1895~1960), 김억(金億, 1896~?)과 같은 시인들이 작품을 발표한 1910년대 말부터라 할 수 있다. 김억의 「겨울의 황혼」(1919년 1월), 황석우의 「봄」(1919년 2월), 주요한의 「불놀이」(1919년 2월) 등은 그 대표적인 예들이다. 그러므로 19세기 후반에서 1910년대에 이르는 약 오십여 년 즉 한국 역사에서 '개화기'라 부르는 기간은 한국의 전통 시가가 근대시를 확립해나아가는 과도기에 해당한다.

이 시기의 시 창작에 쓰였던 시형으로는 민요, 한시, 시조, 사설시조, 개화기 가사, 창가, 신체시, 4행시, 언문풍월 등이 있다. 그러나 이중 민요, 한시, 시조, 사설시조, 언문풍월 등은 전통 시가 형식에 속하므로 이 무렵 새롭게 등장한 것들로는 개화기 가사, 창가, 신체시, 4행시 등을 들 수 있을 것이다.

개화기 가사란 개화기에 씌어진 가사를 가리키는 말이다. 원래 가사는 두 마디씩 짝을 이룬 시행을 4·4조 음수율에 맞추어 길이에 제한 없이 쓴 조선조의 시 혹은 교술의 한 형식인데 개화기에 이르러 새롭게 변형된 것이라 할 수 있다. 전통 가사와 다른 점은 다음과 같다. 첫째, 형식적인 측면에서 개화기 가사는 전통 가사보다 훨씬 자유스럽다. 정형률만을 엄격히 고수하지 않고 변이율도 많이 구사한다는 점, 연 구분을 시도하고 후렴구나 합가를 삽입한다는 점 등이다. 둘째, 내용적인 측면에서 근대의식을 보여주었다. 자주독립과 문명개화를 역설하고 반외세 반봉건의식을 고취한 것, 현실비판과 풍자를 통해서 사회를 개혁코자 하고 우국충정을 노래한 것 등을 들 수 있다.

달도 밝고 봄도 왔네 교육계의 청년들아

나태습관 다 버리고 근자열심주공(勤孜熱心做工)하여

독립사상 분발하여 춘일(春日)같이 화창하고

망월(望月)같이 원만(圓滿)하소

당시 『대한매일신보』의 '사회등' 란에 발표된 작자 미상의 「춘화월원 春和月圓」 제3연을 인용해보았다. 연 구분이 있다는 점, 두 마디씩의 짝 대응이 깨져 있다는 점, 후렴구("춘일같이 화창하고/망월같이 원만하소")가 삽입된 점 등 전통 가사와 다른 특징들이 엿보인다.

'창가' 는 원래 서양곡에 맞춰 부르는 노래의 총칭이다. 따라서 그중 문학과 관련되는 부분은 노래의 가사라 할 것이다. 개화기에 등장한 이 신식의 서양 노래가 이 시기 시가의 한 시형으로 인식될 수 있었던 것은—4·4조의 전통 율격으로 씌어진 경우가 없는 것은 아니지만—이 창가의 노랫말 율격이 대체로 전통 시가 즉 시조나 가사에는 전혀 없는 7·5조, 8·5조, 6·6조 등으로 되어 있기 때문이다. 최초의 창가로 알려진 「황제탄신경축가」는 1986년 7월 25일 당시 새문안교회 교인들이 고종황제의 생일을 축하하기 위하여 지은 것인데 「합동 찬송가」 468장의 곡조에 맞추어 노래 불렀다. 음수율은 대체로 3·3조를 따르고 있다. 이 시기 대표적인 창가의 직자는 최남선(崔南善, 1890~1957)과 이광수(李光洙, 1892~1950)이며 최남선의 대표적 창가 모음집으로는 『경부철도가』가 있다. '창가' 는 이렇듯 음악 즉 노래의 명칭이므로 엄밀히 문학적인 형식에 따라 규정되지면 일종의 신체시로 분류되어야 할 장르이다. 그것은 창가의 가사가 전통 시가의 형식에서 빗어난 새로운 시형이면서도 자유시와는 전혀 다른 일종의 정형시형으로 씌어진 까닭이다.

신체시는 일반적으로 장르적 차원의 어떤 통일된 정형시적 규범을 가지고 있지는 않지만 개별 작품의 경우에는 그 나름의 정형성을 지닌 시를 가리킨다. 즉 각 작품은 그 자체에만 해당되는 정형성을 고수한다. 예컨대 매 연을 구성하는 행수가 같을 것, 시 전체에 공통되는 음수율은 없지만 각 연을 구성하는 행 대응의 음수율은 지켜야 할 것(이를테면 1연의 1행과 2연의 1행, 3연의 1행의 음수율이 같고, 1연의 2행, 2연의 2행, 3연의 2행의 음수율이 같음) 등이다. 이러한 관점에서 신체시는 원칙상 창가로부터 크게 벗어나지 않는 형식을 지녔다고 할 수 있다. 시행에 따라 음수율이 다르다 하나 본질적으로 새로운 정형률에 입각해서 씌어진 시 형식인 까닭이다. 한국문학사에서 최초의 신체시이자 이 장르의 공인된 대표작은 최남선의 「해에게서 소년에게」(1908)이다.

언문풍월과 4행시는 1900∼1920년대 일부 시인들이 근대 자유시운동을 거부하고 한국시의 새로운 정형을 확립할 목적으로 시도한 창작 시형들이다. 전자는 한시의 절구(絶句) 혹은 율시(律詩)를 모방해 시의 한 행을 5자 혹은 7자로 하고 한 연을 4행으로 하여 1, 2, 4행의 끝에 운이 오도록 만들었다. 후자 역시 이에 준하나 한 행의 길이를 5자 혹은 7자로 제한하지 않고 그 대신 4·4조 혹은 6·5조 등 음수율을 지키도록 했다는 점에서 다소 다르다. 언문풍월은 조선 중기에 등장하였으나 거의 씌어지지 않다가 개화기에 이르러 다시 부활한 시형이다. 4행시의 대표적인 작가로는 이광수를 들 수 있다.

한국의 전통 시가 즉 시조나 가사가 근대 자유시형을 확립하는 데는 대개 네 가지 단계를 거친 것으로 보인다. 첫째 단계는 전통 장르 자체 내의 해체이다. 18세기에 일어난 시조의 산문화 경향으로 등장한 사설시조가 그 예이다. 둘째 단계는 서로 다른 장르의 상호작용과 침투에 의해서 이루어진 정형성의 해체이다. 가령 민요와 가사, 가사와 시조, 시조와 가사 등의 혼합을 예로 들 수 있다. 셋째 단계는 외래적인 요소의 수용이다. 각급 학교의 교가나 기독교 찬송가 그리고 번역시의 수입 등에서 받은 영향 등을 지적할 수 있다. 이 단계에서는 서구적인 세계관도 반영되기 시작한다. 넷째 단계는 전통 시가의 자유시 지향에 대해 거부감을 가진 문학의 보수 세력들이 새로운 정형시형을 확립하려는 움직임이다. 4행시, 언문풍월, 신체시 등의 창작을 지적할 수 있다. 그러나 시대적 감수성과 동떨어진 이 반동적 움직임이 결코 승리를 거둘 수 없었으며 이 넷째 단계를 극복하자 사설시조의 창작에서 비롯된 한국 전통 시가의 자유시 지향운동은 드디어 민족적인 공감을 얻는 데 성공, 그 결실을 맺게 되는 것이다.

2

　한국의 1920년대는 1919년에 일어난 3·1운동의 정신사적 배경 위에서 전개된다. 비록 실패로 돌아갔다 하지만 이 운동은 한국 민중에게 아직까지 경험해보지 않았던 새로운 민족적 자각을 불러일으켜주었다. 그 결과 1920년대는 민족주의가 성숙했고 민중주의 및 민주주의의 기운 역시 팽배하게 되었다. 전보다 양적으로 많아진 일본 유학의 기회는 근대 서구의 새로운 사조 — 물론 일본화된 것이긴 했지만 — 를 받아들이는 데 큰 도움이 되었으며 특히 이웃 러시아에서 일어난 볼셰비키 혁명의 영향과 일본 유학생들을 통한 마르크스주의의 유입은 한국에서도 공산주의 운동을 배태케 하였다. 그리하여 그 첫걸음이라 할 '노동공제회'가 결성된 것은 1920년, 정식으로 '조선공산당'이 창립된 것은 1925년의 일이있다.

　이와 같은 상황은 문학에서도 그대로 반영되어 1920년대 시는 앞에서 지적한 이 시기의 여러 시대적 특성을 형상화했다. 예컨대 유미주의 시, 민요시, 민족주의 시, 마르크스주의 시, 모더니즘 시 등이다. 뿐만 아니다. 1920년대의 시는 자유시형이 완성된 시점에서 출발했다는 점에서도 그 이전의 시기와 구분된다.

1920년대 초의 시단은 동인지 활동이 주도했다. 그 대표적인 것이 『창조創造』(1919, 김동인, 주요한, 전영택 등), 『폐허廢墟』(1920, 김억, 남궁벽, 황석우, 염상섭, 오상순 등), 『백조白潮』(1920, 홍사용, 노자영, 이상화, 박영희, 박종화 등), 『장미촌薔薇村』(1921, 황석우, 변영로, 노자영, 박영희 등), 『영대靈臺』(1924, 김소월, 주요한, 김동인, 김억, 이광수 등) 등이다.

이 시기의 시들은 대체로 미학적으로는 유미주의, 정서적으로는 퇴폐주의, 이념적으로는 허무주의를 지향했다. 이러한 경향의 대두는 당시 김억이나 황석우 등에 의해서 소개된 프랑스 데카당스 문학의 영향 때문이기도 했겠으나 그보다는 어떤 이상이나 가치를 추구할 수 없었던 식민지 치하 지식인들의 허무의식에서 비롯한 것이라 할 수 있다. 그러나 무엇보다도 직접적인 계기가 되었던 것은 거족적으로 일어났던 3·1독립운동의 실패와 여기서 연유된 민족적 좌절감이라 할 것이다.

1920년대 시인들은 상황이 그만큼 비참하고 절망적이었기 때문에 현실생활로부터 도피해 꿈속을 노닐거나, 허무 속에 침몰하거나, 감각적 관능의 세계를 탐닉했다. 그들이 즐겨 노래했던 것은 밀실, 꿈, 병실, 죽음, 사랑, 슬픔, 눈물, 어두운 동굴 따위였는데 이같은 경향을 가장 훌륭하게 문학적으로 성취시킨 작품의 하나가 이상화의 「나의 침실로」이다. 비록 감정이 과잉 노출되고 진술이 사변적이라는 지적을 받기도 하나 이 작품에는 식민지 상황의 삶을 미학적 공간에서 극복하려는 시인의 처절한 몸부림이 잘 형상화되어 있다.

그러나 유미주의 시인들은 마냥 미학적 공간에서 꿈꾸는 삶에만 머물 수는 없었다. 그 청춘적 감상성이 가시고 삶에 대한 인식이 구체화되자 점차 유미주의 세계를 벗어나 현실적인 문제들과 부딪치는 행동을 보였다. 그 결과 이상화는 식민지 치하 불후의 저항시라 할 「빼앗긴 들에도 봄은 오는가」와 같은 저항시를 쓰게 되었으며 다른 시인들 역시 민족주의 시나 프롤레타리아 시와 같은 경향의 시 창작에 관심을 쏟게 되었다. 물론 이 양자의 지향점은 달랐지만 본질적으로 1920년대 초의 퇴폐적인 유미주의 경향에 반동해 현실을 직시하고 그것을 나름대로 극복하고자 했다는 점에서만큼은 서로 공통점을 지닌 것이 사실이다.

민족주의 경향의 시는 다시 민요시파, 민족서정시파, 시조부흥시파 등으로 나누어진다. 민요시파는 전통 민요의 정서나 율격, 형태, 시어 등에 바탕을 두고 시를 쓰고자 했던 시인들을 지칭하는 용어인데 김소월, 김억, 홍사용(洪思容, 1900~1917), 주요한, 김동환(金東煥, 1901~?) 등이 이 범주에 든다. 이 시기 민족주의 시인들은 일제의 식민지배로부터 독립해 주권을 회복하고 민족자존을 지키는 길이 ‘조선혼(朝鮮魂)’ 혹은 ‘조선심(朝鮮心)’이라 불리는 민족혼 혹은 국가정신을 되찾는 데 있다고 보았다. 그리하여 그들은 이 민족혼 또는 국가정신이 내재해 있다고 믿어지는 정신유산으로 신화, 전설, 민담, 민요, 역사, 종교 따위를 들었고 이를 문학적으로 형상화시켜 이미 쇠잔해진 민족혼을 부활시키고자 했다. 이와 같은 생각은 19세기 독일 낭만주의와 이 시기의 민족주의자들 — 헤르더, 피히테, 헤겔 등의 견해와 유사한 것이다. 1920년대 한국의 민족주의 문학을 폭넓게 낭만주의라고 부르는 이유가 여기에 있다. 이러한 맥락에서 민요시파 시인들은 민요기 지닌 율격, 형식, 내용, 정서, 이념, 언어 감수성 등을 토대로 시를 창작고자 했는데 우리는 이들의 시를 민중 창작의 전래 민요와 구분하기 위해서 ‘민요시파’라고 부른다.

민요시파 시인들 가운데서 가장 뛰어난 시인은 김소월이다. 김소월은 단지 민요시인으로서뿐만 아니라 일반 서정시인으로서도 한국의 근대시가 도달할 수 있는 최고의 경지를 보여주었다. 그는 「초혼招魂」이나 「무덤」 등과 같은 일부 작품들에서 1920년대 초의 퇴폐적 허무주의 경향과 유사한 일면을 드러내 보이기도 했지만 대체로 전통적 가락과 견합시킨 민족정서를 당대의 국민감정으로 승화시키는 데 성공을 거둔 시인이다.

주요한은 1910년대 말 근대적인 자유시형 「불놀이」를 창작해서 문단의 주목을 받았으며 후에는 민요적인 가락에 토대를 두고 향토적인 감정을 노래한 시들을 많이 썼다.

김동환은 초기엔 남성적인 감성으로 북국의 정서를 형상화하거나 프롤레타리아의 시 경향에 가까운 것을 추구했지만 1920년대 중반 이후에는 향토적인 삶을 민요적인 율격으로 노래하는 시풍으로 전환하였다. 그에게서 주목되는 또 한 가지는 그가 「국경의 밤」 「승천하는 청춘」 등 한국의 근대시사에서 최초의 이야기체 시를 썼다는 점이다. 그러나 이 이야기체 시(narrative poem)는 서사시(epic)라고 보기는 어렵고 일종의 발라드에 가까운 서정시의 하위 양식이라 해야 할 것이다.

한편 한용운(韓龍雲, 1879~1944), 양주동(梁柱東, 1903~1977), 변영로(卞榮魯, 1897~1961) 등은 민족서정시파로 불릴 수 있는데 이는 그들이 자유시 형식으로 민족적 정서나 이념을 형상화했기 때문이다. 그들은 민족적인 소재를 서정성과 잘 융합시킨 작품들을 썼다. 이중에서도 뛰어난 시인이 한용운이다. 특히 「논개의 애인이 되어 그의 묘에」 「당신을 보았습니다」와 같은 몇 편의 시는 우리 시사에서 몇 안 되는 일제 저항시의 범주에 드는 작품들이다. 그러나 이를 제외할 때 그는 대체로 불교적 상상력에 입각해서 삶의 존재론적인 문제와 사회적인 문제를 변증법적으로 잘 조화시킨 시들을 썼다. 현실적으로 불교의 승려였고 한편으로는 일제와 맞서 싸운 독립운동가였던 까닭에 그의 시에는 민족의 아픔과 고통이 때로는 상징적으로, 때로는 직설적으로 반영되어 있다.

식민지 치하의 서정시인들 즉 김소월(金素月, 1902~1934), 이상화(李相和, 1921~1943), 변영로, 양주동, 신석정(辛夕汀, 1907~1974),

윤동주(尹東柱, 1917~1945) 등이 일반적으로 그랬듯이 한용운의 시 역시 내용을 이룬 것은 '임의 상실'과 그로 인해 빚어진 슬픔이었다. 그러나 다른 서정시인들과 달리 한용운은 임과의 이별에서 오는 슬픔을 슬픔 그 자체로 혹은 허무의식으로 받아들이지 않았다. 그는 임과의 재회를 확신하며 나아가서 임이 부재한 현실적 시공간에서도 임이 자신과 함께 있고 임과 함께 역사한다는 강한 신념을 가졌다. 그리고 이러한 신념을 통해 그는 민족이 처한 비극적인 현실을 극복하고자 했다.

민요시파, 민족서정시파와 더불어 이 시기의 민족주의 시에는 조선의 시조를 현대시로 부흥시켜 이로부터 민족혼을 재생시키고자 하는 일군의 시인들이 등장하였다. 최남선, 이광수, 정인보(鄭寅普, 1892~?), 이병기(李秉岐, 1891~1968), 이은상(李殷相, 1903~1982), 조운(曺雲, 1898~?) 등이다. 이들은 단지 시 형식에서뿐만이 아니라 그 소재나 이념, 정서 등에서도 민족적인 것들을 탐구했는데 가령 국토를 예찬한다든가, 민족의 원형적 상징을 시화한다든가, 민족문화를 찬미한다든가 하는 것들이 주된 내용이었다.

최남선은 일찍이 1908년에 최초의 종합교양지 『소년』을 발간하고 그 창간호에 소위 최초의 신체시라고 일컬어지는 「해에게서 소년에게」를 발표한 시인이다. 그는 1910년대에 주로 신체시와 창가를 창작하다가 후에 '국민문학론'을 제창하고 시조부흥운동을 주도했다. 그의 대표적인 창가로는 「경부철도가」, 대표적인 시조로는 「백팔번뇌」 등이 있다. 그러나 이 시기의 가장 뛰어난 시조 시인들은 정인보, 이병기, 이은상 등일 것이다. 정인보의 대표작으로는 「자모사慈母思」 「조춘早春」 등이, 이병기의 대표작으로는 「난초」 「내리는 비」 「봄」 「냉이꽃」 등이 있으며 이은상의 대표작으로는 「금강귀로金剛歸路」 「가고파」 등이 있다.

1920년대 초의 퇴폐적인 조류에 대해 민족주의 시들과 함께 이념적으로 현실에 맞서려 했던 시인들 중에는 소위 경향파가 있다. 프롤레타리아 시 혹은 계급주의 시, 혹은 무산계급의 시 등의 명칭으로도 불린 이 유파가 활발하게 활동하기 시작한 것은 1922년에 창립된 '염군사(焰群社)' 라는 공산주의 예술단체가 발전적으로 해체하여 1925년 소위 '조선프롤레타리아예술가동맹(KAPF)' 을 결성하고 난 뒤부터의 일이다. 프롤레타리아 시운동은 이후 활발하게 전개되어 한국시단을 풍미했으나 1934년 일제가 소위 대동아전쟁을 일으키고 공산주의 운동을 탄압하자 지하로 잠적했다. 그리하여 카프는 공식적으로 1934년에 해체되고 이 단체의 주동자들인 박영희(朴英熙, 1901~?), 김기진(金基鎭, 1903~1985), 임화(林和, 1908~1953) 등이 사상전향을 선언함으로써 이후 이 운동은 일시 사라진 듯이 보였다.

그러나 공산주의 문학운동은 1941년에서부터 1945년 사이의 암흑기를 제외하고는 새로운 세대들에 의해 때로는 공개적으로 때로는 지하에서 1948년 대한민국정부가 수립될 때까지 꾸준히 지속되었다. 이들 프롤레타리아 시인들은 대한민국정부의 수립과 이후 발발한 한국전쟁 기간중에 대부분 월북했거나 사상전향을 했으나 월북한 시인들은 대체로 후에 북한당국에 의해서 숙청당하는 운명에 처했다.

프롤레타리아 시는 조선의 독립은 오로지 프롤레타리아의 조직된 힘에 의해서만 이루어질 수 있다는 인식 아래 계급투쟁의 관점으로 당대의 사회현실을 폭로 혹은 비판하거나 혁명의식을 고취하고자 했다. 한때 심훈(沈薰, 1901~1936), 이상화, 김동환 같은 시인들도 가담한 적이 있지만 대표적인 프롤레타리아 시인은 임화, 박세영(朴世永, 1902~?), 이찬(李燦, 1910~?), 안함광(安含光, 1910~?), 박팔양(朴八陽, 1905~?) 등이다.

특히 임화는 시 창작에서뿐만 아니라 마르크스주의 비평과 문학이론에 있어서도 한국 프롤레타리아 문학운동의 견인차 노릇을 한 사람이다. 「우리 오빠와 화로」「네거리의 순이」 등은 그의 대표작들이다. 「우리 오빠와 화로」는 노동운동으로 감옥에 간 오빠를 그리면서 계급투쟁의 의욕을 불태우는 누이의 독백체 이야기를 서술한 작품인데 후에 이와 같은 형식은 김기진 등 프롤레타리아 비평가들에 의해서 소위 '단편 서사시'라고 명명되어 프롤레타리아 시의 한 전형으로 정착하게 되었다. 그러나 일반적으로 프롤레타리아 시들은 계급투쟁의 경직성과 이데올로기의 도식성, 형식과 내용의 획일성, 내용 우월주의 등을 탈피하지 못함으로써 문학적 성취에 다다른 것이 거의 없다.

1920년대 한국시의 일반적 경향으로부터 벗어난 몇몇 예외적인 시인들로는 이장희(李章熙, 1900~1929), 김석송(金石松, 1900~1950), 오상순(吳相淳, 1894~1963), 김동명(金東鳴, 1900~1968)과 같은 시인들을 들 수 있다. 이중에서도 이장희는 사물과 풍경을 감각적이고 지적인 정서로 간결히 묘사하는 데 특출한 재능을 보여주었다.

3

일제가 만주사변을 일으킨 1931년부터 태평양전쟁이 끝나고 독립을 쟁취한 1945년까지는 그 식민지였던 한국 역시 한마디로 전시의 상황이었다. 이 시기 일제는 한국에서 1920년대의 소위 '문화정치'라는 미명의 식민통치방식을 버리고 일컬어 내선일체와 황국신민화정책이라는 것을 공개적으로 강행하였다. 뿐만 아니라 한국을, 그들이 일으킨 대동아전쟁과 태평양전쟁의 후방기지 및 병참기지화하여 상상할 수 없는 물적·인적 수탈을 감행하였다. 공산주의 운동도 만주사변 이후에는 전면 금지되어 1935년에는 카프가 해체되기에 이른다. 한편 이 시기의 문단에서는 1920년대의 이념시 특히 프롤레타리아 시에 대한 비판적 성찰이 제기되었으며 증대된 일본 유학의 기회를 통해 서구의 현대시조가 보다 활발히 유입되었다.

　문단 내외적인 이러한 상황의 변화는 한국의 1930년대 시에서도 그대로 나타나지 않을 수 없었다. 일차적인 것은 강화된 검열제도로 인해 현실비판적인 시 혹은—민족주의 시든 프롤레타리아 시든—일제에 대항하는 이념적인 시들의 창작이 불가능해졌다는 사실이다. 그리하여 이 시기의 한국의 시는 대체로 정치주의나 이념주의를 떠나서 순문학적인 성격을 띠게 되었는데 구체적으로 순수시, 모더니즘 시, 인간 탐구의 시, 자연 탐구의 시 등의 경향으로 나누어 살펴볼 수 있다. 그러나 시간이 흘러감에 따라 식민지 상황은 점점 악화되어 1930년대 말에 와서 일제는 한국어 사용을 전면 금지시키고 창씨개명을 강요하는 데에까지 이른다. 따라서 1930년대 말 이후 한국의 시는 해방이 될 때까지 동원된 일제 어용시와 숨어 쓴 일부 서정시 및 지하의 저항시들만으로 문학사의 명맥을 간신히 유지할 수 있었다.

　이러한 분위기로 인해 1920년대 말에 이르러서 한국의 시단에는 새로운 바람이 불기 시작하였다. 시가 더이상 이데올로기의 수단으로 이용되는 것에 반대해 시의 예술성을 회복하려는 시인들이 등장한 것이다. 박용철(朴龍喆, 1904~1938), 김영랑(金永郎, 1903~1950), 이하윤(異河潤, 1906~1974), 김상용(金尙鎔, 1902~1951), 신석정 등이 그들이다. 한국시사에서 순수시파로 불리는 이들은 모더니즘의 시나 인간 탐구의 시, 자연 탐구의 시들처럼 문학의 자율성을 옹호하면서도 순수 서정을 노래하고 지성을 가능한 배제하며 여성적인 표현과 곱고 섬세한 언어를 구사한다는 점에서 독특한 경향을 드러내고 있었다.

　순수시파를 대표하는 시인은 김영랑과 신석정이다. 김영랑은 언어의 아름다움을 조율하는 데 남다른 재능을 보여준 시인인데 그의 시의 음악성은 1920년대 민요시와 맥이 닿아 있으면서도 남도(전라도)적인 가락과 접목해 한층 창조적으로 변용한 것이었다. 특히 전라도 방언의 적절한 사용은 한국시의 언어 조사에 새로운 가능성을 열어준 업적이라고 평가된다.

신석정은 영랑에 비해 훨씬 낭만성이 짙으며 언어의 호흡이 길고 유장하다는 점에서 다른 개성을 지닌 시인이다. 그의 시는 식민지 치하의 여러 훌륭한 서정시인들의 시세계에서 발견할 수 있는 바, 임 혹은 고향과 같은 높은 가치의 상실의식을 모티프로 해서 목가적인 세계를 이상화하는 것이었다. 신석정이 이처럼 이상화된 목가세계를 지향했던 것은 그 시대의 민족적 열망을 관념적으로 승화시킨 것이라고 할 수 있다.

한국에서 모더니즘 시는 1926년 정지용(鄭芝溶, 1903~?)이 『학조學潮』 창간호에 「파충류 동물」, 1927년 김니콜라이가 「윤전기와 사층집」, 임화가 「지구의 박테리아」 등 다다이즘에 가까운 작품을, 같은 지면에 정지용이 「까페 프란스」 등 이미지즘에 가까운 시를 발표하면서부터 시작된다. 그러나 이처럼 1920년대 후반부터 비롯된 한국의 모더니즘(엄밀한 의미에서 아방가르드)을 한 차원 올려놓은 시인이 1930년대 중반에 등단한 이상(李箱, 1910~1937)이다.

이 시기의 모더니즘은 대개 네 가지 경향들이 있었다. 첫째는 다다이즘의 경향이다. 앞서 열거한 김니콜라이, 임화, 정지용과 김화산(金華山, 1905~?) 등의 일부 시들이 여기에 포함된다. 이들은 이 경향의 시들을 잠깐 실험하다가 시 창작을 포기하거나 다른 경향으로 곧 시작 태도를 바꾸어버렸으므로 한국시단에서 다다이즘은 별 성과 없이 끝나버렸다.

둘째는 초현실주의 경향이다. 이상과 1934년에 간행된 동인지 『삼사문학』의 동인들 — 문학적 성취에서는 미미하지만 — 이시우(李時雨) 신백수(申百秀, 1915~1945), 정현웅(鄭玄雄) 등이 여기에 속한다. 이들은 잠재의식에 떠오르는 내면풍경을 '자동기술' 혹우 그들의 용어를 빌려 '절연(絶緣)'의 기법으로 시에 표출하고자 했다.

셋째는 이미지즘의 경향이다. 정지용, 김광균(金光均, 1914~1993), 장만영(張萬榮, 1914~1975), 백석(白石, 1912~?) 등이 이 범주에 든다. 영미의 이미지즘과 동일한 것은 아니었지만 이들은 시를 이미지의 조탁에 의해서 표현하고 모든 의미적 요소를 가능한 감각화하고자 했다. 정지용, 김광균의 회화시들이 대표적인 것이라 할 수 있다.

넷째는 네오클래식(소위 주지주의)의 경향인데 김기림(金起林, 1908~?), 오장환(吳章煥, 1916~?) 등이 여기에 속한다.

한국의 모더니즘을 대표할 수 있는 두 시인은 정지용과 이상이다. 정지용은 「파충류 동물」「슬픈 인상화」 등에서 네오클래식의 계열의 경향을, 「까페 프란스」「유리창」「바다」 등에서는 이미지즘의 경향을 드러내 보여주었다. 이들 작품에서 정지용이 소외된 도시의 삶을 문명사적인 관점에서 묘사한 것은 네오클래식의 세계관을 반영한 것이지만, 표현에서 대화의 인용, 부호의 사용, 활자 크기의 조절, 회화에 가까운 시행의 배열, 상충하는 이미지들의 제시 등 제 기법을 원용한 것은 다다이즘의 특성을 드러내 보여준 것이다. 한편 그는 참신한 감각적 이미지를 지적인 언어를 통해 함축적으로 제시한 이미지즘의 시들도 썼다. 그러나 정지용은 후기에 들어 모더니즘을 버리고 동양적 사유의 세계로 돌아간다. 「백록담白鹿潭」, 「장수산長壽山」 등은 자연 속에서 도가적인 허정(虛靜)이나 유가적 성정(性情)의 세계를 탐구한 작품들이다.

이상은 시와 소설을 동시에 썼던 시인이자 소설가이다. 한국시사에서 가장 난해한 시들을 쓴 그는 바로 그 난해성으로 인해 한국시단에서 오늘날까지 많은 논의를 불러일으켜왔다. 그의 시세계는 대체로 초현실주의적 경향과 다다이즘의 경향이 혼합되어 있는데 그것은 현대인의 분열된 자아를 때로는 잠재의식의 표출로, 때로는 자유연상의 기법으로 묘사해 보여준 것이라 할 수 있다. 그의 시적 진술은 비약, 단절, 병치 등의 방법으로 전개되어 일상적 논리를 초월해 있다. 특히 숫자, 기호, 도안의 도입과 공적인 문서나 과학 법칙 등 비시적(非詩的) 산문의 차용은 그의 전위적 실험성을 드러낸 것들이다. 연작시「오감도烏瞰圖」는 그의 대표작이다.

김기림은 장시「기상도氣象圖」에서 네오클래식의 경향을 잘 드러내 보여주었다. 그는「기상도」에서 현대문명을 위기의 상황으로 진단하고 태풍이 몰아치는 기상도를 1930년대의 세계 정치 혹은 사회현상의 알레고리로 제시하고자 했다. 현대문명에 대한 종말과 재생을 예언한 그의 이러한 문명사의식은 엘리엇의「황무지」에서 영향을 받은 것처럼 보인다.

1930년대 한국시사에서 프롤레타리아 시와 모더니즘의 시 모두를 거부하고 이에 반동해서 일어난 것이 '생의 구경적 본질'을 탐구하려는 소위 생명파 시인들이다. 이들은 프롤레타리아의 정치주의나 모더니즘의 문명비판의식 대신 인간 그 자체에 관심을 기울였기 때문에 흔히 인간 탐구의 시인들로 일컬어지기도 한다. 동인지『시인부락詩人部落』을 중심으로 결집된 이들 중 중요 시인으로는 서정주(徐廷柱, 1915~2000), 김동리(金東里, 1913~1995), 유치환(柳致環, 1908~1967), 신석초(申石艸, 1909~1976), 오장환(吳章煥, 1908~?), 김달진(金達鎭, 1907-1989), 함형수(咸亨洙, 1916~1946) 등을 들 수 있다.

이들은 가식 없는 언어로 '직정적(直情的)'인 생(生)의 목소리를 담고자 했다. 그들의 세계관에는 니체나 쇼펜하우어 유의 일종의 생철학적(生哲學的) 관점이 있었다. 서정주는 1936년 동아일보 신춘문예에「벽」이 당선되어 문단에 등장한 시인이다. 그는 육십여 년의 긴 시작 생애를 통해 수많은 작품과 다양한 시세계를 보여주었으나 그중에서도 1930년대적 경향에 국한하여 말한다면 보들레르적인 화사한 감각으로 인간 내면의 고뇌와 몸부림을 아름답게 형상화했다고 말할 수 있다.

유치환이 보다 관심을 기울였던 것은 본능이나 감정의 영역이 아니라 의지나 사유의 문제였다. 그의 시는 운명과 대결하는 인간의 의지와 이를 초극하고자 하는 정신을 형상화해 보여준다. 그러한 관점에서 그의 시는 선이 굵고 또한 남성적인 것이 특징이다.

이외 1930년대의 중요한 시인으로는 김현승(金顯承, 1913~1975), 김광섭(金珖燮, 1905~1977), 노천명(盧天命, 1912~1957), 이용악(李庸岳, 1914~?), 백석 등이 있다.

한국어의 공적인 사용이 금지된 1941년 이후부터 해방이 되기까지는 우리 근대시사에서 암흑기로 불리는 시기이다. 이 기간에는 일본의 국시에 순응하는 일부 어용시들과 일본어 시들만이 발표될 수 있었고 한국어 시는 일체 창작이 금지되었다. 다만 숨어서 시를 쓴 몇몇 시인들이 민족문학의 맥을 계승했는데 윤동주, 허민(許民, ?~1943) 등과 박목월(朴木月, 1917~1978), 박두진(朴斗鎭, 1916~1986), 조지훈(趙芝薰, 1920~1968) 등 소위 청록파(靑鹿派) 시인들이 그들이다.

윤동주는 1936년을 전후해 동시를 쓰면서 문단에 나왔으나 정작 그가 시인으로 알려진 것은 그의 사후 유고가 발견되어 1948년 서울에서 『하늘과 바람과 별과 시』라는 시집이 간행되면서였다. 윤동주는 일본 유학중 독립운동을 한 혐의로 1941년 일본경찰에 체포되어 후쿠오카 형무소에서 옥사했다. 그의 시에는 식민지 지식인으로서의 삶에 대한 성찰과 고통받는 동족에 대한 속죄양의식이 고백되어 있다.

식민지 시대의 한국에는 몇 사람의 위대한 저항시인들이 있었다. 이상화, 심훈, 이육사(李陸史, 1904~1944), 한용운과 같은 시인들이 그들이다. 대표적인 저항시로는 이상화의 「빼앗긴 들에도 봄은 오는가」, 심훈의 「그날이 오면」, 한용운의 「당신을 보았습니다」 등을 들 수 있다. 이육사는 중국에서 독립운동을 하다가 일본경찰에 체포되어 북경의 감옥에서 옥사한 시인이다. 그의 「절정」 「광야」 「청포도」 등은 문학적 성취면에서도 값진 것이지만 식민지 한국인의 삶을 내적으로 형상화해 민족의식을 일깨웠다는 점에서 특히 주목되는 작품들이다. 1920년대의 김소월 또한 비록 그의 일반적인 시세계와 거리가 먼 것이기는 하지만 「바라건대는 우리에게 우리의 보습 대일 땅이 있었더면」과 같은 작품에서 일제에 대한 저항의식을 강하게 보여주었다.

4

해방 이후 1940년대 후반은 새로운 민족국가 수립을 위한 과도기였다. 그것은 한마디로 이차대전의 종전에 따라 한반도에 진주한 미국과 소련의 두 강대국이 이 땅에 각각 자신들의 체제인 자유민주주의 국가와 인민민주주의 국가 즉 공산주의 국가를 세우기 위해 상호 대결한 시기라고 말할 수 있다. 미·소의 대결은 국내의 정치 지도자들과 지식인들은 물론 전체 민중을 좌우 이데올로기라는 이념투쟁의 소용돌이로 몰아넣어 한반도는 유사 이래 경험하기 힘든 혼란상태에 빠져들었다. 그리고 이러한 상황은 1948년 한반도가 북위 38도선을 경계로 분단되어 남북에 서로 다른 두 개의 정부가 수립될 때까지 계속되었다.

이 시기의 시인들도 예외는 아니었다. 사회가 전반적으로 이러하니 시인들 역시 자의건 타의건 자신의 정치적 입장을 선택하지 않을 수 없었고 그 결과 시단도 이념적으로 양분되는 상황을 노정하게 되었다. 그리하여 해방 이후 1950년 한국전쟁이 발발하기까지 사오 년이 기간 동안 한국시단에서는 대체로 네 가지 경향의 시들이 씌어졌다.

첫째, 정치주의 시들의 창작이다. 특히 인민민주주의 국가 건설의 선전선동가로 자처했던 시인들의 경우가 한층 격렬했다. 해방 전부터 프롤레타리아 시를 썼던 임화, 박아지(朴芽枝, 1905~?), 박세영, 이찬, 이흡(李洽, 1908·?), 권환(權煥, 1903~1954), 조벽암(趙碧巖, 1908~?)

등이 그러했지만 해방 후 이 노선을 선택한 새로운 그룹 즉 이용악, 오
장환, 설정식(薛貞植, 1912~?)과 같은 시인들의 활동도 괄목할 만한
것이었다. 이들의 시는 주로 '미제국주의'에 대한 비판, 당대 남한사회
의 부조리와 부정의 고발, 북의 인민민주주의에 대한 찬양, 민중의 계
급의식 고취, 혁명동지에 대한 사랑 등을 내용으로 담았다. 이중에서도
특히 주목되는 시인은 설정식인데 그는 대한민국정부 수립 후 월북하
였으나 한국전쟁중에 간첩혐의로 체포되어 북한에서 숙청되었다.

둘째, 자연의 의미를 탐구한 일련의 자연시인들이 등장했다. 한국의
문학사에서 소위 '청록파'라 불리는 시인들이 그들이다. 1930년대 말
1940년대 초에 『문장文章』지의 추천으로 문단에 데뷔한 박목월, 조지
훈, 박두진 등 세 시인은 해방이 되자마자 1946년 일제 암흑기에 쓴 자
신들의 시를 묶어 『청록집靑鹿集』이라는 사화집을 간행하였는데 이는
자연을 객관적으로 인식한 새로운 형태의 자연서정시의 한 유형을 개
척해 보여준 것이다. 이들 시인의 자연시들은 자신들을 『문장』지를 통
해 추천해준 정지용의 1940년대 문학정신 즉 시집 『백록담』의 도가 혹
은 유가적 자연의 세계를 각자 자기 나름으로 변용한 것이라고 말할 수
있다.

『청록집』에 수록된 시들은 실제로는 해방 이전 1940년대 전기에 씌
어진 것들이지만 청록파 세 시인들은 해방 이후에도 한동안 같은 시세
계를 추구하면서 동시대에 많은 영향을 끼쳤다. 1940년대 후반에 자연
시들이 등장하고 또 그것이 시단의 일반적인 공감을 획득할 수 있었던
것은 현실사회의 타락과 정치적 갈등에서 오는 불안 그리고 문학의 정
치주의에 대한 혐오감 때문이었다고 말할 수 있다.

셋째, 1948년 남한에 대한민국정부가 들어서고 문학상의 정치주의
열풍이 조금 진정되면서 새로운 젊은 모더니스트들이 등장했다. 조향
(趙鄕, 1917~1984), 박인환(朴寅煥, 1926~1956), 김수영(金洙暎,

1921~1968), 김규동(金奎東, 1925~) 등이 그들이다. 이들은 박인환, 김수영 등이 1948년 모더니즘을 표방한 사화집『새로운 도시와 시민들의 합창』을 내자 이를 구심점으로 결집해 1950년대의 모더니즘 운동을 예비하게 된다.

넷째, 다양한 개성의 젊은 서정시인들이 등장했다. 김춘수(金春洙, 1922~2004), 조병화(趙炳華, 1921~2003), 김윤성(金潤成, 1926~), 정한모(鄭漢模, 1923~1991), 구상(具常, 1919~2004), 김종길(金宗吉, 1926~), 홍윤숙(洪允淑, 1925~), 김종문(金宗文, 1919~1981) 등이 그들이다. 그들은 각각 다른 시적 소재를 다루었으나 인생과 생활을 서정적으로 인식하고자 했다는 점에서 앞의 경향과 다른 시적 태도를 지니고 있었다.

한국의 1950년대는 한마디로 전쟁의 시대였다. 1950년 6월 25일 북한의 무력 침략으로 일어난 한국전쟁은 1953년 휴전으로 일단 끝났으나 여기서 파생된 문제들은 이후의 한국 현대사에 심각한 후유증을 남기게 된다. 그중에서도 직접적으로 이러한 영향권 내에 있었던 것이 1950년대였다. 이 시기에 이르러 남북분단은 고착되었으며 냉전 이데올로기는 사회 전반을 지배하게 되었다. 그에 비례해서 사상과 언론의 자유가 제한되었음은 물론이다. 한편 전쟁으로 인한 경제적 궁핍, 인명의 살상, 자유당 정권의 독재와 부조리는 인간성의 상실, 천민자본주의의 발호를 가져와 전 국민적인 현실 비관주의를 팽배시켰다. 또한 미국과 서유럽이 한국에 대한 영향력이 증대는 전통적 가치의 붕괴와 서구 사조의 급속한 유입을 조장하는 결과를 가져왔다. 한국의 1950년대 시는 직접적이든 간접적이든 이러한 현상을 반영하지 않을 수 없었다.

1950년대의 시는 대체로 다섯 가지의 경향을 추구했다.

첫째는 전쟁시의 창작이다. 여기에는 전쟁 수행을 위한 선전선동시, 고발 및 다큐멘터리 시, 전쟁서정시와 내면화된 전쟁시 등이 포함된다.

유치환의 『보병과 더불어』(1951), 조지훈의 『역사 앞에서』(1959), 전봉
건(全鳳健, 1928~1988)의 『꿈속의 뼈』(1980), 조영암(趙靈岩, 1918~)
의 『시산을 넘고 혈해를 건너』(1951), 이영순(李永純, 1922~)의 『연희
고지延禧高地』, 장호강(張虎崗, 1916~)의 『총검부銃劍賦』(1954) 등이
그 대표적인 시집들인데 이들 시인은 혹은 전쟁 종군 시인으로 혹은 현
역 군인으로 전쟁에 참여한 바 있다. 한편 구상은 그의 「초토의 시」에서
전쟁의 후방에서 겪는 삶의 비극을 고발했고 박봉우(朴鳳宇, 1934~
1990)는 전쟁체험시는 쓰지 않았으나 시집 『휴전선』에서 전쟁으로 인
한 민족분단의 아픔을 최초로 노래하였다. 이 시기에 모윤숙(毛允淑,
1910~1990)도 몇 편의 전쟁시를 남긴 바 있다.

둘째는 모더니즘 시의 활발한 전개이다. 1950년대는 한국 근대시사
에서 제2기 모더니즘의 시대라 불릴 만큼 이 운동이 넓게 확산된 시기
였다. 그러나 정작 1950년대의 모더니즘은 1930년대의 그것으로부터
크게 벗어나지 못하였다. 다만 초현실주의적 경향이 좀더 확산되었다
는 점, 1930년대의 모더니즘이 소수의 지적 엘리트들에 의해 실험된 반
면 1950년대의 그것은 문단의 보편적인 사조로 정착되었다는 점, 모더
니즘과 관련이 없는 전통 서정시에서조차, 그 기법이나 방법론이 자연
스럽게 차용되기 시작하였다는 점 등이 달랐을 뿐이다.

1950년대의 모더니즘이 하나의 운동으로 전개되기 시작한 것은 1940년
대의 한 사화집 『새로운 도시와 시민들의 합창』을 구심점으로 해서 모
였던 시인들이 1951년 전후에 동인지 없는 동인 '후반기'를 결성한 뒤
부터였다. 후반기 동인으로 참여했던 시인으로는 박인환, 김규동, 조
향, 김경린(金璟麟, 1918~) 등이 있으며 이들과 동조한 시인들로는 김
수영, 전봉건 등이 있다. 이외에도 1950년대에 등장한 많은 젊은 시인
들이 모더니즘의 경향에 서 있었다. 송욱(宋稶, 1925~1980), 전영경(全
榮慶, 1926~), 성찬경(成贊慶, 1930~), 신동문(辛東門, 1928~1993),

신동집(辛瞳集, 1924~2003), 김광림(金光林, 1928~), 김종삼(金宗三, 1921~1984), 김구용(金丘庸, 1928~2001) 등이 그들이다.

이중 김구용, 전봉건, 조향, 성찬경 등은 초현실주의적 경향이, 김광림, 김종삼 등은 이미지즘적인 경향이, 박인환, 송욱, 김수영, 신동문, 신동집 등은 주지주의적 경향이 짙었다. 박인환은 전쟁의 폐허에서 역사의 배리를 보고 이를 짙은 우수와 허무감으로 노래했는데 그것은 한국 근대시에서 도시적 서정의 한 유형을 확립시킨 것이라고 말할 수 있다. 김수영은 처음에는 모더니즘에 심취해서 시작활동을 활발하게 하다가 4·19혁명을 거치면서 현실에 관심을 갖고 생활의 시들을 주로 썼다. 그는 시론의 발표에도 적극적이어서 소위 '참여문학'을 주장하는 많은 문학 논설들을 개진했으나 실제 그의 작품은 현실참여와는 거리가 먼 것들이었다.

셋째는 전통을 탐구하려는 시적 경향의 대두이다. 이는 외래사조의 유입, 전쟁으로 인한 민족적 정체성의 훼손 등에 대한 반작용으로 일어난 것이라고 말할 수 있다. 그러나 당대 구미에서 논의되던 '전통론'의 영향과도 무관하지 않았을 것이다. 이 경향에 속하는 시인들로는 서정주, 박재삼(朴在森, 1933~1997), 이동주(李東柱, 1920~1979), 박희진(朴喜璡, 1933~) 등이 있다.

서정주는 1930년대 후반에 등단해 첫 시집 『화사집』을 낼 때까지만 해도 서구적인 감수성으로 일반적인 생의 고뇌 같은 것을 탐구한 시인이었다. 그러나 두번째 시집 『귀촉도 歸蜀途』(1946)에서부터 한국적인 세계관과 전통적인 삶에 관심을 갖기 시작한다. 이러한 경향은 세번째 시집 『서정주 시선』(1955)에서 훨씬 심화되다가 네번째 시집 『신라초 新羅抄』(1960)에 이르러 본격화되었다. 그는 한국적인 가치와 미학 그리고 세계관을, 찬란한 문화를 누렸던 한국의 고대국가 신라에서 발견해 이를 '신라정신'이라 명명하고 시로 형상화하고자 했다. 시집 『신라초』의 저술은 그러한 결과의 하나이다.

넷째는 자연시의 경향이다. 그러나 엄밀히 말해서 1950년대 자연시는 자연시 그 자체라기보다는 자연친화시라고 표현하는 것이 더 옳다. 그것은 정지용이나 조지훈처럼 유가 혹은 도가 풍의 자연도, 박목월의 초기 시처럼 서경적인 자연도 아닌 자연과 더불어 생활하는 삶, 자연을 통해서 인생을 이야기하는 삶을 시로 쓴 것들이기 때문이다.

1950년대의 박목월은 벌써 첫 시집 『산도화山桃花』(1955)에서 이러한 변화를 보여주며 두번째 시집 『난(蘭) 기타(其他)』에서는 완전한 생활의 시로 나아간다. 이후 목월이 존재의 시 혹은 존재 탐구의 시를 쓰면서 생활과 자연을 버린 것은 네번째 시집 『경상도의 가랑잎』(1968)에서부터인데 1970년대에 연재하다가 그의 작고로 완성되지 못한 채 중단된 연작시 「사력질砂礫質」은 한국 근대시에서 존재 탐구 시로서의 한 절정을 보여준 작품이라고 말할 수 있다. 이외 1950년대에 자연시를 쓴 시인으로는 박두진, 박성룡(朴成龍, 1932~), 김윤성 등이 있다.

다섯째는 인생 및 생활의 서정시들이다. 이들은 특별히 어떤 경향성을 들고 나오지는 않았지만 삶의 여러 국면들과 여기서 연유하는 희로애락의 감정들을 서정적으로 인식해 시로 승화시키고자 했다. 구상, 조병화, 정한모, 김종길, 김남조(金南祚, 1927~), 홍윤숙, 이형기(李炯基, 1933~2004), 문덕수(文德守, 1928~) 등이 그들이다. 조병화는 첫 시집 『버리고 싶은 유산』을 상재한 이래 오십여 권이 넘는 시집을 간행함으로써 한국시사에서 가장 많은 시집을 가진 시인으로 기록된다. 초기에 그는 모더니스트적인 감성으로 생활의 서정을 형상화했으나 점차 방향을 바꾸어 인생론적 진실을 추구하는 시들을 썼다. 정한모는 초기에 한국전쟁의 상흔을 생활의 잔영 속에서 발견하여 이를 휴머니즘의 시각으로 형상화했고 곧 생의 본질적인 문제들을 탐구하기 시작했다. 이형기는 초기에 투명하고 아름다운 서정을 절제된 언어로 형상화하였다.

그러나 이후 그의 시는 사물에 대한 날카로운 통찰력을 토대로 존재론적 진실을 추구하였다. 김남조는 종교적 순일성에 입각한 연시와 명상적 서정시를 써서 일가를 이루었다.

예외적인 경향으로 박남수(朴南秀, 1918~1994)는 등단 초기에 향토적인 삶의 아름다움을 묘사하는 시들을 썼지만 1950년대에 들어서는 사물의 실재성을 탐구하는 방향으로 전환했다. 이호우(李鎬雨, 1912~1970), 김상옥(金相沃, 1920~2004), 이영도(李永道, 1916~1975) 등은 한국의 전통시 양식인 시조를 창작해서 이 시기에 현대시조의 일가를 이룬 시인들이다.

1960년대에는 두 번의 중요한 정치적 변혁이 있었다. 그 하나는 1960년에 일어난 4·19혁명이요, 다른 하나는 바로 다음 해에 일어난 5·16군사쿠데타이다. 전자가 오랜 기간의 자유당 독재를 무너뜨린 민주화 혁명이라면 후자는 군부가 주도한 독재로의 회귀였다. 그러나 이미 4·19혁명으로 표출된 바 있는 한국 민중의 성숙한 민주주의 의식은 군부의 억압에 의해서 쉽게 말살될 수 없었다. 한국 민중의 이 성숙된 정치참여 의식은 시에서도 그대로 반영되어 1960년대는 그 전대에 찾아볼 수 없었던 문학의 현실참여라는 새로운 경향이 대두하게 되었다. 이에 대해서 다른 한편으로는 문학의 자율성을 옹호하면서 정치적인 문제로부터 자유롭고자 하는 경향도 형성되었다. 참여문학의 계열에서는 이를 순수문학이라고 호칭했으나 엄밀한 의미에서 그것은 목적문학의 획일주의를 거부한 순문학이라고 보는 것이 옳다. 1960년대에 등장한 새로운 세대들의 경우 『신춘시新春詩』 동인들은 대체로 전자의 입장에 섰고 『현대시』 동인들은 후자의 입장에 섰다. 그러나 포괄적으로 소위 순수시라고 불리는 것에는 여러 경향들이 있었다. 첫째, 전통적 서정시를 쓰는 그룹, 둘째, 동양 사상을 탐구하는 그룹, 셋째, 모더니즘을 지향하는 그룹, 넷째, 인생론적 진실을 모색하는 그룹 등이다.

참여시 경향에 소속될 수 있는 시인으로는 신동엽(申東曄, 1930～
1969), 고은(高銀, 1933～), 신경림(申庚林, 1936～), 민영(閔英, 1934～),
김지하(金芝河, 1941～) 등과『신춘시』동인들인 이성부(李盛夫, 1942～),
조태일(趙泰一, 1941～1998), 최하림(崔夏林, 1939～) 등이 있다.

이 시기 순수시 경향 가운데서 전통적 서정시를 쓴 시인들은 박용래
(朴龍來, 1925～1980), 박정만(朴正萬, 1946～1989), 이가림(李嘉林,
1943～), 강인한(姜寅翰, 1944～), 허영자(許英子, 1938～), 유안진(柳
岸津, 1941～), 신달자(愼達子, 1943～) 등이다. 동양 사상을 탐구한 시
인으로는 박제천(朴堤千, 1945～) 등이, 인생론적 의미를 탐구한 시인
으로는 김종해(金鍾海, 1941～), 정진규(鄭鎭圭, 1939～), 박이도(朴利
道, 1938～), 이탄(李炭, 1940～), 강우식(姜禹植, 1941～), 유승우(柳承
佑, 1939～) 신규호(申奎浩, 1939～) 등이 있다. 모더니즘을 추구한 시
인으로는『현대시』동인들인 김영태(金榮泰, 1936～), 이유경(李裕憬,
1940～), 이승훈(李昇薰, 1942～), 이수익(李秀翼, 1942～), 박의상(朴
義祥, 1943～), 오탁번(吳鐸藩, 1943～), 이건청(李健淸, 1942～), 오세
영(吳世榮, 1942～) 등이 있다.『현대시』동인은 아니지만 황동규(黃東
奎, 1938～), 정현종(鄭玄宗, 1939～), 오규원(吳圭原, 1941～), 노향림
(盧香林, 1942～) 등도 이 경향에 묶일 수 있는 시인들이다. 이들 중 황
동규, 정현종, 오규원, 노향림, 이승훈, 이건청, 박의상 등은 비록 정도
의 차이가 있다 하더라도 모더니즘적 성향을 그대로 지키고 있으나 오
세영, 이수익 등은 1970년대 이후 사물에 대한 존재론적 의미를 탐구하
는 시들을 쓰는 것으로 방향을 바꾸었다.

1960년대의 모더니즘을 논의할 때 주목의 대상이 되는 시인은 김춘
수이다. 초기에 전통적인 서정시를, 그 다음엔 존재론적인 시를 쓰던
그가 모더니즘적 경향으로 선회한 것은 1960년대 들어 연작시「타령조
打令調」를 발표하면서부터의 일이다. 그리하여 그는 한국시사에서 잠

재의식의 내면풍경을 회화적으로 묘사해 보여주는 이른바 '무의미의 시'의 창작으로 독특한 자신의 시세계를 구축했다.

1970년대는 두 가지의 커다란 조건이 지배하고 있었다. 그 하나는 정치적으로 소위 유신독재정권 아래 있었다는 점이요, 다른 하나는 경제적으로 자본주의 성숙 단계에 이르러 서구의 산업사회에서 부딪히는 문제들이 노정되기 시작하였다는 점이다. 자연히 민주시민사회를 건설하려는 민중의 정치의식이 고양될 수밖에 없었다. 이와 더불어 산업사회에서 기인하는 인간소외와 물신적 가치관 그리고 노동문제도 야기되기 시작했다. 이와 같은 현상들은 시에도 그대로 반영되어 1970년대의 사회시들은 1960년대의 소위 '참여시'보다 더 투쟁적이 되었다. 그리하여 1960년대의 참여시들은 이 시기에 들어 리얼리즘에 입각한 새로운 이론 정립과 함께 유신독재정권과 대항해서 한층 격렬한 투쟁의 시, 즉 '민중시' 운동을 전개하였다.

이 운동의 주도자는 1950년대에 등장한 고은, 신경림과 그리고 1960년대에 등장한 이성부, 조태일, 김지하, 강은교(姜恩喬, 1945~) 등이었고 그외 1970년대의 시인으로 김명수(金明秀, 1945~), 이동순(李東洵, 1950~), 김광규(金光圭, 1941~), 김명인(金明仁, 1946~), 고정희(高靜熙, 1948~1990), 이시영(李時英, 1949~), 정희성(鄭喜成, 1945~), 정호승(鄭浩承, 1950~) 등이 이에 가담하였다. 고은은 원래 생활에서 얻은 일상의 소재들을 지적 서정으로 형상화한 시들을 썼다. 그러다가 점차 생의 본질적인 문제들을 탐구하는 방향으로 전환하더니 4·19혁명을 체험하면서부터는 민중의 삶에 관심을 갖게 된다. 그리하여 유신체제와 제5공화국 기간에는 적극적으로 현실을 비판하는 시들을 썼다.

한편 산업화에 따른 인간소외와 물신적 가치관의 팽배는 해체된 인간 정신의 고발 및 분열된 자아의 몸부림으로 표현되었다. 모더니즘적 경향을 추구했던 젊은 시인들 즉 이성복(李晟馥, 1952~), 황지우(黃芝

雨, 1952~), 남진우(南眞祐, 1960~), 이문재(李文宰, 1959~), 장정일(蔣正一, 1962~), 이세룡(李世龍, 1947~), 김용범(金勇範, 1954~), 하재봉(河在鳳, 1957~), 김승희(金勝熙, 1952~), 조창환(曺敞煥, 1945~), 이윤택(李潤澤, 1952~), 최승호(崔勝鎬, 1954~), 박상천(朴相千, 1955~) 등이 그들이다. 다른 그룹의 시인들인 임영조(任永祚, 1943~2003), 조정권(趙鼎權, 1949~), 김여정(金汝貞, 1933~), 문정희(文貞姬, 1947~), 이기철(李起哲, 1943~), 권택명(權宅明, 1950~) 등은 사물을 통해 존재 의미를 탐구했으며 이성선(李聖善, 1941~2001), 나태주(羅泰柱, 1945~), 송수권(宋秀權, 1940~), 이준관(李準冠, 1949~), 김수복(金秀福, 1953~) 등은 향토적인 세계 속에서 한국적 아름다움과 서정을 시화했다.

1970년대의 정치상황은 1980년대에 들어서도 그대로 지속되어 1987년 6월항쟁으로 한국 민중이 독재정권을 무너뜨리고 민주정부를 수립하기까지 점점 더 악화되고 있었다. 따라서 1980년대의 한국시는 첫째, 투쟁적인 민중시, 둘째, 노동해방시, 셋째, 전통서정시, 넷째, 서구 포스트모더니즘 시에 가까운 전위시들의 창작으로 분화되는 양상을 띠게 된다. 특히 이 시기의 주목할 만한 변화는 민중시운동에서 노동해방시가 씌어졌다는 점과 시의 전통적 혹은 정통적 규범이 파괴되어 시 창작이 거의 무분별할 만큼 혼란에 빠지게 되었다는 점이다. 이 시기에 노동해방시가 씌어진 것은 한국 자본주의의 성숙에 따른 가진 자와 가지지 못한 자의 계급적 갈등이 자연스럽게 문학적으로 표출된 결과요, 규범이 파괴된 시가 유행하게 된 것은 기성문화 혹은 제도권 문화에 대한 우상 파괴작업과 포스트모더니즘의 형식해체운동이 맞물린 결과라 할 수 있다.

이제 1990년대에 들어서서 정치적으로 민주화가 착실하게 진행되고 경제정의의 실현에 대한 희망이 제시되면서 한국의 현대시는 7, 80년

대의 시적 성과를 차분히 정리하고 새로운 출발의 길에 접어든 것처럼
보인다. 그중에서도 중요한 명제의 하나는 민족 통일에 한국의 시가 어
떻게 기여할 수 있는가를 모색하는 문제일 것이다.

(1994)

제
4
부

리리시즘의 회복과 서정시
— 1980년대 후반의 시단 풍경

1

1980년대 후반 이후 우리 시단에서는 점차 시의 서정성에 대한 관심이 고조되는 것 같다. 처음엔 소위 몇몇 민중시인들이 이제부터는 서정시를 쓰겠다고 공언하더니 최근에 이르러서는 시단의 경향도 서정성의 회복으로 그 진로를 바꾼 듯하다. 가령 고은도 그중의 한 사람이다. 그는 1987년 전후 『전원시편』을 발표하면서 한 신문과의 인터뷰를 통해 앞으로는 서정시를 쓰겠다는 뜻의 문학태도를 밝힌 바 있다. 그와 비슷하게 신경림 역시 민중서정시를 쓰겠다는 의사를 표명하였고 김지하 또한 시집 『애린』을 간행하면서 그 부제로 '서정시'라는 용어를 달았다. 그리하여 우리 시단에는 마치 없었던 것이 별안간 새롭게 부활이나 하듯 갑자기 서정시가 하나의 이슈거리가 되기 시작하였다.

이러한 맥락으로 볼 때 우리 시단에서 서정시가 새삼 문젯거리로 부상하게 된 계기는 분명 민중시인들의 방향전환에서 비롯한 것임을 알수 있다. 그러나 고은이나 신경림의 방향전환 이전에 우리 시단에서 서정시 혹은 서정성이 짙은 시들이 씌어지지 않았던 것은 아니다. 지나간 두 세대의 우리 문학풍토가 그래왔듯 항상 태풍의 눈으로 매스컴의 조명을 받아왔던 것이 민중시인들이었던 까닭에 다만 그들의 문학적 성취가 그 그림자에 가려져 있었을 따름이다. 이 말은 매스컴의 조명을 받든 받지 않았든 지나간 두 세대의 우리 시단에서 서정시가—그것도 문학적으로 매우 성공을 거둔—꾸준히 그리고 활발히 씌어져왔음을 지적한 것이다. 가령 송수권이나 박정만, 나태주, 임영조, 이수익, 조정권, 이세룡, 허영자, 문정희, 이성선 등은 이 시기에 탁월한 서정시를 쓴 대표적 시인들이다.

그러므로 최근 들어 우리 시단이 서정시로 회귀하고 있다는 진단은 어디까지나 소위 민중시 혹은 해체시의 관점에서 만들어진 일종의 문단적 퍼포먼스요 이슈거리이지 우리 문학의 총체적 변화라고 말하기는 어렵다. 만일 지금까지 없었던 서정시가 민중시인들의 방향전환 이후에 비로소 씌어지기 시작했다면 앞서 열거한 시인들의, 상당히 주목되어야 할 업적들은 어떻게 논의되어야 하겠는가. 그러나 민중시인들에 의해서 공개적으로 표명된 이른바 '서정시로의 회귀'는 그 실상이야 어떻든 저널리즘과 문학관리층들의 문젯거리로 만들기에 충분하였고 나아가서는 문단에도 민감한 영향을 파급시켰던 것이 사실이다.

그 다음의 파장은 이제 모더니즘의 시들에서 나타났다. 지금까지 과격한 실험의식을 추구하였던 이성복, 황지우가 연가 풍의 서정시를 쓰고, 정현종, 오규원, 김형영 등도 비교적 정감에 호소하는 시들을 쓰기 시작한 것 등이다. 그러더니 급기야 도시적 서정시를 쓰겠다는 일파, 신서정의 시를 쓰겠다는 일파까지도 등장하였다. 그리하여 시단은 마치 그 이전엔 이와 같은 업적이 전혀 없었던 듯 너나없이 새로운 시로서 서정시에 대한 기대를 드러내고 있다.

그러나 그 시비 혹은 실상을 논하기에 앞서 한 가지 분명한 것이 있다. 지난 두 세대에 걸쳐 요즘처럼 서정시가 공개적 담론의 주요 주제로 부상한 적은 일찍이 없었다는 사실이다. 이전에는 '서정시'를 논하거나 옹호한다는 것 자체가 음풍농월로 매도당하거나, 낡아빠진 봉건의식의 잔재로 비판받기 일쑤였기 때문이다. 그러므로 이제 서정시의 창작이나 그 논의가 문학의 암시장을 통해서 암암리에 거래되지 않고 공개시장에서 당당히 제값을 따지게 되었다는 것은 그 자체만으로도 큰 변화라 하지 않을 수 없다. 그것은 또한 지금의 왜곡된 우리 시단을 다시 바로잡는 데 하나의 전기가 될 수 있다는 점에서도 그 의의를 찾을 수 있다.

2

1980년대 후반에 이르러 서정시에 대한 관심이 고조되고 서정성 짙은 작품들이 많이 씌어지게 된 이유는 문학 외적인 측면과 내적인 측면을 통해 설명할 수 있다.

문학 외적인 측면에서 특별히 지적될 수 있는 것은 무엇보다 정치상황의 변화이다. 1970년대 이후부터 거의 이십 년 가깝도록 지속된 군사독재는 민주화를 열망하는 민중의 거센 항쟁을 불러일으켰고 문학 역시 역사발전의 방향에 발맞추어 정치투쟁의 기능을 떠맡을 수밖에 없었다. 따라서 그것을 민중문학이라 하든, 참여문학이라고 하든 이같은 정치투쟁의 문학이 이 시대의 사회·정치의식을 대표했던 것만큼은 확실하다. 그런데 반독재민주화를 위한 투쟁의 수단으로서의 문학이란 개인의식보다는 집단의식을, 감성보다는 이념을, 미학적 상상력보다는 사회적 혹은 정치적 상상력을, 개인적 삶의 문제보다는 공동체적 삶의 문제를 반영할 수밖에 없으므로 미적 자족성을 지향하는 서정시와 본질적으로 거리가 멀 것임은 당연했다.

　따라서 이 시기 대부분의 문학매체나 문학관리자들은 서정시의 창작에 대해 일반적으로 냉담한 태도를 취했거나 비판적이었다. 가령 '민중이 압제에 시달리고 있는데 어찌하여 시인은 음풍농월로 세월을 보낼 수 있겠느냐' 하는 식의 비난은 서정시를 공격하는 이들의 상투적 발언이었다. 이같은 주장은 서정시 혹은 서정성이 짙은 문학에서는 정치투쟁에 기여할 수 있는 부분이 거의 없다는 것, 오히려 서정시가 지닌 개인의식과 그 탐구하는 바 미적 자족감이 민중의 투쟁의식을 순화시키거나 희석시킨다는 생각에서 비롯했다. 그러므로 지난 7, 80년대의 두 세대 동안 정치투쟁의 문학 혹은 정치투쟁의 기능을 옹호하는 것으로서의 문학이 강조되면 될수록 그와 반비례해서 서정성을 드러내는 문학 혹은 서정성을 지향하는 문학은 매도의 대상이 되었던 것이 사실이다. 그것은 또한 정치투쟁의 문학의 단결과 조직을 위한 대타적 속죄양의 필요성과 서정시가 제도권의 세계관을 대변한다는 인식 때문에 더욱 증폭된 것이기도 했다.

　그러나 전술상 비록 공격에 나서기는 했지만 그들이 서정시의 장점을 모를 리 없었다. 모든 서정시가 음풍농월로 세월을 보내거나 민중의 투쟁의식을 약화시키는 기능으로만 작용하는 것은 아니기 때문이다. 오히려 진정한 의미의 서정시는 한 시대 민중의 아픔을 함께 나누고 시대의 어두운 정서를 카타르시스하면서 삶의 진정성을 향해 나아가는 문학이기도 하다. 그런 까닭에 그들은 정치투쟁에 기여할 수 있으리라 믿어지는 '서정시'만은 별도로 분류하여 그것을 아예 그들 문학의 범주에 편입시키거나 '저항시' 혹은 '민중시'와 같은 애매한 용어로 희석하여 자신들의 영역에 포함시켰다. 가령 윤동주의 「서시」나 이육사의 「절정」, 김광섭의 「성북동 비둘기」나 한용운의 서정시 따위가 그 대표적인 예들이다. 따라서 그 실제 내용이야 어떻든 결과적으로 이 시기 '서정시'라는 장르 자체는 타기의 대상이 되었고 그 실상 혹은 본질과 다른 용어로 곡해되는 수난을 겪어야 했다. 즉 이 시기의 서정시 타도운동은 옳든 옳지 않든 다분히 의도적이었으며 실제의 소여로부터 이탈되어 있었던 것이 사실이다.

이 시기 우리 시의 또하나의 흐름이라 할 모더니즘 역시 같은 태도를 지니고 있었다. 여기서 '모더니즘'이란 우리 학계가 편법으로 호칭하는 바 영미 모더니즘에서 아방가르드까지 포함한 넓은 의미이다. 그것은 아마 두 가지 관점에서 설명될 수 있을 것이다. 첫째, 모더니즘 시 역시 넓은 의미에서 서정시의 한 파생임에도 불구하고 가능한 그들은 자신들의 시를 '서정시'로부터 차별화시켰다. 그것은 그들이 추구하는 바 시의 선위성과 실험성을 될 수 있으면 크게 부각시키려는 의도에서 기인하는 것이라 할 수 있다. 모더니즘 시에 비하여 전통적 서정시들은 일반적으로 정통성 혹은 규범성에 토대해서 씌어진 시들이기 때문이다. 이러한 특징은 가령 김소월의 「진달래 꽃」이나 김영랑의 「모란이 피기까지는」과 같은 작품을 이상의 「오감도」, 황지우의 「벽」 같은 것과 대비시킬 때 잘 드러난다.

둘째, 모더니즘이 지닌 세계관이다. 다 아는 바와 같이 모더니즘은 현대문명의 종말의식과 산업사회의 물화된 삶을 미학적으로 반영하려는 예술사조이다. 따라서 그들 역시—설령 미학적인 차원이라 하더라도—이와 같은 현실을 배태한 정치·사회구조를 근본적으로 문제 삼는다. 이에 비해서 전통 서정시는 삶의 부편적인 문제들이나 인생론저 의미를 추구하려는 경향이 보다 강하므로 여기서 전통 서정시에 대한 모더니즘의 불만이 싹트게 된 것이다.

그러나 비록 정치·사회에 대한 비판정신을 양자 공히 지니고 있다 하더라도 모더니즘의 정치의식과 정치투쟁문학(민중문학)의 정치의식에는 본질적인 차이가 없을 수 없다. 후자는 문학의 내용을 매개로 한 이념 전달이 중요하지만 전자는 그것의 미학적 구조화가 더 중요하기 때문이다. 예컨대 모더니즘의 경우 전통적 규범이나 형식, 장르, 기법 등을 파괴하는 것 자체가 기존 정치질서 혹은 사회구조에 투쟁하는 하나의 방법이 된다. 그들에게 문학의 형식 혹은 기법은 사회구조 혹은 정치구조의 반영이기 때문이다.

그러나 모더니즘의 이와 같은 저항의식이 바로 현실적 정치투쟁이 될 수 없음은 물론이다. 따라서 이에 좌절한 대부분의 모더니스트들이 생애의 한때 문학을 포기하고 현실적인 행동전선에 뛰어들거나 소위 사회참여문학의 길로 나아갔던 것은 잘 알려진 바와 같다. 가령 엘뤼아르, 아라공, 스펜더, 오든 같은 서구 모더니스트들, 임화, 김기림, 정지용, 김수영 등과 같은 한국 모더니스트들이 대표적이다. 이와 같은 상황아래 우리의 정치투쟁의 문학 그리고 모더니즘 문학이 공개시장에서 유통의 주류로 부상해 있는 지난 두 세대 동안 서정시는 문학의 암시장에서나 거래될 뿐 표면에서는 거의 사라진 것처럼 보였다.

그러나 이 시기의 서정시가 문학의 암시장에서나 거래되었다는 말은 그것이 양적으로나 질적으로 쇠잔해 있었다는 뜻은 결코 아니다. 공개시장에서의 상품이 제값을 받지 못할 때 구매자는 흔히 암시장을 찾는 법이다. 그것은 다만 전통 서정시들이 문학관리자들(문학교수, 평론가, 매스컴의 문학담당기자, 문학을 연구하는 학생들, 출판사 편집자들 따위)의 관심 밖에 있거나 공적 토론의 장에서 소외 혹은 무시되었다는 뜻일 뿐이다. 그것은 역설적으로 이 시기 우리 문학의 공개시장이 그만큼 왜곡되어 있었다는 사실의 반증이기도 하다.

그러므로 1980년대 들어 우리 시단에 서정시 창작이 활발해졌다는 진단은 그 동안 씌어지지 않은 서정시가 새삼스럽게 씌어지기 시작했다는 뜻이 아니라 문학의 암시장에서나 거래되던 상품이 경제질서의 정상화로 인해 이제 당당히 공개시장으로 부상되었다는 뜻이다. 그러한 관점에서 1980년대 후반, 일련의 민중시인들이 서정시 창작을 공언하고 나선 것은 상황의 변화에 따라 더이상 민중시 창작은 의미가 없다는 것, 지금까지 부단하게 행해졌던 서정시에 대한 그들의 공격이 문학 그 자체의 이유 때문이 아니라 어떤 정치적 목적에서 기인했다는 것을 스스로 자인한 셈이다.

따라서 1980년대 후반에 서정시 창작이 활발하게 일어나게 된 것은 (혹은 그렇게 보이게 된 것은) 첫째, 문학의 암시장에서 거래된 서정시가 공개시장으로 이끌려나와 새삼 문학관리자들의 조명을 받았기 때문이며 둘째, 종래 민중시인들과 모더니스트들이 그 문학적 태도를 바꾸어 서정시의 가치를 인정하고 스스로 서정시 창작을 실천했기 때문이며, 셋째, 문난 서널리즘에 민감한 다수의 신인을 포함한 문인들이 이러한 상황변화에 맞추어 카멜레온적 변신을 꾀했기 때문이다.

그러나 이러한 지적들이 1980년대 후반의 시단에서 서정성 회복운동의 근본 원인이 될 수 없음은 물론이다. 문제는 왜 이 시기에 이러한 변화가 있게 되었느냐 하는 것인데 이는 본질적으로 정치상황의 변화에서 구해질 수밖에 없다. 그것은 우리 사회의 민주화로 인해 정치투쟁을 위한 문학의 당위성이 이 시기에 이르러 점차 사라져가고 있었기 때문이다. 즉 1980년대 후반부터 우리 문단에서는 문학의 정치적 기능보다 문학주의적 기능이 요청되기 시작하였고 이러한 시대적 분위기가 현실적인 행동의 시 혹은 투쟁의 시가 아닌, 문학적인 시 혹은 서정적인 시의 창작을 요구하게 되었다는 것 등으로 요약될 수 있다. 따라서 서정시를 쓰겠다는 민중시인들의 공언은 이제 더이상 문학이 행동적 정치투쟁만을 위해서 창작해야 할 시대는 벗어났다는 사실을 간접적으로 선언한 것이기도 하다.

1980년대 후반에 들어 서정시에 대한 관심이 고조되기 시작한 것은 물론 정치적 상황의 변화 때문만은 아니다. 여기에는 여러 복합적인 요인들도 작용하고 있었다. 첫째, 지난 두 세대에 걸쳐 민중시나 모더니즘의 시는 그 자신 정치의식 혹은 정치투쟁의 무기로 수단화되면서 우리의 시가 마땅히 갖추어야 할 문학성 내지는 미학성을 상실하였다는 점이다. 세계나 사물에 대한 의미창조 기능(signification)보다 메시지 전달(communication) 혹은 선전선동이라는 기능에 매달리게 되면 언어는 본질상 산문을 지향할 수밖에 없게 되기 때문이다. 한편 서정시란 시의 어머니와 같은 존재여서—실험시든, 정치시든, 문명비판 시든—모든 시는 이 서정시라는 원형에 토대해서 씌어지므로 문학성을 상실한 이 시기 정치투쟁의 시 혹은 모더니즘 시가 서정성의 회복을 시도코자 하는 것은 신화적으로 성현체험 즉 문학적 충전을 뜻하는 것이라 할 수 있다. 최근에 고조되기 시작한 우리 문단의 서정시 창작운동은 이같은 성찰의 문학적 실천이라 할 것이다.

　둘째, 효과 면에서 볼 때 생경한 이념 전달이나 정치구호의 절규라는 것이 과연 민중의 정치의식 향상에 기여할 수 있을 것인지에 대한 진지한 반성이다. 그 어떤 것이든 이념투쟁이란 항상 강경파가 승리를 거두고 온건파는 기회주의자로 몰리는 것이 일반적 현상이므로 논쟁이 가열될수록 정치투쟁의 시는 경직된 이념 전달의 도구로 전락할 수밖에 없기 때문이다. 지난 두 세대 동안의 우리의 정치투쟁문학 역시 마찬가지 길을 걸어왔다. 그런 까닭에 정치투쟁의 시는 문학적 현실과는 거리가 먼 관념세계로 이탈되어갔고 끝내는 생경한 이념 전달이나 정치구호의 고창으로 떨어지는 결과를 초래하였다. 이 시기 정치투쟁의 문학비평이 실제 창작과 아무 관련 없는, 비평을 위한 비평으로 끝나고 드디어는 비평을 넘어서 문학 논설의 수준에 머물렀던 이유도 여기에 있다.

　그러나 문학을 통해 어떤 정치의식을 전파시키려고 할 경우 직접적인 내용 혹은 메시지 전달이 오히려 역효과를 불러일으킨다는 것은 이미 고전적인 마르크스주의 비평에서조차 익히 지적되어왔던 터이다.

루카치와 브레히트의 리얼리즘 논쟁도 이와 관련되어 있는 것이지만 엥겔스가 소위 리얼리즘의 승리를 언급한 한 서한에서 경향성(tendency)은 가능한 표면에 드러나지 않고 내면에 잠재되어 있어야 보다 효과적이라고 말했던 것이 그 단적인 예이다. 그럼에도 불구하고 지난 두 세대에 걸쳐 우리의 경직된 정치투쟁의 시들은 오히려 경쟁적으로 경향성이 겉으로 드러나야만 높이 평가되어왔던 것은 아이러니라 하지 않을 수 없다.

이와 같은 문학행위는 시인 자신의 억눌린 정치 압박감을 심리적으로 카타르시스하는 효과, 열렬한 정치투쟁 시인으로서의 자신의 문학적 입장을 천명하는 효과를 가져올지는 모르지만 민중의 정치의식 향상에 별 도움이 될 수 없디. 문학을 통한 정치투쟁 혹은 정치의식의 선파란 문학적 감동에 의손하지 않고서는 기대하기가 어렵기 때문이다. 뒤늦게나마 이와 같은 사실을 깨달은 정치투쟁 시인들이 그 투쟁의 효과를 극대화시키기 위하여 시에 서정성의 회복을 시도한 것은 당연한 귀결이었다고 생각한다.

셋째, 민족문학운동과 관련하여 한 가지 더 지적할 것이 있다. 즉 모더니즘에 대한 우리 시단의 비판적 성찰이다. 7, 80년대의 민중문학운동은 맹목적인 서구 추수의 유행적 모더니즘에 대한 자기반성을 요구하고 있었다. 그것은 이 시기 한국의 모더니즘이 — 개화기 이후 오늘에 이르기까지 우리나라의 정치, 문화, 종교, 교육 등 제 분야가 일방적으로 서구화를 향해 치달아왔던 것처럼 — 동서양의 문명사에 대한 깊은 고뇌 없이 표피적으로 서구의 현상적 모습만을 모방해왔던 까닭에 더욱 그러하였다.

따라서 최근의 서정시운동은 이와 같은 모더니즘 시에 대한 비판과 정치투쟁문학에 대한 성찰에서도 비롯했다는 것이 나의 생각이다. 서정시가 지닌 진솔성, 건강성, 진동 혹은 정통성, 종합성, 그리고 삶과 세계에 대한 통합된 시야는 잘못된(허위의식에 빠진) 모더니즘이 지닌 기만성, 불건강성, 말초적 감각성, 신경증적 분열성 그리고 삶과 세계에 대해 해체된 시야를 교정시킬 수 있기 때문이다. 따라서 잘못된 모더니즘의 미망에 빠져 맹목적으로 서구 유행풍조에 휩쓸리던 시인들이 늦게나마 자신을 성찰할 수 있게 된 것은 그나마 다행이라 할 수 있다.

넷째, 일반적으로 시인의 생애사와 관련되는 문제들이다. 대체로 시인들은―그 또한 인간인 까닭에―연륜에 따라 그 나름으로 세계관이나 감수성에 변화를 겪지 않을 수 없다. 음악의 경우를 예로 들자면, 초등학교 때는 동요를, 중고등학교 때는 팝송을, 대학교 때는 가곡을 좋아하던 사람이 나이 사십대를 훌쩍 넘어서면 불현듯―일반적으로 대학교 때나 고등학교 때에는 그렇게 싫어하던―고전음악이나 국악의 가락을 좋아하기 마련이다. 독서 역시 마찬가지이다. 중고등학교 때는 앙드레 지드의『좁은 문』이나 헤세의『데미안』유를, 대학에 들어가서는 도스토예프스키나 카프카를 좋아하던 사람이 중년에 이르면 소포클레스의 비극이나 셰익스피어를 좋아하게 되지 않던가.

우리 시단의 시인들이 그들의 시 창작에서 보여주는 감수성 역시 이와 크게 다르지 않다는 것이 나의 생각이다. 신인 시절에는 대체로 모더니즘에 맹목적으로 심취해서 이유 없이 난해하고 신경증적, 자아해체적인 시를 쓰던 시인들이 어느 시기에 이르러 그들의 시세계가 성숙하고 안정된 틀에 이르면 자신도 모르는 사이에 이를 뛰어넘고, 그 뛰어넘는 지점에서 만나는 문학이 전통적 혹은 정통적 서정시임은 흔히 보는 현상이다. 그것은 마치 이십대에 팝송을 좋아하던 청년이 사십대에 '뽕짝'이나 국악의 가락을 좋아하는 중년으로 변신하는 것과 같다. 우리 시단에서 과거 십여 년 동안 격렬한 모더니즘 시를 쓰던 소장 시인들, 예컨대 이성복이나 황지우 같은 시인들이 최근 들어 서정시 혹은 연시를 쓰게 된 소이의 일단도 아마 여기에 있을 것이다.

시인의 생애사에 관련된 이러한 문제가 8, 90년대의 문학사적 문제로 부상될 수 있는 이유는 특히 지난 두 세대 동안 평론가들의 첨예한 주목을 받은 소장 시인들에게서 바로 이같은 변화가 일어났다는 점 때문이다. 그러나 여기에는 한 시인의 생애사가 시대사로 오인 혹은 치환되었거나 이 두 가지가 우연히 일치된 경우도 없지는 않았다. 예컨대 평론가들의 주목 대상이 되어왔던 시인이므로 그가 연시(서정시)를 쓰자 다른 소장 시인들도 그를 모방해서 연시를 쓰기 시작했다고 평가하는 논리나 그가 순전히 생애사적 변화로 인해 연시를 쓴 시기가 우연하게 우리 문학사에서 서정시 회복운동이 일어난 시기와 겹치는 것을 두고 바로 그가 이와 같은 운동을 선도했다는 식으로 평가하는 논리 등이 그러하다.

3

나는 지금까지 이 글에서 '서정시'를 모더니즘 시나 민중시와 마치 다른 용어인 것처럼 사용하였다. 그러나 모더니즘 시나 민중시는 서정시와 별개가 아니다. 장르적으로 볼 때 이들 역시 서정시의 범주 안에 들어 있기 때문이다. 원래 서정시(lyric)라는 용어는 두 가지 의미를 지니고 있다. 하나는 소위 고대(그리스 로마 시대) 장르의 서정시, 서사시, 극시 가운데 하나를 가리키는 말이며, 다른 하나는 현대 장르의 소설, 드라마, 시 가운데서 시의 하위 장르의 하나를 부르는 명칭이다.

만일 우리가 '서정시'를 고대 장르의 의미로 사용한다면 오늘날의 시는 모두 서정시이다. 문학사적으로 오늘의 시는 고대 서정시의 현대적 변용이기 때문이다. 그것은 고대 서사시가 오늘날의 소설로, 고대 극시가 오늘날의 드라마로 굳어진 것과 마찬가지이다. 그러나 만일 서정시라는 명칭을 현대시의 하위 장르라는 의미로 사용한다면 이 좁은 의미의 서정시는 물론—서구적인 전통이나 관습을 따를 때—오드나 발라드, 에피그램, 엘레지, 철학시 따위와 등가를 이루는 시의 하위 양식의 하나가 될 것이다. 이때의 서정시란 극적인 감정을 짧은 진술 속에서 자기독백 형식으로 함축한 시를 가리키는 말이기 때문이다.

이 좁은 의미의 서정시는 동서를 막론하고 우리가 오늘날 일반적으로 쓰고 있는 보편적 시형이라 할 수 있다. 세계적으로 오늘의 시는 그 하위 양식에 있어서 좁은 의미의 서정시 이외에는 거의 씌어지지 않기 때문이다. 그러한 의미에서 이 좁은 의미의 서정시(시의 하위 양식으로서의 서정시)는 특별히 오늘의 시를 대표하는 유형이기도 하다. 실제로 이야기체 시(가령 장르적으로 김지하의 「오적」은 시, 그 하위 양식으로는 발라드로 보아야 할 것이다)나, 장시(김기림의 「기상도」 김구용의 「삼곡」, 신동엽의 「금강」 등), 전통적 규범을 파괴한 충격적인 실험시(이상의 「오감도」)가 아닌 한 오늘의 모든 시는 대체로 이 좁은 의미의 서정시에 속한다.

이와 같은 관점에서 필자가 지금까지 '서정시'를 정치투쟁 시나 민중시 그리고 모더니즘 시와 마치 별개의 것인 양 호칭했던 것은 사실 논리적으로 맞지 않는 용법이다. 민중시나 정치투쟁 시, 모더니즘 시 역시 본질적으로는 서정시의 하나인 까닭이다. 따라서 '정치투쟁 시나 민중시가 서정시로 회귀했다'고 한 앞서의 진술을 엄밀히 고쳐 쓰자면 '서정성이 고갈되었던 종래의 서정시(민중시, 정치투쟁 시, 모더니즘 시)들이 이제 다시 그 서정성을 회복하고 있다'가 될 것이다.

그러면 종래 민중시나 정치투쟁 시 혹은 모더니즘 시들이 스스로 그들과 구분하여 '서정시'라고 불렀던 이 '가상의 서정시'란 무엇일까. 그것은 아마도 두 가지의 특성을 지닌 시였으리라 생각된다. 첫째, 자신들의 시에 리리시즘이 고갈되었던 것에 비추어 리리시즘이 충만 혹은 범람된 시였을 것이며, 둘째, 그들의 시가 사회나 정치 혹은 문명적인 것을 지향하고 있음에 비추어 자연이나 사물, 인생 그 자체에 관심을 둔 시를 가리키는 말이었을 것이다. 지난 두 세대 동안 민중시나 정치투쟁 시 혹은 모더니즘 시가 서정시라고 해서 공격했던 시, 또는 음풍농월한다고 매도했던 시는 기실 그것이 서정시였기 때문이 아니라 리리시즘이 추구된 자연시나 인생시 혹은 사물시였기 때문이었다.

따라서 그들이 서정시를 쓰겠다고 공언하는 것 역시 두 가지로 설명될 수 있다. 하나는 종래와 같은 그들의 시에 리리시즘을 보다 확충하겠다는 뜻과 다른 하나는 그와 더불어 그 내용을 ─ 정치나 사회적인 것이 아니라 ─ 인생론적인 것, 자연적인 것, 사물적인 것에서 구하겠다는 뜻이다. 이렇게 본다면 최근 우리 시에서 논의되고 있는 서정시 창작이란 크게 새로울 바 없다. 도시적 서정시의 창작이란 문명적인 내용에 리리시즘을 확충하겠다는 말이요, 민중적 서정시의 창작이란 종래의 민중시 혹은 정치투쟁 시에 리리시즘을 확충하겠다는 말이요, 지적 서정시의 창작이란 인생시나 자연시 그리고 사물시에 리리시즘을 확충하겠다는 말이요, 모더니즘적 서정시의 창작이란 모더니즘에 리리시즘을 확충하겠다는 말이 되어버리기 때문이다.

그러나 이와 같은 유형들의 시는 비록 시대 변화에 따른 소재 혹은 감수성의 변화를 수용하는 것일지는 몰라도 근본적으로 새로운 것이 아니다. 그것은 우리 문학사에서 항상 그래왔듯 자주 되풀이된 과거회귀 현상의 하나일 뿐이기 때문이다. 도시적 서정시가 주요한의 「상해풍경」을, 민중적 서정시가 이상화의 「빼앗긴 들에도 봄은 오는가」를, 지적 서정시가 김현승의 시들을, 전통적 서정시가 김소월, 유치환, 서정주, 박목월의 시들을, 모더니즘적 서정시가 김광균, 정지용, 이상의 시들을 뛰어넘지 못하는 것이 그 단적인 증거이다. 그러므로 최근 소장 시인들을 중심으로 번지고 있는 서정시 창작 혹은 시의 서정성 회복유

동은 새로운 시세계의 개척이라기보다 문학성의 회복 혹은 형식의 완
결성이라는 점에서 더 큰 의의를 찾아야 하리라고 생각한다.

(1990)

시의 진보와 보수 그리고 신인

1

시단에서 신인이란 문자 그대로 새로운 세대의 시인을 일컫는 말이다. 물론 그 새로운 세대란 과거의 속박으로부터 자유스럽게 자신을 개척해가는 자이어야 한다. 그렇지 못한 사람은 비록 달력상의 시간으로 새롭게 등장했다고 하나 역사의식에 있어서는 과거에 매여 있는 자 이상이 아니라고 생각되기 때문이다. 과거의 되풀이는 결코 새로움이 아니다. 그러한 관점에서 신인은 과거의 잘못을 비판하고 그 한계를 극복하여 한 시대가 지닌 의미를 수정 내지 변혁시키는 자들이라고 말해야 한다. 신인들을 일컬어 흔히 진보적인 그룹이라고 하는 이유도 여기에 있다. 그러나 우리는 이 용어를 보다 조심스럽게 사용해야 한다. 단순히 과거를 부정하거나 극복했다고 해서 진보라고 규정할 수는 없기 때문이다.

원래 진보나 보수라는 개념은 인간 삶의 두 측면 즉 이상과 현실에 대한 태도를 지칭하는 용어이다. 그 무엇이든지 산에 우리는 이상을 추구하는 가치관을 진보, 현실을 추구하는 가치관을 보수라 부른다. 그러므로 만일 그 추구하는 바의 이상이 비록 어떤 과거적인 가치에 있다면 그 역시 특정한 경우에는 진보적인 것이 될 수도 있다. 가령 춘추전국시대의 난세를 요순우탕의 성왕정치로 극복하고자 했던 공자의 왕도사상은 비록 과거에 대한 성찰 혹은 회귀이긴 하지만 그 당시로서는 진보적인 사상이었으며 서구의 르네상스 또한 그리스 고전시대의 재발견이라는 의미를 갖고 있지만 중세에 대해서 진보적인 시대이념이었다.

문예사조의 경우는 더욱 그러하다. 문예사조사란 그 원리적인 측면에서 낭만적인 것과 고전적인 것이 상호 교차 반복하는 역사이므로 모든 새로운 사조는 역설적으로 항상 과거 지향적이라고 말할 수밖에 없기 때문이다. 예컨대 낭만주의 시인들은 적어도 고전주의 시인들에 대해서 진보적이었지만 그럼에도 불구하고 그들의 문학적 이상은 중세적 세계관에 있었다. 한편 사실주의 작가들은 낭만주의 작가들에 대해서는 새로운 세대이며 진보적인 그룹이지만 그 역시 문학적 규범이나 세계 인식의 태도는 고전적이었다. 그러면 오늘날 우리가 가장 전위적이라고 믿고 있는 소위 포스트모더니즘이란 어떤가. 그 역시 지난 시대의 리얼리즘에 대해서는 진보적이라고 말할 수 있겠으나 실은 과거의 낭만적 세계관이 새롭게 포장된 것에 지나지 않는다. 이러한 논리라면 오히려 보수가 탈과거적이라고 말할 수 있을지도 모른다.

그러므로 진보가 항상 탈과거적이며 그래서 또한 미래지향적 가치의 소유자들이라는 편견은—비록 우리에게 은연중 퍼져 있다 하더라도—대단히 위험한 생각이다. 진보는 과거로의 회귀 혹은 탈피라는 뜻과는 관계없이, 또 그 추구하는 바의 이상이 과거에 있든 혹은 우리가 아직 실험해보지 않은 어떤 관념적인 것에 있든 상관없이 다만 현실보다는 이상을 지향하는 가치관을 일컫는 명칭일 따름이다.

진보가 이상을 지향하는 가치관이라면 그 덕목은 물론 현실의 모순이나 한계를 극복하여 개혁하는 데 있을 것이다. 그러나 그렇다고 해서 현실이 항상 부정적이고 이상이 항상 긍정적인 것만은 아니다. 현실은 무가치하고 이상이 가치 있다고 말할 수도 없다. 인간은 야누스의 얼굴을 가진 자로서 현실과 이상의 두 공간에 몸을 기대 살아가는 존재인 까닭이다. 그의 머리는 하늘(이상)을 바라보지만 그의 발은 항상 지상(현실)을 딛고 산다. 그 이상이 물론 좋다 하더라도 현실을 무시하고서는 이루어질 수 없는 것이다. 아니 현실을 무시한 이상의 추구는 오히려 현실을 현재보다 한층 더 불행하게 만들기 쉽다.

한편 인간의 이상은 위대한 과거의 유산과 관계없이 어떤 꿈과 환상의 세계로 존재하는 것은 아니다. 그것은 우리 삶의 경험 그리고 역사의 토내 위에서 사유하고, 반성하고, 개혁하는 네서 이무어신 어넌 가치의 일컬음이다. 우리가 현실을 외면한 이상의 추구를 공염불로 논단하는 이유가 여기에 있다. 가령 20세기에 일어난 볼셰비키 혁명 같은 것은 그 단적인 예 가운데 하나이다. 그러므로 진보는 홀로 자체가 아니라 오직 보수와 상보적 관계에 있을 때 비로소 가치를 지닌다. 그것은 보수 역시 그 자체로 가치 있는 것이 아닌 것과 같다. 이상이 현실에 토대를 둘 때 이루어질 수 있는 것처럼 진보 또한 보수와의 조화를 통해서만이 그 역할을 충분히 수행해낼 수 있는 것이다. 보편적 가치는 진보나 보수의 어느 한쪽에 편재해 있지 않다. 이 모두에게 공유되어 있는 어떤 것일 뿐이다.

다시 우리들의 논의로 돌아가자. 흔히 신인은 새로운 세대라는 측면에서 진보적인 그룹으로 평가된다. 그리고 진보는 항상 현실의 모순과 한계를 혁파하고자 한다는 점에서 가치의 헤게모니를 전유해왔다. 예컨대 비평가들이 비록 문학적으로 미숙한 작품이라 하더라도 기성보다 신인의 것에 큰 조명을 던져왔던 것, 비록 파괴적이고 타락한 작품이라 하더라도 신인의 창작활동에 보나 큰 애정을 갖는 것노 모두 이 때문이다. 그러나 우리는 여기서 유념해야 할 것이 있다. 하나는 진보적이라고 해서 항상 가치 있거나 바람직하지는 않다는 점이요, 다른 하나는 그 진보가 현실 혹은 과거와 단절, 유리되어서는 아니 된다는 점이다. 그것은 우리가 앞서 살펴본 바와 같이 진보의 이상은 보수와 조화를 찾는 데서 이루어지는 것이요, 과거는 때로 진보의 이상을 제공해줄 뿐만 아니라—비록 그 진보를 체험되지 않은 관념적 실제에서 구한다 하더라도—그것을 성찰시킬 거울의 역할을 담당한다고 생각하기 때문이다.

그러므로 신인은 어떤 형식이든 기존의 작품, 과거의 전통과 관련을 맺지 않고서는 그 발전을 담보할 수 없다.

2

우리 시단의 신인들은 다만 진보적이라는 이유에서 항상 독자들의 갈채를 받아야 하는 것일까. 나는 앞에서 진보란 이상을 지향하는 하나의 가치관에 지나지 않는다는 것을 강조한 바 있다. 그러나 그 이상을 지향함에 있어서는 현실을 인정하고 그 토대 위에서 이루려는 태도도 있을 것이요, 현실을 부정하고 어떤 관념적 세계에서 추구하려는 태도도 있을 것이다. 그같은 관점에서 신인은 과거 문학유산과 관련하여 다음의 네 가지 태도 중 하나를 선택할 수 있으리라고 생각한다. 첫째, 과거의 유산을 그대로 답습하는 부류, 둘째, 과거의 유산을 계승 발전시키는 부류, 셋째, 과거 유산을 부정하는 부류, 넷째, 과거 유산과 단절된 부류 등이다.

우리 시단의 신인 역시 마찬가지이다. 위에서 분류한 바와 같이 기성 시인의 작품들을 그대로 모방해서 시작하는 신인도 있고, 과거의 유산을 계승 발전시키려는 신인도 있으며, 과거의 유산을 부정하면서 시를 쓰는 신인도, 과거 유산과 단절된 신인도 있다. 그런데 여기서 엄밀한 의미로 신인이라 할 수 없는 첫째 부류를 논외로 하고 살펴본 경우 나머지 셋 가운데 둘째, 셋째 부류는 비록 진보적이기는 하지만 과거의 유산과 어떤 형식으로든지 관계를 맺고 있는 시인들이라 할 수 있다. 과거의 유산을 계승 발전시키는 부류는 문자 그대로 과거의 유산에 토대하여 시를 쓰고, 과거 유산을 부정하는 행위 역시 역설적으로 과거에 대한 의식을 전제한다는 점에서 또한 과거와 관련을 맺고 있는 시인들이기 때문이다. 부정의 변증법은 항상 긍정을 전제한다. 그들은 과거의 어떤 의미를 긍정하고 있기 때문에 그것을 부정하는 것이다. 그러므로 이 둘째 셋째 부류가 지닌 진보적 성향은 적어도 현실을 도외시한 관념 세계의 지향만을 의미하는 것은 아니다. 과거 혹은 현실에 대한 믿음이 있으므로 그들의 진보적 이상에 현실성이라는 토대가 굳건히 버티고 있는 것이다. 즉 그들은 과거 혹은 현실을 인식하고 있는 사람들이다.

그러나 넷째 즉 과거 유산과 단절된 부류의 경우는 다르다. 그들은 아예 과거에 대한 의식도 관심도 없다. 때문에 무엇을 개혁해야 될지를 모른다. 그러므로 개혁에 대한 뚜렷한 지표나 방향이 설정될 수 없으며 설령 그것이 우연하게 개혁의 방향으로 나아간다 하더라도 현실성을 확보하기가 힘들다. 문제는 우리 시단의 불행이 바로 이같은 넷째 부류가 신인들의 대부분을 차지하고 있다는 바로 그 점이다.

지난 80년대 이후부터 양산되기 시작한 우리 시단의 대부분의 신인들은 우리 시의 과거 유산에 거의 무관심 일변도였거나 외면해왔던 것이 사실이다. 이는 첫째, 대학에서 문학을 강의하며 또한 시평을 겸하고 있는 필자가 문학 지망생이나 신인을 대했을 때의 실제 체험이 그렇고, 둘째, 소위 명망 있는 신인들이 새롭다고 들고 나온 문학적 경향을 분석해볼 때 그러하며, 셋째, 현실적으로 우리 시단이 기성시단과 신인시단으로 분열되어 있는 작금의 상황을 유수해볼 때 그러하다.

직업상 여러 대학의 국문과 학생들과 접촉할 수 있는 기회가 많은 필자의 경험으로 그 동안 접해본 문학 지망생 가운데 — 과히 훌륭하지 않지만 여러 가지 이유로 인해서 매스컴을 타고 있는 최근 시인들의 시는 많이 읽고 있으나 — 50년대 이전의 훌륭하고 고전적인 작품들을 심도 있게 읽은 학생들을 만나기란 매우 어려웠다. 그럼에도 불구하고 지난 두 세대 동안 우리 신인들이 새롭다고 들고 나온 여러 문학적 가치들 — 그것도 상당부분은 대중조작에 능한 기성시인들의 캐치프레이즈를 맹목적으로 추수한 것들이지만 — 예컨대 노동시, 민중시, 농민시, 민요시, 도시시, 신서정 시, 선시(禪詩), 해체시 따위도 우리의 과거 전통에서 새로운 것들이 아니다.

노동시. 민중시, 농민시라는 용어와 그 실재는 2, 30년대 프롤레타리아 시의 중요한 구성 분자들이었다. 도시시는 멀리는 주요한의 시로부터 가까이는 모더니즘의 시에서, 민요시는 20년대 민요시파의 시에서, 해체시는 20년대 다다이즘의 시나 이상의 시에서 훌륭하게 살아 있는 것들이다. '신서정'이라는 것과 '선시'의 경우도 그렇다. 신서정이란 과거 우리 시의 서정성과 별로 구분될 것도 없는 것을 공연히 시대를 추수하는 시인들이 자신들의 문학적 변모 혹은 전향을 합리화하기 위해 붙여본 말장난에 지나지 않는 것이며 '선시' 역시 이와 같은 선정적 진술에서 크게 벗어나지 못한 듯하다. 문자 그대로 고승이 깨달음의 경지에서 읊은 게송이나 화두를 일컫는 것이라면 우리의 예술시가 선시이어야 할 이유가 없겠지만 막연히 선시의 요소를 수용한 현대시라는 개념으로 사용된 것이라면 우리의 전 세대인 한용운, 서정주, 조지훈, 김달진 등의 시에서 쉽게 찾아볼 수 있는 특징들이기 때문이다.

따라서 이처럼 그들이 우리의 과거 문학유산에 이미 존재하는 것을 마치 자신들의 새로운 창안인 것처럼 주장하는 행태는 결국 과거에 대한 무지를 드러낸 해프닝이거나 독자들에 대한 문학적 속임수 이상일 수 없다. 비록 그들이 과거의 선구자들에게 진 빚에 대해 언급하지 않음에도 불구하고(모르기 때문에 언급할 수 없다면 할 수 없는 일이지만) 나는 우리들의 신인 가운데서 이상보다 훌륭한 해체시, 미당보다 훌륭한 서정시, 상화보다 훌륭한 농민시, 소월보다 훌륭한 민요시, 지용보다 훌륭한 도시시, 임화보다 훌륭한 민중시, 만해보다 훌륭한 선적인 시를 아직 본 적이 없다.

한편 우리 시단이 기성시단과 신인시단으로 이분되어 있는 현실 역시 우리 문학의 과거 유산에 대한 신인들의 무관심에서 비롯된 현상의 하나가 아닐까 생각한다. 그들이 기성시인들과 담을 쌓고 소위 또래 집단을 만들어 자족하는 작금의 상황—동세대의 작품만을 읽고, 동세대의 작품만을 평하며, 동세대의 주장만을 되풀이하는 상황은 분명 기성시인의 존재를 인정하지 않는 행위이라 할 수 있기 때문이다. 실제로 그들은 미당이나 목월의 시를 읽지 않았으며 전봉건이나 박남수를 모른다.

그렇다면 이렇듯 우리의 신인 대부분이 과거의 문학적 전통으로부터 단절된 결과 제기된 문제점은 무엇일까. 그 어떤 것보다도 우리는 그들이 신인으로서 지녀야 할 진보성에 현실성을 결여하여 막연한 관념으로 떨어졌다는 사실을 들 수 있을 것이다. 토대가 확실하지 못한 건축이 사상누각이 되는 것처럼—센세이셔널리즘에 편승하여 잠시 명성을 얻었다가 사라진 몇몇 예를 제외할 때—우리 시단에서 그 시적 생명의 뿌리가 튼튼한 신인을 발견하기가 힘든 것도 바로 그같은 이유 때문이 아닐까 한다.

확실하지 못한 토대에 시은 집이면서도 사상누각이 되지 않는 방법에는 아마도 두 가지가 있을 터이다. 하나는 토대 즉 기초를 다시 튼튼하게 다지는 일이며 다른 하나는 임시방편의 조립식 주택을 짓는 일이다. 전자는 물론 고되고 어렵지만 근본적인 해설책이 될 수 있다. 그러나 후자는 쉽고 편하지만 단순한 미봉책이 될 뿐이다. 그럼에도 불구하고 우리 신인시단이 지닌 또 한 가지 문제점은 대부분이 이 후자의 방법을 택하고 있다는 점이다. 그 방법들 중의 하나가 소위 한국판 '포스트모더니즘 시'라 부르는 것의 창작이다.

포스트모더니즘은 간단히 말해 서구적 이념의 붕괴를—어떤 주체적인 대응이나 건설적 통합에의 의지 없이—현상 그 자체로 받아들이는, 정신분열적 세계관의 문화적 표현이다. 뿐만 아니다. 그것은 이 주체의 붕괴, 해체된 세계관을 이데올로기화하여 경제적 세계지배를 꿈꾸는 다국적 자본주의의 문화적 침략 도구이기도 하다. 그리하여 광범위하게 이 세계를 오염시키고 있는 서구사회의 여러 병적인 요소들 즉 매춘, 마약, 알코올 중독, 동성애에서부터 시작하여 팝뮤직이나 랩과 같은 음악, 블루진, 코카콜라 등이 우리들의 일상생활에서 피부로 느끼고 있는 포스트모던한 문화현상의 하나라는 것은 누구나 아는 바와 같다. 포스트모더니즘을 옹호하는 미국의 논자들까지도 포스트모던한 경향의 시를 팝송시라고 규정짓는 이유가 여기에 있는 것이다.

그러나 우리의 문화적 토양은 서구와 다르다. 그들이 주체 혹은 이성의 중심이라고 생각하는 신(神)은 우리에게 애초부터 없었으며 그러므로 신의 죽음에 따른 이성이나 주체의 붕괴와 같은 것도 기실 우리의 전통과는 무관하다. '동양에는 비극이 없고 오직 우수만이 있을 따름이다'라고 말한 야스퍼스의 지적과 같이 동양적 휴머니즘과 서구적 휴머니즘은 근본적으로 다른 것이다. 그러므로 서양—특히 미국적 문화현상의 산물이라 할 포스트모더니즘의 맹목적인 수용은 특별히 경계해야 할 사조임이 분명하다. 다만 우리가 할 수 있다면 이 사조의 전면적인 도입이 아니라 그것이 지니고 있는 여러 요소들 가운데서 필요한 부분을 선별적으로 활용하는 일뿐이다. 낡아 쓰러져가는 건물, 버린 쓰레기들도 자세히 살펴보면 재활용될 수 있는 요소를 가지고 있기 때문이다.

그러므로 우리 신인들의 허약한 시적 토대를 근본적으로 튼튼하게 재구축하기 위해서는 무엇보다 우리의 전통, 우리의 위대한 문학유산을 그들의 진보적인 이념과 결합시키는 일에서 시작해야 한다. 설령 그들이 서구의 포스트모더니즘과 같은 것을 이상으로 생각할 때에도 마찬가지이다. 그것은 대부분의 서구 지성들이 예견하듯 비인간화로 치닫는 오늘의 서구 물질문명은 종국적으로 동양의 예지에 의해 극복될 수 있으리라는 믿음 때문이다. 실제로 포스트모더니즘이 지향하는 이념의 하나는 노장이나 선과 같은 동양 사상에 있다.

3

신인들이 우리의 전통 혹은 과거의 문학유산과 결별하여 마치 집시처럼 문학사의 도정에서 유랑하게 된 원인은 어디 있을까. 여기에는 물론 각 개인이 처한 상황이나 조건 혹은 취향도 고려되어야 하겠지만 무엇보다 이들을 성장시킨 우리 문화의 토양이 문제될 것이다. 나는 그 원인을 다음과 같이 생각한다.

첫째, 중고등학교의 입시 교육이 주는 문제점이다. 다 아는 바와 같이 우리의 일선 중고등학교는 대학입학시험이라는 중압에 시달려 제대로 문학 교육에 할애할 시간을 가지고 있지 못하다. 더욱이 문학독서의 지도라는 것은 상상하기조차 어렵다. 그러므로 중고등학생들의 대부분은 국어교과서에 실린 문학작품의 독서 이외에 다른 문학독서체험은 전무한 상태에서 졸업하게 된다.

둘째, 대학입학시험 문제가 끼친 악영향이다. 그것은 주로 사지선다형(현재 실시되고 있는 수학능력고사의 소위 오지선다형 역시 마찬가지이다.) 객관식 문제를 가리키는 말인데 이와 같이 하나의 답을 요구하는

문제유형은 문학작품을 이해하고 감상하는 능력을 결정적으로 왜곡시
킨다는 점에서 문학 교육에 절대적 해악을 끼쳤다고 말할 수 있다. 과
학의 경우와 달리 문학은 획일적인 답, 혹은 유일한 답이 없는 분야이
기 때문이다. 그 결과 이러한 문제유형에 대비하여 문학을 공부한 학생
들은 참다운 문학적 혜안을 기르기 힘들게 되어 문학작품에서 문학적
요소와 비문학적 요소를 구별할 수 있는 것과 같은 판단력을 상실한
채, 자신들도 모르게 의식화된 센세이셔널리즘이나 저널리즘을 쉽게
추수하는 상황에 내몰리게 되는 것이다.

셋째, 일반적으로 한국 교육을 지배하는 미국식 기능주의 교육의 악
영향이다. 예컨대 우리 청소년들에게 깊이 침투된 현실적 이익, 실천적
기능, 요령, 능률, 합리주의, 전문화 등과 같은 미국적 실용주의 가치관
은 본질적으로 문학이 지향하는 세계와 배리된다. 나는 미국의 어떤 대
학에 체류하는 동안 심장수술의 세계적 권위자인 이 대학병원의 교수
가 정작 톨스토이를 모르고 있다는 사실에 놀란 적이 있다. 따라서 이
같은 기능주의 교육을 받은 학생들이 문학 공부나 문단 진출이나 문단
처신에서 이를 배운 대로 실천한다는 것은 이상스러운 일이 아닐 것이
다. 예컨대 문단 등단이란 요령껏 하면 된다든가, 작품의 평가란 쉽게
이목을 집중시킬 수 있는 저널리즘이나 센세이셔널리즘에 편승하면 된
다든가, 문단 처세란 문단 권력에 줄을 서면 된다든가 하는 발상이다.
이러한 문화적 상황에서 한가하게 고전을 습득하고 전통을 성찰한다는
것은 그들 세대의 의식으로 볼 때 부질없는 일일지도 모른다.

넷째, 지난 두 세대 동안 우리의 정치적 풍토가 끼친 영향이다. 그중
에서도 결정적인 것이 소위 민중시운동이라 할 수 있다. 다 아는 바와
같이 우리의 '민중시'란 비제도권 예술을 표방하는 데서 성립하였다.
따라서 그들은 당연히 —기존 지배층의 향유물이라는 전제 아래서—
제도권 예술을 공격하지 않을 수 없었고 이러한 공격은 일부 기성문인

들이 저지른 타락과 이에 야합한 비정상적인 정치상황으로 인해 대부
분 젊은 세대들의 공감을 얻은 것이 사실이었다. 그 결과 그들은 아예
기성시인들의 작품이나 과거의 문화적 유산을 깡그리 폄시, 거부하는
단계에까지 이르게 된 것이다.

다섯째, 소위 포스트모더니즘의 문화적 범람이다. 그 일부 주창자들
은 말끝마다 현대 혹은 산업사회라는 시대이념을 들먹이면서 신인들로
하여금 전통적인 것을 부정하고 서구적인 유행과 시류에 맹목적으로
추수하기를 부추겼다. 그 결과 서구 지향적 신인들의 대부분이 기성시
단 혹은 과거의 우리 문학유산과 담을 쌓게된 것이다.

여섯째, 상업주의와 저널리즘의 만연이다. 이 양자의 공통점은 센세
이셔널리즘의 추구, 대중조작 그리고 현실주의와 경세주의에 있으므로
이들에 의해서 지배되는 우리 시단 역시 이와 같은 상황으로부터 크게
자유롭지 못하게 됨은 당연하다. 때로 민중시운동이 민중산업이라는
이름으로 상업주의와, 때로 포스트모더니즘이 시대정신이라는 이름으
로 저널리즘과 야합을 했던 것이 그 대표적인 예라 할 수 있다. 출판사
의 상업주의가 문화관리인(평론가, 교수, 기자, 출판사나 잡지사의 편집
장 등)을 거느리면서 독자들을 대중조작하여 저급한 시인을 우상화해
상품화하고 있는 예는 지금도 우리가 빈번히 목도하고 있는 바이다. 이
러한 제 현상이 신인들로 하여금 과거의 문학유산에 대해 무관심하도
록 만들게 된 요인이었다.

일곱째, 비평가를 비롯한 문학관리인들의 세대 문제이다. 어찌 된 일
인지 우리 비평가들의 연령은 항상 젊다. 우리 문단에서 사십대 후반 이
후에 들어서도 활발하게 활동하는 비평가들이란 흔치 않은 것이다. 같
은 감수성을 지닌 자신의 세대에게 보다 많은 관심을 기울이고 그 결과
젊은 신인들은 자신들의 또래 집단을 형성하여 기성문인과의 관계를 단
질한 채 스스로 나르시시즘에 빠져드는 것은 사연스러운 현상이라 할

수밖에 없다. 비평에는 감성적이고 직관적인 판단도 없어서는 안 되겠지만 그에 못지않게 원숙한 사유와 삶에 대한 달관 역시 중요하다는 점에서 이 또한 간과할 수 없는 문제이다.

한국시의 미래가 새로운 감수성을 지닌 신인들에 의해서 결정되리라는 것은 누구나 인정하는 바이다. 그런 까닭에 나는 그들의 시적 발전을 위해―그 지닌 바 여러 장점에도 불구하고―부러 문제가 될 수 있는 측면들만을 지적해보았다. 작금의 우리 신인들은 진보적 이상만을 강조할 것이 아니라 보수적 현실성에 대해서도 진지하게 성찰해야 할 때인 것이다.

(1993)

문학 연구의 활성화

1

시 연구가 지나치게 난삽하고 전문적이어서 보다 대중화되어야 한다는 주장이 적지 않은 듯하다. 이와 같은 문제로 어느 학회에서는 학술발표대회를 가진 바도 있다.[1] 상아탑 안에서만 이루어지는 문학 혹은 시 연구를 대중 속으로 끌어내려야 한다는 견해가 만만치 않은 것이다. 그것은 아마도 한국 현대시 연구가 앞으로는 전문가 중심, 학계 중심에서 벗어나 문자 그대로 일반 대중에게까지 파급되어야 한다는 것을 뜻하는 말일 것이다.

그러나 여기에는 분명히 해두어야 할 사항이 하나 있다. 대중화의 대상이 무엇이냐, 즉 연구자를 대중화할 것인가 연구 내용을 대중화할 것인가 하는 문제이다. 가령 김소월에 대한 연구를 예로 들때 이 분야의

---

1) 그 하나의 예로 1999년 가을 성신여자대학교 국문과 돈암학회에서는 '현대시 연구의 대중화'라는 테미로 학술발표대회를 개최한 바 있다. 이 글은 이 학술발표대회의 기조강연이다.

전공학자가 아닌 일반 대중들이 폭넓게 참여한다면 전자의 경우가 될 것이며 그 연구 업적이 전문 학자가 아닌 일반 독자도 두루 읽게 되는 것을 뜻하는 것이라면 후자의 경우가 될 것이다. 이렇듯 현대시 연구의 대중화란 첫째, 학자만이 아닌 일반 대중도 현대시 연구에 널리 참여시킨다는 뜻과 둘째, 연구 내용을 전문 독자가 아닌 일반 독자들이 ― 마치 소설의 독자들처럼 ― 많이 읽어 무엇인가 실생활에 활용케 한다는 두 가지의 뜻을 지니고 있다.

어떤 분야의 학문이든 가능한 많은 연구자들이 참여한다는 것은 물론 바람직스럽다. 그것은 한국 현대시 연구에 있어서도 마찬가지일 터이다. 그러나 아무리 많은 연구자들이 필요하고 또 많은 연구자들이 있다 할지라도 그 수가 많다 하여 그들을 일반 대중이라 부를 수는 없는 노릇이다. 학자는 일반 대중이 아니며 기본적으로 학문은 '학자' 라 부르는 특수한 집단에 의해서 이루어지고 있기 때문이다. 일반 대중은 학문을 할 수는 없는 것이며 설령 학문을 한다 해도 일종의 딜레탕티슴에서 벗어날 수 없다. 또한 일반 대중이 어떤 특정한 분야의 학문에만 모두 종사한다는 것 역시 바람직스러운 일이 아니다. 그러므로 현대시 연구자가 일반 대중으로 확산되어야 한다는 명제는 가능한 것도 필요한 것도 아니다.

물론 전문 연구이든 딜레탕티슴의 연구이든 일차적으로 많은 연구자를 확보하면 그만큼 그 분야의 연구는 활발해질 것이다. 학문 연구의 기초는 무엇보다도 인적 자산이 풍부한 데서 다져지기 때문이다. 그러나 아무리 연구자의 수가 많다 하더라도 그들을 가리켜 대중 연구자라 부를 수는 없다. 현대시 연구에서 인적 자원이 증대되는 현상은 '연구의 대중화' 가 아니라 '연구의 활성화' 에 해당하는 것이다.

학문 연구의 대중화란 연구자의 양적 증대라는 측면에서보다 내용의 향수라는 측면에서 가능할지 모른다. 학문을 연구하는 것과 달리 그 결

과를 향유하는 것은 비전문인도 가능한 일이며 순수학문이나 응용학문
이라는 구분이 있기는 하나 일반적으로 학문은 인간 삶을 향상시키는
데 그 목적이 있어 가능한 많은 사람 — 일반 대중에게 혜택이 돌아가도
록 하는 것이 바람직하기 때문이다. 예를 들어 김소월 연구에서 얻어진
어떤 내용이 있다고 할 때 그것을 소수의 전공학자들만이 소유하지 않
고 일반 대중 독자도 공유할 수 있다면 소월시 연구의 대중화가 될 수
있을 것이다. 그러나 이와 같은 '대중화'가 이루어지기 위해서는 일차
적으로 일반 대중이 그 연구의 내용을 접해야 할 것임이 물론이다.

'현대시 연구의 대중화'란 이렇듯 현대시 연구의 성과를 보다 많은
일반 독자 — 대중 독자에게 전파하는 일로 요약된다. 그러나 이를 보다
구체적으로 살펴보기 위해서는 무엇보다 먼저 '대중'이라는 용어와
'현대시 연구'라는 용어의 개념 규정이 선행되지 않으면 안 될 것이다.

2

'대중화'란 문자 그대로 대중의 것으로 만든다는 뜻이다. 그렇다면
대중이란 무엇인가. 사전적 풀이에 따른다면 '대중'이란 '수가 많은 여
러 사람' 혹은 '특수층을 제외한 사회의 대다수를 점하고 있는 근로계
급'이다.[2) 그러나 이와 유사한 말로는 군중, 민중, 공중, 인민, 시민 등이
있으므로 우리가 굳이 이와 구분하여 '대중'이라는 용어를 사용한다면 그
사용에 값하는 특별한 뜻이 있어야 함이 물론이다. 나는 '대중'이라는
말을 허버트 갠스(Herbert J. Gans)의 용례를 빌려 영어로 'populace'
라는 뜻으로 사용하고자 한다. 이때 'populace'는 '대중문화(popular

---

2) 이희승, 『국어 대사전』, 민중서관, 1961.

culture)'라는 용어에 함축된 뜻과 같으며 그것은 물론 '고급문화(high culture)'와 대립되는 말이다.[3]

영어에도 이와 유사한 단어들은 많이 있다. 우리말의 군중을 뜻하는 'mass', 공중을 뜻하는 'public', 인민을 뜻하는 'people', 시민을 뜻하는 'citizen', 노동계급을 뜻하는 'proletariat', 그리고―우리말의 독특한 용법과는 맞지 않지만 그래도 그중 연관이 있는―민중이라는 뜻의 'folk(Volk)' 등이 그것이다. 그러나 이들 용어는 '대중'과 그 뜻이 각기 다르다. 우선 '공중'이란 일반인의 막연한 지칭이고, '인민'이란 사회 혹은 국가를 구성하는 자연인 모두를 지칭하는 말인데 거기엔 둘다 '대중'과 '엘리트(고급)'의 구분이 없다. 이에 대해 '시민'이란 산업사회의 도시인이란 뜻으로 어떤 특정한 집단을 가리킨다.[4] 예컨대 '시민'의 개념 속엔 농민은 제외되어 있다. '노동계급'은 정치적인 용어인 까닭에 한국 현대시 연구의 대중화가 한국 현대시의 노동계급화를 의미하지 않는다는 것은 당연하다.

'민중'은 한국의 근대화과정에서 특별하게 정의된 오늘날의 용어로 한완상에 의하면 "통치수단으로부터 소외된 집단, 생산 분배 및 소비 전반에 걸친 행위와 작용을 관장하는 수단으로부터 소외된 집단, 그렇

---

3) 허버트 J. 갠스, 『대중문화와 고급문화Popular Culture and High Culture』, 강현두 옮김, 삼영사, 1977, 5~9쪽.

4) 시민이란 원래 그리스 도시국가의 성원 중 일부를 가리키는 말로 고대 그리스에서 국가의 구성원은 비시민, 노예 그리고 시민이 있었다. 이중 토지를 소유하고 전쟁과 정치에 참여할 수 있는 권리를 지닌 계급이 시민이었다. 근대에 들어 시민이라는 용어가 새로운 의미를 띠게 된 것은 부르주아 사회의 형성과 더불어서였다. 그리하여 산업기술의 발전에 따라 상공업과 무역 및 자영업에 종사하는 새로운 도시계급이 등장하게 되었는데 이를 시민이라 지칭하게 되었다. 시민계급은 부르주아 사회가 정착되면서 부르주아 계급과 프티부르주아 계급으로 분화된다. Otto Brunner, Werner Conze and Reinhart Koselleck, "Bürger, Staatsbürger, Bürgertum", *Geschichtliche Grundbegriffe*(*Historische Lexicon zur politisch-sozialen Sprache in Deutschland*), Bd. 1, Stuttgart, Klett-Cotta, 1992.

지만 다른 사람들로부터 존경을 받을 만한 문화수단을 가지고 있지 않은 사람들"을 가리키는 말이다.[5] 그러나 이는 기본적으로 정치 및 경제적 기준에서 나누어진 특정 집단을 가리킨다는 점에서 대중과 다르다. '대중'과 대립되는 '엘리트'는 꼭 정치적, 경제적 지배집단은 아니기 때문이다. 그러므로 민중은 —부분적으로 대중과 중복되는 영역이 있다 하더라도— 대중 그 자체는 아니다.

위의 용어들 중에서 비교적 '대중'에 가까운 개념은 '군중'이다. 그러나 갠스에 의하면 '군중'이란 "유럽 사회에서 비귀족적이고, 교육을 받지 못한 계층으로 오늘날에 와서는 중하층 이하의 노동자 계층 및 가난한 사람들"을 지칭하며 여기에는 확실히 '경멸' 조의 뉘앙스가 있다고 한다. 즉 "군중(mass)이란 어떤 개인이나 집단의 싱원이라기보다는 분별없는 군집(群集)이며 심지어 폭도라는 뜻까지도 암시하고 있다".[6] 그러므로 '군중' 역시 '경멸조'의 뉘앙스와는 거리가 먼 '대중'과 구분되지 않으면 안 된다.

그렇다면 '대중'이란 무엇인가. 첫째, 사회 대다수를 점한 사람들이다. 둘째, 이 대다수의 사람들은 경제적, 교육적 기회를 충분히 갖지 못하였다. 셋째, 엘리트와 대립하는 개념이다. 이 경우 엘리트는 정치만이 아니라 경제, 교육, 문화 등 포괄적인 의미를 띤 용어이다. 넷째, 군중과 달리 긍정적인 의미를 지니고 있다. 그들은 사회 혹은 공영체의 번영을 지향코자 한다. 따라서 대중이란 경제적, 교육적 기회를 충분히 갖지 못한 대다수의 사회 구성원들로 엘리트 집단 밖에 있으면서 자신들의 공영체의 번영에 관심을 가진 사람들이라고 정의될 수 있다. '대중'은 이처럼 엘리트와 구분되는 개념이다.

그러므로 '대중화'는 '엘리트'가 지닌 향유물을, '경제적 교육적 가

<hr>

5) 한완상, 「민중의 사회학저 개념」, 『민중』, 유재천 편, 문학과지성사, 1984.
6) 허버트 J. 갠스, 같은 책, 27쪽.

치를 충분히 갖지 못하여 엘리트 집단으로부터 소외된 그렇지만 자신들의 공영체의 번영에 관심을 가진 사람들'의 것으로 널리 보급시킨다는 뜻을 지닌다. 그러나 엘리트가 갖고 있는 것이라 해서 곧 대중도 좋아하리라고 단정짓는 것은 물론 성급한 판단이다. 엘리트와 대중은 여러 측면—예컨대 지적인 수준, 가치관, 전문성, 감수성 등—에서 다르기 때문이다. 따라서 대중의 취향에 맞도록 가공되지 않은 향유물은 비록 엘리트의 것이라 하더라도 대중화될 수 없다. 즉 고급한 문화의 대중화는 '정보(information), 오락(entertainment), 인생의 미화(beautify life) 등 여러 기능을 통해서 나름대로 대중의 취향이나 미학적 기준 및 가치를 표현'[7]하지 않고서는 불가능하다. 우리는 여기서 갠스가 대중문화를 비록 "고급문화의 애용자와 같이 경제적, 교육적 기회를 갖지 못하긴 했으나" 그럼에도 불구하고 "많은 사람들에 의해 즐겨 선택된 취향문화"로 정의한 것을 충분히 참고 삼을 필요가 있다. 이처럼 문학 연구의 대중화 역시 대중문화처럼 그 연구 결과를 대중의 취향에 적응시킬 때 비로소 가능한 것이다.

나는 앞에서 학문 연구의 대중화가 그 연구 성과를 전문 학자나 학계에 국한시키지 않고 일반 대중과 함께 공유하는 것을 의미하는 것으로 정의한 바 있다. 그러나 그것은—이상에서 살펴본 바와 같이—대중의 취향에 맞도록 가공 혹은 실용화시키지 않고서는 결코 대중과 공유하는 길이 열릴 수 없을 것이라고 말하고 싶다.

---

7) 같은 책, 28쪽.

3

편의상 자주 사용하기는 하지만 '문학 연구' 라는 말에는 다소 애매한 뜻이 있다. 문학을 지적 대상으로 접하는 데는 문학의 일반 이론, 작가론, 작품론, 비평, 문학사 기술, 서평, 단평 등 여러 가지 분야가 있어 이 모두를 문학 연구라 해야 할지 이중에서 특정한 몇 가지 분야만을 문학 연구라 해야 할지 논란이 되기 때문이다. 가령 서평이나 단평 등을 엄밀한 의미에서 문학 연구라 할 수는 없지 않을까.

그럼에도 불구하고 우리가 '문학 연구' 라는 용어를 자주 사용하는 것은 '문학' 이 지닌 특수한 성격에서 기인한다. 여타의 인문학─철학이나 역사학 등─과 달리 문학은 지적 활동 전부를 '학(Wissenschaft)' 이라 규정할 수 없는 하나의 독득한 분야를 가시고 있어 '문학의 학' 이라는 용어보다도 '문학 연구' 라는 말로 호칭할 때 이를 무리 없이 포괄할 수 있기 때문이다. 그 독특한 분야란 바로 '비평'인데 가령 철학이나 역사학에서는 문학에서와 같은 의미의 비평이 없는 것이다.

비평은 엄밀한 의미에서 학문은 아니다.[8] 학문이란 문자 그대로 모르는 것에 대한 앎, 즉 모르는 사실을 해명하는 지적 행위이지만 비평은 '모르는 사실' 에 대해 해명하는 행위가 아니라 이미 밝혀진 사실을 토대로 그것을 가치판단(evaluation)하는 행위이기 때문이다. 그리하여 이 양자─학문으로서 '문학의 학' 과 비평을 모두 포괄하는 명칭─에 국한하여 우리는 편의상 막연히 '문학 연구' 라는 용어를 사용해온 것이다. 즉 문학 연구란 크게 '문학의 학' 과 비평을 두루뭉술하게 포함하는 용어이다.

'문학의 이론' 이란 문학의 철학 혹은 비평의 이론이라고 말할 수 있

---

8) 문학비평과 학문의 개념에 대해서는 오세영, 「비평과 문학사」, 『문학과 그 이해』(국학 사료원, 2003) 참조.

다. 르네 웰렉은 이를 독일어의 'Literature Wissenschaft' 와 같이 'science of literature' 라 하지 않고 'theory of literature' 라 불렀는데 이는 영어에서 'science' 라는 말이 일반적으로 '자연과학(natural science)' —특히 그 방법론에서— 이라는 뜻을 지니고 있기 때문이다.[9] 이와 유사한 용어로 'literary scholarship' 과 'poetics' 라는 용어가 있기는 하지만 전자의 경우는 비평, 평가, 추론 등의 뜻이 배제되어 있다는 점에서 불완전하고 후자의 경우에는 'verse' 와 같은 뜻이 있어 소설, 수필 따위에 적용하기는 불가능하다. 우리말의 경우는 '문학의 이론' 이나 '문학 연구 방법론' '문예학' 등의 용어가 사용될 수 있지만 그것은 문학사 연구나 비평 등에 이론적, 철학적 토대를 구축하는 분야라는 뜻에 가깝다.

문예비평 즉 'criticism' 이란 독일어의 경우 대체로 신문 잡지 등의 리뷰를, 영어에서는 일반적으로 구체적인 작품을 대상으로 하여 분석평가하는 작업을 뜻하는 말이다. 그러나 구체적인 작품을 연구하는 경우에도 엄밀히 말하면 두 가지 태도가 있을 수 있다. 첫째, 작품에 관한 전반적인 자료를 수집 정리하고 문학이론을 적용하여 모르는 사실을 규명하거나 설명, 해석해내는 작업이다. 둘째, 이를 토대로 해서 가치평가를 내리는 작업이다. 이 경우 전자가 '문학의 학(Wissenschaft, scholarship)' 으로서 작가 작품 연구라 한다면 후자는 엄밀한 의미의 비평이라고 할 수 있다.

예를 들자면 환자의 병인을 진단하기 위해 시행하는 제반 검사 —병력 조사, 여러 기능 검사, 엑스레이 투시, 체액 검사 따위는 전자에 속하고 이들 자료를 종합정리하여 환자의 건강 여부를 판단하는 것은 후자에 속한다. 따라서 문학 연구란 크게 '문학의 학' 과 '비평' 으로 나누어

---

9) Renè Wellek, "Literary Theory, Criticism and History", *Concept of Criticism*, Ed. Stephen G. Nichols, Jr., New Haven and London, Yale Univ. Press, 1963.

지며 다시 '문학의 학'에는 문학의 이론, 문학사 기술, 사실 탐구의 작가, 작품론 등이 '문학비평'에는 가치평가의 작가 작품론, 단평, 서평 등이 포함된다.

문학 연구	
문학의 학(Wissenschaft)	비평(criticism)
사실 탐구의 작가, 작품론	가치 평가의 작가, 작품론
문학의 이론	단평
문학사 기술	서평

'문학 연구'를 이렇게 이해하면 대중화기 지닌 한계성이 자연스럽게 드러날 것이다. 문학이론이나 문학사 연구 혹은 비평이 과연 대중화될 수 있을 것인가 하는 문제가 따르기 때문이다. 그것은 문학이론이나 문학사 기술 등이 그 성격상 이미 앞에서 언급한 '대중'들의 취향 대상이 될 수 없다는 점에서 그렇다. 문학이론이나 문학사 기술은 그 분야에서 고도의 지적 훈련을 갖춘 문학 연구의 전문가, 볼프강 이저의 용어를 빌리자면[10] 정통한 독자가 아니면 할 수 없는 지적 영역이기 때문이다.

가령 어떤 사람이 문학이론을 연구한다고 하자. 그렇다면 그는 최소한 아리스토텔레스의 시학에서부터 오늘에 이르는 제반 이론을 공부하여야 한다. 가령 그가 문학사 기술을 시도한다 하자. 그러기 위해서는 통시적 관점에서 모든 문학작품의 본질을 해명해낼 수 있어야 하고 문학사의 이론을 습득해야 한다. 가령 그가 문학작품을 비평한다고 하자. 그러기 위해서 그는 그 작품에 대한 모든 정보의 습득과 감식안 그리고

---

10) Wolfgang Iser, *The Act of Reading*, Baltimore, The Johns Hopkins Univ. Press, 1976, pp. 27~34. 이저는 독자를 의도된 독자, 정통한 독자, 초독자, 허구적 독자, 순수 독자 등으로 나누고 있다.

그것을 평가할 수 있는 고도의 비평이론을 갖추어야 한다. 따라서 이는 문학에 대한 인식이 소박한 일반 대중으로서는 애초부터 접근하기 힘든 지적 행위라 할 수 있다. 문학 연구의 전문가가 아닌 일반 대중은 문학의 이론이나 문학사 기술에 대한 연구에 흥미를 갖지도 않으며 연구할 수 있는 자질이나 능력을 갖추지도 못하였기 때문이다. 그런 까닭에 설령 이들이 문학 연구나 문학사 기술에 흥미를 갖고 그 자질의 연마, 이론의 습득을 통해 문학 연구가 가능한 경지에 이르렀다고 해도 이는 그가 이미 지적으로 잘 훈련된 문학 전문인으로의 전환을 의미하는 것이지 그 자체를 대중화 현상이라고 말할 수는 없는 것이다.

그럼에도 불구하고 문학의 전문가들이 연구한 성과는 물론 폐쇄적인 학자들의 전유물로만 남아서는 안 된다. 연구 성과에서 오는 지적인 즐거움은 가능한 많은 사람들이 향유하는 것이 바람직하기 때문이다. 아마도 우리는 이 경우를 편의적으로 문학 연구의 대중화라 부르고 있을지 모른다. 그런 까닭에 나는 1장에서 이미 문학 연구의 '활성화'라는 개념과 문학 연구의 '대중화'라는 개념을 구분했던 것이다. '문학의 학'에 관한 것이든 '문학비평'에 관한 것이든 많은 사람이 그 연구에 참여하는 것은 ― 이미 참여할 수 있을 만큼 문학 연구의 전문가가 되었다는 점에서 문학 연구의 활성화이다. 그러나 그 문학 연구의 성과를 가능한 많은 사람 ― 일반 대중이 공유할 수 있게 된다면 그것은 이제 문학 연구의 '대중화'라 이를 수도 있을 것이다.

그러한 관점에서 '문학의 학'에 관한 것이든 '문학비평'에 관한 것이든 연구의 실제 행위 그 자체는 기본적으로 대중화할 필요도 없고 대중화될 수도 없다. 다만 활성화를 위해 노력하는 일뿐이다. 물론 '문학의 학'의 경우에도 어떤 특별한 주제는 대중화될 가능성이 전혀 없는 것은 아니다. 가령 일반 대중이 애송하는 어떤 시가 있다고 하자. 그럴 경우 대중들은 그 시를 좋아하는 까닭에 그 시의 작자가 어떤 사람일까 알고 싶어한다. 그것은 마치 좋아하는 탤런트나 가수의 사생활을 알고 싶어하는 팬들의 호기심과도 같다. 그리하여 많은 사람들이 그 시인의 생애를 연구한다면 그것은 어떤 의미에서 문학 연구의 대중화라 할 수도 있을지 모른다.

그러나 그렇지 않다. 그것은 이와 같은 대중적 현상이 원래부터 대중들의 취향에 맞는 문학 연구의 어떤 특정한 영역에만 국한되어 나타나기 때문이다. 그렇다고 해서 보다 중요하고 보다 전문적인 다른 많은 영역의 연구를 포기한 채 오로지 대중들이 좋아하는 전기 연구에만 몰두한다면 그 또한 진정한 문학의 연구라고 말할 수 없다. 하물며 훌륭하지도, 널리 알려지지도 않아 대중을 동원할 수도, 동원할 필요도 없는 작품의 문체론적 특징 같은 것들을 연구함에 있어서랴.

그러므로 문학 연구의 대중화는 그 성과를 일반 대중에게 향유시키는 차원에서만 가능성을 모색할 수 있다. 그러나 이 경우 역시 우리는 '문학의 학'과 '문학비평'을 구분해야 하리라고 생각한다. 왜냐하면 문학의 학에서 얻어진 내용은 보다 전문적이고 특수한 것이어서 일반 대중의 취향과 거리가 멀지만 비평은 본질적으로 독자와 작품을 매개하는 데 그 임무가 있어 순수 독자(문학작품의)의 취향과 맞아떨어지는 영역이 많기 때문이다. 즉 비평의 기능은 독자들로 하여금 작품을 수용케 하는 데 본질이 있으므로 비평의 내용 역시 항상 많은 독자(비평의 대상이 된 작품의 독자)들을 대상으로 한다. 그러나 '문학의 학'은 그 독자가 정통한 독자로 한정되어 있어 원래 그 수가 적으므로 대중화의 가능성 역시 상대적으로 독자가 많은 비평의 경우가 그만큼 크다고 할 수 있다. 이를 도식화시키면 다음과 같다.

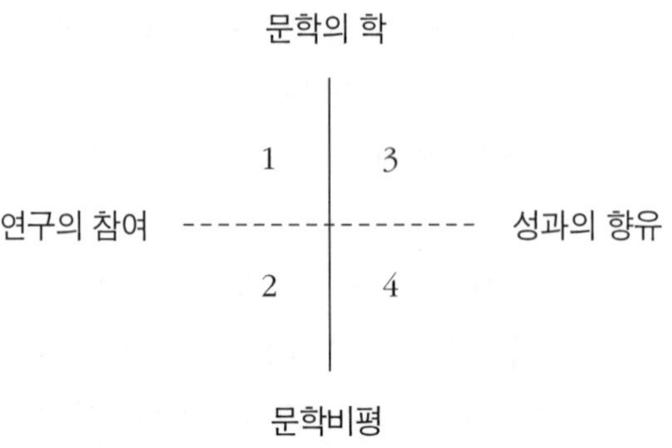

이 도식에서 1과 2는 대중화가 불가능하다. 다만 활성화만 있을 따름이다. 그러나 3과 4는 대중화가 가능하다. 그 중에서 3보다는 4의 가능성이 더욱 크다.

4

문학비평은 두 가지 중요한 특성을 지니고 있다. 첫째, 작품과 독자의 중간에 위치하여 이 양자를 매개한다는 점이다. 이때의 독자란 문학을 연구하는 전문적인 독자 즉 정통한 독자를 포함, 의도된 독자나 순수 독자 모두를 가리킨다. 이는 '문학의 학'의 독자가 오로지 정통한 독자를 대상으로 하는 것과는 본질적으로 다르다. 둘째, 앞에서 지적했듯 구체적으로 각개의 문학작품을 가치평가하는 데 그 임무를 지니고 있다는 점이다. 이 역시 '문학의 학'과 달리 비평이 일반 독자에게 친숙하게 다가갈 수 있는 가능성을 열어두는 부분이라 할 수 있다. 작품에 대한 가치평가는 독자들이 어떤 작품을 읽어야 할지를 선택하는 길잡이 역할을 해주기 때문이다. 우리가 일상에서 흔히 보듯 일부 타락한 비평이 출판사의 도서홍보문으로 전락하는 이유도 여기에 있다. 이렇듯 문학비평은 일반 독자를 대상으로 하는 까닭에 문학 연구의 다른 어떤 분야에서보다도 대중화의 가능성이 높다.

그러나 비록 일반 독자와 친숙하다고 해서 문학비평의 모든 영역이 대중화될 수 없는 것 또한 사실이다. 문학작품을 읽고 감상할 수 있는 수준의 독자는 일반 대중 속에서도 일정한 교양과 지적 자질을 겸비한 사람들이기 때문이다. 그들은 엄밀한 의미의 일반 대중과 동일한 집단이 아니다. 한편 문학비평은 아무리 대중화를 지향한다 하더라도 여전히 일반 대중에게 친숙할 수 없는 보다 전문적이고 특수한 영역을 지니고 있다. 예컨대 난해한 기호학적 방법론의 비평을 일반 대중이 손쉽게 접할 수는 없을 것이다. 그러므로 문학비평의 대중화란 어디까지나 상내적인 의미에서의 이야기라 할 수 있다. 즉 '문학의 학'에 비하여 대중화의 가능성이 다소 높다는 뜻이다. 그러한 관섬에서는 비록 문학비평의 대중화가 바람직하고 또 그런 방향으로 나아가도록 노력해야 한다 하더라도 궁극적으로 비평의 모든 영역이 대중화되어야 한다는 주장은 가능한 것도, 필요한 것도 아니다.

나는 앞에서 문화의 '대중화'란 필연적으로 대중적 취향을 갖지 않고서는 불가능한 것이라고 말한 적이 있다. 그것은 현대시 연구의 경우도 마찬가지일 터이다. 옳고 그름을 떠나서 그 연구의 성과가 대중의 취향과 다르다면 대중의 관심을 불러일으킬 수 없음이 당연할 것이기 때문이다. 그러므로 우리는 문학 연구의 대중화를 위해서 우선 '대중의 취향'이 어떤 것인지 살펴보아야 한다.

첫째, 대중은 쉬운 것을 좋아한다. 난해한 내용을 학습하면서까지 비평을 읽을 대중 독자는 없을 것이다.

둘째, 호기심을 유발할 수 있는 내용을 좋아한다. 독자들의 관심을 끄는 비평이 널리 읽힐 것은 당연하다.

셋째, 쉽게 접힐 수 있는 것을 좋아한다. 일반 대중이 스스로의 노력으로 문학비평 — 그것도 독자들의 주목을 별로 끌지 못하는 비평 — 을 찾아 읽으리라고 상상하는 것은 무리다.

넷째, 화제(topic)적인 것을 좋아한다. 대중은 집단적이므로 그 대화에서 공통된 주제를 선호하기 때문이다.

다섯째, 실제의 삶, 생활과 관련된 것을 좋아한다. 대중은 지식인 집단이 아니다. 그러므로 고답적이거나 형이상학적인 내용보다도 구체적이고 현실적인 문제들에 관심을 갖는다.

여섯째, 새롭고 신선한 내용을 좋아한다. 대중의 입맛은 변덕스럽고 항상 자극적인 것을 요구하기 때문이다.

일곱째, 간편하고 손에 익은 것을 좋아한다. 지루하거나 부담스러운 것, 지나치게 양이 많은 것은 싫어한다.

그러므로 '대중화' 라는 목적을 위해서라면 문학비평 역시 이상 열거한 대중취향에 스스로 자신을 맞추지 않으면 안 될 것이다. 우리는 그것을 두 가지 측면에서 생각해볼 수 있다. 하나는 외형적인 측면이요, 다른 하나는 내용적인 측면이다. 우선 외형적인 측면부터 고려해본다면 다음과 같다.

첫째, 문체가 쉽고 아름다워야 한다. 난삽하거나 거친 문장이 독자들에게 친숙할 수는 없을 것이다.

둘째, 가능한 경직된 논문 형식을 해체하여 수필과 같은 체제를 지향해야 한다. 예컨대 장, 절의 명칭에 '서론' '결론' 과 같은 용어들을 사용한다면 대중 독자들에게 거부감을 줄 것이다.

셋째, 가능한 주석을 줄이고 외각주 대신에 내각주를 이용하는 것이 바람직하다. 본문과 구분된 외각주는 독서의 흐름을 단절시키기 때문이다.

넷째, 발표 매체를 대중화시켜야 한다. 가령 대학이나 학회의 논문집은 일반 대중이 쉽게 접할 수 없고 또 지나치게 중압감을 준다. 그러므로 대중매체를 이용하는 것이 바람직하다. 구미의 예에서 보는 것과 같이 대학에서 계간지와 같은 형식의 문학지를 발간하는 것도 시도해봄 직하다.

다섯째, 이미 보편화된 인터넷 사이트를 이용하는 방안이다. 이 경우는 특히 PC통신을 통해 독자의 견해를 직접 수용하고 상호 토론해가는 과정에서 글을 완성시키는 방식도 생각해볼 수 있다.

여섯째, 글의 분량이 지나치게 길거나 지루하게 끌고 가는 것이어서는 안 된다. 적절한 길이로 잘 정리 요약된 글이어야 할 것이다.

내용적인 측면으로 고려해볼 수 있는 것들은 다음과 같다.

첫째, 가능한 이해하기 쉬운 내용이어야 한다.

둘째, 논쟁을 활성화시켜야 한다. 논쟁이란 어떤 것이든 독자들의 관심을 불러일으키기 때문이다. 사실 오늘의 우리 비평이 매너리즘에 빠진 이유의 하나도 건전한 논쟁이 거의 없다는 데에 있다.

셋째, 독창성이 존중되는 비평 풍토를 정착시켜야 한다. 지금처럼 비평이 천편일률적인 견해를 그저 반복, 답습하고만 있다면 이에 식상한 독자들이 떨어져나갈 것임은 당연하다. 진실로 독자 — 대중 독자가 관심을 갖는 것은 지금까지 항상 '예스'라고 대답해온 것에 대해 누군가가 결연히 '노'라고 대답하는 그러한 내용의 비평이다. 그럼에도 불구하고 우리 비평은 항상 전대의 견해를 되풀이하는 것 이상을 보여주지 못했다.

넷째, 무엇보다도 비평이 진실해야 한다. 진실하지 않은 비평 — 문학 작품에 대한 잘못된 가치평가 — 은 물론 짧은 세월 동안 많은 독자들을 속일 수 있다. 그러나 시간이 지나 그 정체가 드러나면 독자들은 더이상 속지 않을 것이고 나아가 비평 그 자체를 믿지 않게 될 것이다. 그것

---

11) 예컨대 1998년 조선일보 기획특집으로 한국의 비평가들이 뽑은 '해방 50년 한국의 대표 시인'의 순위에서 김수영이 1위를 차지하였다

은 이솝우화에 나오는 '양치기 소년'의 교훈과 같다. 그럴 경우 비평의 대중화는커녕 기왕에 있던 독자들까지도 잃어버릴 수 있다. 오늘날 한국 비평의 실정이 그러하다. 여러 가지 이유로 오늘의 한국 문학비평은 섹티즘에 몰두하여 진실이 아닌 내용을 진실인 것처럼 주장하는 풍토가 보편화되어왔다. 대부분의 비평가들이 큰 그룹을 만들어 특정한 문학권력집단에 복속하고 그 권력집단의 의도에 맞추어 뒷북을 쳐왔던 것은 어제 오늘의 일이 아닌 것이다. 그러한 잘못된 비평의 풍토 속에서 가령 김수영 같은 시인이 해방 후 최고의 시인이 되었는가 하면 그의 「풀」이 최대의 명시 혹은 민중시가 되지 않았나 싶다.[11]

다섯째, 비평의 이론 혹은 방법론이 대중화되어야 한다. 만일 그것이 대중화될 수 없는 고답적 이론이라면 이를 잘 소화해서 독자들이 쉽게 이해할 수 있도록 작품 분석에 적용하는 것이 바람직하다. 그러나 불행하게도 지금까지의 한국 문학비평을 보면 설익은 외국의 이론을—심지어 자신도 모른 채—현학적으로 구사한 경우도 적지 않았음이 사실이다.

물론 이외에도 앞에서 밝힌 대중취향에 맞추어 화제적인 내용, 일상 삶과 관련된 내용, 독자들의 호기심을 유발하는 내용의 비평이라면 이 역시 문학비평의 대중화라는 측면에서 큰 도움이 될 것이다. 그러나 그것은 어떤 특정한 경우에 한정되는 것이지 모든 문학비평에서 일반화될 수 있는 것은 물론 아니다. 그러므로 나는 여기서 다시 문학비평을 두 가지 유형으로 나누어 생각해보고자 한다. 하나는 '선도(先導)비평'이라 부르는 것이고 다른 하나는 '본격비평'이라 부르는 것이다.

선도비평이란 일반 대중의 취향에 영합하여 그들의 관심을 끌어들이는 것을 일차 목표로 삼는 비평이다. 말하자면 비평의 대중화에 앞장을 서는 비평이다. 앞에서 언급한 화제적이거나, 일상 삶과 관련되거나, 혹은 독자의 호기심을 유발하는 내용의 비평들이 이 영역에 속하리라고 본다. 이에 비해서 본격비평이란 일반 대중의 취향과 관계없이 본격적으로 문학작품을 분석하여 가치평가를 내리는 비평이다. 본격비평은 물론 선도비평에 의해서 이차적으로 대중적 관심을 끌 수 있을 것이다. 가령 이상의 난해시에 대한 비평이 독자들에게 쉽게 친숙해질 수 없을 때 비평가들은 우선 「날개」와 같은 작품을 그의 사생활과 관련하여 탐구함으로써 독자의 관심을 환기시킬 수 있다. 이 경우 우리는 전자를 본격비평 후자를 선도비평이라고 말할 만하다.

(1999)

여성시 그리고 여성의 시

1

최근의 일은 아니지만 대체로 1980년대 이후부터 우리 시단에는 여성시인들의 활동이 매우 활발해진 것 같다.

첫째, 여성 문인들의 문단데뷔가 양적으로 급속히 팽창했다. 그것은 최소한 6, 70년대 이전의 우리 시단과 비교해보면 금방 드러나는 특징이다.

둘째, 그중에서도 사십대 이상 주부 시인들의 문단 데뷔가 눈에 띄게 늘어났으며 그들의 문단활동 역시 활발하다.

셋째, 종래와 달리 여성들의 시적 경향이 다양해졌다. 지금까지의 '여류시'란 그 나름의 특성을 지니고 있어서 '남류시인'들의 시적 경향과 쉽게 구분될 수 있었던 것이 사실이다. 예컨대 노천명이나 모윤숙 등의 시가 지닌 전통적 서정미학에 토대를 둔 '여성성' 말이다. 그런데 이같은 여성시의 일반적 특징이 점차 사라지면서 최근에 들어서는 여류시, 남류시와 같은 통속적 의미의 구분이 불가능해졌다. 가령 젊은 세대에 가까운 김승희나 김혜순, 최승자 등의 시가 그러하다.

사십대 이상 주부 시인들의 문단 데뷔가 활발해지기 시작한 것은 아마도 다음과 같은 이유들 때문일 것이다.

첫째, 사회구조적인 측면이다. 우리 사회는 오랜 유교적인 전통과 인습 때문에 여성의 사회참여 기회가 여러 가지 형태로 제약되어왔다. 그것은 미혼여성이나 기혼여성 모두 마찬가지이다. 그러나 여성이 사십대를 넘어서 어느 정도 경제적으로 안정되고 자녀 양육의 부담으로부터 벗어나게 되면 그 남는 시간은 자연히 문화적 욕구를 충족시키는 데 투자하기 마련이다. 사십대 주부들의 문단 데뷔와 시작활동이 활발해진 이유도 이와 무관치 않을 것이다.

그러나 그 이전에는 그렇지 않았음에도 불구하고 8, 90년대에 이르러 이와 같은 현상이 두드러지게 나타날 수 있었던 이유는 무엇일까. 그것은 전체적으로 한국의 경제발전과 깊은 관련이 있을 것으로 생각된다. 생활수준의 향상에 따라—예컨대 가전제품의 등장과 주방 오토메이션화 등—주부들이 가사 노동으로부터 해방되기 시작한 것이 대체로 한국의 중산층에 있어서는 80년대 이후부터였기 때문이다.

둘째, 지난 두 세대 동안 우리 시단의 시적 상황에서 설명될 수 있다. 이 시기 우리의 시는 독자와의 관계에 있어서 어떤 괴리를 가지고 있었던 것이 사실이다. 소위 정치시의 경우는 정치 수단으로서의 시와 이념을 의식화하는 시를 지향했다는 점에서, 프로페셔널한 예술시들은 전문적인 독자들만이 이해 가능한 실험시들을 지향했다는 점에서 그렇다. 이러한 외중에서 일반 순수 독자들이 그들의 감성에 맞는 시작을 접하기는 아마 어려웠을 것이다. 이 순수 독자들의 취향을 대변했던 시인들이 바로 사십대 신인 주부시인들이었다. 그들의 시가 대부분 서정적이고 미학적이며 진솔한 감정의 표현을 지향하고 있었다는 점이 그 증거이다.

셋째, 대학을 중심으로 한 젊은 문학도들의 관심이 소위 운동권 능

비제도권 문학활동에 치우쳐 우리 문단이 사실상 제도권 문단과 비제도권 문단으로 양분되었던 것에서도 그 이유를 찾을 수 있다. 제도권 문단이 이같은 젊은 대학생층 문학청년들로부터 소외되어 공백이 생기면 생길수록 이 자리를 메운 신인들이 비교적 보수적 문학성향을 지닌 사오십대 주부 신인들이었기 때문이다.

2

그러나 근자에 들어 '여류시(인)'라는 용어의 사용에는 문제가 따르는 듯하다. 많은 여성시인들이 저항감을 갖고 이 용어의 사용을 기피하고 있는 까닭이다. 그렇다면 과연 그 합당한 명칭은 무엇일까. 다소 이의가 없지 않음에도 불구하고 이에 대해서는 이제 '여성시(인)'라는 용어가 일반화되어 있지 않나 싶다. 이유야 어떻든 본인이 싫어하는 이름을 굳이 불러주어야 할 필요는 없을 것이다.

여성시인들이 '여류시'에 거부감을 갖는 이유는 '남류시'라는 명칭은 아예 없는데 유독 여성의 시를 지칭할 때만큼은 왜 '여류시'라는 명칭을 사용하는가 하는 데 있다. 즉 이 명칭에는 전통적 남성우위사회의 성차별의식이 잠재적으로 반영되어 있다고 생각하는 것이다. 예컨대 남자는 기혼자나 미혼자를 가리지 않고 '미스터'로 통칭하지만 여자의 경우는 기혼 미혼을 구분해 전자를 '미세스' 후자를 '미스'로 부르는 것, 하느님을 '하느님 어머니'라 부르지 않고 '하느님 아버지'라고 부르는 것과 무엇이 다르겠느냐 하는 여성해방론자의 주장에 그 맥이 닿아 있다. 그리하여 그들은 성구분의 남녀평등이라는 관점에서 등가적으로 남성의 호칭에는 없는 '여류'라는 용어 대신 남녀 대등하게 사용되고 있는 '여성'이라는 명칭을 차용하여 여류시인을 '여성시인'이라 부르고자 하는 것이다.

이와 같은 논리에 큰 무리가 있을 리 없다. 그러나 문제가 전혀 없는 것은 아니다. 가령 '여성시인'이 쓴 작품을 '여성시'라고 할 경우이다. 원래 문학에서 '여성성(féminité)' 혹은 '여성시(poetry of feminism)'란 시인 혹은 작가의 성구분을 따르는 개념이 아니다. 그것은 어떤 특정한 문학적 성격을 지칭하는 것이므로 남성 작품에 대해서도 쓰일 수 있는 용어임이 물론이다. 즉 남성시인들이 썼건 여성시인들이 썼건, 어떤 특정한 작품상의 성격 혹은 취향을 가리키는 말이라는 것이다.

가령 전통적으로 소설을 분류할 때 전쟁, 싸움, 사회적 갈등 등을 다룬 것은 로망 피카레스크(Roman Picaresque)라 하고 가정, 사랑, 교육 등을 다룬 것은 로망 쿠르투아(Roman Courtois)라 하는데 여기서 전자를 남성적 소설, 후자를 여성적 소설이라 일컫는 것은 널리 알려진 바와 같다.

장르적인 측면에서는 대체로 서정적인 것은 여성적인 것이요, 서사적인 것은 남성적인 것이라는 인식이 보편화되어 있다. 슈타이거(E. Steiger)는 그의 장르론에서 여성성을 파토스적인 것과 대립되는 부드럽고 조화적인 감정으로 규정하여 이 여성적인 세계인식 달리 말해 자아와 세계의 조화적 동화에서 서정시의 본질을 해명하고자 하였다. 그에 의하면 서사문학과 달리 서정문학의 경우 자아와 세계 사이에 거리가 부재하는 이유도 여기에 있다고 한다. 고대 그리스에서 시인이 여신, 뮤즈의 후예라는 것, 노스롭 프라이가 서정성을, 최소한 주체가 신이나 군주에 대해 여성적인 입장에 서는 태도로 파악했던 것도 같은 맥락이다. 우리 고전 가운데서는 정송강의 「사미인곡」과 같은 작품이 그 적절한 예를 보여준다.

상상력이라는 측면에서도 우리는 남성적인 것과 여성적인 것을 나누이 살펴볼 수 있다. 가령 솔라 체계(solar system) — 태양으로 대표되는 세계인식이 남성적이라면, 루나 체계(lunar system) — 달, 바다로 대표되는 세계인식은 여성적이다.

　페미니즘론에서는 '여성적인 글쓰기' 라는 개념이 주요한 이슈로 되어 있다. 라캉(J. Lacan), 데리다(J. Derrida), 바르트(R. Barthes) 등이 그 주역들이다. 서구전통을 지배해왔던 이성중심, 남근중심이라 부를 수 있는 세계관을 거부 혹은 파괴하여 비이성적인 세계관을 회복하자는 주장이다. 푸코(M. Foucault)가 말한 '광기' 라는 개념도 물론 여기에 관련된다.

　크리스테바(J. Kristeva)는 '아버지의 법' 으로서의 상징계를 뒤엎도록 하는 이러한 충동을 프로이트(S. Freud)의 정신분석학에서 발견한 바 있는데 가령 그가 '파괴의 열락' 이라 부르는 것은 프로이트의 개념 가운데서 '죽음의 충동' 과 또한 억눌려 있던 '항문기' 의 표현이라 할 수 있다. 그리하여 그는 남성중심의 세계를 '단일의미' 혹은 '신화의 울혈' '혈행중지(stasis)' 따위로 부르며 끊임없이 이를 파괴하기 위해서 노력하였다. 글쓰기에서 그가 이성적인 것, 논리적인 것, 동사문법 등을 파괴하고자 했던 것은 이의 구체적 실천이었다. 이뿐만이 아니다. 오늘날의 페미니스트들은 여성의 몸이 지닌 생리적인 특징, 가령 '성적인 열락' 을 반영해 분열적이고 전복적인 글을 쓰자는 주장까지도 하고 있다.

　마지막으로 우리는 정서상 남성적인 것과 여성적인 것의 구분이 가능하리라고 생각한다. 수동적인 것, 정적인 것, 조화적인 것, 감성적인 것 등이 여성적이라면 반대로 능동적인 것, 동적인 것, 대립적인 것, 이성적인 것 등은 남성적이라고 할 만하다. 예컨대 김소월의 시에서 느낄 수 있는 '한' 과 같은 정서는 역시 여성적인 것으로 보는 것이 자연스럽다.

　물론 섬세하고 감정적이며, 사회적인 문제보다도 가정적인 문제에 접할 기회가 많은 여성의 생리적, 환경적 특성으로 인해 문학에서의 '여성성' 은 남성시인들의 작품에서보다 여성시인들의 작품에서 반영될 가능성이 더 많다. 실제로 지금까지의 우리 문학을 보면 섬세한 감정을 표출한 것, 가정이나 일상의 삶을 소재로 다룬 것, 사랑과 같은 인생론적 문제를 다룬 것들은 비교적 남성들의 작품보다도 여성들의 작품에 더 많았던 것이 사실이다. 그러나 이는 물론 우리 여성시인들의 시 모두가 그렇다는 말은 아니다. 오히려 최근에 들어서는 젊은 여성시인들의 시에 지적이고 사회적이며 투박한 감정을 표출한 작품이 두드러지고, 작품 자체로 보아서도 그것이 남성의 시인지 여성의 시인지 구분이 되지 않는 경우가 적지 않다. 이는 최소한 50년대 이전의 여성시인들의 작품과 비교해볼 때 확연히 달라진 우리 여성 시단의 한 면모가 아닐까 한다.

이렇듯 '여성시' 라는 용어는 첫째, '여성이 쓴 작품' 이라는 뜻과 둘째, '여성성이 반영된 작품' 이라는 두 가지 뜻을 내포하고 있어 그 사용에 혼란을 야기시킬 가능성이 많다. 그러므로 우리가 만일 성별로 분류해서 여성시인이 쓴 작품을 '여성시' 라 부른다면 문학적 성격으로서 '여성성' 이 반영된 작품은 어떤 명칭으로 불러야 할 것인가 하는 문제에 부딪힌다. 여기서 필자가 제안하는 것이 각각 이 두 가지 뜻을 지시하는 두 가지 용어의 사용이다. 하나는 '여성이 쓴 작품' 이라는 뜻으로서 '여성의 시' 와 '여성성이 반영된 문학작품' 이라는 뜻으로서 '여성시' 이다. 용어의 뜻을 이렇게 확정지으면 우리는 이제 '여성' 과 관련된 문학작품의 용어를 다음과 같이 정립시킬 수 있을 것이다.

1) 여성시인 : 여성으로서의 시인, 즉 이전에 '여류시인' 이라 일컬어진 시인
2) 여성의 시 : 여성시인이 쓴 시
3) 여성시 : 문학적 성격으로 여성성이 반영된 시

(1994)

용어

문학동네 평론집
우상의 눈물
ⓒ 오세영 2005

초판인쇄 | 2005년 5월 25일
초판발행 | 2005년 5월 30일

지 은 이 | 오세영
펴 낸 이 | 강병선
책임편집 | 조연주 이상술 김송은
펴 낸 곳 | (주)문학동네
출판등록 | 1993년 10월 22일 제406-2003-000045호

주   소 | 413-756 경기도 파주시 교하읍 문발리 파주출판도시 513-8
전자우편 | editor@munhak.com
전화번호 | 031) 955-8888
팩   스 | 031) 955-8855

ISBN 89-8281-986-X 03810

www.munhak.com